华东师大作家群丛书
第4辑

城红滇绿

姚霏小说自选集

姚霏 著

华东师范大学出版社

目 录

序　这已经是另一个人　马　原　__ 1

第一辑　先锋文本

红宙二题　__ 3

城疫　__ 16

惘寂　__ 25

被同情的人　__ 45

老鼠和我的冷斋一梦　__ 56

中国象棋　__ 78

版画　__ 90

第二辑　虚构滇北

旧村札记　__ 105

世道　__ 122

滇北拳事　__ 159

烧炭老人　__ 194

滇北故人录　__ 233

第三辑 细碎表述

浮屠 —— 243

学院六人图 —— 268

哭孩 —— 280

第八个是虚像 —— 314

附录

姚霏,一个把小说当做玩具的作家
　　——首届高黎贡文学节年度奖获得者姚霏访谈
　　　　　　　　　　　　　　　朱霄华 —— 357

野猪和家猪的话题或者碎片
　　——"60年代出生的云南作家"系列访谈之姚霏
　　　　　　　　　　　　　　　朱彩梅 —— 370

姚霏:不该被忽视的先锋作家　　　周明全 —— 383

后记 —— 392

序 这已经是另一个人

马原

姚霏写小说的历史可以追溯到上个世纪八十年代。出道时便挟风带雨，颇有气势，被批评家归于先锋小说家一族。由于某种特殊的机缘，他忽然从正统文坛隐身进入武林。从此小说家姚霏不再，而武侠界多了个高手沧浪客。此公的历史地位虽不能与金庸古龙梁羽生比肩，却也曾与如上几位一道被并称为武林八杰。

重回文坛对谁都不是件容易的事，我的感受尤其深。我离开也已经超过二十年，再也没了当年呼风唤雨的心气与自信。姚大侠却不然，毫无胆怯或愧疚，羽扇轻摇悄然而至。一挥手便有许多熟瓜落地，马上集成面世。当然大侠与我不同，他或者从未有过真正意义的离开，毕竟武侠也仍然是小说，只是品种不同而已。

另外还有不同。武侠乃风俗，是国之古老乡俗之一种。长久浸润其间，必得其中宝贵滋养，姚霏从中所获必定深厚。在他只是转换方向，其实两次转身并非如我的逃离。这也是这家伙如此从容又如此游刃有余的原由吧。

《滇北拳事》一篇我有幸先睹为快，让我对当年的先锋小说家姚霏刮目相看：行文如此结实老到，绝看不出年少轻狂时的冲动和骄傲。乡俗浑厚而淳朴，故事扎实，人物呼之欲出。我进而猜想，以他深厚之功力，再辅以其滇北彝族世家之根底，倘将家族故事深挖重现，或许中国会有自己伟大的农民史诗问世也说不定呐。我于是生出许多期许，在对小说深度失望之后希望姚霏能带回些许希望。

这已经是另一个人了，姚霏已经脱胎换骨。

2015 年 6 月 28 日于西双版纳

第一辑 先锋文本

红宙二题

十年

早些年进城堡时,我曾连续不断地收集了三天四夜蜘蛛,结果,空空荡荡巨大的蜘蛛网从此就随风飘荡了。现在想起来,那千万只蜘蛛从出口商处赚来的无用外币,又怎么能填补那无边的空荡呢。不过,谁又能料想到那些混帐细网会连成一片。反正,世界就是这个样子。对此我深信不疑。很多年前的那阵钟声,据人们用老苍苍的声音嘶哑地回忆,确是使他们"顿悟"了的。我不知道自己是否也曾顿悟过。我得承认自己那时还很不懂事,无论是弗洛伊德或者乔姆斯基,都没有父亲咬着牙请来的私塾的教棍重要。不过那阵钟声我倒是听到了的。这谁也没法否认。虽然很多年后连绵不断的耳膜炎使我听不见任何震耳欲聋的巨响,但我可以把门上那层只要我愿意就随时都能撕破的细网吹一个洞,让人们隐隐约约地看这样的字:"历史是这样创造的:最终的结果总是从许多单个的意志的互相冲突中产生出来的,而其中每一个意志,又是由于许多特殊的生活条件,才成为它所成为的那样。这样就有无数互相交错的力量,有无数个力的平行四边形,而由此就产生出一个总的结果,即历史事变,这个结果又可以看作一个作为整体的,不自觉地和不自主地起着作用的力量的产物。因为任何一个人的愿意都会受到任何另一个人的妨碍,而最后出现的结果就是谁都没有希望过的事物。"这段话已有些斑驳,我想得起来讲这段话那人的胡须,却怎么也想不起来他是谁了,这就是我不愿撕破那层细网的原因。很多年后,当人们发现灯光越来越亮时,自然会想得起来这一切和那一切的。

远处有轰轰隆隆的声音日夜不断地响着,那肯定是一种超越人们想象的巨物发出的吼叫,城堡里的人们只要一睁开眼睛,就能预感到那巨物即将来临,即将毁灭一切。事实上,直到如今也没人见过那巨物毁掉任何一座城堡。但它确实能毁掉任何一座城堡的。它的隆隆轰响能促使人们去做任何事情,包括毁灭城堡。因此,当我们很多年前进入城堡时,曾想过用什么办法使人们听到那轰响不再惶恐,开始我们请最有名的音乐家为它填词,但很多人一唱起来就浑身颤栗,有时甚至连我这个指挥也手脚发僵——我得让人们知道进入城堡前我曾担任世界上最大乐队的首席指挥,我不想说出这个乐队的名字是因为它无人不知,我们一开始就巡回两万多里演出《新世界交响乐》的序幕,震惊中外。后来我们又在那个世界最大的舞台上演出了一幕又一幕惊心动魄的乐章——那个最富有安全感的方法的失败,给人们带来了火热和不安。当人们的目光又一次投向护城河莫名其妙滚沸起来的清水时,人们纷纷认为有必要收集一下城堡里的蜘蛛了。那样热烈的场面确实让人们暂时忘掉了不远处恐怖的轰隆声,但当外商收购蜘蛛的船只一出港,那轰隆声就十倍于庆功会的鼓声响亮地传来了。城堡在动荡中。

看门的老人想说点什么,一开始我就感觉到了,每天他没完没了地打扫院子，寻找什么似的。我知道早在我们进入城堡时，他就在那样干了，不过我不知道他那时是否也这样认真和若有所思。在我们收集蜘蛛的那些日子里，他令人诧异地激动。他一激动就来敲我厚厚的门，开始时我很不适应，以为他有什么事，开门问他，他只是面含微笑地看着我。后来我知道了这是他的习惯，就不再开门了。那时候我开门还不是困难的事。虽然他每次敲门的声音都很重，也是隆隆地响，有几次我甚至以为是远处的轰隆声。我曾提醒他城堡已经被他敲震动了，但他仍然是微微地笑。他的微笑属于那种谁也无法抗拒的善意和超人意志的力量，因此他每个季节的敲门声都让人觉得安宁。城堡的人们认为那声音甚至比我指挥的音乐更令他们陶醉，这隐隐使我觉得不安，但我无法否认他的微笑确实无法抗拒。那时候我根本无法想象有一天他会来向我辞职，而我竟然会毫不犹豫地同意，虽然十年后他又回来了，带着老苍苍的指关节，看上去有些令人心酸。但值得庆幸的是城堡里的人都觉得他年轻了许多，我发现他脸上的一百七十万条皱纹少了十万条。看到他的一百六十万条皱纹我猛然觉得不应该让他再看门了，但他执意如故。他不轻易说话。他的话像他的微笑一样不可抗拒。不过这都是十年后的事情了，城堡里已经换了一代人。我整日想着的只是安宁，然而他还是对我微笑，我知道他是个善良公正的老人。

　　早在老人一日敲三次门的时候，我就有静坐的习惯。毫无疑问，这是父亲遗传给我的。而父亲又是由他父亲遗传给他的。这样推上去无穷无尽，我相信就是谁有本事将它推到秦始皇那儿也不会终结。人类就是这样。社会也是这样。假如有人说我静坐时像一袋土豆，那么他这种念头也能够一直往上推的，我历来相信这一点。总之，人类的父亲给了我们许许多多这样的习惯和念头。我至今也说不清楚静坐是个好习惯不是，但我确实非常乐意那样——它能保证你久坐一个位子。从内心里说，开始坐上那把黄色的巨大靠椅只是为了指挥演出累了以后的小憩，但到后来，当那老人的某次敲门声唤醒了我曾经沉睡的习惯以后，我就越来越强烈地希望那种忘他甚至忘我的静坐能够连绵不断了。不过那时候为了收集蜘蛛，我必须把这种习惯发挥在清闲季节，然而看门老人一丝不苟地在繁忙季节看管好那把椅子，我不知道这给了我轻松没有。

记得最清楚的是春天，那时窗上还有冰凌。一大早人们就被老人的叩门声惊醒了，人们就都知道城堡里又有了新闻。事实上，我就是那时认识泥和桥的，他们每人带着一串蜘蛛招摇过市，自然就成了城堡的功臣。我正静坐的时候，他们宣布了收集蜘蛛的结束，当人们庆祝这一伟大功绩的历史意义时，医生告诉我耳膜炎患者的最大特征正是微笑。桥和泥有时也来干打扫院子的事，与老人不同的是他们没有一个固定的方向，而老人总是从东向西的。老人没有微笑了，我知道这慷慨的老人将它送给了我。老人敲门越来越轻、越来越少，不远处的轰隆声也就越来越强烈了。这是我们当初解散乐队时未曾想到的。我想再试试演奏一场音乐，但泥告诉我那已经不可能，"你老了。"她说。我也知道已经不可能了，但我想的倒不是因为自己老了，而是乐队成员四分五裂，我甚至不知道他们各在何方。

"城北有个巨轮。"有一次桥对我说，我知道他是有意的，因为他说得很神秘。我只对他点了点头，因为老人在一旁忧郁地看着我，我以为他想说点什么，但他一言不发，但看神态，他确实是想说点什么的。至今想起来我还这样认为。或者，他确实是说了点什么，只是当初我没有听见罢了。不过他没有用什么神秘的神色，这一点倒是可以肯定。我默默地转过了身，回到屋里那把椅子上静坐去了。后来我不得不承认桥的暗示恰到好处，因为当城外不远处的轰隆声终于引起我的烦躁时，我在屋中来回走动踢动了那个莫名其妙的小轮，它的滚动声使我想起了巨轮。我相信自己是能够推动它的，而它滚动时发出的声音自然能解除我心中的烦躁和不安。虽然说实话，我还未见过那巨轮的形状。当我问起桥时，他也只是含混不清地说恐怕是圆的。一定是圆的，我想。

然而，就在我打定主意推动那巨轮时，看门的老人来辞行了。那一天天气平平常常，从那时开始，我就无法步出自己的房间了，老人带走了我房门的钥匙。屋外的庭院，自然是桥和泥来打扫。他们依然是东北南西乱七八糟，这颇使我有些不愉快。然而，既然走不出房门，我也就没必要生气了。再说，这时候我想得最多的是怎样推动那巨轮的事。到我把怎样推动巨轮的步骤想好时，才发现自己的眼睛也已到了只能模模糊糊看东西的地步。于是，往日的首席小提琴手用扩音器传话进来：他可以在门的上方开一扇小窗。我激动得直打喷嚏。猛然间，我感到整座城堡都在抖动，我试着再咳嗽了一声，整座城堡依然颤抖不已，这就增加了我推动那巨轮的万分信心。到门上方的窗修好时，天已经阴了。我不知道要阴多少时候才会放晴，才会有阳光透进来，虽然这于我恐怕已经无所谓，我的眼睛几乎看不见了。所幸的是，往昔的乐队成员们大多能把声音从窗口传进来，他们不反对推动那只巨轮。我知道他们都是好样的。然而他们的声音到底是通过窗口进来的，听起来就有些异样。

令人痛心的是，那巨轮一滚动起来，昔日的首席小提琴手就被压在下面了。我们是费了九牛二虎之力才将它推动起来的。因此，尽管发生了意外，乐队成员们有的迷惑，有的泄气，但还是使我从心底里感到高兴。桥、泥看起来也很高兴，他们终日地忙碌着，常把庭院里搞得尘土飞扬。那时候我不知道过不了多久，那飞扬的尘土能把窗口堆得越来越小，虽然偶尔也会猛地意识到这一点，但那念头只一闪现就倏地逝去了。那时我太轻视了尘土的力量。不过话又说回来，他们打扫院子对我来说倒也是件好事。那时我就是这样想的。

巨轮滚动起来以后，城外不远处的轰隆声终于越来越弱，最后彻底消逝了。我不知道事实上到底是不是那样，因为我的听错觉严重到了甚至听不清五步以外之巨响的地步。后来越来越多的人被压到巨轮下面，于是城堡里终日响起了支支革革的断裂声，你会以为什么东西正在被碾碎。这期间世界的变化惊人，对我来说，就是明白了耳膜炎在一种奇怪的断裂声下会转变成听错觉。有时候，我会以为那种声音是规模宏大的呻吟，于是抑制不住地颤抖。先是这种颤抖像一阵电流穿过全身，带来一种莫名其妙的快感，然后，没有门和阳光的屋子抖动起来，又给我带来新的惶恐。而消除这种感觉的唯一办法，就是静坐，什么也别想，或者想想早些年的那场雪。冬天的第三场雪。

我不知道那个老人是否来做过客，说真的，我很想念他，但我总觉得或总相信他时时都在我身旁，我知道只有这样我才会心安理得。然而假如是桥和泥将老人带到我窗口，我也没把握还能认出他来。自打他们开始打扫庭院，我的每个客人都被他们整容了，那是他们的嗜好和特长。他们凭自己的喜欢给世界上任何与我有关的事物整容，这使我有些受不了，但我又没法否认必要的整容能给人带来某种亲切感，特别是患有视错觉病的人。日子就这样一天一天逝去，老人就这样一日接一日在我身旁和离我远去。据后来的人们回忆，昔日乐队的小号手和大提琴手等等队员，都曾把老人带到我这儿来过的，但我怎么也没印象了。肯定是当初我没认出他来。而到后来，当很多像小号手那样重要的乐队成员们都被压到巨轮下面之后，自然就没人带老人来了，哪怕是被整过容的。

巨轮滚了十圈才停，这时它已经不能不停了，无论如何，它碾坏的建筑已经太多，而人们对那种支支革革的断裂声也已经厌恶了。很早的时候，就有人希望它能停止滚动，但这样巨大的轮盘一滚动起来，是很难使它停下来的，我知道首席小提琴手和小号手们之所以被压在巨轮下面，在很大程度上说，恐怕只是因为没看到这一点。或许是我错了，而他们是知道这一点的，只是对被压在巨轮下的结果与他们想把巨轮停下的愿望相比起来觉得不在乎。那他们无疑是可敬的。我向来敬佩义无反顾的人，我相信自己也是这样的人。

有一天，我猛然觉得城堡消逝了。那时候巨轮还没有停止转动，我对它能否停下来没有把握。我眼前一黑，知道自己将从此安静，而人们全醒的时候，天自然就亮了——发现这一点是很艰难的。向来人们都以为是天亮了，他们才会醒的。

木刻

铁宫一度是市拳击协会的高手，鬼才知道马丁·路德是怎样躲过他那闪电般的左直拳右直拳勾手拳，并且狠狠地给了他左颧一拳的。铁宫在医院里躺了三个月，结束了他五十战不败的历史。一年以后，不但他自己没弄明白那一拳是怎么回事，甚至所有他的朋友和崇拜者都莫名其妙透顶：马丁·路德居然能一拳打出个哲学系研究生来！

医学博士石印为此办了个讲习班，亲自开课讲授，半年以后，人们不再迷惑了，因为人人都已经知道，某些人因为神经的轻度障碍，就只能干一些人们都认为他能干好的事情（如拳击），一旦此人生理上或心理上受到足够的震动，他就会干出一些令人们觉得不可思议甚至惊天动地的事来。人们由此推断，希特勒年幼时未必没受过某条懂德语的狗的极度恐吓。他们甚至敢冒天下之大不韪，把世界上所有政治、文化、军事名人作了这样那样的猜断。石印为此当上了卫生局长。

照理说，这一切，包括哲学硕士铁宫莫名其妙的自杀，都已经是往事了。而且因为过多的风尘仆仆，人们已渐渐习惯了对往事不感兴趣，即便是从枪林弹雨里过来的人，他们也宁愿把勋章换成啤酒，谈各种交易以及诸如此类新鲜的话题或者沉默。谁要还津津乐道其当年的辉煌，那精神病院里注定要多一个名字，无论这个名字有多少历史意义甚至划时代的价值。谁让他没有新时代的绝对基因？人们因而快乐。然而，当人们在铁官的遗物里发现了那幅木刻后，石印立即陷入了极大的烦恼。在市长亲笔签署的命令中，要他立刻把精神病院里的人放出三分之二。无疑市长是受到了舆论的压力。因为所有的人都在同一时刻变得热衷于回首往事了。连四岁的孩子也在为半年前丢失的玩具小狗叹息。虽然石印深知这一切，但他无法立即确定放走者的名单。在接到市长命令的五分钟里，他就对秘书发了两次火。十分钟后他知道委屈了秘书——那个扎羊角辫的姑娘。他没有想到会有两个都叫安凯的精神病患者，一个是因为被妻子抛弃所致，一个是因为在不该回首往事的时候回首往事。前一个给他的印象太深，因为那个叫存妮的女人在离开安凯半年后和他结婚，他们已经有了一个在医学院念书的女儿和一个当见习律师的儿子。

如果不是及时把后一个安凯放出来，石印恐怕还得陷入更深的烦恼。安凯在病房中有很多朋友，并且对与他同样的患者的各种特征有非常精确的了解，在他的帮助下，石印才在市长命令最后限期的三分钟前拟定了名单,这样,他的局长才没被撤掉。因为这份卓著的功绩,在人们对往事的感慨声中,安凯被任命为处长了。虽然卫生局的处长不能签署逮捕人的命令,但至少随时有人来汇报目前流行什么疾病,对此,安凯是满意的。

安凯曾经是铁宫的朋友,并且不是一般的朋友。早些年,和另外一个叫莫忆的朋友一起,他们三人到皇城接受过检阅,那一年他们十五岁,正是易于激动的年龄,在迢迢的串联路上,他们学刘关张的样子桃园三结义。后来铁宫成了拳击手,莫忆上大学读心理系,他则进了那个鬼地方。他没指望过还能出来,没想到铁宫的木刻竟做到了他想也不敢想的事。他知道那木刻是怎么回事。那是一本油印刊物的封面,在他们接受检阅的当天,铁宫花了一个晚上刻成的,当时他的手指还被划破了三次。记忆犹新,安凯不信那木刻竟有如此魔力。他亲自到博物馆去看那木刻,是在当了处长三天以后的事。

照旧是人山人海,他挤到那幅木刻前,已是傍晚时分。

"呀!不还是老样子吗?"他说。那是1968年的时候他们三人一起用鲜红的油墨印成的。他只是佩服铁宫保存得好,几十年过去了,木刻上的头像还红光满面。自己的那一份,早就不知丢哪儿去了。他正要转身走时,一个头发长长的老画家在旁边对他的学生说:"我搞了几十年油画,还从来没见过这种颜色,太精彩了!"说着摘下眼镜用手帕揩拭。

"您去文具用品商店,买一瓶四块五毛六分钱的红油墨,倒在画布上就行了。"安凯半认真半促狭地说。

老画家没有搭理他,只是看了他一眼。老画家的学生有些不平:"您到医院去检查检查,兴许视网膜充血过多,开开刀,放掉一些,就不会红色绿色都分不清了。"

"绿色?"老画家诧异地对他的学生说。

"兴许还加了别的什么颜料，但基调是绿色。"学生说。

"你再好好看看。这边光线稍好些。难道它不是黄色的?"

"不是。"学生站在老师先前站的位置上，肯定地说。

正在他们惶惑不安的时候，博物馆讲解员过来了："你们是第一次来看这木刻的吧?"她笑吟吟地问。

"是，是啊，同志……"老画家说。

"你们都是对的，看这幅木刻，一个人看它就是一种颜色，有说蓝色的、黑色的、白色的、青色的、褐色的、灰色的、金色的，甚至还有说像甲鱼脊背的颜色的……我们作了统计，目前有近九十万人看了它，就是说，这幅木刻现在已经有了九十万种颜色。如果一直展览下去，恐怕会有几百万、几千万，甚至几亿种颜色呢。"

老画家和他的学生惊讶得说不出话来。

"真的吗？当初我们可……"安凯说。他想说当初他们可确确实实只用了一种鲜红鲜红的油墨，如果需要的话，他可以回忆那种油墨是由哪家工厂出品的。可讲解员打断了他的话，自顾说："关于这奇异的现象，目前我们正请心理学博士莫忆同志主持研究，相信不久就会有让人满意的解释。"

"莫忆，他在哪儿?"安凯急急地说。

好不容易找到了一筹莫展的莫忆，安凯说他绝不相信会有这等怪事，直到莫忆让他看了市长手令，他才感到也莫名其妙起来。

"无论从生理上或心理上分析，这种现象都是绝对不可能的，但它又确实存在。"莫忆说。

"可我们当初……"

"当初?!"莫忆突然为之一振，"我明白了！这是一种狂躁心理的投射，经过时间的沉淀，就会变得千奇百怪！我马上去找市长，你一道去吗?"

他们在一幢古老的别墅里找到了正在打麻将的市长。听了他们的介绍，市长马上对与他打牌的人说："明日报纸的头版头条就登这个。"报社总编匆匆忙忙地走了。

"怎么制止呢？"市长说。

"恐怕目前还无能为力。"莫忆说。

"先把它隔离起来。"市长果断地说。安凯一面为市长的果断叫绝，一面想他为什么要用"隔离"这两个字。

从木刻被送保密局起，据博物馆的精确统计，刚好有一百万人看到过它。就是说，它刚好变幻了一百万种颜色。

虽然"隔离"了起来，但那幅木刻始终是市长的一块心病，他相信既然它能不可思议地变出一百万种颜色，自然也能够在某一时刻产生足以危及他安全的不可思议的后果。经过几天几夜的闭门静思，他签署了这样一条命令：凡是本市处长及处长以上级别的干部，无论哪个系统，只要能制止木刻继续变幻颜色，马上连升三级。

由于那道命令，半年后安凯当上了部长，虽然改行到了宣传部，但至少从级别上讲，他成了石印的上级。他是用一颗红木公章往那木刻上一盖，达到了市长预期的效果的。在接受记者采访时，他本人却对此举无法解释。这绝不是他不愿透露真情，因为事实上他真的绝对不知道，说实话，如果不是他有玩公章的嗜好，那他无论如何也只该是个处长。

这件事渐渐地被人们忘记了，那幅木刻除一次参加画展（没几个观众）外，一直呆在保密局的档案袋里。唯一与事前不同的，是安凯成了市长家的常客。

在一个平平常常的傍晚，安凯正陪着市长下棋，石印突然慌慌张张地跑来了，报告说猩红热突然流行全市。市长苍白着脸命令卫生局长全权处理这一严重事件，解决不了就撤他的职，石印心事重重地离去了。

"这真是怪事。"安凯说。

"这真是怪事。"市长说。

"怪极了。"安凯说。

"怪极了。"市长说。

这一局棋各自的将帅都过了界河。

石印采取了紧急措施,把与市长同样严厉的命令下达给了卫生局所有处长科长们,却仍然无济于事,他一刻不停地签署撤职任职的命令。过了三天,全市猩红热患者竟达一百万人。第四天,下属给他带来了既不使他高兴也不使他沮丧的消息,说猩红热不再蔓延了。傍晚,心理学博士莫忆又来告诉他,那一百万猩红热患者,全部都看过那幅木刻,没有一个例外。石印连忙把这一意外情况报告了市长,市长的头"轰"地响了一下:他的预感得到了证实。市长口气强硬地说:"还是那道命令!"

市长连夜到保密局档案室里看那幅木刻,并特意叫了几个与此无关的人去看,人们一致说那木刻是红的,左上角有一个同样是红色的公章。市长松了一口气。

又过了几天,一百万猩红热患者竟无一有好转的迹象。石印把签署任免命令交给秘书,自己叫回学医的女儿和当见习律师的儿子,召开紧急会议。根据会议精神,石印第二天把全市所有医院的外科病房改成猩红热研究所(治疗外科露天进行),并提前毕业了三所医学院与猩红热有关的十七个专业的应届毕业生,并火速办了三所猩红热函授大学,他和女儿、儿子分别担任三个学校的校长。

然而并不奏效。

两个月以后,石印被撤去了卫生局长的职务,接替他的,是惶惶不安的莫忆。

果然不出人们所料,又是两个月之后,莫忆也被撤职了。市长只好派安凯继任,安凯知道这是市长不得不挥泪斩马谡,只好背水一战,悲壮地应允了。然而,就在任命安凯为卫生局长的时候,市长接到了上面的命令:若在两个月内无法治愈全市一百万猩红热患者就将他革职。他把两道命令一起交给安凯,两人痛饮了一场。

他们计划好了,若在两个月内治愈了那一百万猩红热患者,安凯就当副市长;若不能够,他们就把那幅木刻烧掉,然后去游览长城。

1986 年

(原载《人民文学》1987 年第 1—2 期合刊)

城疫

　　在无数个世纪愉快和痛苦的挣扎之后,天完完全全地黑了,黑得令人透不过气来。早些年能将黑夜照如白昼的巨大街灯,只荧荧如鬼怪的眼睛。穿梭在这黑沉沉的夜里的,是那些机车轮船几个世纪前的余音。它们黑黑乎乎的,宛如无数迷途的鸦群在作绝望的游荡。我在医院开刀的时候,曾在茶杯上看到过它们当中的一群,我以为那就叫幽灵。我必须承认那时我还很迷信,像把乌鸦当作幽灵什么的是我那时常犯的错误,最为可笑的是有一次我竟将连绵不断的救护车尖利的叫声当作交响乐,自己在屋子里偷偷地把妻子的发夹当作指挥棒指挥了一夜,甚至连半夜过后救护车的尖叫声换成了消防车的嘶鸣也未发现。而天亮的时候我已指挥了三百多场夫妻的争吵。当然,这一切都是以前的事了,当妻子"乒乓"一声打碎第一百零三只花瓶之后,我就很少在意所有的黎明是否都将始于城市喧嚣这类事情了。

　　不过有一点我至今仍然很得意,那就是与那打碎了一百零三只花瓶的女人的结合。她总是有意无意地提醒我她比我足足高出一头,这使我颇为感激。当我一文不名地从乡下跑进这个城市的时候,她早已是知道排球不是方形的高个子了。她跟我说的第一句话就是把你的破草帽扔了。我简直不知道她说什么,很惭愧地望着她。她用优雅的步子带我到一个垃圾箱前,我这才知道她喜欢那种地方。以后我们就常到那种地方去,于是发现这个城里最多的就是那种地方,而人们也都非常乐意到那种地方去,在那儿谈工资、谈住房、谈哲学、谈艺术、谈削价,也附带谈点恋爱什么的,快乐无比。记得我告诉她我非常喜欢她是在一个工厂发生煤气罐爆炸事故的第二天,我们都庆幸自己的名字没有被登上报纸,被报贩们一遍又一遍地高喊着,去吸引喜欢带刺激性的消息和悲惨新闻的市民。"桥,我叫泥。"她告诉了我她的名字,这使我既激动又抱歉:"桥"与"泥"没有多少关系。"我哥哥叫瓦。"我对她解释道。她娇嗔地告诉我她更喜欢桥这个名字。虽然这样,我还是认为瓦跟泥的关系更大些,因此在心里盘算着什么时候回乡下一趟,把在老家种田的哥哥的名字换来(不过一直未能成行,因此我至今仍然叫桥,仍然感到抱歉)。当时我一直想着这个,泥也一直在我耳边轻声地嘀咕,直到有一个矮个子报贩来向我们兜售登有遣送第一批罪犯前往青海去的消息的晚报时,我才猛然听到一句她说她爱我。我大吃一惊,忙买了一张晚报读给她听,由于结结巴巴,竟读了三十多个小时,最后才大汗淋漓地把晚报转卖给另一个戴眼镜的人。"你会成为一个了不起的大作家的。"泥对我说。直到如今,在她打碎第一百零三只花瓶以后,我仍没搞清楚她怎么会认为我能成为一个作家,并且是个了不起的大作家。不过说心里话,我当时的确被激动得浑身发热,立即就宣布永远爱她,并且爱她所爱的一切。三个小时后我们结了婚,那个时候她打碎了第一只花瓶。我给她的礼物是一百九十九只花瓶,她给我的礼物是一百九十九叠稿纸。以后我就拼命地抽烟,每一支都是她点的火。她和我都确信我们能抽出一个大作家来,但奇怪的是事情并没这么简单,虽然她总是信心十足,可我一抽烟就昏昏欲睡。事实上,直到如今,我也只写出下面几行字来:

假如你也占据了这样一个角落,假如你也曾用六十支香烟制造过声音的沙哑效果,那么你会因此莫名其妙地激动,那么你会因此莫名其妙惆怅。冬天就这样来了。冬天就这样去了。窗外的黑影甚至来不及作出恐怖的摇曳。春天的夜将与冬天的夜一样强大,一样幽深莫测,而所有的星星在任何季节都是一样地遥远、一样地昏暗。在这样的景致中,你会猛然发现并非所有的虚幻都是梦影。比如说那雨中指挥这座城市运转的红灯绿灯。城市的虚幻与城市的梦幻一样多但绝不等同。这就解释了现代的繁荣,就像巨大的玻璃橱窗里的贫血的模特儿时刻向人们诉说着流行款式的故事一样。

自从漠然的惊异和不安的泰然排着巨大的队列攻占这个城市以后,我就再也梦不到泥了。每天早晨我们都要揉着惺忪的眼睛小心翼翼地相互打量,直到发现各自的鬓角蹦出几根白发记载下时间,这才用不大清晰的咕哝呼唤对方。迪迪这时候早就不见了。迪迪是我和泥七岁的儿子。我必须承认,一旦夜里梦到泥,我就要惊恐那"不知有汉"的故事被揭穿;泥自然也一样,只要她用苍白的声音告诉我她预感到总有东西要爆炸,我就知道她很不幸地梦到我了,于是我就得花六十支香烟解释那天夜里我为什么不可能到她的梦里去的理由。

"我被装进罐子里一动也没动。"我总是这样解释。

"天哪!我的梦正好也在罐子里。"

"但是罐子爆炸了。"

"它密不透风。"

接着我们开始谈另一座青城。那里越来越多的是天空,越来越少的是土地。泥总是津津乐道那里的孩子突然长大这一类话题。我对此类话题不是很感兴趣。孩子总是要长大的,哪还管它是持续性还是间歇性的呢。比如说现在迪迪到底多大了,我就没有把握。反正这一类事全是小事情。我比较内行的是解答猝死者的原因;而泥对车祸现场及尸体伤痕这类话题像半岁的孩子对康德那样无所谓。每当我打断她的话题开始说自己想说的话时,她就去喝冰水,即便是冬天也一样,我觉得这颇好玩,就滔滔不绝地讲下去,她就那样站着喝了一个冬天。细算起来,这该是六十六年前的事了,那时我们都还年轻,因此常用话筒交流情感。没想到泥会在六十六年后认为我当时是在捉弄她,因此我每天的生活内容加上了发誓这一项。我向泥发誓说事实绝不是那样,我绝不是想用冰水冻死她然后占有她的空间。事实上,我的肺活量非常大,根本不在乎拥挤什么的。我告诉她即便把我现在的空间再减去三分之一我也能活下去。可泥还是不信,她说迪迪根本没占领我三分之一的空间。要使她相信,除非有联合国安理会开出的证明。因此我们常彬彬有礼地把牙咬得咯咯响。而每当这时候就总有人敲门。泥打开后,我们发现早晨送牛奶的工人全都换成了身份不明的老人。

"太太、先生,你们都忘记土地了吧?"老人语调平缓地用沙哑的声音对我们说,"我们的土地正在越来越少,我们能记住许许多多稀奇古怪的定理和结构图,却恰恰忘记了土地。先生、太太,牛奶的价格又变了,现在牛奶的颜色是灰色的。"

可我们并不认识他,虽然我们都忘记了早先送牛奶的是谁,但绝不是这个老人。早先的那人喜欢戴面具,而这个老人倒有意让人们看清他深深的皱纹。老人向每一个主顾讲述很多因喝牛奶造成的悲剧,于是整座城市安静了三天,人们都在不知疲倦地倾听着那些连绵不断的故事。在老人喘气的间隙中,每个男人都在向女人们预言他们将成为这些故事的主角。

迪迪惊慌失措地来问我们为什么这三天太阳和月亮各自占领天空十二小时,我才发现原来他已经长大了,这简直使我莫名其妙透顶。鬼才知道他是在哪个半夜时分用蘸着唾液的手捅开了那一层纸帘的。我知道我们这座城里的男孩女孩就是这样长大的,他们用手蘸着唾液在半夜时分捅开父母的床与他们的床中间吊着的纸帘。早先的时候,他们把这块纸帘中朦朦胧胧的影像当作父母的游戏,之后是神圣的迷惑,像祖先为一桩稀奇古怪的事情感到迷惑那样,他们几乎停止呼吸地憋着气,然后做一次颤颤抖抖的深呼吸。泥比我更有耐性而且沉着,她告诉迪迪自从爱迪生发明电灯以后,太阳和月亮就重新分配了它们各自占领空间的时间,迪迪似乎什么都懂,他认真地点了点头,说爱迪生只有一个"迪"而他有两个。我非常满意他的理解,想,他真不愧出生于这个时代。然后迪迪就挺着胸大踏步地出门去了,一副胸有成竹的庄重样子使我相信他今日的晚报又会有好销路,而且,他必然会在叫卖时漏掉所有的重要新闻。我知道这一手是这座城里每个报童的绝招,有时候他们高声叫唤,不知道自己出生了几年,效果就远不如漏掉重要新闻那样好。在这方面,泥比我懂得更多,她本身就是那样过来的。有一次我偶然想起我好像有一个叫迪迪的儿子(我承认这突如其来的念头让我大吃了一惊),泥就迅速地回答我事实正是这样,这使我回忆起那些无穷无尽的打碎了的花瓶。泥脸一红说城里所有女人都一样。自然,这是毫无疑问的,只要设想一下你正被挤压得透不过气来,那么不打碎花瓶你又能干点什么呢?那越来越多的碎块充塞了报纸的版面,使我一个在报社做事的朋友欣喜若狂,最后得了精神分裂症,这正在我的预料之中。他从出生那天起就会呼吁却不会动手,家里人无奈才把他送进报社的。总之,世界就是这样,泥用无可辩驳的口气想结束我们的谈话,我大为惶恐,我的身体很不好,而她一旦停止了谈话准又要打碎花瓶了。我忙问起关于迪迪的去向，于是就知道了这小家伙在晚报的销路最坏时去寻找提篮桥酒家。他对找这一类地方很内行，而且方位判断很准，这不能不使人钦佩。说实话，我们对他没有施予任何的早期教育。寻找提篮桥酒家的时候，他总要带上一个小小的女孩子，并且总要路过一个果树早花的公园。他们行程匆匆，偶尔停下来，只是因为迪迪总要嘲笑那些在岔路口红绿灯监视下徘徊的人们。他的声音尖细响亮，穿透力强，而那些被他嘲笑的人们，也确实都是在企图拾到一笔巨款。你只要看他们衣袋上新装上去的那么多的锁，就知道他们害怕丢掉钥匙；而在商场附近，他们甚至用手捂住衣袋，严肃得像学者那样。当然，这足够使小小的报童神采飞扬了。

我以前一直没意识到泥真会打坏最后一只花瓶，因此第一百九十九只花瓶的破碎，是我未予以足够重视的结果。那"乒乓"一声似乎是从很久以前传来的。事实上，六十六年来它就未曾停过一刻，我常误以为是厕所里的电话铃响——我一直反对把电话装在那样的地方，我认为那种地方很污秽，再说，把别人的声音引到那种地方也是很不礼貌的。但泥一直认为那儿很理想。"否则装在你身上！"泥说。我可不愿照她说的那样做——有时候我就去把话筒拿起来，往往也就听到了那个在报社里做事的朋友的声音："喂。你知道？所有的故事都在今天上演。"我感到很奇怪，他不是早就被送进了疯人院了吗，怎么还让他去编报纸呢？虽然我深知精神稍微失常些的人有利于与铅字打交道，但精神分裂症毕竟不能算作稍微失常。"判断错误，"他说，"纯粹是错误。"我便恍然大悟了，我能设想被挤压得透不过气来的人是怎样的容易发生错误判断。我祝贺他到底被人理解为正常的人了。"我在演戏呀，难道你看不出来吗？"他得意忘形地说。我作了一次深呼吸。我在想这一次他将扮演谁呢？"喂，我说，你是怎么回事，连邱岳峰的声音也听不出来？"原来他在扮演卓别林。既然如此，我当然也得进入角色。然而我扮演谁呢？我转过头去看泥，她正为打坏了最后一只花瓶焦躁不安。我猛然意识到我们该回老家去一趟了，于是我对着电话说："迪迪，我们要走了。""你们走就走吧，别忘了把钥匙带上。今天报纸的销路很好。所有的故事都在今日上演，但所有的剧场广场都是空荡荡的。我知道你们在扮演谁。"迪迪说着咯咯地笑了起来，"那位混帐预言家，对不对？！"

没等我回答，他就挂上了电话。现在只有回老家这一条路可以走了，我早就料到总会有这一天的。我把箱子最底层的大信封翻出来，给泥看那两张即将过期的飞机票。泥会意地一皱眉，我们就出发了。

机翼下都市无尽。早先还是荒郊的地方，此时是都市在无限地漫延着。泥去买了两杯牛奶咖啡，也是灰色的。我预感到将会有无法解释的事情发生。果然，在飞机再次抬头钻进云里去时，灰色咖啡溢出来流到两张蓝色机票上，机票一阵模糊后，终于也变成了两张灰色的硬纸板。我们丧失了目的地。早些年我独自一人从乡下跑进都市时，也曾发生过相同的事，只不过那次机票是变成红色的纸板。那时都市更加遥远，但我想看看天赋是不是还没有泯灭，便也把头伸到机舱外——请相信我有这样的本领——仍然看见都市的漫延，我大为不安了，泥显然也一样，她结结巴巴地说自己不该把所有花瓶全部打碎。我正想安慰她。空中小姐送来了半年后的报纸。我忙掏钱买了一张（我想知道迪迪是否进了工读学校）。"我们在哪儿着陆？"泥问空中小姐。"该下就让你们下。"空中小姐留下一圈细铅丝就走了。我们稍稍放心了些，就看见报纸的头版头条登着我们的都市将变成世界第一大城的消息。我和泥对望了一眼，一声不吭地把报纸珍藏起来。总有一天，这消息会惹出事来的，正像马寅初"人口论"的反面那样。

我们是沿着铅丝下来的。我们把什么东西都忘在那架越飞越低的飞机上了。无论如何，那架飞机总要出点事故的，因此我们不抱怨这个绝对陌生的地方，只是有些奇怪那个有雀斑的空中小姐的话，她说"到了"，到哪儿呢？这时候我也不知道应该到哪儿了。那杯灰色的混帐牛奶搞丢了我们的目的地。泥说她认识这个地方，这是她无数次光临的梦地，"跟我走准没错。"她说着就迈开了大步。我猛然觉得吃力和紧张，像是到了空气极度稀薄的地方。我知道这又是挤压的结果。我想这难道就是那座青色的城么？抬头一看，头顶的上方是一颗忽明忽灭的星星。我隐约觉得这地方颇有些熟悉，可就是想不起来这是什么地方了。泥在十里开外的红灯下呼唤我，我又觉得呼吸紧张起来。"怎么六十六年了你还没适应呢？！"泥说。我有些羞愧了。实在话，对于适应能力，我可能没有这方面的天赋。

瓦已经老苍苍的了。我想不起他的年纪。大概是在八百至七百之间吧。我想泥怎么竟能把我带到瓦这儿呢？而瓦怎么也住进了城里？"这儿就是我们的家呀，桥。"瓦语调平缓地说，"你看头顶上那颗星星不还是那个老样子吗？不是我住进了城里，是城市淹没了我们。在城市漫延到这儿的头一天晚上，村里人全都乘船逃走了，只有我一个人留下照看家畜，哪知第二天一觉醒来……"瓦泣不成声了。瓦一觉醒来，就见墙上的每一张世界地图都正在变成灰尘往下掉。他惊恐不安地发现自己住进了二十四层的高楼。"我走到广场上，"瓦说，"也就是早先咱家庭院，见所有的家畜都整整齐齐地列队站着，听一匹高头大马的指挥。真是见了鬼，这匹马一天前还给我驾车呢！每一家畜的背上都印着一张城市交通图，你看这不是怪事吗？那匹马神气得像个变形的拿破仑，可一天前我的鞭子指东它不敢往西!对了,那杂种背上有这样一行红字:'寻找正在消失的牧场'!用中、英、法、俄、德、意、日、西、斯拉夫等几百种文字写着。世道变了,桥,泥,这世道变得不是我们的了。"瓦恶狠狠地挥了一下手,又用同一只手抹了一下眼睛。我故作深邃地默不作声,低着头像是沉思的样子。泥也学着瓦的样子挥手和抹眼,但她的前一个动作使我想起那一百九十九只花瓶。这时电话铃响了起来,是城里在报社做事的朋友打来的。"我把今天的新闻读给你们听。"他说,"我们的星球已经变成了一座城。假如你绕地球走一圈的话,就会发现喜马拉雅山只不过是一根避雷针而已。""完了吗?"泥问。"完了。"这报道太短了点,我捉摸着又是迪迪干的好事。

"桥,"瓦说,"村里人肯定还会回来的。"

我站在瓦和泥中间,搓着手尽量严肃地点了点头。我想以这种方式使泥把眉头皱一皱,但没有获得成功。她漠然地注视着屋外。屋外是越来越冷的太阳。

1985 年
(原载《福建文学》1986 年第 1 期)

惘寂

老房子弥漫窸窸窣窣的响声。泥装出早已习惯的样子。有时候某只老鼠因为受了同伴的袭击或者寂寞，会发出凄厉的尖叫。泥还是装出早已习惯的样子，我直感到恶心。我是说，她可以不整天面色苍白地哆嗦，只要在某种小动物发出尖叫声时颤抖一下也行。但她就是装出早已习惯的样子。看着我安装第十七层隔音玻璃，她站在靠近煤气罐的地方咯咯咯笑。她一笑我的手就哆嗦得更厉害。事实上，我那十六块隔音玻璃根本没有一块装得像个样子。虽然它们占据了不少空间。那些小动物有意识地把它们弄出的声音送给这些玻璃折射，造成另一种它们乐意倾听的效果。可我就是受不了。我知道泥也受不了，她只是装作受得了。发现这一点真使我兴奋。我准备在适当的时候揭穿她的把戏。但她就是不惊惶。只有在她惊惶的时候揭穿她的把戏才会有好效果。否则她会咯咯咯地笑。或者写某个我永远也弄不明白的公式来证明她知道我的一番话是蓄谋已久。那么倒霉的只会是我。也许我可以等待。糟糕的是我根本就没法等待。隔壁那些小动物弄得我没法等待。自从惊惶之后，我就开始梦到那些小动物了，诸如蜥蜴、蟑螂、蚂蚁、蝎子、蚊子、老鼠、臭虫之类。那些梦非常丑恶。比如说一旦蚂蚁和臭虫在我梦里交配，就使我意识到我是蚂蚁泥是臭虫。这简直是世界上最恶心的事儿。我当然应该呕吐。泥也应该呕吐。泥就是装出早已习惯的样子。她在银行里和口袋里都有许多公式,全是瓦推算出来的。全都很神秘。她应该知道我所有梦的内容。于是,我不得不佩服泥的免疫能力了。

  光那些小动物弄出的响动就已经够受的了,我怎么还敢到隔壁瓦的小屋里去呢。泥每天在同一个时候固定去一次,确切地说是在太阳消失在灰楼后面的前五分钟。毫无疑问,她的镇定自若与此有关。她每次从瓦的小屋过来,都要莫测高深地冲我笑笑。至少我觉得她那无声的笑莫测高深。我琢磨着瓦准是又在干一件揭露我们所有隐秘的把戏。果然,泥对我说:瓦是我们这个时代最伟大的科学家。哼!科学?全他妈是冲着我来了。我无法再忍耐了。虽然我不敢暴跳如雷(否则泥会咯咯地笑),但我就是要把那些小动物一只只掐死,最好把它们全捻成粉末。我兴奋起来。我看到所有蟑螂、蜥蜴、臭虫等等全都死在我手上,它们发出吱吱的尖叫,非常好听。我的两只手都沾满褐色的血液,像毕加索的油画。我只要把手掌往墙上一拍,顿时就诞生一幅杰作。我手上小动物的血越来越多,嘀嘀嗒嗒落在地上,构成许多我熟悉的面孔。瓦、泥、迪迪全都用很羡慕的目光看着我。瓦的脸色甚至有点儿苍白。我激动得要命。我哈哈哈哈大笑起来。笑得一点儿也不惊惶,一点儿也不寂寞,甚至一点儿也不恐惧。我只是开心。前所未有的开心。泥准是糊涂透了顶儿,她迷茫地看着我。我愈发开心,浑身都大笑起来。

  "桥,"泥小心翼翼地问道,"桥,你干什么?"
  "你们——"我说。我还是笑。
  "我们怎么啦?"泥可怜兮兮地看着我。
  "你们,"我终于忍住笑了,"你们都没有什么。"

"我们都没有什么?"

"你们根本算不了什么。"

"你什么意思?"

"我的意思是:瓦、你、迪迪,所有的人,都算不了什么。"

"瓦是我们这个时代最伟大的科学家。"泥的脸色蓦然间变得苍白。

"伟大个屁。"我一挥手,断然得像个将军,"你看我的。"

我在泥惊恐的目送下,毅然冲出门去。我的心被自己的壮举激动着。

风是凉凉的。凉得发冷。夏季的傍晚,风凉本来就很不正常。一旦发冷,就更加不正常了。没准是预示着某种不对劲儿。总之是不对劲儿。我发现天上仅有的几颗星星也排列得有些说不出的诡异。我呆呆地站在门口。旁边高楼孤独地耸立着,没有一点儿声息。远处比较宽的街道上虽然还有车在跑,但那声音传到这儿来已经有些缥缈。也许那声音本来就缥缈。就这样暮色开始苍茫。老房子像一种在这儿蛰居多年的怪兽。我呆呆地站着,努力回忆自己怎么会冲出门来。隐隐约约地觉得我冲出门是为了干一件伟大的事儿。那件伟大的事儿曾经激动得我浑身发热。然而我现在身上凉得厉害,我根本就别指望能想起那是件什么事儿了。也许只要有一件事儿能使我浑身发热,我就会把一切回忆出来。我的目光四下搜寻着,希望能看到什么东西使我激动。但眼睛里只呈现黑乎乎空荡荡的一片,甚至连一个阴谋也没有。我开始对自己泄气,继而灰心,最后是完全绝望。绝望使我平静下来。我一绝望就会平静下来。我的脑海里空冥一片。良久。一个黑衣女人又在老房子周围逡巡。黑裙子遮不住她又细又长的腿。那腿白得厉害,白得下流。我浑身终于开始发热。猛然泥咯咯咯的笑声从后面传来。那黑衣女人瞬间消失了。"你干什么?"泥说。"我没干什么。"我说。我知道一切都开始正常。晚风不再凉得发冷了。

"你又在看那两条骚腿。"泥说。泥又咯咯地笑。

"我没看。"我说。

我浑身火热。蓦地,我想起来了,我冲出门来是要掐死瓦的那些小动物,于是,我冷哼一声,说:"你们根本算不了什么。"

泥又迷茫起来了。

我正要一脚踢开瓦的房门,里面却传出了瓦苍老而陌生的声音:"桥,你不敢的。"我骇然驻足。瓦怎么知道是我,而不是泥或者那个黑衣女人?那个黑衣女人在老房子周围逡巡已经很有些年头了,这我知道。我的呼吸急促起来。

"桥,"瓦说,"这个世界上的事情我全都知道。"

"你已经好多年没出来了,"我说,"你怎么知道?"

"一百零三年,"瓦说,"你不敢弄死这些小动物的。"

"你怎么知道我要弄死那些小动物?"

"世上的事我全知道。"

灯"啪"的一声亮了。青色的光线从他的窗口透出来,空气顿时变得凝重。青色的窗帘像一块巨大的屏幕,渐渐现出一个令人骇异的头影。那人的头发胡须把整个脸乱蓬蓬地掩藏起来,有许多小动物在上面或周围跳跃飞舞。我知道完了。就是说我一切都完了。我肯定不敢弄死那些该死的小动物。我永远也摆脱不了那些恶心的梦了。我长长地作了一次深呼吸,对自己完全绝望。

"桥,你不应该绝望。"

窗帘上那怪异的头影轻轻抖动着。我知道那就是瓦。瓦的声音仍然苍老而陌生。

"我不应该绝望。"我木然地说。

"也许一切都将结束,"瓦叹息了一声,"谁知道呢,也许一切都会延续下去。"

够了。一切都他妈的够了。那些该死的小动物弄得我尽做恶梦,那些该死的公式弄得我惊惶不安。泥把我的所有把柄牢牢地抓在手里,动不动就咯咯咯地笑。我像一只小虫子,蛰伏在一个不安全的地方等待毁灭。然而毁灭不了。这算是他妈的怎么回事儿。我颓然回到屋里,在泥轻蔑的目光下,呆呆地盯住那些横七竖八的隔音玻璃,脑海里渐渐又复空冥一片。

那天夜里,泥显得焦躁不安。虽然那些小动物还在把窸窸窣窣的响声送过来,但听起来总有些异样。也许是下雨了,也许仅仅是旁边高楼多洗了些衣服挂在窗外,总之有水嘀嘀嗒嗒地落在老房子上。奇怪的是这种声音一直没有减弱。窗外黑得厉害,若在平时,我一定会被这种奇怪的黑弄得心惊肉跳。但我的情绪很好。所有惊惶、孤独、恐惧、寂寞的感觉都消失得干干净净。我仅仅为很多年来为什么会一直有这种不可思议的感觉感到莫名其妙。泥一会儿抱头沉思,一会儿把床掀开看看。但床板上空荡荡的什么也没有。当把屋里所有地方都翻腾了一遍之后,她可怜兮兮地看着我。我顿时被她的可怜相感动了。

"你找什么?"我说。

泥突然"哇"的一声大哭起来。我坐到床边,把她搂在怀里,轻轻地安慰着她。

"桥,我害怕。"她说。她像个小女孩似的偎在我怀里,我把她搂得更紧。

"别害怕,"我说,"有我呢。"

她轻轻地啜泣着,肩膀一耸一耸的,这情景使我想起早些年我们在垃圾桶的掩护下谈恋爱,我第一次吻她的事儿。我觉得屋子里充满爱情。我把她的下巴端起来，正要重演爱情的历史时，隔壁突然传来瓦奇怪的大笑声，那笑声连绵不绝，把小动物们弄出的声音全部淹没。泥猛然推开我，惊恐地打量着四周，然后发现我正在目瞪口呆地望着她，她便满脸通红。

"你这个骗子！"她叫道。

我还是目瞪口呆地望着她。

瓦的大笑声戛然而止，随之传来咔嚓咔嚓的声音。一会儿，这咔嚓咔嚓的声音也消失了。

"你这个刽子手！"泥愤怒地对我吼道。

我没有睬她。我在静静地听。当我证实那些小动物的声音确实消失得干干净净之后，我才注意到泥还保持着一脸的愤怒。

"泥，你怎么啦？"

泥不说话，她面色铁青地走过去，自顾自躺到床上，把衣服脱得干干净净，然后叉开双腿，摆出很淫荡的姿势。

"来呀！"她说。

"泥，你到底怎么啦？"我说。

"来呀！"她吼道，"你要的不就是这个吗？"

我跳过去"拍拍"给了她两记耳光，趁她懵懵懂懂的时候，我开始脱自己的衣服。

早晨我去上班，同事们说我的气色很好。我很受感动，就说他们的气色也很好。大家都很开心。后来主任来了，我们都对他诚挚地微笑。主任也微笑，告诉大家说这个月可望多拿点奖金。大家就说感谢主任好领导。主任掏出一包过滤嘴"中华"香烟，很慷慨地往我们面前挥洒。一个机灵的同事就说主任一定有什么喜事了。主任只是哈哈地笑。大家说主任有喜事，应该让我们分享才对呀。主任说，实不瞒各位，我老婆昨晚在医院生了个九斤的胖小子。九斤！我的天，大家纷纷祝贺，说了些中年得子福深似海之类的话。主任乐得哈哈哈笑。我想着主任快五十岁的人了，已经不算是中年，却能弄出个九斤重的崽子，真是了不起之至，就没来得及多祝贺几声。有个同事不满地瞪了我一眼，我马上意识到自己的过失，想立即补过，贺词却怎么也想不出来。还没等我想好，主任已经转身走了。我想他一定知道我没有大力祝贺，心里惴惴不安。我闷闷不乐地坐在办公桌前，一直在琢磨这件事。最后，我想出了买礼物去补过的办法，心里便立即舒坦起来。

大街上人很多，车也很多，全都急匆匆的样子，让人感动。商店一字溜儿地在大街两旁铺开，争奇斗妍。不但店名取得好听，什么飞达啦、凯宁啦、春艳啦等等，字也写得好看。还有的商店里大声地开着录音机，吼着"你到我身边，带着微笑"什么的，具有说不出的震耳欲聋的美感。我走进一家装潢很漂亮的商店，发现里面俨然摆着菜刀、杀猪刀、匕首之类的东西，琳琅满目。我估计主任的儿子虽然他有九斤，恐怕一时也还用不上这些东西，因此很羞涩地退了出来。这样我进出了许多商店，虽然有些难为情，但还是信心百倍。最后，我买了一个很漂亮的洋娃娃。这个洋娃娃是个女孩，穿得很少，我想主任的儿子一定喜欢。果然下午我将洋娃娃送给主任时，他代表他儿子极大地喜欢了。我浑身充满幸福。

泥茫然地坐在屋里，她的旁边摆着许多钱。我感到莫名其妙。问她是怎么回事，她却一声不吭。我把屋子打量了一遍，发现那些玻璃不见了。

"你把那些玻璃卖了是吗？"我说。

她还是恍若未闻。"卖了好，"我自言自语地说，"要不太占地方了。"

"桥,"泥突然抬头望着我,很忧郁地说,"那些公式不见了。"

"什么公式?"我说。

"当初我们存进银行那些。"

"不见就算了。"

"我今天去银行把全部存款都取出来,数目编号都对,就是不见那些公式了。"

"不见就算了,"我说,"泥,我们出去吃晚饭。"

我顺手捡了几张钞票塞进口袋,然后把一条很漂亮的裙子递给泥。她看了我一眼,乖乖地换了裙子,和我一起走出老房子。

饭馆都是很漂亮的,我奇怪自己早先怎么竟没有意识到这一点。我们走进一家叫"奥林匹克"的餐厅,女服务员就笑吟吟地把我们迎向雅座。

"吃点什么?"我说。

"随便。"

"我们吃西餐吧?"

"随便。"

"要两块牛排怎么样?"

"随便。"

我匆忙点好菜,又要了两杯葡萄酒。女服务员微微一笑,翩然走了。

"泥,你怎么啦?"我说。

"我怎么啦?"泥茫然地看着我。

我们兴味索然地把菜吃了个精光。然后天就黑了。我们走出餐厅,到了没有灯光的街角,我迫不及待地提出要吻她。

"随便。"她说。

我就吻了她。可惜的是她没有一点儿激情。刚才别把她那杯酒一口喝掉就好了,我想。我觉得这个世界还是比较正常而幸福的。

　　我们就这样平静地过了些日子。我是说,我把这种日子看成是平静。泥照旧是乖顺而茫然,除了每天把屋子翻得乱七八糟以外,她的平静简直是无懈可击的。我知道她是在寻找那些曾经使她激动不已的公式,就完完全全地原谅她了。

　　很多天后,在一个晴朗的下午,迪迪突然出现在我的办公室里。当然我只是猜那个小伙子是迪迪。他果然是迪迪。他说:"你怎么还不到殡仪馆去呢?"说完他转身就走了。他莫名其妙的神情感染了我,我顿时也莫名其妙起来。早先那些情绪又笼罩了我。我努力想把那些情绪取个名字,但就是想不起来。我拿着钢笔在白纸上胡乱涂抹,直到下班了,那个很机灵的同事拍拍我的肩膀,我才反应过来已是黄昏。我整理办公室的时候,发现白纸上写着许多这样的字:

　　　　惊惶　瓦　寂寞　迷惘　殡仪馆

　　我胆战心惊地将白纸塞进口袋。虽然办公室里只剩下我一个人了,但我还是被自己的举动吓出了一身冷汗。我庆幸没有人发现我的阴谋。我迅速走出办公室。在刚拉上门的那一瞬,我发现窗帘并没有关上。肯定有人发现我的阴谋了!当时窗口外面有许多眼睛,这没错,肯定有许多人发现了我的阴谋。那个很机灵的同事,他拍我的肩膀是什么意思?他没有发现我的阴谋才是怪事呢!我完了,我的阴谋已经被所有人掌握了。我的把柄完全在他们手中,他们随时可以把我置之于死地。事实上,我的阴谋早就被那个卖咖啡的小伙子记录下来了。那次我和泥迷了路,很愚蠢地走进他们的咖啡馆,他还没给我们送咖啡就忙着记录我们的阴谋。这不会错。我一阵晕眩。我跟跟跄跄地走出办公大楼,发现门口有许多人,他们都用一种奇怪的目光打量着我。他们嘴角一律带着冷冷的嘲笑,那意思是非常明白的:我的阴谋他们早已识破,我的把柄全在他们手中!

我慌忙向一条没有灯光的小巷冲去,后面传来许多混乱的冷笑声。

我正在仓惶地逃奔着,一个声音突然清晰地传来:"看,那不就是桥吗?"接着许多脚步声从前后逼近。我的左右全是白色的高墙,根本别指望能逃走。我站住,拼命地喘气,眼前是白茫茫的一片。接着,我发现前面七八步远的地方有四五个雪白的人在渐渐逼近。我转过身,见身后同样有四五个雪白的人在逼近。我被包围了。我已经完全绝望。

"不,不。"我说,声音微弱得连我自己也听不见。

他们还是在逼近。

"我不是骗子!我不是刽子手!"我挣扎着喊道。

也许他们听到了我的声音。他们全在离我三四步远的地方站住了。

"喂,你是桥吗?"其中一个人问。

我想说:我是桥,我招供了,但我不是骗子,不是刽子手。然而我叫不出来。我听到了泥咯咯咯的笑声。我四肢发软,眼前复又是白茫茫的一片。也许我晕了过去。反正我睁开眼睛的时候,是在一间很像我办公室的屋子里,这儿除了只有一张桌子以外,其他什么都像,连坐在桌子后面那个又矮又胖的男人都像我们的主任。奇怪的是泥坐在我对面,还带着不屑一顾的目光看着我。我的旁边有几个穿白衣服的人,见我睁开眼睛,他们看上去都松了一口气。我知道刚才包围我的就是他们。我恶狠狠地瞪了他们一眼。然后他们就退出去了。

"你就是桥吗?"那个像我们主任的矮胖子说。我简直不知道他干吗要装出一副同情的样子。明知故问,我想。我哼了一声。

"他就是桥,"泥说,"没错,他就是桥!"

矮胖子对泥点了一下头,然后对我说:"桥,你不要过分难过,人总是要死的嘛。我是这儿的负责人,我看,你把手续办一下……"

看你那样子就是负责人,我想,我他妈的早就知道你是负责人。你别假惺惺地装得像只猫,猫哭老鼠的把戏我见得多了!没错,人总是要死的,但要死个明白。

"这是什么地方?"我说。

"殡仪馆呀!"他很奇怪地说。

"殡仪馆?好呀,殡仪馆!"我愤怒地说,"你们要怎么样?!"

矮胖子惊诧莫名地看着我不吭声,良久,他把头转向泥:"你丈夫气糊涂了。"

泥咯咯咯地大笑起来。

泥所有的笑,只有这一次听起来比较顺耳。事实上,我也正想对那个自作聪明的矮胖子大笑几声。我给了泥感激的一瞥,她却昂起高傲的头了。她一定又找到了瓦弄出来的那些公式。我又愤怒起来。我把头转向矮胖子,大声道:"现在怎样?"

"先去看看吧。"他说。

看看就看看,大不了是刀枪或绞架,我一点儿也不在乎。矮胖子带着我们在窄窄冷冷的楼道里转了许多弯,看得出来他对这儿的一切都很熟悉,就像在他家里一样。我很快被转糊涂了,直到他说"就是这儿"时,我发现我们置身在一个阴气森森的屋子里。这屋子好大，四周的墙也是雪白。屋里有许多非常窄的床。看得出来床上是躺着人的，只是他们躺得太老实了，老实得一点儿声息都没有。他们一律盖着白布。整个屋子像是雪后的丘陵，冷得厉害。矮胖子掀开一块白布，露出一个红光满面的头来。我觉得这个人头非常熟悉。

"他是你哥哥。"矮胖子说。

什么？！这杂种把我弄到这儿来，就是为了让我看这么一个仅仅让我觉得熟悉的人吗？还想诬陷我有一个睡觉时一点儿声息都没有的哥哥。他想错了！

"放屁！"我恶狠狠地说。

"怎么？！"矮胖子大吃一惊，他的脸色顿时有些苍白了，"这人不是你哥哥、不是瓦吗？"

我冷笑一声。

"瓦是我们这个时代最伟大的科学家！"泥说。

看着矮胖子惊惶失措的模样，好玩。我哈哈大笑起来，"你想要我觉得是谁？"

"阴谋，"矮胖子喃喃地说，"这一定是个阴谋。"

"有人想毁尸灭迹。"泥说。泥意味深长地看了我一眼。

矮胖子很严肃地点点头，也意味深长地看了我一眼。

我的脑袋里"轰"的响了一声。眼前金星直冒，渐渐地，那些金星幻化出我血淋淋的双手来。许多小动物在我手下凄厉地尖叫。我想大声说，我不是骗子！我不是刽子手！我不想毁尸灭迹！但我什么声音也叫不出来。我转身狂奔，泥在后面紧紧追赶。

一大早隔壁就乒乒乓乓地响个不停，我把泥紧紧地搂在怀里。泥也不挣扎，乖乖地躲在我胸前。我隐约听到那边有人在说："事情就是这样，我们不敢火化身份不明的尸体。"

"很好,很好。"这是迪迪的声音。

许多脚步声铁铁嗒嗒地走出老房子。一切都安静下来。我松开泥,我们一起作着颤颤抖抖的深呼吸。

"桥,"泥说,"我们不是凶手。"

"你说什么?"我说。

"我们不是凶手。"

对、对!我们不是凶手,我们什么凶手也不是,我没有弄死那些小动物,我的手上根本没有鲜血。我跳过去,把泥一把拉到怀里,我死命地吻她,她把我的舌尖嗍得生疼。我们的嘴唇都开始发抖,于是,我们一起滚到床上,这个世界就只剩下床板吱吱咯咯的声音了。当我们都筋疲力尽的时候,就传来了很有节奏的敲门声。我们很严肃地穿好衣服。打开房门,外面是一个我们都觉得陌生的白大褂。白大褂冲着我们一笑:"完啦。"

"什么完啦?"我怒不可遏地说,"你是谁?"

"我是医生。"他说,"迪迪请来的医生。"

迪迪就是会干这一类好事!

"见鬼,我们没有病。"我说。

"我们没有病。"泥说。泥是很骄傲的样子。

"也许你们真是没有病,"白大褂说,"但隔壁那个年轻人死了,死得很彻底。"

"隔壁没有年轻人。"我说。

"他死了好几天啦,"他说,"我能做的就这些,我该走了。"

他说完就真的走了。他早就该走了。我对着他的背影挥挥拳头,我的胳膊软弱无力。

"桥,"泥娇喘着说,"我们再来。"

"他说的年轻人是谁?"我说。

"管他呢,"泥说,"不关我们的事。我们再来。"

也许真不管我们的事,但我无力再来了。我必须找个借口。我看着瓦的屋门,双眼渐渐发直。

"桥,怎么啦?"泥说。

"他说的年轻人是谁呢?"我说。

我不由自主地向瓦的屋子走去,泥惶惑地看着我,犹豫了一下,也跟在我后面。我们都紧张得透不过气来。

我们小心翼翼地推开门,一股霉气迎面扑来。我不禁打了一下冷噤。一种极度恐惧的感觉迅速笼罩了我的全身。我把泥的手捏得咯咯作响。泥尖叫起来。泥的尖叫声唤醒了我。我迅速把屋子四周打量了一遍,发现根本没有什么小动物,甚至连只蚊子也没有。早先我总是觉得有一只壁虎爬着的地方,只有一条淡淡的雨水流过的痕迹。我不知道怎么会觉得那只壁虎背上有一条金绿的带子。屋子里显得空荡荡的,虽然一张床和一张书桌占据了不少空间,但还是显得空荡荡的,并且阴暗潮湿。床上直直地躺着个一动不动的年轻人。他红光满面,嘴角依然带着微笑,和我在殡仪馆看见的时候一模一样。他的面孔看上去又熟悉又陌生。他的神情安详而幸福。

"他是谁?"我问泥,"怎么睡在这个地方?"

"他死了。"泥很悲伤地说。

"人总是要死的。"我安慰她。

"他本来不会死的。"泥开始小声啜泣。

我正在彷徨无措时,泥突然说:"看,那是什么?!"

那是书桌。书桌上有一堆一尺来长的乱蓬蓬的头发和胡须。我知道那是瓦的。实实在在就是瓦身上的东西,没有一点儿装神弄鬼的意味。我想起那个小动物窸窸窣窣的响声消失的晚上的那一阵咔嚓咔嚓的声音。我突然悲伤起来。

"这么说，瓦真的死了。"我说。

泥没理睬我说什么，她跳到书桌边，抓起那堆乱蓬蓬的头发和胡须使劲抖动。终于抖出一张发黄的牛皮纸来，上面密密麻麻写满了字。泥迅速地读了一遍，然后把牛皮纸递给我，又庄严又神圣地说："瓦是我们这个时代最伟大的科学家。"

我接过牛皮纸，发现上面写着这些数字——我们这个城市共有：一百万警察和五十亿只蚊子；三千个政治家和四十亿只臭虫；三十个部长和九亿条蜥蜴；九千个商人和九十亿只蟑螂；一万个小偷和七十亿只老鼠；蚂蚁是一千亿零九十七只；人口是九百三十八万，其中傻瓜四百万一千二百三十六人，囚犯十八万二千四百六十五名……等等等等。

我没有耐心把它读完。我无可奈何地把牛皮纸还给泥，泥迅速地把它藏到怀里，激动得满脸通红。我心里"咯噔"一下，猛地意识到我的所有阴谋都将被她识破。

虽然没有了小动物们窸窸窣窣的响声，但每一阵敲门声都更使我心惊肉跳。殡仪馆那个矮胖子不再来了，白大褂和那个瘦警察却每天都要来。他们来了就吵，似乎是为了瓦到底死了没有的问题。他们把我和泥撇在一边，像是这桩事儿与我们一点关系都没有似的。泥因此愤怒得弄出许多难听的声音。我觉得，泥故意弄出来的声音虽然难听，但总比那两个混蛋的争吵听起来舒服些。我没有制止泥。也许是泥的尖叫引起了他们的注意，一个燥热的下午，他们争吵完之后，那个瘦警察不声不响地推开了我们的门。示意我们跟他走。

"不，不。"泥说。

"我们不敢了。"我说。

"我们不敢了。"泥说。

然而没用。瘦警察表示我们非跟他走一趟不可。然后他率先走了出去。我和泥规规矩矩地跟在他后面。他一声不吭,在前面走得飞快,我们只能勉强跟着,根本没空向他求情。就这样到了派出所。这个派出所非常低矮,造型像个破旧的仓库。我知道到了这个地方,我们是绝对跑不了的,就不再琢磨逃跑那件事儿了。我是说,刚才在大街上的时候,我曾琢磨过逃跑的事儿。但那时大街上所有人都用仇恨和幸灾乐祸的目光注视着我。我一旦逃跑,准会有无数人争先恐后地把我捉回去。瘦警察把我们弄进一个东西很多的屋子里,示意我们坐下。我们连忙说不敢了,再也不敢了!他看了我们一眼,说:"坐吧。"他虽然瘦,但那目光终归像警察,我们胆子再大也不敢违抗,就老老实实地在他指定的地方坐下了。他倒了两杯水放在我们面前,要我们喝。我们依然不敢违抗,老老实实地喝。我的舌头被烫得钻心地疼,但我强忍着没敢声张。我看泥也一样,她小心翼翼地倒吸凉气。我感到好笑。我不敢笑出来。我和泥战战兢兢地对望了一眼。也许是我的脸上不小心残留着一丝儿幸灾乐祸的笑容,她对我做了个咬牙切齿的表情。我把目光收回来,发现自己在这种地方糊涂得厉害。一糊涂,我就把这到底是什么地方给忘记了。我抬头看瘦警察,发现他面前不知什么时候已经摊开了一本发黄的大账簿,他正在仔细地查阅。我知道他在阅读某种记录。毫无疑问,他很快就要揭穿我所有的阴谋了。我在劫难逃。

好半天,瘦警察才把头抬起来看着我们。他在脸上装出很和蔼的微笑。我很为他痛心。这套把戏我在殡仪馆就见过了。

"这么说,你就是桥了。"他说。

"对!我是桥!"我大吼道,"她是泥,她是我老婆!"

我的吼叫把他们吓了一跳。他们目瞪口呆地看着我。我开心得要命。

"你?"他说,"你怎么啦?"

我不知道我怎么啦。他一问,倒把我问糊涂了。

"我怎么啦?"我说。我迷茫得厉害。

"你轻点儿声,"他说,"我的耳朵根本没有问题。"他一说完就被自己意外的幽默弄得哈哈大笑。他一笑我就更糊涂。

"你是桥,"他终于止住了笑,"你有个哥哥叫瓦,是吗?"

"瓦?"我说。

"你有个叫瓦的哥哥。"他说。

我看看泥。泥显然也迷茫得厉害。

"就算有吧。"我说。我一点把握也没有。

"什么?"他说。

"我,我,"我说,"你要我说有还是没有,我不知道。"

"你回忆一下,"他说,"很多年前你们的村子变成城市时,你有个叫瓦的哥哥……"

"我有吗?"我说。

"你有。"他说。

"好,我有。"

瘦警察高兴起来。我发现不管问什么我都说对,他就会高兴起来。我被自己的发现激动不已。不知道泥发现了这一点没有,我真替她担心。

"你还有个儿子叫迪迪,"他说,"非常混帐。"

"对。"我说。

"他把瓦弄到殡仪馆去,差点儿出了人命案。"

"对。"

"他说瓦死了。"

"对,瓦死了。"

"什么?!"

"怎么啦?"

"瓦根本没有死。"

"对,瓦根本没有死。"

"瓦永远不会死!"泥突然大声说。我大吃一惊。人总是要死的。她连这个道理都不知道,准会把瘦警察激怒。我正要声明她的话并不代表我的想法,瘦警察却哈哈大笑起来。我不知道这是什么性质的征兆。

笑够了,瘦警察掏出一块皱巴巴的手绢擦鼻子和嘴巴。"人嘛,总是会死的。"他说。

"对,对。"我说。看来泥闯的祸并不大。果然,瘦警察又说:"医生总是自以为是,他判断出瓦的心脏停止跳动十四天,就以为有了科学根据,说瓦死了。""其实,"他断然地一挥手,强调了下面的话的重要性,"从法律程序上讲,死,有正常死亡和非正常死亡两种。正常死亡,一般是指老死。非正常死亡又叫意外死亡,比如说猝遇急病、交通事故、被人暗害等等。对于瓦来说,他不老,对吗?"

"对。"我说。

"他不是正常死亡。"

"对。"

"他没有得急病。"

"对。"

"他没有遇到交通事故。"

"对。"

"也没有人暗害他。"

"没有,"我急忙说,"我们没有一个暗害他。我们连暗害他的想法都没有。倒是他那些该死的小动物——"

"所以，"瘦警察又一挥手，"瓦根本没有死。"

我突然有些糊涂了。"瓦根本没有死吗？"我迟疑地说。

"没有，根本没有！你们别指望我会办理瓦的户籍注销手续。你们走吧。你们再磨也是白搭。"

我们根本没有磨呀！倒是这个瘦杂种磨了我们半天。不过我还是有些高兴。我和泥侥幸万分。能这么轻松地离开这种地方，是我们根本不敢想象的，我拉着泥就跑，瘦警察不放心地在后面嚷道："别再来找我的麻烦！"

"对，对。"我头也不回地大声回答。

我们慌不择路地冲出派出所，然后一直往前跑。事实上，慌不择路的只是我，泥似乎比任何时候都清醒，她不时提醒我应该往左还是往右。我索性完全听她指挥。腾出脑袋来琢磨这件事儿：我和那个瘦警察，到底是哪个出了毛病。

正在我琢磨着那件事儿的时候，一个黑色的影子从我眼前一闪而逝。我只觉得那影子非常熟悉。泥就说，到了。泥是一副胜利者的表情。我知道我从此将无法琢磨透这件事儿了：我和那个瘦警察到底是谁出了毛病！

泥是说老房子到了。我们小心翼翼地推门进去，发现院子里有一个小小的男孩忧郁地看着我们。他眼神里的那种忧郁使我觉得熟悉，觉得害怕。我不自觉地缩在泥的身后。

"你来了？"泥说。

"来了。"他说。

"你没有户口，对吗？"泥又说。

"瓦和我娘没结婚，轻而易举就把我弄出来了。"想了想，他又说，"我娘穿黑衣服。"

他说完，就趾高气扬地朝瓦的屋里走去。

"喂，你站住。"我鼓足勇气说。

他站住了，转过身来看着我，带着鄙视的神态。我一时不知怎么办才好。我很尴尬地把手指弄得叭叭叭响。

"你正好可以顶瓦的户口。"我说。我猛然明白了那个瘦警察和我都没有错。

"我叫星。"他说。他友好了许多，径直走进瓦的屋子里去了。泥又咯咯咯笑了起来。我突然觉得害怕，以前所拥有的那些恐怖情绪全部又向我涌来。我知道一切都完了。一切不幸的事情都将在我身上发生。我想乞求泥别揭破我的阴谋，但她正神采飞扬地对着星走进去的地方注视。我长叹一口气，发现太阳正在慢慢跌落。

果然，当夜幕降临的时候，老房子又弥漫在小动物们弄出的窸窸窣窣的响声里了。

1986 年

被同情的人

我已经灰心，不相信自己还能够证明自己。四十年前那个平平常常的日子，把我突然变成一个莫名其妙的人。我曾数十次奔走于上海和黑水寨之间，向每一个曾经和我相识的朋友声明我就是莫忆，就是狗哨。然而白搭。现在我已经老了。

那份电报是令人痛心的，无论是对现在的我还是四十年前的我来说，那电文都能够在我心里制造巨大的恐惧，引起我浑身的颤栗和悸恸——

父亡母危速归

那年我二十二岁。当我收到电报，匆匆向新婚的妻子道别，乘了三天三晚的火车，四天汽车，还走了一星期的山路，终于赶到老家黑水寨时，母亲已经在黄土里呆了三个多月。母亲是在父亲去世半个月后死的。

三个多月没有下雨，因此父母的坟还崭新。黄沉沉的土，黄得踏实。两座坟并在一块，坟头遥对远天的连绵不断的蓝色大山的一个低凹处。那是寨里人许多习惯中的一个。他们以为把坟头对着山的缺口，坟里人夜间出去寻吃的就不用翻山越岭了。七年前,当我带着十五岁乡下孩子的狂喜要到上海去上大学时,就是从那个垭口出去的。那里有一条唯一的通往山外的羊肠小道。那鬼地方恐怕很远,狗哨,别让人欺负了你,要不你把咱家的梛头带上。不用了,爸,有老师呢。听先生的话,记住啦,记住啦。哦,狗哨,听说那地方有一个挺厉害的东西,叫"垫",发起狠来几十个人也拗不过,你可别去惹他。爸,那叫电。反正你别去惹他。哎,爸,你回去吧。过了那道山垭我回。

坐在两座坟之间。父亲的坟大些,母亲的坟小些。我把手枕着头躺下。天上一丝云也没有。这块稍微有些倾斜的草地有个挺容易记的名字,叫坟山。山其实在草地后面,只是一个小丘,长着一棵巨大的山神树。栗树。树上有鸦巢,像很多小丘地里众多的孩子的头。杉树很多,都不大,风一吹沙沙响,像在叫谁的名字。偶尔跑出一群气喘吁吁的狗,杂毛。偶尔窜出一只火红的狐狸,一跳一跳。右面是深山,只有一条牛群走的小路。左面是个凹地,没有流动的水。秋天落雨的时候,凹地积水,黑水寨的水牛只有这唯一的地方可以滚烂泥,因此有众多的"牛滚荡"。

一群六七岁的孩子在"牛滚荡"里,和一条水牛一起嬉戏,一个个精赤条条,浑身泥浆。游够之后,他们爬出来站在塘边,一排地站着往塘里尿尿,看谁尿得远,看谁能尿到塘里那条水牛的眼睛。优胜者是一个头大脖细的孩子。他们齐声呼叫着"小兔子,小兔子!"他又跳进塘里去了。那里面不卫生,会得病的,你们快出来。他们全围上来了,挺着黑亮黑亮的小肚皮。一只苍蝇绕了几圈飞走了。来,给你们糖吃,别怕,糖是甜的。他们嘻嘻地笑。公园里的那只金丝猴对着游客搔首弄耳。我是寨里的人,早些年出去读书的,我叫狗哨。你们别怕,怎么啦?这是糖,糖是甜的,阿布大叔在哪儿?他们又慢慢地围上来了。小兔子,你多大啦?哦,我离开寨子时你还没有出生呢!你别坐到坟上,快下来，坟上的黄土被他蹬下一溜来。

"阿布大婶，阿布大婶。"

她比七年前老多了，剧烈地喘着气。小兔子抢着接过她的菜箩。

"你是——狗哨吧？"她上上下下地看着我。

寨里与七年前一样。几条陌生的狗朝我吠了几声，小兔子他们把鸡蛋大的石头准确地砸了两三块在它们身上。"是狗哨回来了。"阿布大婶把这句话重复了十三遍。

我把东西放在阿布大婶家。大婶，我先回家看一眼。快些转来，晚上到麻脸儿家吃酒。谁的酒？麻脸儿和小灰。沿着那条弥漫着羊粪味的小道，我到了没有父母的家。无数孩子的脚印把墙蹭得光滑。好了吗？麻脸儿？"砰"的一声，然后瓮声瓮气地从屋里传来一声"好了"。你和小灰找遍了每个角落，只在牛圈里找到六指。麻脸儿躲得真紧。哦，他肯定在那里面！他果真在那里面。小灰真聪明。我们把麻脸儿从他父亲早些年准备好的棺材里抓出来时，他沮丧地和六指一起学了三声狗叫，总有人到那里面去的。那次在六指家也抓出七斤。我把门打开，迎面一阵霉气。两个黑沉沉的布包吊在屋梁上，中间连着蜘蛛网。我把布包解下来，里面是发硬的棉絮，上面还有痰迹。狗哨，把这个也带上。不用，东西多了不好走路。一只硕大的老鼠在香台上散步。我关上门时，它看了我两眼。

阿布大婶在等我。你去了很多时候。我只是随便看了看。你没哭？没有。她奇怪地看了我一眼。你大叔回来过了，叫我们快过去。我从提包里拿出两瓶味美思。六指从县城赶回来了，他的两只手油腻腻的。狗哨，你回来了。回来了。阿布大叔狠拍了一下我的肩。这小子都长胡子了。你好大叔。这是什么玩意。酒？哈，酒是红的，真稀奇古怪，你先坐着，我收拾完那桶猪下水再说。他们都黑沉沉的，我看看自己的两只手，白得有些不自在。

　　一会儿唢呐震天，麻脸儿牵着毛驴回来了，骑在毛驴上的小灰头上罩着红布。麻脸儿看见了我，眼睛一亮。他忙着去扶小灰下来。小灰步履蹒跚，她的腹部高高地凸着。自卷的旱烟有大拇指那样粗，我猛烈地咳嗽。人们都看我。一拜天，二拜地，夫妻对拜。小灰弯腰吃力而缓慢。算了吧，一拜的时候我说，人们都吃惊地瞪了我一眼。这样对她的身体不好。小兔子把鸡蛋大的一块红糖扔给我。嚼糖声响彻茅屋。小灰和麻脸儿进洞房去了。一会儿麻脸儿出来招呼大家喝酒吃糖。狗哨哥呀，回来了？刚到，接到六指的电报我就赶回来。狗哨哥你回来了。你好，六指，工作忙吗？忙着给农机厂送一批货，昨天才赶回来。喝这个吧。我把酒瓶打开，给每个人倒了一碗。咳，糖水，娘们才干这个！阿布大叔把小兔子叫过来，让他把它端走。小兔子一口干了一碗，咂咂嘴。阿布大叔给我倒了一碗老白干。来，喝！碗边黑沉沉油腻腻的。他们一口干了一碗，我呷了一小口。他们都吃惊地看我。狗哨可不是这样。我重又端起酒碗，咬咬牙一口气喝干。消防车嘶啸着冲过来了，大火在我周身燃烧。楼房倾斜了。那瀑布哗哗地倾泻下来。来喝！喂，狗哨，喝呀！阿布大叔，找，找只脚盆来。他说什么？不知道。六指，他说什么？他怕是想吐。我、我说，小灰已经有身孕了，还成什么亲。她才十五岁！啊哈哈。他说什么？怎么我一句也听不懂。这人真可怜。是啊是啊。麻脸儿你过来。什么事，大叔？小灰那肚里的，是你干的吗？干过二次，不知是不是。好，你小子有福，来，大叔陪你喝一碗。喝！大叔，他怎么了？狗哨哥、狗哨，你怎么了？真，真不可思议，真不可思议透、透顶！这叫结婚吗？这叫结、结婚吗？他说什么大叔？鬼才知道，他说什么？我说，他真像咱们的狗哨。真像。真像。大叔，你怎、怎么了？我就是狗哨呀！是呀，你长得真像狗哨，狗哨在大城市里，那儿叫什么来着？上——海。不错，咱们狗哨在上海。别管他，咱们喝个痛快。大叔，这是不对的。给他一碗猪血汤。来来，咱们喝！一心敬。二红喜。三桃园。四季财。五魁首……

那只老鼠又在那儿散步了。我敲了一下床板，它跳下香台钻到我的床下。我掀开身上黑沉沉的被子，点燃了一支香烟。屋里打扫得干干净净的。准是阿布大婶。我的两个旅行包放在床下边，旁边是三个空了的味美思酒瓶。我翻身起床，从旅行袋里掏出洗漱用具。太阳红红火火。小兔子他们"轰"的一声散开了，在离我十步左右的那棵椿树下乱八七糟地站着。小兔子，喂，你们干什么。他爬起来咯。那个像狗哨的人太阳照屁股咯！我有些难为情，寨子里只有懒虫才让太阳照到屁股了才起床。小兔子他们吃惊地走近了四五步。我对他们笑笑，小兔子脸色一变。他要死了。他口吐白沫。小兔子跑去屋后把阿布大叔叫了来。喂，你怎么了？我漱口呀。我把水倒在地上。你今天走吗？我刚回来，住两天再走。阿布大叔低声对小兔子说了句什么，小兔子应着跑开了。你走时告诉我一声，托你带个口信给狗哨，就说他父母都不在了。大叔，你说什么？见不到他就算了，我说，你长得和咱们狗哨像极了。我一句话也说不出来。阿布大婶端着一碗什么过来了。谢谢你，大婶。你说什么？谢谢你。他说什么？鬼才知道他说什么！去去。阿布大叔轰走了小兔子他们。阿布大婶带着怜悯的神色看了我一眼也走了。我喝了那碗粥。我把东西收回屋里，去找阿布大叔。屋后是全寨最大的一块玉米地，十多亩。六七架木犁在耕地。大叔，阿布大叔！他们全停了下来，看着我。喂，大伙儿歇歇吧。阿布大叔揉了一袋烟吸着，他们全来到我面前。你有什么话？大叔，我就是狗哨呀！你到底想说什么？大叔请你告诉我，昨晚我喝醉后都说了些什么？你说了好多，都没人听懂。大叔，算我什么也没说，就当我现在才刚刚回到寨子，昨晚我也没喝酒，也没参加麻脸儿的婚礼，也没说一大串醉话，也没有太阳照到屁股才起床，更没有去漱他妈的混帐口。没有，什么也没有，我现在才刚刚到，刚刚回到寨子！我甚至还不知道我父母已经死啦，我是回来看他们的！喂，我说，你不是昨天来的吗？那不是我！就算那不是我！他们全都吃惊地瞪着我。大叔，抽支烟？我把一盒"大前门"撕开，递到他面前。他对我挥了挥手中的旱烟袋：那又是什么玩意儿，白白的一小根，还加了个黄嘴儿？娘们才干那个。只有六指抽了一根，我受宠若惊地给他点燃。味儿不错，他说，只是淡了点。我忙不迭地点着头。大叔，就算我不是狗哨。你说什么？我说，如果我能把狗哨家的事全部讲出米，那你会不会相信我就是狗哨？你说说看。有一间草房，隔成两间，东边一间是堂屋和厢房，西面一间是灶房，灶房里一个灶台，一个大水缸和两只木桶，木桶散了。院坝里有一个猪圈。大门外五步远的地方有一棵椿树，碗口那样粗。他们全都哈哈大笑起来。我想着自己身上有没有胎记什么的，可惜没有。阿布大叔用手擦了擦鼻涕，抬起脚在鞋底上敲了敲烟锅。等会儿吃饭你到我家来，要不我叫孩子他娘给你端去。大伙儿干活吧，再犁十把趟回去吃饭。他们各自收起烟袋。等等，大叔。你还有事？大叔，除了狗哨，有谁能知道狗哨家的祖宗三代？寨里人都知道。除了寨里人呢？只有狗哨了。好，我就是狗哨。你们听着，我把祖宗三代的姓名及成亲日期生子日期郑重其事地说了出来，然后胸有成竹地看着阿布大叔。他搓了搓手。这么说你看到那个本本了？什么本本？你看的那个，昨晚我放在你枕头下面的。大伙儿干活吧。他们各自驾自己的犁去了。我急忙跑回家里，移开那截木头墩子，见下面果然压着一本黄得发脆的小楷本。真是见了鬼，七年前干的好事！狗哨，祖宗显灵了，你有这大出息，全靠了祖宗。是，爸。

你小心点,别把录取通知书弄脏了。哎哎!前天我梦见咱家祖坟的屁股冒青烟呢,果不然今天就得了这张盖着大印的诏书。爸,这叫大学录取通知书。管它叫什么,反正全托祖宗的洪福,狗哨,你千万别忘了祖宗的阴德。我不会忘,爸。狗哨,你把咱家祖宗的姓名姓氏记下来,你光宗耀祖了,他们还会赐福给你。哎,爸。七年了,父亲还把它好好珍藏着。现在我怎么办呢?去告诉阿布大叔说我真的没看过这小楷本。我恶狠狠地把它摔在床上,颓然走到地边。阿布大叔还在教训他驾的那条黄牯子。阿布大叔狠命地抽着它。我回到屋里,又躺在床上,默默地抽烟。那小楷本在我身下嚓嚓地响。阿布大婶给我送来了午饭,满满两大碗,足够我吃两天了。我没有吭声,她又怜悯地看了我一眼就走了。我在想着还有什么办法能证明我就是狗哨,我一定要证明自己。我决定在寨里多呆些日子。我想起了小灰。昨晚她在洞房里一直没出来,她没听到我的醉话。

  小灰坐在堂屋里纺麻线,见了我她眼睛一亮。狗哨大哥,你坐。果然,小灰还是小灰,只是她的眼皮有些浮肿。我是昨天回来的。听麻脸儿说了,他说你喝醉了,你怎么才喝一碗就醉了呢,连麻脸儿都喝了五碗。我有很久没喝白干了。她奇怪地看着我,不喝白干怎么活呢。小灰,你要多注意身体。还好,七个月了。饮食方面得注意些。你、你说什么?我说不能多吃刺激性强的东西,像辣椒、生姜之类。她吃惊地看着我。麻脸儿待你好吗?她没有说话。她的眼皮是浮肿的。麻脸儿昨晚准又那样干了。我叹了一口气。七斤怎么不在寨里?他呀,可怜了。他怎么了?他堕落,到外面赚钱去了。赚钱怎么是堕落呢?小灰吃惊地看着我。他是寨里人呀!是寨里人就得本本分分地凭力气干活。七斤小时候跟他父亲学过泥水匠这一行。那时他父亲腰带上常挂着两个酒瓶,人们见了他,总轻蔑地哼一声:"山瘪猴,到城里赚钱去吧!"

七斤没有错,我说。小灰又吃惊地看了我一眼。我又失言了。今天几号了?初五。是四月二十七号吧。今天是初五。你说的是农历,我说的是新历。你说什么?你真是长得像狗哨哥。狗哨哥也是鼻子高,一看就是福相。小灰,我就是狗哨呀!你刚才不是叫我狗哨哥吗?你是像狗哨哥。她又埋头去纺麻线了。见鬼,到底是犯了什么邪!一个最好的办法是我别开口,一句话也不说。我颓然回到家里。我决定住下来,直到寨里人相信我是狗哨了再离开。

我几乎一个夏天没有说话。我想给远在上海的妻子拍封电报,但这念头终于莫名其妙地打消了。每当人们用怜悯的目光看我时,我总有许多念头要被打消。看到自己的皮肤也逐渐黝黑起来,这是我最大的安慰。快了,我只要再坚持一个季节不说话,就能证明自己,那时我再回城里去,让全寨人来送我。阿布大叔一定会这样说:狗哨,别忘了你的老家。那将是多么快慰的事啊!

旧历五月,小灰在柴堆上挣扎了一天,傍晚的时候就带着终于没能生下来的孩子死了,只留下柴堆上一些黑红色的血块。当阿布大婶红着眼睛开门出来说小灰死了时,我差不多就要破口大骂麻脸儿了,小灰有七八个月的身孕他还干那驴一样的蠢事。但看到阿布大叔他们都一声没吭,我终于克制住了。秋天刚刚开始的时候,我却又愚蠢地开了一次口。那天从田里回来,见阿布大婶的眼圈红红的,我带着询问的目光看了她一眼。她把饭放到我面前。小兔子死了。小兔子死了?!他的肚子里有病。干吗不送到医院去看?医院?那么远。就因为远?荒唐!小兔子家的大门紧闭着,我从门缝看进去,见他妈正坐在一旁纺麻线,他六岁的弟弟和五岁的妹妹在用烟熏蚂蚁——他们拿着父亲的烟袋吸一口烟,然后用空心的蓖麻秆将烟吹进蚂蚁洞里去。小兔子躺在床上,他的肚子很可笑地凸着,他爸把他的衣服脱下来,然后用一根旧麻绳把他包在席子里捆上,我狠命地叫门,他爸朝这边看了看,搓了搓手,过来开了门。我看着他。你干吗剥下他的衣服?留给他弟弟妹妹呀?荒唐!愚蠢!他一生就没穿过几天衣服,到死了还要剥下来。这时屋里来了许多人,他们全都吃惊地看着我。太阳落山的时候,小兔子他爹扛着锄头到坟山去了,他把包着小兔子的席子包吊在锄柄上,悠晃悠晃的,像是带着个包裹去赶集。我回到屋里,在床上躺了两天。第三天早晨太阳刚升起的时候,我听到屋外有一帮孩子在吵吵嚷嚷。我推开门出去。正看到一个稍大的孩子在大声宣布:小兔子被黄鼠狼扒出吃了。"噢——"孩子们一阵欢呼。"什么?小兔子,被扒出——吃了?!"我大吃一惊。"噢,他不知道!"他们又一阵欢呼。我有些羞愧,无论如何,狗哨是应该知道这种事的,那在寨子里算不了什么,除黄鼠狼外,有时野狗也会那样干。我决定回上海一趟,希望那个我曾经呆过七年的地方会使我有些办法。

　　苏丽怎么也不认识我了。当我说自己就是那个在大学里和她相识、恋爱并结婚的莫忆时,她说什么也不相信。她把我们结婚时的照片拿给我看,不禁使我也动摇起来,我没有把握认准自己到底是不是那个西装革履的莫忆。他半年多以前回家探亲,他乘的那列火车不幸遇上了塌方。苏丽痛苦地对我说。那只是一次小事故,根本不是塌方,火车钻进山洞时第十三号车厢里的一个乘客弄倒了一瓶煤油,遇上烟头燃了起来,火车来了个紧急刹车,一百多个人的头撞破了,如此而已。我做了许许多多诸如此类的解释,但越解释她就越惶恐。因为我长得确实"像"莫忆,苏丽替我找好了旅社。我决定再去买一串贝壳项链给她,让她回忆起当初莫忆就是送她一串贝壳项链作结婚礼物的。商店里有一面巨大的镜子。人们看着你。他看着你。你是谁?你就是莫忆吗?他把衣服领子翻起来。他很不自在地看着你。现在你是狗哨了,莫忆乘火车遇上了不幸。几个月来你想证明的不是莫忆而是狗哨。在这红红绿绿的世界，他身不由己地成了狗哨。他很不自在了，你的黑沉沉的皮肤上写着你不是莫忆。你瞪着他干什么？他瞪着我干什么！你还发什么愣，你最好回火车站去。你应该知道证明你是狗哨比证明是莫忆要容易得多。你的骨子里是狗哨，你冒充了七年莫忆，事情就是这样。回黑水寨去，你的努力不会白费的。既然连你自己也怀疑自己到底是不是莫忆，那你还能向谁证明呢？乘69路公交车是到火车站，乘67路是到旅社，你应该乘69路。

　　回到黑水寨，已经过了一个多月，七斤到底从县城回寨了。他凭自己的手艺给寨里砌个鸡窝什么的。他正遇上麻烦事：妻子吵着要和他分开过。不同的困境使我们成了朋友，我很同情他。只有他相信我就是"狗哨大哥"，这使我感动不已。我觉得无论如何应该替他想想办法。阿布大叔惋惜地说，他这人出不得大力，可惜了。我替七斤感到难过。他苦笑了一下说，像寨里所有人那样干呗，又能怎么办呢？

　　阿布大叔的话是对的，在那年第二次涨秋水时，七斤卷着被子离开了黑水寨，离开了他的妻子和五岁的儿子。在他要走的前一天晚上，他把我叫到他家里喝酒，当着他妻子的面，他要我答应以后为他儿子的儿子取名，我醉醺醺地答应了。

　　我始终相信，如果我是个不能讲话的人，那至多三年，寨里人就会相信我是狗哨了。我的每一次开口都是愚蠢的。那年第三次和第四次涨秋水期间，有两三天的空闲日子，他们都不歇着，在阿布大叔的带领下，全寨人到河里筑拦河坝。人们上山砍粗大的圆木，弄到河边，铺上厚厚的树枝，再压上一层又一层的石块。重重的圆木压得我快疯了，你们不知道再过几天要涨大水吗？别傻了，这几天不干这个还有什么要做呢！自然，秋水涨过之后，辛辛苦苦筑起来的拦河坝就轻轻松松地消失了。阿布大叔，有些天灾人祸明明是可以避免的。你这是什么话，天下的事情都有个定数，我们怎么能避免它呢。

阿布大叔把我的话告诉寨里人时，他们都认为狗哨的脑袋里，是绝不会冒这种傻念头出来的。

四十年过去了。

我曾数十次奔走于上海和黑水寨之间，向每一个曾和我相识的朋友证明我就是莫忆，就是狗哨，苏丽的孩子们曾无数次从家门前将我赶走。我老了。在黑水寨，阿布大叔、阿布大婶他们，也相继老了、死啦，寨里又换了一代人。但新的一代人就更不认识我了。但他们都是好心的人，他们同情我，怜悯我。我已习惯了对一切事情漠然和麻木。冬天雪地上野狗的交配能使全寨人欢乐半天，并成为很长一段时间人们饭桌上津津乐道的话题，我对此一言不发，甚至还莫名其妙地和他们一起欢乐，但我的欢乐已经不能在脸上表露出来了。我独自在傍晚时到寨子边去看那落日的反照。那是一种苍苍白白无精打采地投射到群山上的光线，群山因此苍翠无比，我觉得那苍翠有点遥远。

是的，我老啦，早已不习惯向人们诉说关于我的一切了。七斤的孙子出世时，我没有为他取名，我不知道得让他有个什么名字。其实，在黑水寨，这也是一种"取名"的方法，因为很多人都是没有名字的，到他们死时，人们就说，那个人去了。如今我最大的愿望就是在我死后把我埋在坟山脚下，埋在父母的坟旁边，让黑水寨的后代们在路过坟山时说一声：那是狗哨的坟。

1986 年

老鼠和我的冷斋一梦

　　墙壁的低处斑斑点点的粪迹类似父亲教我的某些不可深究的哲理。我父亲懂许多哲理。钓鱼的时候得有忍耐精神。也许某条愚蠢的怪鱼——比如肚里有贵妇人的首饰——正凭借它漏洞百出的直觉在附近的区域逡巡。我就可以有一张网。网是丝质的，谁也跑不了。那些粪迹构成网的图案。我发现春天的狗肉并不是什么好玩意儿。我不得不在茅棚里耐心体味父亲的遗嘱。胡子是细细的稀稀的长长的，还发黄，微微上翘，暗示命运的凄凉。老鼠从我两股间卑鄙地溜过，微如绿豆的眼睛惊惶失措地仰视我。我的心微微颤动，有一股电流迅速传遍全身。也许我不该开门。我刚刚证明李白是性变态患者就有人非难说，我对为中华民族赢得殊荣的文坛巨擘却之不恭。我的论据是杨玉环根本就是个中性人。大学生们对我很钦佩。我收到约我去演讲的请柬和发表在正大光明杂志上的匿名信。我每次上厕所都带上一张请柬。年轻的小伙子敲门很温柔。我们是警察你被捕了他们说他们马上出示一张盖着公章的小卡片。那个红红的圆圈代表一种巨大的力量，红得让人伤心，圆得令人落泪。我不敢了我说。我回家赶紧脱下制服锁进木箱。我老婆说那制服若不锁进木箱，半夜里它就会在椅子上放射一种女人身上特有的馨香。有时它还会咯咯咯浪笑。你这个骗子她说。我向局长递交了一百零三份不再追捕女犯人的申请。我至今还在干着追捕女犯人的勾当。我发现女人——特别是那些婊子——比男人更难对付。我的任务完成得很好。我把半年一张的奖状剪成一模一样的带子。有时候晒晒，有时候藏起来。我们不敢炫耀。我老婆的例假永远不按时到来。我知道不对劲儿。总有什么地方不对劲儿。我无可奈何。桌上暗淡的卷宗居高临下，对我虎视眈眈。我为所有强奸犯辩护，知道他们许许多多种类的细节。我不是他们的父亲。律师不是流氓的父亲。我总是把条理弄乱，然后满有把握地陈述事实。请我辩护的人很多，他们都被重判。我的事业一帆风顺。三个女人把那个十七岁的小伙子逼到河边，教他战争。我常有些冷漠的主顾。你想知道什么我什么都想知道你对这行当也感兴趣这是我的职业好吧我十七岁时被她们强迫着弄懂了这个玩意儿除了撒尿还能干另外的事儿开始时有些疼过后就舒爽了我真的不认识她们我再也找不到她们了。他很下流地笑。我记录不下来。绿色的窗帘微微抖动。半杯水在桌上莹莹闪光。也许女秘书自杀是对的。我事先应该警告她在油库附近抽烟确实是件危险的事儿，再说女人抽烟不出事简直是奇迹。我们厂的损失惨重。那暗青的火苗在血红的窗棂上跳动，时高时低上下游走，噼噼叭叭的声音此起彼伏，一队灵车缓缓流过大街，哀嚎阵阵，连花圈也白得凄凉。一滴雨水沿着棺材的裂缝落在地上，发出轻微的响声。我静静地坐着。大街上花花绿绿的伞。人都被罩在伞下。每个人都被罩在伞下。瘦骨伶仃的公共汽车凄惨地鸣叫着，空空洞洞地从伞中间穿过，消失在远处的拐角。总有一天它要左冲右撞。它会强壮的。那只苍蝇在窗玻璃上爬了许久，现在它停住了喘息并且沉思。它永远也不明白怎么光明只是可望而不可即。窗外的雨水斜射，终于汇成细细的一条，试探着往下游动，弯弯曲曲，像永远也流不完的眼泪。有一个人靠着橱窗点燃一支香烟。火光淡淡地映在模特儿上。你怎么不逃跑。他悠然吐出的一串烟圈,被雨水击得粉碎。苍蝇又开始慢慢踱步,它跌不下来。你往何处去。轻微的嗡嗡声很刺耳。细细的绒毛上总有某种黏液。跑不了,谁都跑不了。我该打开窗让它出去。

　　但我出不去。我真想抽一支烟。那火苗贪婪地吞噬着阳光欢快地扭动苍白的脸一张一张整齐地排列着有人轻轻啜泣肯定是女人太阳便仓皇地逃到高楼后面。我走过青草地漫步在小河堤是谁在轻轻地唱。我想咳嗽。我快忍不住了。我站起身。雪白的墙凝固在潮湿的空气里,沉默而冷漠,一副稳操胜券的样子。我久久地凝视着。渐渐地两个圆圈开始闪现,它们将冷冰冰地铐住我的双手,我不敢挣扎。我知道我完了。我惨叫一声。我的声音射向苍穹,没有掉下一个希望来。灰暗。雨丝开始稀落。有一只不怕雨水的鸟儿从隐蔽的角落飞出来,从人们头顶飞过,不时怪叫一声。我掐灭烟头。我也许对电视里那个假模假样的混帐播音员恶狠狠地骂了一句什么。我知道他掌握了许多证据。他的普通话说得很好。他根本没有胡子。看上去很安全。他准是一个悲剧的主角。那小子不该对我暗示什么。他自寻倒霉。我简直不知道这是什么鬼地方。我害怕极了。那些穿制服的杂种非常讨厌,他们背着像烧火棍那样的玩意儿,站在二十米开外监视着。虽然砸石头倒不算什么重得不得了的活儿,但我总是觉得窝囊。原先在村子里干这种活儿没有背着烧火棍的杂种监视。我看看天。天倒是很好,太阳在高高的地方呆着,悠闲自在。我被缩成一团,在自己的脚下蛰伏着。我的影子看上去怪模怪样。他们在前一天通知我可以走了。就是说我可以回村子了。以后干活当然也不会有人监视。我老婆不知变成了什么样子,本来主意是她出的,倒霉的却是我。在那种地方呆三年当然是够倒霉的。我儿子肯定很得意。我问他们干吗要给我戴那两个凉冰冰的铁圈儿,他们说你犯了诬陷罪。他们很有把握的样子。

　　他们肯定没有搞错。有的时候我挺高兴。我们村里至今没人知道诬陷罪是个什么玩意儿。他们连听也没有听说过。而我知道。仅仅我一个人知道。有一块很小的云儿挡住了太阳。只一会儿太阳就又挣脱出来。天气还是很好。我不要他们送这一着是干对了。他们那种车跑起来倒是比马车快得多，就是会时不时发出几声刺耳的尖叫，特别是到人多的地方它就叫得更加欢畅，弄得我心痒痒的难受。有一次王大贵落到厕所里出来又脏又臭又恶心真丢人。我说我要自己走。采石场离县城只是十来里路，我下午就能赶到。说不定我老婆会在那儿卖鸡蛋。不过这可说不准。我没有问今天是不是星期天。我临走时应该问一声。我还是没有问。那个穿制服的杂种看上去冷得叫人害怕。他坐在桌子的另一边，叫我在几张白纸上写下自己的名字。我说我不会。他就摸出一盒红得叫人恶心的东西，叫我按手印。那东西真红得很恶心。血从那个妄想逃跑的家伙头上汩汩往外冒。我打了个冷颤。我还是摁了手印。我看看大拇指，依旧有些星星点点的红色。我突然惶恐起来。我的大拇指不要永远有红色的斑点。诬陷罪这三个字听起来倒是很新鲜，也还算顺耳，但恐怕不是什么好事儿。他们让我干了三年活儿，当然，每天有人监视。我眼前一阵发黑。我发现县城就在前面不远的地方。大狗马荣和陆三家都在那儿。我呆呆地站着。回村子还要赶二十里山路。我懵懵懂懂地折向村子的小路。我发现口袋里揣着的那几张按着我手印的纸片突然重了起来。我得赶夜路了。一个小虫子钻进我的裤管。它跑不了。我突然发现了那个伤疤像一条黑色的鱼爬在我腿上。我想起那天夜里，我倒在田埂上，星星在慢慢地亮。我昏了过去。有几声狗叫远远传来。我呆呆看着镜子中那个黄皮寡瘦的家伙。我嘿嘿嘿地惨笑起来。我又想编喜剧了。喜剧嘿嘿。人要活得愉快就得骗骗人，包括骗骗自己。我天天干这种事儿，愉快得要命。比如说我想买条短裤，想了好几年了，最后买了条花的。就是这样。我听外面越来越响。我总怀疑有人忘记了我。我平安无事，这肯定不是个好兆头。我天天收到一份报纸，报纸上天天都报道判刑的消息。有一天我只看了一眼罪犯名单，就眼前一黑。我妻子叫我吃饭。我说你看看我是不是光头。她哈哈大笑。她在电影厂工作。她曾告诉过我，在西方光头是性感信号。我没有到过什么西方，我只知道犯人都是光头。我肯定是光头。报纸上登出来的东西不会错。我知道我不冤枉。我以前编了许多故事，其中定有不少是属于教唆那一类。我的职业就是教人犯罪。我不想申明什么。我准备去自首，我非自首不可。我保证不了。我不知道自己保证不了什么。我走过一幢灰楼。有七个人神气活现地从我旁边走过，其中有一个打了个很响亮的喷嚏。你别得意我说，他们却已经消失。四个警察从灰楼里走出来，他们每人带着一副手铐。他们看看黑糊糊的天同时哈哈大笑。一条大汉刚从灰楼的拐角处冒出来，就被他们的笑声吓得脸色苍白。他慢慢从背后抽出一把大刀，一刀就把自己的头割了下来。大汉把头扔向警察，自己转身就跑。那颗头的脖子上有亮铮铮的四道铁环。警察不见了。有黑色的液体从喉管流出来，渐渐把高楼淹没。我无路可逃。我想起了自己是要自首。这时那七个人向我逼近。他们阴恻恻地笑着把我包围。我笑了起来。我的笑声尖利而洪亮。我赫然而立。我的嘴动了动肯定说了句什么。他们突然齐刷刷地跪下。七种声音从我背后传来：我们在劫难逃。我听到哐啷几声，七把亮晃晃的大刀从他们背后抽出。他们各自把头割下呈递于我。我惨叫一声：桥！

这时候月亮圆起来了，数千万只老鼠把影子投射到升平大地。它们肯定是在跳一种奇怪的舞。就是说，那是一种庄严得令人惊悚的舞蹈，我唯一能逃避的办法就是消灭月亮或者变成一只老鼠。

我真的变成一只老鼠了，并且梦见黄昏，并且是一只肩负着神圣使命的幼鼠。确切地说，我即将掌管鼠界的自由、前途和生杀大权。然而我不知道在作为老鼠王子的日子里自己都干了些什么，在那个想起老鼠的夜晚，我仅仅作出既温柔又崇高的表情，听如今肯定已经消逝的老鼠王的遗嘱。事实上，那是最冗长最深沉的祈祷。因为它自始至终都是一副为某种公众利益而壮烈献身的奇怪表情。当然，它作为鼠王数千万年的艰辛，早已能够洞察尘世，因此它对我们充满深刻的慈爱：孩子，他说，在这个世界上，我们唯一占有的是孤独和恐惧。我们像人类一样渴望生存渴望幸福，但没有我们的空间。在上帝创造宇宙之初，是最先有鼠类，然后才有人类。那时候，我们和人类平等地在这个星球的表层相处，那是美好的时光呀。我们的祖先也是在每天晚饭后，邀着女友在大路上散步，像绅士那样随时理理自己的头毛，以保持某种潇洒的风度。如果在路上遇到只有两条腿并且直立行走的人或者猫，大家就互相友好地鞠躬，相赠些比较吉祥的祝辞。那种情景，一想起来真使我流泪。往事不堪回首呀孩子！如今我们不得不隐入地下，把许多正大光明的活动弄在月黑风高的夜晚，像在策划阴谋那样，还得随时提防着那些该死的猫和蛇以及诸如此类的受了人欺骗几千年却还不觉醒的败类。它们不但愚蠢而且可怜。孩子，你要记住，人是天下最可怕的东西，也许在某一天他们就会把两种互不相干和平共处的生命变成死敌，而他们坐收其利，成为它们的主宰。他们就是使用这种阴谋手段成为生命世界的霸主的。大地旋转，天地轮回，他们不但没有遭受报应，反而把这种霸主地位巩固到了空前未有的程度。就这样不知过了几千万个春秋，作为鼠王，作为鼠类精神的总代表，你认为我能让人类这样无情地蹂躏我的鼠格吗？孩子，我之所以这样含辛茹苦地活着，只是想看看人类到底什么时候才能发现自己的良心——他们的良心越来越少了——向所有被他们欺骗和玩弄的生命忏悔。但是我已经绝望,他们把良心看作是一种丢人的东西。我有理由绝望。我准备在告诉你这些之后,跳进那边拐角处的那条美丽的阴沟结束生命,以证明鼠类的尊严。孩子,我不相信人类还会有发现自己良知的那一天,他们早就忘掉了自己的祖先所干下的种种卑鄙的事情,忘得一干二净了。他们谈论自由却没有谁知道自由是什么东西,孩子,你想想他们什么时候给过我们真正的自由?没有,从来没有!他们制造警察和法律,我们还能企望什么自由呢!对了,他们还叫嚣和平,可他们制造了多少战争和屠杀。他们还谈论许多莫名其妙的东西,比如爱情和面包、政变和文学、人性和石油、权力和乳罩、宗教和死亡,等等。我得承认这许多我都不懂,他们的智力确实比我的想象要高出许多。这是他们高高在上的结果。我相信,如果把鼠类和人类交换位置,由我们统治他们,那这个世界一定更美好得多。孩子,他们又卑鄙又无耻呀!你看,他们教育孩子们要老鼠过街人人喊打,说这是他们从小就应该具备的最美好的品德之一。呵,多崇高而可怜的美德!孩子,他们是胆怯了。他们害怕我们。他们不但提出了口号,而且借口说我们身上带有某种病菌。你看我们身上这么光净纯洁的皮毛会是携带病菌的好地方吗?我们比人类干净多了。要说病疫,恐怕是那种使他们仅有的一点良心日夜不安的东西。那就是:他们从我们卑微的身上发现了自己的影子,我们是他们必然结果的写照。他们之所以残忍地采取灭迹我们的办法,显而易见,就像一个强大的小丑砸烂镜子,又荒唐又可笑。就在这种先天性充满阴谋色彩的性格中,他们弄出了一大批政治家军事家文学家科学家等等莫名其妙的混帐家,他们受到愚蠢而阴险的人类的尊敬。哦,孩子,如果你把他们的名字和所有他们的行为陈列在某条阴沟里,那才是一幅丑态百出的有趣的图景咧——政治家把人的尊严变成荡妇供他们消遣，成为他们的主宰。军事家硬邦邦的制服上有许多口袋，他们把生命和零食放在一起，有的时候就用来下酒，然后在尸骨遍野的土地上呕吐或者小便。而文学家是世间最卑微的小丑，他们装腔作势，在性欲最激荡的时候写什么"啊父亲"，在饿着肚子的时候就编些百万富翁的故事。多啦！孩子，你还年幼，是根本不能理解的。你的祖父，他是个多么德高望重的鼠王啊，可他先伤于一个孩子后死于皇宫，他在临终前嘱咐我要率领鼠类图强，争取看到人类跪在我们面前忏悔的那一天。为了完成这个神圣的使命，我曾先后在这些人家侦察。但现在我明白自己将永远完不成先父王遗嘱的使命了，我只有选择死亡，我想这也许是我最好的出路了。孩子，你不要指望能劝阻我。在这个城市的东区，早些年我曾经笼络了一只被主人叫做瓦的老猫，噢，它是一只多么英俊而聪明的傻猫呀。它同意让我和它一起蹲在衣橱旁观察它的主人。它的主人是个十八九岁的姑娘，又漂亮又浅薄，她整日无事可做。她有几个和她一般年纪的男女朋友。他们叫她泥。我想泥就是她的名字了。泥和她的朋友们每天晚上聚在一起疯狂地跳舞，发点牢骚之后就交配。后来，一个整天为自己不长胡须而沉默（父王捋了捋自己金黄而长的胡须），被叫做桥的小伙子，和泥就像两条蛇那样没日没夜地绞到一起了。泥的肚子从此膨胀。在一个不幸的夜里，他们策划怎样处理这件事。我永远记住了另外一个看上去又美丽又温柔实际上却具备了人类所有残忍天性的姑娘，她建议把瓦杀了煮来吃，"听说猫肉是打胎的。"她说。噢，可怜的瓦！我劝它和我一起逃走，那时还来得及。但它不，它说既然主人要它献身它就献身，这是它光荣而义不容辞的责任。我没法说服它，它身上空前地具备了猫类的奴性。我不忍看这世间最可悲的一幕，就独自逃走啦。瓦就这样死了，可泥不久照样养下了一个叫迪迪的小杂种来。对了，你要牢牢记住迪迪这个名字，你的祖父就是死于他手！但你不要图谋报仇，否则是自寻死路。孩子，记住，人类太聪明太强大了，既然连对付起我们来又凶恶又残忍的猫类都心甘情愿为他们献身，我们又怎能是他们的对手呢！我已经绝望，确信看不到人类向被他们欺骗和玩弄的生命忏悔的那天了，我愧对祖宗。（鼠王老泪横流，然后坚定地说）但是所有生命都必须延续下去。虽然我的自由、我的希望和我的信仰都被人类无情地剥夺，但是孩子，你必须活着。现在，孩子，请你跪在我面前，让我为你加冕，你的两只眼睛里要挤出比较多的幸福和安慰的光芒。对了对了。现在你是新鼠王了，而我即将倒下，在我临终前，我要为你留下这样的遗嘱：别再指望人类会向我们忏悔——这是所有鼠的希望，靠着这个希望我们才一直卑卑微微地生存下来，让我愧对祖宗吧，从今以后，我们的希望应该是：连绵不断地活着，睁大眼睛，看人类到底会堕落到哪一步，会坏到哪一步！孩子，记住了吗？

似乎我应答了一句什么，鼠王就匆匆跑向灰墙拐角处的那条阴沟。我摸摸下巴，发现已经是光秃秃的了，不但没有胡须，甚至连计谋都一丝不见，有的只是莫名的惊恐。我知道灰墙的拐角处有一大团阴影笼罩在阴沟上边。先前太阳懒懒地在晴空磨蹭时，那儿有一些恶心的小动物蠕动，此时那儿成了漆黑一团。许多人参加了葬礼。后来哀乐声停止了，并不见一个行人。再后来人们一齐逃窜，他们把目光漠然地平视着遥远的前方，装出坦然的样子。当他们的目光越过那团漆黑时，就有一种轻微的断裂声传来。于是我没有惨叫，只是木然走进黑暗。里面却通明如雪。一个白发披肩的老者赫然坐在黑沉沉的椅子上，他老苍苍的目光迅速舐遍我的全身。我知道你会来的他说。他那浑浊的喘息声像是从遥远的天边传来，使我喘不过气，但只是一会儿工夫，他发出嗦嗦怪笑，我就平息下来了。

我娓娓道来，说我在老房子里蛰居多年了。那是冷斋他说。我说对，我的墙壁里没有砌着尸体，一具也没有，但我肯定有人要谋害我。我从来没有打算要杀个把人什么的，可是我的阴谋全败露了。在有条直缝的门上，不知是谁给我画了几只横七竖八的眼睛，它们从不同的角度逼视我，目光十分犀利。我知道像一张巨大的网，谁也跑不了，别因为一时不能给自己找到罪证就以为自己很干净，这种大错特错的想法有时候会产生极其严重的后果：也许在某个平平常常的下午，几个穿便衣的人来敲响冷斋本来就不牢固的门，我以为他们是来祝贺我越狱成功的朋友，这时候他们却说："你被捕啦，我们是警察。"有一次他们出示一张盖着公章的小卡片，有一次他们就出示手铐，这是一桩非常丢人的事儿。因此我准备去自首。我非去自首不可。然而，当我把一切自首的前人的事迹都通读一遍之后，就迷惘起来了。我不知道自己该自首什么。虽然坦白从宽抗拒从严的教导，还在我七岁接受我们传统的小学教育时就刻骨铭心，但我真的不知道自己该坦白什么。好在我明白，我总是有许许多多该坦白的肮脏勾当，我的所有阴谋都被人识破了，所有把柄都给人家抓在手里。但谁都不要自以为有什么了不起。我们这个时代就是这样，谁都以为自己了不起。当然，如果我没有去自首这一绝招，他们就随时都可以将我置于死地。事实上这也是他们的打算。但我可不是那种懵懵懂懂的笨伯。我并不很清楚自己到底过了多少愚蠢而惊惶的日子，但从迪迪——他恐怕真的是我和泥干出来的杂种——自个儿就能把硕大的瓦弄到殡仪馆那件事儿看来，我准是活得有些年头了。无论是多么笨蛋的人，只要多活些年头，他都能积累一些经验，这些经验常常是不可思议而特具神效的。当然啦，能想到自首这一招的，我所知的人只有一个：那就是我。虽然所有的人都早就应该想到这一招了。于是我快活了一次，快活地笑得死去活来，把泥吓得目瞪口呆，有几只鸽子就从隔壁高楼的笼子里飞出来，咕咕咕咕消失在遥远的天际，有些小动物就在冷斋的角落里重新显现，从它们弄出的声音判断，准是比以前更蓬勃兴旺了。我难道不该去自首吗？对他说桥你必须去自首我走了我会等着你们的。黑暗依然还在老人却消失了，我奔出黑暗陷入沉思。我在想些事情。比如说想小动物什么的，或者就想想童年时候有谁很阴险地看过我一眼。我觉得要聪明些了，不能自作聪明，我们都有许多肮脏的勾当要自首。那天瓦死了，恰好泥说他是个科学家，并且是我们这个时代最伟大的科学家。他曾豢养着许多小动物哀嚎不止。他直挺挺地躺在床上。我转了许多弯才找到那幢原来是很近的灰房子。我相信自己曾天天在此踱步，但直到此时我才觉得它根本就是我的归宿。我是说，巨大的警帽压得他的脖子粗壮。你来干什么他说。自首我说。他紧张起来并且严肃并且激动，你坐得规矩些！于是我坐得规矩，这就是意味着我坐直身子双手背在背后可怜兮兮地看着他。说吧他说你倒是老实些。我发誓我老实之后他说：等一会儿。然后他叫来一个小女人。她很熟练地铺开纸笔肃然而坐。她很漂亮只是脸有些蜡黄准是营养不良或者性压抑，可惜我不大敢想入非非，只是想她怎么不吃维生素 ABCDEFGH……开始吧！他说。我说好吧开始就开始，然后想起动物园里的那只老虎。也许是华南虎，当然是东北虎也说不定。我对虎向来惧怕，即便是关在笼子里的也怕。它们的脑袋虽然简单得和希特勒差不多但对吃人的事儿却挺在行。喂你严肃点这儿不是你轻松的地方你知道吗他说。我当然知道这儿不是我轻松的地方我根本没有轻松的地方我说。我望着他，我捉摸着他准是个科长。你知道就好他说现在你开始说嗯开始交代吧。交代什么我说。那个小女人慌忙把我们的对话记录下来。这下可真玩完了我想。你老实点他吼道。是我说科长。他愣了一下然后嘿嘿嘿笑。你怎么知道我是科长他得意无比地说，然后收了笑脸重新排列出严肃。你说吧，他说。我说：他是个科学家，我的意思是泥说他是我们这个时代最伟大的科学家。他证明了许多公式。不过我拿不准，就算他是个科学家吧，也许他是个生物学家，可我恨透他了。你说的是谁呀他说你为什么要恨他？是这样，我说，他叫瓦，许多人诬陷说瓦是我哥哥，我只好承认了，这并没什么了不起对吗科长？我恨他的原因是他养了许多小动物，一到晚上就吱吱怪叫，弄得我和泥至今只养了迪迪这么一个儿子。不过这当然也没有什么因为泥大部分时候阴冷。什么他说。阴冷我说。阴冷是什么他说。就是就是我说你问她吧。我指了指正在飞快记录着的小女人。小女人脸一红说：科长这是、是一种妇女病。科长严肃地嗯了一声然后威严地说：泥是谁？我说是我老婆。他说那你再说下去。我说好的科长瓦影响我们生孩子这倒不大严重问题是他死了。死了？科长发现了问题的严重，和你有关吗他说。有的人认为是我掐死了他，后来我想想这种想法非常有道理，首先因为他是我哥哥其次是我恨他。那么，科长说，你真是凶手吗？问题就在这儿我说法院去调查的结果是瓦没有死。这时候小女人抬头望着科长，显然她想小便了，我早就发现她的脸憋得蜡黄，只是傻科长不知道。怎么回事他吼了起来，小女人又匆忙地记录。我简直不知道这是怎么回事我说。科长问：坦白从宽抗拒从严你知道吗？我说我早就知道并牢记于心了。知道就好他说你说下去。我说完了。他瞪着我。我说真的完了。他还是瞪着我。我发誓，如果那小女人不在场，我准会当场哭出来的。好吧科长说看你也不像个作奸犯科之辈我们会依法办事的。谢谢科长我说。你叫什么名字他说。桥，我说。你住在哪儿？冷斋。好吧他说你可以走了可你别指望能逃走你逃不了相信吗？当然逃不了！我满有把握地说。你可以走了他说。这是一个英明但却阳寿将尽的科长，我想。我跳起来就逃出灰房子了。科长和那个小女人的脸色都不对，万一他们其中一个突然暴亡，人家肯定会知道我是凶手或者至少和凶手有什么预谋的。我暗自庆幸。

于是天就黑了。就是说，有的时候黑夜会在你根本不注意的时候突然来临。先前我总是为这种现象担心。此时我不得不对那种幼稚情绪感到可笑。比如惊惶啊什么的，这虽然与泥那些危容耸视的表情有关，但主要原因是我太笨伯了，没有尽早到灰房子自首，而是觉得自己很干净。当然啰，像把自己的干净与刚刚沐浴过的秦始皇作比较是我们这个时代常有的事，谁都愿意这样干而不自首，我觉得自己既英明又崇高，说不定真能干一番什么大事业，于是我茫然无措地回到我的冷斋。

我刚进门的时候有一只不怀好意的苍蝇擦着我耳边飞过，它嗡嗡了一声什么，不知道是诅咒还是忠告。我只好坐在黑沉沉的屋里，倾听一种声音，一种我永远在期待并且开始从冥冥上苍传来，空旷悠远得令人昏昏欲睡的声音。我早就知道这是一种召唤，它召唤我离开尘世奔它而去。渐渐地，那声音越来越响，最后变成了嘭嘭嘭嘭急促的敲门声。我心惊肉跳，知道已经发生什么，但我还是把门打开了。当然，站在门外的已不再是警察，而是那个我熟悉得想杀掉同时又陌生得愿意和他亲近的人——桥！也就是我。我知道迟早会有这一天：当我心惊肉跳地打开门时，站在外边的恰恰是我。我只是没想到这一天会来得这样快。我一时不知如何开口，桥并没有因此取笑我。桥平静地说：是时候了。然后他蓦然消失。我喃喃地说：是时候了，是时候了。就这样我逃出冷斋，跳上一辆目的地不明的列车。列车在红色的高原上奔驰，有许多面孔从我眼前划过，他们在追赶列车却被抛弃。车厢里似乎是空荡荡的，每个座位上都刻画着一个莫测高深的图案。我只觉得拥挤，浓重的烟草气味和末日即将来临的气味渗透在一起，迫得我透不过气来。我寻到一个刻着老鼠臀部图案的座位坐下，立即就听到一个声音说终点到了。我又闻到了末日的气味，才知道本次列车终点到了。我跳下车，发现月台上有数不清的人头蠕动。我被这些头拥着带出车站，顿时感到了这个终点的荒芜和空气纯洁。我深深吸了口气，才发现这便是那座废弃的青城，我无数次光临的梦地。此时青城无影无踪，也许它已经回归自然了，我想。我抓住一个瘦弱的男人，想问他这里是不是他的故乡，还没等我开口，他就把头往北点了一下，又转过来往南点了一下，然后径直走了，很快被像蛆虫一样蠕动的人头淹没。我往北看，那儿突兀着一幢巨大的楼房，有许多宽阔的玻璃收集阳光，又堂皇又破败，在云彩拂过的地方一本正经地书着四个朱红大字：青城旅馆。我转头南视，发现和北面一样突兀着一幢青砖的楼房，和北面那幢一模一样，巨大的玻璃门吐出许多人头，又吞进同样多的人头，只是那四个朱红大字不同：青城车站。我想这真不愧是终点站，一切都证明出终点的样子。我很高兴自己没奔错地方。我转过头，准备到旅馆住一宿再作逃窜。我刚走了几步，就发现对面有个裹着黑袍的人死死地盯着我迎面走来。我想既然自首过了就没必要惊惶，于是我迎着黑袍人的目光走去，拼命做出坦荡的样子。黑袍人在离我二三步远的地方站住了，还是死死盯着我。为了证明自己的无畏，我同样站住了死死盯着他（她?）。黑袍人是那种既可以说是三岁也可以说是三百岁的家伙，我真的无法肯定人家是孤陋寡闻不通世事抑或是历尽沧桑看破红尘，也无法肯定对方到底是落拓江湖还是领袖众生。我正不知该对他（她）破口大骂还是顶礼膜拜时，黑袍人不易察觉地对我点点头然后似乎视而不见地和我擦肩而过了。我走到旅馆的玻璃门前站住，回头望，我以为黑袍人准会被那些蠕动的头颅淹没，那样我会心安许多，但他（她）却也在车站巨大的玻璃门下转头对我遥视。我大吃一惊，急忙溜进玻璃门,直奔到总服务台,还没等我开口,那个正在看《金刚经》的小伙子头也不抬地说:100楼17号。我顿时惊惶莫名。半晌喘不过气来。可是同志……我说。他还是不抬头,说:一切有为法,如梦幻泡影,如露亦如电,应作如是观。我说对对,你说的是应化非真分第三十二之四偈语,很对很对,但我曾打碎一百零三只花瓶,并且我曾在长坡精神病院17号被围困,因此同志我说同志。他说你是桥吧。我说对。他说那就没错,并且说若以色见我,以音声求我,是人行邪道,不能见如来。我又说对对但是。他说那就去吧。我说好好。于是电梯里只有心安理得的我一个人,我感觉它在往下沉,往下沉。我哼起了这两句歌词:没有七彩的灯,没有醉人的酒。突然我的小腹一阵紧缩,电梯门就自动打开了。我像所有突破棺材而出的人一样奔到17号,推开门,在门内一侧的镜子前照了照,发现自己红光满面,神采飞扬,好像已完成瞒过了所有人的一次卑劣行径。‖5665│5221‖……我正这样哼着时,猛然发现黑袍人正坐在床边注视着我。我的心突然往下沉:她是港!我对她仔细注视,仍然搞不清她此时到底是落拓江湖的风尘异人还是领袖众生的帝后,她裹在黑袍里,慈祥而狡诈,用不带任何感情色彩的目光示意我坐到她的对面去。我身不由己地坐到对面,她还是一言不发,只是对我注视,我低下头轻轻地说:我是桥。我罪孽深重。我住在冷斋。冷斋旁边有一个大水塘,陈圆圆和李广田都在那儿自杀过一次,并且都成功了。后来还有许多人在那个水塘自杀都获得了成功。那儿也发生过谋杀事件,说不定每一次都与我有关。最近一次是一个白头发的老人,他准是被儿子媳妇灌醉了扔进去的,三天后被我们捞出来躺在湖边,泥给他盖了一块草席。那是一个美丽的水塘,夏天奇臭,水黑油油的。小动物们根本不能生存,因此一到傍晚,就有一对对悲惨的情人们来谈恋爱。有一对搂抱着坐在那张草席上亲嘴,那时候草席下面的老人已经暴尸三天了，半夜时迪迪告诉他们草席下面是个叫瓦的老人，那女的就吓疯了。迪迪是我儿子，我管教不严。我真的罪孽深重。后来那张草席和那个老人都消失了，我从此就看见他在水塘边垂钓，他披着一张草席，安详而虔诚。奇怪的是泥、星和迪迪以及所有的人都看不见他。但我不撒谎，我这人唯一丢人的品质就是不撒谎。我真的看见他在垂钓，每次都是我对他点点头，他也对我点点头，然后我就陪坐在他旁边。我们都心照不宣，因此终日不言。太阳死去的时候是雨水，太阳生病的时候是汗水，他的白头发不但短硬而且怒指苍天，因此水珠嘀嗒嘀嗒地永远不停，沿着白发射进水塘。水塘里就开始繁衍苍蝇了。苍蝇们有时涌进冷斋，泥装作根本没有看见，但我习惯和它们友好相处。真的，我逃离冷斋时，看见他钓到两只鞋子了，是黑色的，他水淋淋的双脚便踢嗒踢嗒地走向远方，留下永不消逝的脚印。那脚印也是水淋淋的，你知道，我会沿着它走的，我必须沿着他的脚印去追赶他，我有许多话要对他说，比如、比如、比如……我突然停住了，事实上是我再也说不下去了，我感到已经理屈词穷。我无可奈何地看着她。她还是不说什么，只是慢慢从黑袍里抽出一只手来把我的右手钳住，她的这只手枯瘦如柴，冰凉有力，我慢慢闭上眼睛，一种前所未有的安全感已经使我感到了巨大幸福。那幸福是如此具象，它使我心醉神迷地体验到自由，也许我根本没必要自首，根本没必要惊惶失措，因为我从来就没有作案行凶，因为我的阴谋从未败露。我希望就这样被她握着右手直到永远，我暗暗发誓，这一辈子我唯一的救星就是她，我永远不会离开她了，无论是天涯还是海角，我都将跟随着她。我颠沛流离半生才寻找到她，才寻找到我靠岸的港，此时我已经疲惫，我无力再独自漂泊了。港，我梦幻般地说，不要离开我，求求你别再离开我了！我不知道自己发出声音没有。港依然没有回应。我无力睁开眼睛。我像迷途的羔羊那样慢慢倒进她的怀里，于是，港另一只柔软如水的手开始抚摸我的脸庞。我顿时回到童年，回到父亲骂我是杂种的青山绿水。我能感觉到港慢慢解开了我的衣扣，然后又慢慢解开我的裤子，她把我的衣服一件一件脱掉，直到我赤裸裸地倒在她温暖的怀里了，她那只枯瘦如柴冰凉有力的手却开始从我脖颈那儿向全身抚摩，就像一只天真无邪的小蜗牛在我的全身蠕动。我幸福得浑身轻微地抖动，继而发出愉快得近乎痛苦的呻吟。我在朦朦胧胧中回忆起了很多年以前的那次城疫，开始时我躺在山岗上，倾听如泣如诉的林涛声沙沙沙沙，白色的黑色的山羊群在青山绿水间不停地变幻出令人激荡的图景。接着我带着美好的祝福生活在城市之中，那时泥已经是个知道排球不是方形的高个子姑娘了，她不但个子高乳房也高，嘴唇在我头顶上方红润丰满着，我们坐在垃圾堆前谈论黑格尔和芳汀还有小凤仙，于是我们的嘴唇粘在一起了，她被烫得娇喘吩吩。接着，港的蜗牛爬遍我的全身，最后停留在我唯一能够制造迪迪的那个玩具上。我喘着粗气，泥在痛快淋漓地呻吟，很多年前我和泥串通了制造迪迪的那种感受此时又回复到我身上。泥说再来一次吧桥，我们便又沉入深不可测的海沟，不再属于自己，把肉体和灵魂全还给制造我们的上苍。突然，上苍把我们的肉体和灵魂打捞起来，恶狠狠地扔还给我们。我睁开眼，见港已经站在门边了，她的黑袍同情地望着我，我不由自主地跪下，对着港的背影哭诉：别离开我港别离开我知道我罪孽深重但我已经自首了我是无可奈何才自首的那时我还没有寻找到你呀现在不了我绝不再干那种蠢事了我向您祈祷港别抛弃我……我从来就没有离开过你，桥，港该走了，桥，这仅仅是你梦中的一个驿站。她说完就倏然消失。我呆立原地，回味着她的偈语。猛然，我发现她真的从来就没有离开过我，她那嘶哑而深沉的声音，我不知倾听过多少次了。于是我激动得热泪盈眶。滚烫的泪滴流过我的胸腹,我才发现自己丑恶地赤裸着。我慌忙穿上衣服,到那块几乎占了一面墙壁的镜子面前,发现自己已经道貌岸然了,才又放心大胆地走出17号,并且知道太阳早已死去,而月亮还没有诞生,眼前是漆黑一团。我摸索着找到了电梯,发现在黑暗中它实实在在已经是棺材了。这时我的脚告诉我这儿正有一串水淋淋的脚印,于是我毫不犹豫地奔入棺材,它立即带着我往下坠落。它不停地往下,在黑暗中我不能确切地知道它坠落了多久,或者是一个世纪,或者是一百零三年。到它终于停下来时,已经是遥远的荒野了,依然是天昏地暗,只有前面不远处的一个圆环发出微弱的光芒。我向它奔去,发现洞穴口有一只纤细白嫩的手伸出地平线,我刚想抓住它。它却于瞬间消失在那个发光的圆环中去了。然后我沿着圆环奔跑起来,似乎有三四个男人跟在我身后,好像是瓦、科长、迪迪、星和港。但我已经被转得晕头转向了。也许我在荒野上呕吐的时间过长,当我又道貌岸然时,那呈圆环的洞穴已经不再与大地垂直,而是与天空平行了,那几个男人也已不复存在。只有轰轰隆隆的声音飞快地传来,接着,一个像警车的庞然大物轰然驶过,它把那个洞口压扁得不成个样子之后,又轰然驶进黑暗,于是荒野寂静得瘆人。我走近洞口,看见殷红的血液源源不断地流出,那血液发出的腥味令人想入非非。我把和泥第一次制造迪迪的慌乱行动的每个细节都回忆了一遍之后,那些血液已经干涸,洞穴口又是一个闪着微光的圆环了。微光照耀着附近一尺左右的大地。当然,在发现干涸的血液中间有一串水淋淋脚印的瞬间,我的血液差不多凝固。我毫不犹豫地奔入洞穴,往前走了大约半年,泥突然笑吟吟地立在我面前了。我大吃一惊,还要解释并不是我诚心要抛弃她我是不由自主,我从来没有要抛弃她的念头,她却嫣然一笑说走吧。她说着就往前走,我只好窝窝囊囊地跟在后面一起拐弯上坡下坡冰冷酷热越来越黑，我们大约走了十七年，前面隐约传来叮当声，那是铁器与石头猛烈撞击的声音，泥加快了脚步。渐渐地前面有微光了。泥突然说到了，她的声音在这暗道里嗡嗡地响得有些怪，但她还是侧过身子，让我看到了那个白发披肩的老者，此时他那浑浊的喘息声甚至比我在灰墙拐角处的那团漆黑里听到的更猛烈。他用一把破旧得要命的铁锹挖一个矩形的深坑，在他上方吊着一碗豆油灯的光正微弱地沐浴着他。他的表情也是崇高而虔诚，我们不敢打扰他。良久，他扔下锹头，躺到坑里试了试，自言自语地说：差不多了。等他爬起来，赫然坐在豆油灯下之后，泥说：你干什么？他便把眼睛闭上，我知道你们会来的他说。对，我说，你告诉我你知道我们会来的，现在我们真的来了，可我不知道你这是在干什么。自掘坟墓他说知道吗我已经看透了一切因此我自掘坟墓你是桥吧？我说我是。泥忙说她是泥。我知道我知道，他说其实在这个世界上又有谁不在自掘坟墓呢。我说倒也是。他说你倒是聪明一些啦可还是会像我一样的这是人生的真谛，你们走吧，我还要在自己的墓碑上刻字呢。然后他又闭上眼喘着粗气不吭声。我知道我们真的该走了。泥，我说咱们走吧。却久久不见回音，我转过头，发现泥早已消失得无影无踪。泥！我大声喊，依然不见回音。我又转过头面向老者，希望他能告诉我泥的去向，但令我惊讶莫名的是他像老僧入定那样纹丝不动，在他雪白的头顶上却赫然立着鼠王，它凶狠狠地盯着我。蠢货！它说，智者已经坐化圆寂，修成正果了，你还瞎嚷嚷什么！你这个背叛祖宗的逆种，被色迷了心窍，把我的遗嘱忘了个一干二净，你给我跪下！我的双膝一软，膝盖那儿立即把直入五脏的痛感传遍全身，我惨叫一声……喂你干什么？我茫然地睁开眼，发现正和泥赤裸裸地躺在冷斋的床上，而此时天已经亮了。我，我说，我梦见你。你梦见我了吗桥？她温柔无比地说：我们再来一次吧。

不，我说，问题不在这儿，我梦见我犯了七种罪，还有我去自首了，最严重的是我梦见自己变成了一只老鼠。你本来就像老鼠她说你根本不顶事。不！我吼叫起来。泥便咯咯咯地笑，好吧她说就算你不是一只老鼠那么我们再来一次吧。泥，我说，我并不怕再和你来一次，但是问题可能很严重，我不仅仅是梦见自己变成了一只普普通通的老鼠，而是一只肩负着鼠界兴衰的鼠王，这副担子很沉重，我怕自己承担不了，需要你帮助。我知道，泥说这一切我都知道，你还梦见港了对吗？港？我说，你怎么知道？我当然知道她说你别忘了瓦推算出来的那些公式。我顿时像被沉到冰窟里。也许我已经面色苍白。我肯定绝望得神颓颜废了。桥，泥说，你应该辞职。辞职，我说辞什么职？你干不了鼠王这一行，泥说，你只能是一只普通的老鼠。对对，我说，可我怎么辞呢？依照瓦的一个公式，泥说，可你不知道那个公式对吧？我说我真的不知道。她说那好只要你再和我来一次我就告诉你。于是我又愤怒又凶狠地和她又死去活来一遭，她不停地呻吟，之后我说你他妈的过瘾了吧！她说还行。我怎么辞职我说。其实很简单，她说，你只要讲一遍那个故事就行了。哪个故事我说。就是那个《其实你们都没有故事》嘛，她说。那是一个最他妈扯蛋的故事，我想，那根本不是一个故事，不过现在我走投无路了，只好试一试碰碰运气。于是我把泥紧紧搂在怀里，结结巴巴地开始背诵：

这一天飘着鹅毛大雪或者酷热。有一个女人难产，她顺利地生下了我。我体重七斤哭声正常。我证明世界不过如此而已。这一天有人死于车祸，有人当上了部长，也有人自杀。这一天我用汉语结结巴巴地描述打死老鼠的事情。这一天没有一个人当上母亲的祖父。这一天我弄了一条死蛇放在小妞的书包里老师没有表扬我。我捡到一分钱买了颗糖给警察吃。我尿床并加入少先队。我和同学去扫墓看到树上的黄叶子绿叶子，我想象盗墓故事把自己吓得发抖。我用铅笔画爸爸干妈妈的事情并在下面写上我就是这样出来的。我喝一杯茶然后剪贴报纸上的杂文。我看到一个瘦小子正用刀片划开一个胖女人的提包而我没吭声。我加入共青团。我举起右手宣誓。我获全校蛙泳比赛冠军但自由泳得了个倒数第一父亲说我有出息。我看电影。我躺在沙滩上晒太阳。我解剖一只青蛙。我骑永久牌自行车是父亲骑破了的一次也没闯红灯。我写信给远方的朋友说青城的气候正常。我七点钟按时起床洗脸刷牙吃早点上班。我对主任微笑。同事们说我是个好人。我觉得自己很幸福。我入党并宣誓为共产主义事业奋斗终生。我被小流氓们揍了一顿因为看不惯他们扰乱社会治安。我按时交纳党费出色完成自己份内的事儿。我老老实实做人没有野心。我读《人民日报》知道世界上还有三分之二受苦人后来又知道有些地方在打仗。我觉得美国人真堕落他们让一个三流戏子干总统但只是想想而已，因为同志们说里根对中国不错我就说他是一个不错的政治家，不过还是比不上尼克松。我为本单位篮球队当啦啦队队长。我的父亲给我找了个女朋友。我按时约会觉得她胖了点儿但不算太过分还凑合。我去买彩电和双人床花光了全部存款。我第一次吻她就嗅到了一股大蒜味儿我努力忍受。我发现她是处女很受感动。我拿中等奖金上街都走人行道。我不随地吐痰。我积极参加灭鼠活动。我每月按时到居委会交水电费分秒不差受到表扬。我在妇产科医院门口焦躁不安。我的老婆真能干她不声不响就把孩子生出来了。我上街买菜时很和气地讨价还价。我自己去结扎，因为老婆觉悟不高想再生一个这和党的政策不合，我跳下床检查门窗是否关严，我告诉她干这种丢人的事情要悄悄地进行。我当选为工会主席。我感谢同志们的信任。这一天我对儿子说要好学上进争取入团。这一天我退休了。这一天我去公园打太极拳，心情格外的好，我和几个老友一起骂越南忘恩负义。这一天在公园里我发现儿子和一个姑娘躲着亲嘴儿气得要命。这一天我胸口气闷。这一天我被送进医院。这一天我死了,老婆和儿子把我火化。这一天火葬场的负责人在办理我的火葬手续时很正常,他在我的死者年龄那一栏上填了"不详"两个字想了想又添了一生或者一天六个字还打了小括号……

从此,我开始承认瓦说不定真是我们这个时代最伟大的科学家了,自从我依照泥的主意背诵了他的这一公式之后,就把当过鼠王的事忘了个干干净净。就是说,瓦是一个非常可怕的怪物,他的公式在我们这个时代普遍适用。他又伟大又卑鄙。他的卑鄙在于难说他真是我的哥哥,这常常弄得我茫然或者难堪甚至惊惶。不过毕竟再也没有变成老鼠的夜晚了,我就对泥多了一些恐惧。因此,每当她咯咯咯的笑声和那些小动物的叽叽怪叫混杂在一起准备谋害我时,我就打开冷斋的门,让那些苍蝇们纷纷涌入和我在一起,于是我就安全,觉得自己已经是某种著名罐头的商标因而不朽了。

1987 年

中国象棋

把数千万只苍蝇引入黑鸦鸦布满阴暗狭窄的冷斋，一度是我的大计谋。泥也在相当长一段时间之后才发现我这厉害的一招杀着。因此在相当长一段时间之内，我又幸福愉快又自鸣得意，一副老谋深算的样子，觉得大警探也不过如此。我发现生活非常美丽，美丽得谁对谁也无可奈何。我觉得自己像是某种著名罐头的商标，不但受着法律严格的保护，而且还可以在这个时代里自由驰骋。于是，我就开始洞察了。最后我发现自己是帅，占据着一个无可理喻的位置。在我的四周，有一些可以感觉得到的红墙，虽然我绝对不能越出这堵红墙，到充满杀伐之气的外面去呼吸一些比较自由纯洁的空气，但我对自己占据着的位置相当满意：我在红墙内很自在，可以僵坐不动，可以自由踱步，可以"坐掉"任何可能对我构成某种威胁的异己。就是说，这么大的空间已经足够我惊惶惘然策划逃窜中计自由死灭和倾听罪行始末的音乐了。我没有理由对如此这般金黄而奇怪的位置不满。因此我是一副胸有成竹的样子，甚至走在大街上，我也会觉得无所畏惧，好像自己并没有什么阴谋正在被人识破似的。毫无疑问，这从一开始就预示着某种不妙。特别是，我依然蛰伏在冷斋，虽然我已在冷斋蛰伏多年，并没有任何一次变成甲虫之类的事情发生，但从冷斋到疯人院,只有二十二公里。确实是二十二公里,坐公共汽车最多半小时就到,很便当。因此,兔年的第一个星期五,我突然觉得那疯人院没准儿是个好地方,打算去那儿住上一阵子。那时候风是凉飕飕的,泥已经从整日惊惶迷茫中渐渐清醒。她对我说桥你别去。我说我得去。你别去她说。我不得不去。我说。很悲壮的样子,我非去不可。她说她怕。我问她怕什么。她说她怕老天爷翻脸。她说的是一句童谣,因此我哈哈大笑。在我的大笑声中,她变得像个很小很小的女孩,一副孤单无助的样子险些使我上当。幸好突然又吹来一阵冷风,我才没有感动。我觉得真丢人!无论如何,她都不是一个很小很小的女孩了,我们同床异梦了这么多年,早已深知她非常巨大。于是我冷冷地瞪了她一眼。原想她会因此猥琐,然而她只是缩到屋角坐在她多年来收集的那些狗屁警句上。我还等着她猥琐哩,没想她眼睛一亮,不知从哪儿摸出一副中国象棋,叫我杀一盘。

杀?!我的脸色一定是死灰般的颜色了。事实上,在她眼睛发亮的那一瞬间,我已经感觉到了这种美好日子的结束。我已经说过她非常巨大,因而无处不在。她早就识破我的所有阴谋了。她装出可怜巴巴的样子来迷惑我并轻而易举地获得成功。我早就应该知道这一点。可惜我并没想到这一切会来得这么快,这么露骨。杀一盘!这意思太明显了。想一想,我还能被杀几盘呢。我决定豁出去了。于是,泥说可以让我执红先走,并摆好充满陷阱的阵势。我就装模作样地坐在她的对面,尽量做得像是莫测高深,像是问心无愧,然后对着那些血红的棋子挨个儿看,并最终看出了它们的苍白。然后发愣。想:如果这个时代没有天空,我们将面对着什么注视和发呆?——中国象棋!肯定是这样。

车对我说有人要暗害他。他说他是个重要人物,就是将来要写进历史里面去的那一种。他还说,所有的人都这样,要么是疯子要么是耗子，除此之外别无选择。这我信。但我想知道他是什么。他很忧伤地看了我很久，他的表情说明在内心深处对我的智力他是抱有多么大的怜悯。然后他又说他是个重要人物。他的部分表情确实像个重要人物。比如说他常常面壁沉思，据他自己说他是在思考制定宪法的问题。你不能不承认他思考的问题确实事关重大。因此他的眉头是皱成川字形状。他强调说有人要暗害他。他说不是某个，而是所有的人都打算暗害他，他必须随时提防着。到处都是陷阱，到处都有阴谋。他说。然后神秘地一笑，又说，对付陷阱的办法，一是识破，二是自己也设下陷阱。虽然这很累，但却心安理得。心情好的时候他说，人不是无可奈何的。心情不好的时候，他就到处躲，有时候会躲到床下面去，嘴里还发出嗞嗞的声音，有如漏气的阀门。夜里睡在床上磨牙，那声音尖利无比。

　　马经常用惺忪睡眼对车的轮廓作长久的注视，然后满有把握地说：这是只老鼠。但车确实不是老鼠。我一度觉得马很下流。从某一刻开始，我就感觉到了两道邪恶的目光牢牢地沾在我的大腿内侧，弄得我极不自在。我穿的是一条紧绷的牛仔裤，拉链没有问题，问题是哪个男人穿了牛仔裤，他的拉链那儿不突出一些呢。因此我觉得那目光极其下流。那目光就是马的。我觉得马很下流。但我不想惹是生非，因此我只是在没人注意的时候悄悄将内裤往上拉紧一点。也就是说，我尽量努力使拉链那儿不那么突出。但我显然是错了，无论我站着、蹲着，抑或坐着，马的目光都牢牢地粘在我的大腿内侧。我终于忍无可忍了，"你干什么?!"我说。马却嘿嘿嘿地笑，然后说：好，好，好。他的目光并不收回。令我惊讶的是，就在那一刻，我突然发现他的目光清纯透明，没有一点儿邪恶的成分。如果硬要说有那么一点儿什么成分的话，那就是忧虑和欣喜。我用一种比较友善的口气说：你干什么？他又说好好好，又嘿嘿嘿地笑，笑得非常欣慰。笑过之后，他总算将目光转向了我的脸："我有个妹妹，二十岁了，长得很好看。"我笑了笑。"真的好看！"他又说。我又笑了笑。我觉得他妹妹长得是否好看与我并不相干。我没吭声。因此他几乎是吼叫起来："你不信吗？我妹妹二十岁了，她好看得要命！你不信吗？！"他的突然愤怒使我大为惊恐，我连说我信我信。于是他高兴起来，用比较尖锐的声音唱了这几句歌儿：你是我们心中的红太阳（昂）你是我们心中的红太阳。我们有多少……我觉得他唱得真不错。

我正在认认真真地聆听时，士用一只手拍了拍我的肩膀。士我认识，他曾是市长秘书。有一次我和泥迷路误入市府，他还给我们算过命。他当时对我们说了四个字：在劫难逃。我一直觉得他非常的莫测高深。因为他有一个很深沉的黑皮包，里面随时躺着几份文件，我正想再问他点儿什么，他却先问我和假男人啰嗦什么。假男人？我说。你没见他下巴光溜溜的吗？士说：他连喉结也没有。我看了看马，发现士说的是真话。而马一见士露面，就蹲下去盯着地板看了，但我一时想不出适当的词语，因此我说了一句最最糟糕的话儿：今天是星期五。"不！"士突然大吼一声，他的脸色霎时间变得死灰，开始时布满他脸上的那些矜持瞬间消失得无影无踪，只剩下一种极度惊骇的表情。这一次我真的感到莫名其妙了，看着他跟跟跄跄地奔走、消失，我只能怔立当场。

兵冲过来使劲摇我的胳膊，我才颤颤巍巍地呼出长长的一口凉气。怎么啦怎么啦？兵惊惶失措地摇着我的手急急地问。我也在想怎么啦这是怎么啦。我没吭声。我没法儿吭声。兵四下里张望，问我难道它们真的来了吗。我不明白他说的"它们"是什么。我以为是"他们"，就是车、马、士之流呢，因此我摇摇头说他们都消失了。不错，兵说，虽然消失很久了，但它们还会再来。他说一年前那恶梦般的三天简直太可怕了。他又说它们肯定还会再来，因为炮还没有死，肯定没有死。炮？我敢肯定我并不认识炮，因此我很有把握地摇摇头。兵非常忧伤地看着我，问我：你忘了吗？我本来想说我什么都没有忘记。忘记不了，你明白吗？你一辈子拼命想忘记的东西却天天都在被强化着。但我没有这样说，我只是又摇摇头，又点点头。因此兵说：人啊，真可怜。我同意这话，因此我也说：人啊，真可怜。兵于是对我意味深长地点点头，说：你只配和相在一起。然后兵也消失了。

我感到了深深的悲哀。因为相随时害怕的事儿还从来没有发生过。无论从什么角度讲，她都是一个安全的女人，至少在她日夜害怕着的那桩事情上她是安全的。我不知道她父母是否巨大，如果她父母并不巨大的话，那她无疑该是一个遗传变异的非常规典型。就是说，不知内情的人一般会误以为她是肥大症患者。但她并不是肥大症患者，从来都不是。至少她缺少某种抑制无限蔓延的营养，因而她身体的每个部分都巨大得超出了常规，让人看着痛心。我说的让人痛心并不仅仅指她身体的肥大而言，事实上，像相那样肥大的女人还常常会当上体育明星呢。我说的让人痛心，主要指她那些肥的大部分，在组合方面存在着某种比较严重的问题。一句话，就是那些部分一般都像喜欢越位的足球运动员，各自占据着一个吊儿郎当的位置，根本不怕犯规什么的。因此，相，她害怕被人强奸的理由是不充足的。但相就是害怕被人强奸。炮本来是个很不错的漂亮女人。她又温柔又贤惠又本分又安全。某一天，有人对她说她丈夫的父亲曾经在火红的年代打死过某某人的父亲，于是她沉默寡言。数天后，她要丈夫把彩电搬去赔给那个没有父亲的某某。丈夫不肯，于是她愤怒了，将彩电沙发冰箱空调什么的都砸得粉碎。丈夫把她甩到床上，用被子捂着，再伸一只手进去打算掐死她。她咬丈夫的手，差点咬断了指骨，然后她不挣扎了。丈夫掀开被子，发现她错咬了自己的手指，她的断指血流如注，急送医院她才算又活了。后来，她就害怕有人来找她算账，为了证明自己的本分，她逢人便说：难道那些家电比一条人命更重要吗?！但人们只是笑笑。从诸多的笑笑里她发现了某种阴险。于是，她缩在冷斋的一角，搜集一些警句：诸如革命不是请客吃饭，不是绘画绣花之类。然后我就大笑起来，冷斋里黑鸦鸦的苍蝇似乎从我的笑声里得到启示，它们突然"轰"的一声，结队越窗而出，很快成为茫茫苍穹里的一片乌云，成为夜幕下城市变幻无端的背景。因此你可以想象，冷斋是怎样的凄凉了，这注定了某些事情的发生。当然，我依旧装出莫测高深的样子坐在泥对面，盯着那些棋子发愣。只是那些棋子此时已不再血红了。我们对峙着，不知是充满鄙视还是仇恨，总之，我不相信车是什么重要人物了，至少不相信他会像他自己所标榜的那样，是将写进历史里面去的那一种。虽然他也不像马所说的那样真是一只老鼠，但他至多只是一个小政客。我知道像他这样的小政客在这个时代多的是，简直可以说是多如牛毛，而就凭他们那种幼稚得要命的小阴谋，我直接怀疑他们还会有长到牛身上去的那一天。何况，就算是一根真的牛毛，还经常要掉呢。车没有前途。车之所以没有前途是因为他太自以为有前途了。你看，他说他就是将来要写进历史的那种人物呢。这简直令人又好气又好笑。事实上，如果士不是那么害怕星期五的话。他倒真有可能变成一个大人物。只因为他害怕星期五，摇身一变才那么困难。他原本是市长秘书。我们都认为他前途贼亮，总有那么一天他会摇身一变的。可惜，他终于没有摇身。他倒是去撕起日历来了。起先，他撕家里的日历。他将一本日历的所有星期五撕下来，一般有五十二张左右。他将这五十二个星期五烧成灰，化成水喝下去。于是精神焕发，也不再颤抖了。后来，他撕市长办公室里的星期五，同样化成水喝，这使市长漏掉了几次政治学习，因此士遭到了市长的严重警告,从此士惊惶得更加厉害,更加需要大量的星期五化水喝。最后,他旁若无人地到所有卖日历的商店去撕星期五,终于断送了自己的前程。

"因此你不能在他面前说星期五这三个字,"兵对我说,"人的精神是非常脆弱的。"这我相信。人的精神的确非常脆弱。不仅脆弱,有时还非常奇怪。比如说,士为什么要害怕星期五?相为什么要怕被人强奸?炮为什么怕有人找她算账呢?尤其是,当初炮的丈夫将手伸进被窝打算掐死她时,她为什么会咬错手指——她原本是想咬断丈夫的手指的,却误将自己的手指几乎咬断,以至于她的手指永远化脓。真的,这些都很玄妙,你根本就别指望能弄明白。当然,我并不是说世界上所有事情都弄不明白。

是在青城。
我不知道最初缔造青城的那个江湖郎中是谁。
一般说来,一个城市的诞生大体上是这么个历程:在人、鼠、猫和平相处的年代,世界是混沌地干净着。吃过晚饭之后,大家都理理自己的头毛去散步,互相鞠躬,说些吉祥的祝福话儿。因此那时候的人一般不做恶梦。突然有一天,人梦见了许多非常恶心的小动物。于是人对猫说:"鼠要杀你一盘!"猫能够被杀几盘呢?便演出了一场惨烈大战。那次大战的规模是空前的。作为战争的双方,鼠败于猫之后被永远赶入地下,而猫虽然赢得了胜利却元气大伤。从此臣服于人。对于人类的阴谋来说,那正好是萌芽。那种阴谋虽然幼小,但却起到了巨大的作用——因此后来蓬勃发展——在战争时期,作为旁观的人拼命发展自己的智力。当战争结束时,在荒凉的废墟上,突然涌现了个别智力超群的江湖郎中。他用了些类似招摇撞骗的手段,使人们相信了自己都是有病的,非得在他的庇护下才能茁壮成长,于是大量的人流涌向他,虔诚地祈求他的护佑。时候到了，那个江湖郎中就对人们说：这是城市。一座城市于是诞生。

但我真的不知道缔造青城的那个江湖郎中是谁。

说，故事发生的时候，青城的江湖郎中虽然没有完全杜绝，但他们都是些小人物，微不足道，你偶尔还可以在阴暗的小巷或者在电线杆上见到他们趁夜深无人时张贴的一些小广告，说是自己拥有祖传秘方专治狐臭阳痿之类，这使他们的行为看上去就像是一些不必防备的小阴谋，不可暴露在光天化日之下。

能够暴露在光天化日之下的是市政府及其所辖各部，数百万居民，包括：警察、强盗、教授、流氓以及军队和暗娼等等等等，比较丰富多彩。

说是，横竖共有九十九条大街，小巷无数，夜里有红绿的灯和如蚁的人。不过整座城市就没有一条河，只有在离城大约二十公里的东北方向有一个又大又臭的淡水湖。居民饮水由它而来。仅凭这一点，你就可以想象缔造青诚的那个郎中的伟大了。虽然他（她？）当初不一定知道以后这里会发生什么。

某年某月某日，一只叫卒的老虎突然于凌晨窜入青城市郊三公里处，击伤三人，扑毙二人。当兵捧着血肉模糊的脸跑到警察局报案，说是市郊有老虎时，先是被马赶了出来。后因又有人被扑毙击伤，兵又被马从医院请了去。待他详细讲完经过并昏过去之后，马立即请示市长，车令马全权处理此事。于是马带着一百三十四个荷枪实弹的警察奔赴现场。其时现场约有五万群众，他们自觉地围成一个直径约三公里的巨圆，看那只虎在圆心处作慢悠悠的散步。人们为马和他的属下让出一条通道，让他们到了这个巨大人圆的内壁。他们在那儿站了大约三十分钟。这段时间，卒一直静静地观察他们。然后，卒人立而起，用两条后腿慢慢朝马他们走过来。显然卒并没有作突围的打算，否则它不会选择拥有荷枪实弹的方向。但那个巨大人圆还是立即变成了扑克牌中的红桃形。在节节后退中，马下了一道命令：一旦卒胆敢走近离他们只有三百米的距离就开枪！而卒偏偏就这么干了。当然它肯定是听到了马的命令，否则它不会在刚步入三百米处时，向着东方咆哮三声，并且那声音听上去很悲壮。它的身体被一百三十四粒子弹捅出许多窟窿。从这些窟窿里流出来的血，浸湿了七个洞穴，使大量的蚂蚁不得不搬家。因此马受到了表彰。他确实具有作为警察局长的果敢品质。不过马像所有人一样，并没有意识到卒最后那三声悲凉的咆哮隐含着某种危险的信号。

就像当初荒凉的世界上突然从人类中涌现出个别智力超群的江湖郎中一样，炮也是从鼠类几千年悲凉的境遇中诞生出来的智者，在听到了卒最后三声悲凉的禀告，四十九天之后，他率领数千万动物大军，包围了青城。

车命令："速速查明那只叫炮的老鼠什么来路！"

士禀报："那是一次擂台赛，对于万兽来说，因为最后的擂主就是能发布圣谕的领袖，因此不论雌威雄威都是发足了的……"

车说："少啰嗦！"

士说："是，市长！不啰嗦。等大象击败所有对手之后，它跳上擂台，钻进了大象的鼻孔，于是大象不得不俯首称臣。那只叫炮的老鼠就成了万兽之王。"

车说："哼！王?！"

士说："王?！哼！"

车说："去问问它要干吗。"

马说："是。"

马说："你要干吗?！"

炮说："教训教训你们。当然，顺便也想了解你们是否还有良知和记忆。"

马说:"要打,可以!什么良知记忆,没有!"

炮说:"真愚蠢。"

马说:"要打。"

车说:"传我命令:所有军队警察出来!"

马命令:"开火!"

炮大笑:"嗞嗞嗞嗞嗞!"

兵说:"所有子弹不知去向!"

车说:"用榴弹炮!"

马命令:"开炮!"

炮命令:"开始吧,人类根本不可救药。"

象说:"开始——"

于是所有动物用各种奇怪的声音笑了起来。于是所有枪炮在那些笑声中渐渐软化,最后长出羽毛,变成数百万只白鸽。数百万只白鸽扑噜噜齐飞,像一片巨大的白云,凝固在市政府大楼上空。

青城的四百万人众挤在城郊,颤颤巍巍地倾听从他们原先居住的地方传来的奇形怪样陌生的声音。

因此,青城非常黑暗。

就是在黑暗中,他们都开始惊悸,那时候,唯一的惨白光亮是北边一朵色泽较淡的云。有人说,那朵云的造型像一只猫,又有人说像一座城堡,反正人们全都浑浑噩噩。泥也缩在我怀里瑟瑟抖动,这使我非常自豪。我甚至希望这种日子永无止境才好。但在人们的后面,我发现一丝磷光莹莹闪亮,发射一线微弱的光芒。我将泥推开,觉得自己负有某种神圣的使命。桥,你别去,泥说。我说我得去。你别去她说。我说我非去不可,她说她怕。我说你怕什么。她说她怕老天爷翻脸。已经翻脸了,我说。我哈哈大笑。在我的大笑声中。泥惊恐地苍白着。我奔向那片磷光。我发现看起来很近，实际上非常遥远，快要绝望的时候，在一丛苦艾里，我看见了那张放射磷光的人皮。那确实是一张人皮，一张完完整整的人皮。它躺在苦艾丛里，除放射磷光之外，还摆出某种期待的姿势。我毫不怀疑它摆出那种姿势正是期待我的前来。我非常激动，觉得肩上沉甸甸的。早先自己负有某种神圣使命的感觉得到了证实。于是我作了一次长长的深呼吸。在我呼出那口长气的时候，它开始蠕动，最后站立起来。是谁把你扔在这儿的？我问，它一言不发。我觉得它真卑鄙：明明是谁将它扔在这鬼地方了可它倒一言不发。我准备洗手不干了。我算什么呢？一个早已被人识破了的体无完肤的可怜虫。一个天天在陷阱里挣扎却永远也逃脱不了厄运的倒霉蛋，可我却自作多情地承担起如此重大的使命！他妈的，我说。走吧，它说。走？我说，到哪儿？走吧，它又说。那好吧，我无可奈何地说。然后我茫然向前，心里充满悔恨、悲伤和另一种壮烈情绪。前途渺茫，我想。果然，车对我说，他是个重要人物，但他从来只会丢失文件。我才不管什么见鬼的文件呢，反正人皮又不是文件，但冥冥之中总有一个声音在告诉我：那张人皮就是车的。因此我对他说：还是认账的好，否则对你的前途没好处。他大笑。说他从来就不知道什么叫前途。他只知道自己是个重要人物，就是将来要写进历史里去的那种。他说我这是诬陷，而他见过各种各样的诬陷。他还说，紧接在诬陷后面的就是谋害。然后他尖叫：滚开！在那一刹那，我突然发现车其实很可怜。我再不相信他是什么重要人物了。从某种程度上说，他比我更可怜。我知道自己已被人识破。可他却不知道自己在劫难逃。我叹口气，摇摇头，问马：你丢了自己的皮吗？他说没有，但他有个妹妹……我撒腿就跑。在黑暗中，我已难辨方向，只知拼命跨动双腿，不管最终抵达何方，我都不愿再去找士、相、炮、兵他们了。

我心里很明白，他们是不会承认什么的。而我根本就不能证明什么。我不是警察。而一旦我千方百计要向他们证明人皮确定是他们丢掉的而他们仅仅是一无所知的话，就准会被他们误认为我要搞什么阴谋了，那我将更加洗刷不清。虽然我已经肮脏，像所有人那样已经足够肮脏了，但我期待着自己会有干净的一天。我毫不怀疑，当人们都干净了的时候，我准会是他们当中最干净的那一个。我根本没必要去洗刷。没有什么能够洗刷。就是这样。我拼命跑着，顾不得再落入陷阱，也顾不得身旁身后人们的喋喋怪笑了。我不在乎，我真的不在乎。我干吗要在乎呢？风从我的胸前刺进身体，从背后窜出去，我不知道穿过我身体的风是否凉爽。但愿那些风不要使人们着凉、发烧、生出一些不可救药的怪病。

　　终于，一道用铁丝儿编织的篱墙挡住了我。我茫然四顾，发现周围是无数花花绿绿的人们。夏天了，我喃喃自语。夏天的动物园总是五彩缤纷。铁篱墙内，一条巨大的蟒蛇在缓缓蠕动，最后从它的呕吐物中发现了一只黑色老鼠——炮！原来如此。我想：原来如此！我一切都明白了，我希望兵也能看到这一切。看到那条巨蟒呕吐出炮——那只黑色而狡诈的兽王。之后，它趾高气扬地游回篱墙深处，发出窸窸窣窣的响声。在那种总使我心惊肉跳窸窸窣窣的响声中，泥大吼一声：将！顿时我脑海里"轰"的一声，眼前金花乱冒。无论如何，帅总是要被将的。这我明白。我只是没料到这一切会来得这么快。于是，像所有玩不出任何阴谋的可怜虫一样，待到从昏眩中清醒过来，我一把推翻棋盘，将帅捉住放进上衣口袋，然后站起来，在泥莫名其妙的注视之下，故意做出那种既无赖又强大的姿态。这时候，我又发现冷斋非常阴暗狭窄，并且苍蝇弥漫。

1988 年

版画

六十六床

那天,他们把我弄进了一间病房,躺倒在六十六床。他们说我小脑出了障碍什么的,其实真没事儿。他们就那样,白大褂一套就自以为是起来,像是比别人自己更了解人家的样子,胡说八道一通,就把人给弄到这种鬼地方来了。他们用针扎你,然后给你送饭来,装出一副好心肠,让你觉得这是个好地方,准备长住下去,他们就不会失业。我才不上他们的当。最没出息的人就是专上别人当的那种啦。我要找出证据,让别的傻瓜明白那些穿白大褂的人到底玩着什么鬼把戏。你简直没法想象要找到那四只苍蝇是多么困难的事。可白大褂们硬说那是四颗绿豆。哈,当我不明白绿豆是啥劳什子咋的,他们可想错了,1969年我去插队,种过四年绿豆呢!不过这还不算可气,我料定他们是不肯承认在他们送来的饭里有四只苍蝇这档子事的,他们也居然认为那是四颗绿豆。看!他们受骗何其深也。我可不想说服他们,我向来不喜欢和傻瓜打交道。但我还不能说服自己吗?那四只苍蝇,三公一母,有爪子有眼儿的,我还会认错吗!并且,从发现那四只苍蝇开始，我每天都仔细看他们送来的饭，居然每天都发现饭里有四只苍蝇，一气之下，我闭着眼把它们全吃了。你可以想象，我吃饭时简直和那些傻瓜完全没什么两样，可笑透顶，可悲透顶，也狠心透顶。明知道饭里有四只苍蝇，却硬要把它们当作绿豆嚼了咽下去，这得有多大的勇气啊！我绝不是个懦夫！你也别以为我光有勇而无谋，我读过初中呢，像《董存瑞舍身炸碉堡》什么的，我全看过。想一想，那多带劲，枪一响，嗒嗒嗒嗒嗒嗒嗒，一下子就扫倒一大片。可比咱们挥着皮带去教训那些戴眼镜的老头儿们强多了。他硬是不还手，你有什么办法？甚至还有一两个胆小鬼在你旁边叨念"要文斗不要武斗"什么的，真是见鬼！我最看不起胆小鬼啦，在乡下插队的时候，老子一人曾宰过四条狗呢。不过，呆在这儿也不错，总比在乡下蹲木棚强，蹲在门口吃饭，总有几只不礼貌的野狗有意无意地跷着一条腿冲你撒尿，那日子是没滋没味的。想当初我们可神气啦，想揍谁就揍谁，只是忘了火已经燃着桌子，后来就把房子烧了一片，我的两个朋友因此被抓了起来，算我最走运，给送到这儿来了，临走还揍了那杂种一顿。反正，世界上的怪事儿太多啦，你简直来不及好好想想，它嗖的就过去了。反正，六十六床我呆腻了。直到今天，一想起那时一个病友所作的某几幅画，我就没完没了地忧虑起来：那张混账床准有四个轮子。

黑宙

那时候的日子真是开心：天一黑咱们就躺到屋里去，像两支铅笔，没想到就在一个平平常常的白天，老房子的周围照旧有几个孩子拿着粉笔胡乱画几只忧郁的眼睛，太阳也照旧不慌不忙地走到西山后面，但就在那一天，白昼就不知不觉地结束了。开始时人们欢欢乐乐地进入梦乡，或者干那些只能在黑暗里所干的事情，后来，当一两个早在很多年前就将觉睡完了的老者在菩提树下发现星星一颗接一颗地陨落之后，他们咳嗽起来，甚至有一个老者咳血而死。而我躺到老房子顶楼的斗室里，沉沉睡去。

　　黑夜越来越长，人们感到了事情有些不妙。钟表都停止转动，他们就惶恐起来。在这之前谁也没想象过时间停止流逝这件事，一旦自然的行径超越了人类的想象，不再符合他们几千年总结得来的规律，他们自然得扶老携幼地祈祷上苍。一阵旋风过后，就谁也不认识谁了，他们的祈祷变得零零落落，谁都知道这样的微弱呻吟是传不到冥冥之中的那个上帝那儿的，但只有这样，他们渺小的孤魂才有所寄托，否则谁都没法担保自己会突然变得漆黑，从牙齿到血液。虽然在黑暗中谁也无法辨清色彩，但一想到这就不由得你不浑身颤抖。

　　其实，任何事情都是这样，只要你早就料到了准会发生某件事，到这件事真的发生后，你就不会再惶恐或吃惊，而是心安理得地看着别人发抖。说实话，看别人发抖真是一件痛快无比的事，正像你用皮带去吓一个弱不禁风的老人，或者和站在比萨斜塔顶端作势下跳的那种心情一样。对于像白昼结束这类事，是早在我预料之中的，因为太阳总是从东到西地走，早晨在东，晚上在西，天亮了它应该在西，可它却又到东了，这是件怪事儿。凡是怪事儿，时间一长久，总要弄出点意外来的。

　　我醒来时星星早已落尽，宇宙一片漆黑。那时人们已意识到了祈祷无望，就各自疯狂起来，好在他们各不相识，那种独自的疯狂就没什么可怕。一个人的疯狂只能毁掉自身的理性，一群人才能毁掉我的老房子。我在老房子里平平静静地渡过永无止境的黑暗，听世界此伏彼起地怒吼狂呼，倒别有一番滋味，直到外面传来了吵打声，我才大吃一惊：他们是怎样知道对方是自己往昔的仇人的呢！我从口袋里掏出火柴，想出去看个究竟，可竟找不到门了。我把老房子的四周摸了个遍，也没法肯定这就是我出生的地方。无法肯定这一点或否定这一点，就绝对找不到出去的门，这我知道。我陷入了沉思，一直沉思到宇宙重新明亮了也不得要领，这使我至今还泄气和不安。我总以为沉思的力量是无穷的。当然啦，白昼重来时我很容易就找到了老房子的门，当我站在触目惊心的废墟上时，终于明白了当初沉思不得要领的原因：谁要在黑宙中心安理得，沉思便也软弱无力，即便自以为是在沉思，也只不过是尚未泯灭的良知的轻度反省而已。这一来就使我又坚定了沉思无敌的信念。正在这时，我看到一大群缠着绷带的人正向这边走来，看他们的表情，我知道当初他们在黑暗中无一幸免地误伤了。我匆匆走向原野。

好吧，一旦天真的黑了，咱们就躺到屋里去，像青鱼。去想想早些年那次黑宙，那白昼可怕的结束和崭新的开始，想想自己还是不是一支可笑的铅笔，想想人们埋在原野上的绷带，是否都绽出了新绿，再想想那绿茵茵的原野，是否遍布和风。

鸦巢

在坟山的那次大水之前，我一直以为世上的人只有两类，一类是确信自己死期将至，一类是相信自己能够长生不老。前一种人死得从容不迫，后一种就死得惊惶失措。我认为人活着就应该一切事情都在预料之中，因此很看不起惊惶失措的人。当包括追悼会在内的一切仪式如期举行和如期结束后，人们遵照我的遗嘱，把我装进了那种三十元钱一只的骨灰盒，运上一万米的高空，然后准备扔进太平洋。如果不是那架我生前乘坐的专机出了故障的话，我想我一定会在海底沉睡五千年，等我的每个部位都长满海藻时，一艘无人驾驶的轮船就会把我打捞上来，那么电视屏幕的每日新闻的头一个节目，准是一个身披盔甲的将军。然而我从前的机长不得不把我提前抛出机舱。我知道他不愿误了自己的约会，因此我在急速下降时只讲了两句"我同情你"。不知他听清楚了没有。他在驾驶室里对我笑了笑。他的笑非常优雅，当初我就是因为这个才让他为我驾驶专机的。在我离地面还有两千米时，一只乌鸦曾来袭击我，我估计那地方可能是坟山。早些年我们打土豪时，曾到过这地方。那里有一个我已经叫不出名字的小村子，当年我们过小村时，带走了村里的所有青壮年。记得一个叫狗哨的老人，就是在我们胜利返回的那天死的。那时他已经瘦得不成形了，是我亲自为他垒的坟。他占据了坟山一个最好的位置。往事依稀。在我为政期间，好像听秘书说过，那个小村有一次连续干旱了四十年，不过这在当时我每日要做的事情中，确实是一件小得不能再小的事，因此也没放在心里，只是半年之后隐约回忆起那儿有一棵巨大的山神树，下面时时插满了香火，树枝光秃秃的，春天也不发绿，仅此而已。我想能回到这儿来看看也不错，但可没料到会落在那棵仍然是光秃秃的树上，并且是在鸦巢里。不过那树上的鸦巢也确实多了点，足有三千零十三个。鸦巢离地面有好几十米，我能看见所有大大小小的坟堆，有新有旧，有大有小。新的黄得沉实，旧的长满枯草。大的垒着石头，小的只是土堆。

当我的梦从黑夜走向黎明时，坟山已是一片汪洋大水。从山神树的年轮上，我知道那个梦做了十年。早先黄沉沉的土堆已不复存在，鸦巢下是一片横七竖八的尸首，他们全部赤裸着身体。风吹水动，他们不时变幻着角度，像是随时准备完成一幅创世记前的巨图。鸦巢里甚至没有星星点点的光斑，使这幅壮观的构图看起来有时泛黑——或许它们的本色就是如此。这地方向来有强烈的辐射。后来风停了，乌鸦又一只接一只地回来，在阳光的照耀下，一个老人赶着羊群从这里经过，他们要到很远以外的牧场。羊群踏着尸首轻快地步出水泊，看来它们对此已见惯不惊，只是那个老人，他尽量避免踏着婴儿和孩子。他们渐渐地走远了。我想对此说点什么，但我的声音穿不透骨灰盒，因此作罢。倒是他们的声音能传进来，我突然后悔当初的火化。小时候就听大人说人死后才能做到他们想做的一切，得到他们想要得到的一切。看来此话不假，他们的魔力就是无边。我不禁为死后没能成为一具魔力无边的尸首而悲恸。对于被火化的人来说，他在另一个世界里仅仅是一个旁观者，这有些像活人里的天聋地哑，无论如何也该算是不幸。又过了很多日子，我算是听出些眉目来了。他们在谈论各自的死因，有的因为饿，有的因为冷，有的因为流产，有的因为复仇，但他们都没有后悔的意思。看来他们在那个世界都还混得不错，那儿不存在死亡之类的问题。早先他们并不和睦，分成裹着衣服下葬的和赤着身子下葬的两派，后一派显然力量强大得多。他们自然很为此自豪。一个十六岁就到此报到的小伙子对他的伙伴说，他临死的时候本来是有一件衣服的，但他一闭眼，就给父亲扒下去了，因为他还有一个十三岁的妹妹。没想到了这边，他倒因此加入强势的一派了。开始时他很为他妹妹担心，但又不能告诉她这边的情况。没想到两年后，她妹妹仍然是光着身子而来，他很为他父亲骄傲，"那是一个只会干活的老头子，但他非常有远见。"最后他这样说。一个十五岁的女子在旁边咯咯地笑。她自然是他的妹妹了。她还是挺着肚子，看来在另一个世界时她终于没能生下孩子来。幸好到了这边，这一切都没有什么不方便。

坟山的这一场大水，终于使他们和睦起来，原因是大水把所有衣服都卷到了遥远的不知名的山坳。他们全都成了一派，力量就很强大了。偶尔有谁想到人间投胎，他们就举行盛大的送别仪式。他们无声无泪地哭泣,甚至感动了乌鸦。乌鸦一抖动翅膀,鸦巢就剧烈地晃动,于是我就安全地睡去了。

我怎样度过春天

肯定是在冬天被冻伤了,要不就是被人揍了一顿,那只猫日日夜夜叫个不停。想打开窗看看,又怕会有风吹进来,把我积攒的警句吹走。透过灰蒙蒙的玻璃,只能看见梧桐一点点地变绿。梧桐树旁边有一排棕榈树,尖尖地刺着青空。偶尔三楼、四楼的人扔下个东西来,棕榈树就抖一下。抖过之后,树上就挂着一些东西:干馒头、内裤,或者脏话。我就整日地想着这东西象征哪个国家的国旗,或者是什么侮辱性的隐喻。于是我把它们描绘下来,以后去找那家伙算账。否则只要下一场小雨,所有证据都将丧失。我可没那样傻。

常常会有莫名其妙的敲门声,我努力回忆自己数十年来可曾与谁约定什么暗号,直到那敲门声停止。楼道里叭嗒叭嗒的脚步声渐渐消失,我才把全身放松下来,庆幸自己避免了一场灾难,然后再干我终日干着的事情——从无数三流小说里没完没了地摘抄警句,从终有一天会惹出麻烦的盗印的画报上剪下人体,贴在已经被烟火烧了七个洞的帐子上(现在我干这件事已经很顺手了,即便一口气剪下五十个穿比基尼泳装的女人,也不会呼吸紧张)。直到天黑了,我才慢慢摸出香烟,构思一个惊天动地的创举。事实上,领导安排我从事剪贴工作那阵,我总担心自己的肱二头肌发达不了,现在这种担心已经不存在。我拿着火柴一划就燃,全身总有使不完的劲。如果有必要,我一只手也能把某道黑漆漆的巨门打开。

门一开,泥就走了进来,带着诡秘的笑容。我心里开始发毛。

我是在上班时认识她的。她是我工作时的助手。当办公室里只剩下我和她时，她就说一些莫测高深的话。比如她说："世界由物质构成，物质由罪恶构成，只有毁灭才是拯救。"弄得我和她一样迷惘。直到有一天，我们都觉得不知该干点什么好的时候，她才结束彷徨，跟我学抽香烟。她一学就会，一口气吐了七十个烟圈。虽然我知道靠深奥为生的人，干什么自然都很出色，但还是佩服得要命，总觉着自己白抽了半辈子烟。我正想跟她学学怎样深奥，大个子桥带她去喝咖啡了。我从此没再见着她。

"你说我干点什么好？"泥说。

"我怎么知道。"我说，心里直担心她会坐下去。

"我们劲越来越大，就是不知该干点什么。"

"我们？还有谁？"

"就是我们呀？！"

我明白了。她说得有理。我正教她收集警句时，她哗地坐了下去。我惨叫一声。

"怎么？"她说。

"没什么。"我的声音都颤抖了。

她屁股下面是我的警句：我们从哪儿来？我们到哪儿去？我们是谁？

"你看什么？"她暧昧地说，屁股往我这边挪了挪，我又大吃一惊：简直像地球仪，她的屁股大得令人想入非非。

"别想入非非，对你没好处。"她说。

她站起身就走了。叭嗒叭嗒的脚步声在楼道里渐渐消失。我站起身来，把所有警句和图片全部撕碎，作了次深呼吸，身子就渐渐粗壮起来。

窗外那只猫，是否真的断了一条腿。

世纪

泥沿着山岗走来,她创造了一切,创造了人类的温柔和坚韧。一条又一条遥远而又永不消逝的雪线,在她面前林立着无数的艰辛。她懂得了生活。她认识桥之前,曾经为每一阵骚动狂躁,是泥带来了一切,泥带来了山和世纪,一层又一层的欲望,剥落出嘈杂的人类,这就是世纪。时间永恒,生活永恒。世纪喧嚣了,世界喧嚣了,男人女人一次又一次的呼吸,完成了永恒而又长久的创造。桥有时候会散发一种古老的愿望,那就是死亡。可世界照常运转,有节奏的节拍勾画出迷蒙的影像,赤裸而神圣的。泥就不一样,她向往远方,她寻求刺激是为了感觉,而不是狂放。感觉的力量无穷、感觉是强大无比的冲击波,附生在人类一切感官上,渴望和欲望是一种可怕的无底深渊,它吞噬一切非分的念头和妄想。于是世界诞生了。一切艺术和毁灭艺术的念头同时诞生。几千年花开花落,几千年日落日升,照射着犯罪、死灭和温柔。泥总希望她能摆脱,她曾经疯狂地抽烟和酗酒,遥望起伏不断的地平线和起伏不断的山峦,那就是桥强硬的弧线。她和桥去登山,高峻而多情。累,她喜欢横躺在他身上,随着他的每一次深呼吸,她上升,她降落,体味着世纪的骚动和沉静。桥一开始就能压抑,他知道自己该怎样干,但不知道该干些什么。他知道自己前面有很多圆弧要跨越,首先是泥。泥本身就有很多洞穴,很多圆弧。那些永恒的圆弧呀,一次又一次不可阻挡地圈住他的视线。他看得很近,因此世界很小,世纪很小。他不能把世纪看成连绵不断的抽象,而是一幅幅镶在镜框里的画,他总怀疑这幅画是泥注定要干的坏事之一。这是他一生唯一正确的念头。泥欣喜无比。她打开一瓶又一瓶冰水,冷却了桥无数的狂热。桥想占有泥，但他因为那无数的圆弧而失望。她给他唯一的体贴是弧形的嘴唇。桥不希望仅仅于此。他每一次的冷峻和激情都在泥的弧形面前毁灭。随着幻灭，他想到了远行。泥欣喜无比，桥可怕地记录着泥的每一次呼吸，他知道自己完了。他的得意是他的发泄，他会把自己的欲望完完全全地发泄在想象上。他的想象力惊人，他能由每一阵轻微的颤栗想到泥的圆弧。泥的曲线胡乱地组合，构成了一个又一个无形的上帝。偶尔他会怀疑上帝是女人，但上帝痛苦的面容使他想到了男人和献身。他的黄色皮肤有时会使自己感到泄气，但更多的时候是激动和希望。他拼命地涂抹自己的眼睛，有一次居然成功了。他看到了一条又一条人类的符号，那就是赤裸的真情。她来自遥远。当她赤裸着把桥抱在怀里时，她能把自己的强大欲望无条件地传染给他，他于是获得了新生。当他和洞穴融为一体时，他就完整地献出了自己。在一个没有地名的地方，他想了很多很多，然后苏醒。凝望着蜜蜂采集、飞翔，他联想起了自己那唯一的女人，他觉得有些惭愧，他应该走很多很多奇妙而永恒的路径，去寻找不灭的太阳。他不把自己软弱的欲望当作太阳，那太无能。他的太阳是许许多多的花蕊和月亮，温温柔柔，像河流那样有无穷无尽的潮汐，生发巨大的能量。海岛和海岛之间，是海鸥波浪起伏的曲线和峰峦。那峰峦来自海底，来自鱼和海藻的故乡。海鸥缠绵，海岛缠绵，于是碰弹出炫目的光彩。九岁的狗吐着发情期的红舌，在海滨浅水区游荡，寻找迷途的雌燕。所有的曲线都在缩短，宇宙在向人类缩短，感觉在向存在缩短，刹那间一切缩短、一切模糊，这就是世纪。世纪的构成是模糊和短暂的，包括世间的音响，世间的门户，世间的一切。好啦，太阳是黄色的了，黄色是高贵而典雅的，在蓝色的照耀下，发出一种奇妙的幽静。创造一种甜蜜的氛围，让星球在三流画家笔下重现，悲剧就这样产生。他们不知道人类的痉挛和疯狂，不知道男人的疯狂正在于他强硬而瘦削的双臂,他们不知道人,不知道人的尊严不能涂抹到画布上去。不知道女人的圆弧一个又一个在月亮的夜晚膨胀,于是诞生了永无止境的辉煌。泥对桥总说他太多愁善感,不懂得女人一甩头的魅力,这会对一切期望失信。桥不懂这些,他甚至不懂得圆弧对他的意义。他只相信所有不灭的灯光都很虚假,而黑暗中的所有接触都膨胀而激荡,那才是真实的,虽然不免狂荡和粗俗,然而这是真,是美,是神圣,是不可更改的人类法则,无法回避,无法预料。

然而太苦,行走太苦,相信太苦,等待的滋味太苦。世纪在人类的哀叹中成长,衰老,人类在世纪的流逝里一代代更替。日出日落,东南北西,天旋地转,一切变幻无常,一切自生自灭。从刀耕火种到思维呻吟,总有人欲横流的恶梦,总有恶梦醒来的超然。

洞穴

只有太阳才能穿过洞穴,带来连绵不断的生命。洞穴周围杂草丛生,但那儿从来没有荒芜。黑夜降临了,洞穴开始莹莹闪光,兆示无数黎明。从祖先发黄的记载中,人类知道洞穴是他们的发源地,于是,月亮在夜晚捍卫洞穴的圣洁。只有虔诚的光,才能沿着那条通往神秘池塘的小径,探寻洞穴的幽深。池塘每一次轻微的波动,都牵动世界生命的神经,颤栗了,太阳追赶着月亮,月亮寻找着太阳,在乌云的夜晚,他们相会在洞穴。起风了。短暂的风雪黄昏,迎来了春夏秋冬和人类的十大原罪。洞穴神秘而美丽。洞穴神圣而美丽。"我在朦朦胧胧中,知道无数巨大的星球在爆炸,因此猩猩红红。"泥这样对桥说。桥耸耸肩,这是他的习惯。当他从洞穴里探出头来时,他就知道世界很苦,"我们带着失落感投奔世界，一开始就注定要寻找一生，当某一日我猛然感到快要找到了的时候，另一种更强烈的感觉又向我冲击，于是产生更大的失落。"泥总是眯眯眼睛，表明她遥控一切，同时也表明自己对一切一无所知。假如说她能对桥说我们寻找的一生终归会找到或者迷途的话，那谁也不能说地球不是圆的，这是颠扑不破的真理，正如你已具有了的东西，就从来不能找到一样。泥正是这样。当她每在梦中抚摸一次洞穴中间永远也不会融化的冰柱时，她就多了一分信心，一分颤栗和一分迷惑。难道她能对桥的貌似神秘的话，作哪怕是一行字的注解吗？桥自然也就心安理得了。在她知道世界诞生于洞穴因而是圆形的时候，他就明白除了为什么必须寻找之外的一切了。他常常想的问题是，太阳、土地和人，为什么都诞生于洞穴。太阳是圆的，土地是圆的——哪怕是遥远而遥远的地平线，也呈弧形展现在寻找的人们前面，而人，为什么也是由无数的圆构成。有一次泥对桥说："男人和女人是不一样的。"从此他知道了一个真理，可见男人的真理诞生于女人，明白这一点桥有些泄气和不安。但当又一次巨大的失落感汹涌袭来时，他又一次恍然大悟，他对泥说："男人在播种时往往因为狂躁而无法预料收获。"泥又一次眯了眯眼。这一次桥有些恐惧，因为他仿佛在梦中落进了那潭能溺化一切生命的弱水深湖，湖面是一道又一道神秘变幻的光圈。他知道自己从此将陷入挣扎，也知道了从此将无法游出那潭深湖，哪怕挣扎到垂死时他做出壮烈的微笑。落进湖里，往下沉，往下沉，就是洞穴了。为什么洞穴总是黑暗呢，其实那儿是光明，是人类源源不断的奋进拼搏生存死灭的诞生。当毛茸茸的人类打着最后一支火把从洞穴中悄然出立于荒芜的旷野之时，那儿曾是野兽们安然小憩狂啸骚乱的圣地。但他们赶走禽兽抬着猎获物和他们粗陋的石器，带着轰轰隆隆的光明回到洞穴，把一个又一个新生命强强壮壮地送到越来越喧嚣的这个星球。

那次桥的最后微笑之后，是泥拯救了他。当他崭新地从洞穴里探出头来，就已经忘掉了从前发生的一切，于是他害怕了，莫名其妙地伤心，哭泣。然而，一旦黎明降临，他就忘掉了洞穴。谁也不知道他是否还在寻找，也不知道他是否还能意识到太阳、土地和人仍然是圆形的，周而复始，永恒运行，沿着一条诡变的航道。兴许他将远行，因而意识到洞穴的圣洁，那么，他无疑是毛茸茸的人类最初那支高擎的火把，虽然他终将燃尽。

1984—1988 年

第二辑 虚构滇北

旧村札记

一、开头

有几座山,有一条河,还有一块由河水无数年来冲积成的坝子。坝子呈扇形,十七户人家密集着。而这十七户人家,只有老灰大婶家男人前年在修筑拦河坝时被河水冲走,连尸体也没有找到,其余人家,基本上是一对老人,一对中年男女和三四个孩子,每天由中年男女下地干活,孩子如有满十三岁的,也下地帮衬着点,小孩子就由老人带着去采猪草和做饭。到孩子满了十五岁,父母必得为他们张罗着娶妻生崽。于是,那一对老人也就差不多到该死的年纪了。

孩子养了崽,老人一般就被抬到坟山,变成一堆黄土。大体上就是这样,因此故事几乎是没有的。就算有,也很难说得好听。

二、山

几座山全都连着,围在坝子四周,只在河水逃出处有一个豁口。太阳一般也是从豁口那儿蹦出来。那些山高矮胖瘦不等,却有一个共同的名字：大山。

　　大山上有极少的麂子、獐子和野鸡。农闲时节，男人们抬着老铳子上山，叫：去寻野味。有扛着一只麂子回来的，他家崽子就乐得屁颠屁颠，对别的崽子说他家过年。若扛回来的是獐子，且是雄獐，高兴的就是女人。她们把麝香压在枕头下，说是能够多子多福。不过，寻不到野味，空手回来的时候最多。

　　比较少见的是扛回一个人来。确切地说，在姚兴利老人的记忆中，也只有那么一次。是在民国二十五年，他的表兄姚兴福把李耀宗当成獐子，一枪就打死了。后来经两族老人们共同裁决，李耀宗的家小全部归姚兴福代管，并不改姓。就连两年后，李耀宗家里的为姚兴福养的儿子，也姓李，叫李高富。李高富后来娶老灰大婶（那时叫小灰姑娘）为妻。这是后话，不提。

三、河

　　河叫大河。

　　就是说，这儿的山水一般都没有名字，就像女人们一样。女人们的生命历程大体上是由大（或二、三）姑娘到某某屋里的，比较通俗易懂。这也表现了这个村子喜欢简明扼要的风格。

　　大河弯曲得厉害，它离村子三百米左右。村子里有树，爬到树尖上，就会看出大河确实弯得很不正派。但河水很清澈，没有鸭子在水上游，很宁静地流在春冬夏三季。到秋季，河水就浑了，并且猛涨，有些年头会冲坏农田，这就叫坏年头。坏年头男人们经常一堆一堆聚着喝土烧包谷酒。渴了酒是要打自家女人的。女人大部分都结实，挨了揍一声不吭，只有肚量比较小的才会抱着孩子哭。当然，哭归哭，哭完了还是要和男人顶起门来添孩子的。坏年头添的孩子命大。而肚量最小的女人只有一两个，是在做姑娘时漂亮过的,她们挨了男人揍会干出些荒唐事来,比如说喝敌敌畏什么的。等会儿就讲一个。

四、村名

村名就隐去算了,或者叫它旧村也行。喜欢精确的读者,可以到云南省地图上去查,靠近金沙江边有一个永仁县,旧村就是由这个县管辖。对啦,这个村名太过于模糊,我们还是别太较真。恐怕它的真名就叫旧村。这很难说。

五、考证

旧村始于何时,这实在还是个问题,没有人说得清楚。急人的是永仁县志上连一笔记载都没有。就是说,它始建以来就既没有出过皇帝,也没有出现过像燕子李三那样的独行大盗。一个也没有。因此我说这个故事不容易讲,道理是有一点的。

不过至少有一点可以从老人们那里得到证实:旧村的历程和盐有着极大的关系。

现今有那种读过几天书的所谓好吃懒做的年轻的,老人们还这样教育:那时我们到老白井背盐……

确实,云南北部没有盐厂,而旧村的人们又吃不起昂贵的官盐,只好到老白井去背私盐来吃,据说背回一趟盐,脚程快的也得一个月时间,这当然不包括在路上被强人截下抢了盐去的——这种事极常见。因此,男人出去背盐,能回来就很不错了,女人们并不在乎他是否能背几大砣盐回家。

也有的男人,并没有遇到强人,却也一去不回了,这不外乎两种情况:一是被背上的盐块砸死在某个山涧里;二是在盐厂附近又娶妻安家。第一种情况也许永远不为人所知，第二种情况是在解放后陆续被发现。这就是说，有的男人犯了重婚罪。但迫于当时的实情，政府并不追究。我们的政府是通情达理的。

[在云南省地图上，我只在成昆线旁找到个叫黑井的地方，老白井不知位于何处。但从解放后回旧村认亲之人的籍贯来看，大概是在云南西部，大理州的宾川县附近。待考。]

六、田地

田全都傍着大河。旧村把田的单位命名为丘。大河的每个转弯处几乎都有一丘田，大小不等，有十数亩的，也有一二分的。一般高出河床一二米，人们在河上游四五百米处筑一道拦河坝，再修沟渠引水灌溉。一年种两季：稻米和蚕豆。种稻米这一季顺便在田里养鱼——鲫鱼。等稻米黄了，先放水捞鱼，两三天后才收割。

地就在房前屋后，种包谷、黄豆和小麦。这就免不了猪鸡牛羊的糟蹋，为此惹出的麻烦事不在少处，暂且按下不说。

田地原先都是土司家的，租给村民们种。解放后土司被镇压，田地充公。据说现今又分给了私人。具体轮回不详。

七、房子

房子是这样几种：土掌房、茅草房和瓦房。土掌房是平顶，用土夯实而成，冬暖夏凉，就是雨季一长就会漏水，于是锅碗瓢勺都得动用，叮当叮当地响，煞是好听。茅草房要大一些，二层楼，楼上装粮食，下面住人。旧村的茅草房几乎都一样，楼上不隔开，楼下分成五间——中间宽敞些的是堂屋，两边各二间叫厢房，住人。靠后墙的那两间没有窗户,永远是黑黑暗暗的,照例是老人住。外二间是年轻人住,枕头当然是一截木头。习惯。堂屋一进门的右边,有一个火塘,冬天的时候,全家人就围着火塘烤火,乐融融的。堂屋的正中间肯定是一座一米左右高的香火台,是用土坯搭成的。

香火台上摆着些比较神圣的物什,诸如盐罐之类(近年来吃盐不紧张了,就改为别的东西,比如说牛的头骨什么的),总之是镇家之宝。上方千篇一律是由姚兴利老人写的牛头不对马嘴的对联:生意兴隆通四海,财源茂盛达三江。横批:毛主席万岁。至于中间那幅像,有的家是毛主席,有的家是秦叔宝。但可以肯定的是,整个旧村并没有一个生意人。

正房两边各有一个矮矮的小房子,叫耳房。右边耳房用来煮饭,其实是厨房,摆着碗勺水缸之类的物件。至于灶台,是比较重要的东西,等会儿单独说说。左边耳房空空的,暗暗的,堆着厚厚的灶灰,一般用来撒尿和生孩子,气味比较怪,外地人肯定受不了——当然,旧村居然有外地人来,也是1978年以后的事。经过多年来小便的渗透和粘结,灶灰已呈块状,女人躺在灰堆上生孩子,也就不需要垫草席了,这样,生下来的孩子就福大命大。而一旦生了一次孩子,灰堆上当然就凝了许多血,于是这些陈灰就得除掉,用去肥田,重挖新的灶灰来堆,重新撒尿,以等下一个孩子的出生。因此,对于旧村来说,这左右耳房都是很重要的。

还有院坝,比正房还要宽,被一堵矮墙隔开来,下院坝沤肥关猪鸡,上院坝晒粮。也有不隔开,一出堂屋就是肥堆的,因此解大便就在院坝里进行,每当这种时候,就有狗在身旁转,猪在旁边哼,说不定还有一只小公鸡单脚独立在前面。如果这只小公鸡比较下流,它还会偏着头往身下瞅,弄得当事人很不自在,常常骂出难听话来。

　　大门开向哪一方并不一定，还经常换，一般是死一个不到该死年纪的人（孩子居多）就换一次，就是重换的方向，也得请风水先生定夺。而门槛也不讲究，这等会儿还要说。

　　瓦房是近几年刚刚出现，布局和茅草房一样，只是将房顶的茅草换成瓦片，也就用不着再说它了。

八、天气

　　有的时候阳光灿烂，有的时候阴阴沉沉。虽然这近乎废话，但事实确实如此。半阴半晴的日子在旧村一般并不多，几千年来都是这样。不过人们已经习惯了，因此晴天雨天实在没有什么不同。除非雨季长得太不像话。人们的嘴里才会冒出一两句不敬老天爷的话来。

　　总有些苍蝇在灶房里飞舞。

九、族系

　　旧村由李姚两大族构成。

　　李姓的辈分是：耀、高、玉、国、铁、友。

　　姚姓的辈分是：兴、国、玉、加、光、富。

　　各各轮回，并没有六世同堂的事情发生，不会冲撞，够用了。

　　旧村的历史，可以简单地将它看成李姚两姓的兴衰争斗，这就演绎出一些差不多可以算作故事的事件来了，比如说两姓为了斗气，竟斗掉了一对青年男女的性命来。那是一个比较悲壮的事件，等会儿我要细细地说。

十、土司

土司不姓姚，也不姓李，姓沙。最后一代土司叫沙通海，解放后被镇压，据说他并不太坏，民愤也就不算大，之所以要镇压他，完全是因为他祖上积的那些家产也太多了点儿。将这些家产充公时，旧村的每户人家几乎都得了一些好处。因此人们就好生料理他的后事。特别是一个叫姚兴周的青年，据说与沙通海的二姨太有染，被发现后也没要他的命，因此感恩不尽，亲自为土司的后事主事。于是如今就只有一个"土司坟"，成为村外里许一座小山的名字了。土司坟的前后左右后来又垒了许多坟，这座小山的名气就益发大了，但这与本文无关。

十一、霍乱以前的爱情

在公元1888年以前，李姚两姓是绝不通婚的，甚至房子也不像现在这样混杂。现在只大体上李姓住在村子东头，姚姓住在村子西头。因此你该知道这里面会有悲惨的爱情故事了。我只讲那么一个。

土司沙毓贵家有两个放牛娃子，一个叫李铁蛋，一个叫姚光慧。他们天天一起出去放牛，当然，李铁蛋把牛赶到西边山上，姚光慧肯定就把牛赶到东边山上。历来如此。冬夏秋三季一般并没什么，但到了春天，牛价天乱跑，并且常常混到一起。

也是怪事，他们各自照管的牛群里都是既有公牛又有母牛，但李铁蛋的公牛就是喜欢去找姚光慧的母牛，而姚光慧的公牛也喜欢找李铁蛋的母牛。两个娃子费多大劲也打不开。各自哭骂几次，也就听之任之了。就这样他们都到了十六岁。看着公牛母牛们粗野地追逐，李铁蛋便站在这个土丘上哈哈哈地笑，姚光慧却站在另一个土丘上把脸涨得通红。等牛们完了事，他们便觉得无聊，空荡荡的，抬头望天。有时候李铁蛋会突然吼出这样一两句歌子：哥哥大意翻个身，压着妹妹白奶子。姚光慧觉得难听死了，把头转向一边，心突突突地跳，却侧耳听着他下面不知要吼出什么。却没有下文。只听见他的脚步声叭嗒叭嗒向河边走了。一会儿又传来扑通扑通的拍水声。姚光慧偷偷地看，看见了铁蛋一疙瘩一疙瘩的腱子肉，心里又在跳了。于是铁蛋走回来，折些干树枝生了火，一会儿就把一条烧烤得香喷喷的鱼扔过来。姚光慧看看鱼，又看看铁蛋，铁蛋却不看她，只顾自己吃鱼，吃完了，抹抹嘴，又大吼一句歌子：哥哥脱光衣裳下了水，妹妹你为啥子不拿鱼。她就捡了鱼慢慢地吃，觉得好香。铁蛋朝她慢慢走来，她又激动又害怕，不知他要干什么。铁蛋站住了，问她："好吃不？""好吃。"她说。"我再去拿。"他说。

"不，不。"她说。

"不好吃？"他说。

"不，不。"她说。

他望着她，发现她的胸脯微微凸起。

"你怎么拿得着鱼？"她说。

"我一个猛子扎下去，就拿着鱼了。"他说。

"你真行。"她说。

他哈哈大笑起来，转过身，见一条公牛又在追一条母牛，就走过去大声骂：日你妈个烂 B，你日起来就没个完！

她看着他的背影发呆。

村里的人们渐渐发觉了不对，这两个娃子每天放牛回来，几乎是前脚后脚进村。终于有一天，人们发现李铁蛋的牛居然有一条混在姚光慧的牛群里。李姚两姓老人各自聚会，教训这两个娃子。他们都一声不吭。

李铁蛋的爹李国清说:"娃子不小了哩,得给他娶个媳妇。"

李氏长老们觉得有理,就决定将李国成的大闺女李铁英配给铁蛋。先让芹姐教铁蛋一段日子,等铁蛋会行事了,就正式娶亲。

而姚氏长老们,在姚光慧那里问不出一句话来,她只是哭,简直让人不知道铁蛋那狗日的到底干了她没有。只好按规矩,让牛哥儿来试。如果她真的被李家干了,咱姚家就不和他们干休,如果没有,也好叫她知道男人那东西的可怕,不敢再和李铁蛋混在一起。男人都是一样的。

结果,牛哥儿说:淌血了。

就是说,李铁蛋还没那狗胆干咱们姚家的女娃儿。那就算了。

长老们问牛哥儿:她怕了不?

牛哥儿嘿嘿地笑,说怕。

事情就算完了。

而芹姐却说:铁蛋怪得很,教不会。

怎么教不会呢,男人对那种事情总是猴急的,像芹姐这么有经验的人去教,哪有教不会的道理?

是呀!芹姐说,别的娃子可是一教就会,乐意学着呢,可铁蛋就是不上来,你解他的裤子,就像是掐他的脖子一样,真邪门,是不是他那东西有见不得人的毛病。

李国清说:娃子是我养的,我还不知道哇?是没有毛病的,芹姐,你多费心吧。

因此,姚光慧每日眼红红的把牛赶到东边山里,铁蛋脸阴沉沉的和芹姐把牛赶到西边山里。

铁蛋对坐在一边叹气的芹姐说:芹姐,照辈分,你是我婶婶哩。

芹姐说:可这是老叔他们派给我的活儿呀,再说,你爸又托嘱过我……

铁蛋说：你就对他们说，我会了。

芹姐说：你真会了？

铁蛋说：会了。

试一试吧。

不用试。芹姐，你是我婶婶哩。

好吧，明天我不来了。

多谢芹姐。

就是这样。本来事情算是完了，可春天又到了。牛又开始价天乱窜起来，两个娃子根本招呼不住。两群牛混在一起之后，他们各站在一个土丘上又骂又哭。哭着哭着，他们就伤心地抱在一起了。一个说：铁蛋哥，铁蛋哥，我的命好苦呀！一个说：光慧妹，光慧妹，你别哭。

因此天就黑了，有几条牛自己跑回村去，把庄稼糟蹋得不成样子，全村人打着火把来找，见到了土丘下光着身子搂在一起睡得正香的李铁蛋和姚光慧。两条绳子捆了，各自押回村去。

村东头西头各有一棵老槐树，均有三人合围粗，黑沉沉的，相隔十来丈。姚光慧被捆在西头的那棵树上。李铁蛋被捆在东头那棵树上。当然，他们都是被剥光了的。

西边的人吼道：贱货，咱姚门就没有男人吗？然后用手臂粗细的棍子捅她的下身，血从她的双腿慢慢流下，把地渗红了一块。

东边的人吼道：听到没有，咱李门有的是好女人。你偏要去捣人家贱货，给咱们丢脸，这东西留了何用。一刀就把那阳物剜了下来，扔在一边。有一条狗跑去闻了闻，然后甩甩头走开了。李铁蛋惨叫一声，就不动了。

泪从他的双眼流下来，脸是惨白惨白的。

"死了，"有人小声说，"真造孽。"

于是西边吼道：见了吗！那连狗都不要的东西，你这贱货偏要。便用麻袋装了，扛到大河扔下去。那麻袋在水里居然一动不动就沉下去了。故事就完了。

这个故事的真实性是不容置疑的。那两棵老槐树至今还在，偶尔还有妇人去上吊来着。据说那一年李国清三十六岁，等人们都散了以后，他慢慢把儿子的阳物捡了回家，用红布包着放在香火台上，后来他有半年没说话，半年后他到老白井背盐，一去就没有回来，这条线索就断了。而那红布包，现如今已成了李国清后人们的镇家之宝，只是干缩之后，后人并不知道那是什么东西。至于像牛哥儿和芹姐那类人，是在解放后才没有了的，有心人可以去问问像姚兴利那样的老辈人，兴许他们还会说出几个故事来哩。事实上我就肯定要讲一个这种故事，只是怕把话扯远了，暂且将它放在一边罢。

接着说1888年的霍乱。

1888年是光绪皇帝在位的第十四年，这时候大清帝国的气数已快要尽了，谁都知道自1840年鸦片战争以后，大清帝国就越来越衰了。不过这与旧村的霍乱无关，这一点是可以肯定的。因为与那次可怕的霍乱有直接关系的，据说是李国成家的那只母鸡。

那只母鸡的暴亡，应该说只是霍乱开始的一个征兆，可惜当时人们并没引起足够的重视，也是天意使然。

那确实是个百年不遇的坏年头。主要是不下雨。地干得烫人，有些孩子把种子从地里抠出来吃，竟是熟的。因此狗的毛一撮一撮地掉，树下就有伸着舌头喘气的瘌痢狗。并且渐渐少了，变成些臭气熏天的烂肉，任凭绿头苍蝇吮吸。自然，李姚两姓都组织了规模比较大的求雨队伍，并且都很虔诚，李姓甚至用一个大姑娘光着身子晒死在山顶上，却也没有感动上苍。而细节上的怪事更多，比如半夜里活着的猫狗跳到房顶上以人声啼哭，有人在村头看到几条蛇人立而舞,似跳动的棍子,历时半天才散,等等。后来,李国成家的那只母鸡就开始寻墙角的洞,不停地把头伸进去,半晌才出来,然后径奔灶房,死在锅里。临死时还下了个软皮蛋。因此李国成就吃了这只鸡,而李国成屋里的第二天就卧床不起,眼鼻红肿,呼气如蒸,还胡言乱语,状极瘆人。请了郎中道士,号了脉,驱了鬼,并不见效,如是五天,突然清楚如常,对坐在床边服侍的李国成说:娃他爸,有一句话闷了这多年,眼下老大都十四岁了,我想跟你说。李国成说:你就说吧。屋里的就叹口气说:国清弟这一走就多半年,恐怕是回不来了,跟你说了你别怄气,咱们老大,是他的。李国成一愣,伸手摸屋里的额头。屋里的推开他的手,说:我清醒得很,你我成亲时,国清弟已把咱们老大种下了。李国成怔怔地说不出话,屋里的却就咽了气了。未等哭出声,李国成也栽倒在地上,症状和屋里的卧床时一样。如是三四日,村里哭声终日不断。七八日,哭声渐少,每日都有人扛着草席包到坟山去。黄土堆自然冒出来得很快。十五天后,全村二百来号人口只剩下十之二三,像李国成一家那样绝门绝户的就有六七家。傍晚有人仰望星空,喃喃地说:劫数、劫数。

第十六天傍晚下起大雨来,绿头苍蝇们逃得干干净净,村头便白骨森森,死狗在其间闲荡。可怕的霍乱因此结束。这时候,该死的都已经死得差不多了,李姓多剩些寡妇姑娘,姚姓多剩些光棍小伙,自此两姓渐渐通婚,不在话下。

十二、灶房

这是旧村的说法,其实就是厨房。主要是灶台在厨房里最重要。

修灶台是少不了杀鸡吊狗请端公(道士)的。一般是两口锅,一口煮饭，一口煮猪食。除灶台外，灶房里还有碗箩、水缸和蟑螂。碗箩是竹编的，水缸则是用一根巨木挖成，里面一般养着三四条鱼，它们的粪便拉在水里，用这水煮菜就可以少放些油了，据说鲜味也好。蟑螂们成群结队，不袭击数量与它们不相上下的苍蝇，它们和平共处，产生越来越多的后代。

十三、强盗

有一点可以肯定：那个强盗的名字不叫牛哥儿，只是为了前面的许诺（我说过我要讲个像牛哥儿和芹姐那类人的故事），才这样为"独卵"命名。对啦，"独卵"才是那个强盗真正的匪名。

牛哥儿既然十六岁就能被本族长老们选定了干教会姑娘们房事的营生，人长得壮大是不用说的，而他的那家什也健壮，被他教的姑娘，没有一个不哭，因此也没有一个不恨他，只是等她们成亲生了崽，才会想到他的好处，偷偷摸摸来找他一两次的事，也是常有的。

本来这种营生干起来又体面又痛快，很难成为强盗的，偏偏牛哥儿那次去老白井背盐回来的路上被一伙强人连盐带人扣了，并被打了个半死，而他挨打时一声不吭，这就高兴了这伙强盗的"压寨夫人"芹姐（这个名字当然也是应诺而编的）。芹姐长得好看。牛哥儿养好伤后有逃走的机会，但他不逃。有一个晴朗的夜晚，寨主带着兄弟们去打家劫舍，很顺手，回来得早，就见牛哥儿和芹姐干得正欢，因此把牛哥儿一根索子捆在柱子上，将刀尖放在炉子上烧红，说：是要我帮忙还是自己了断？牛哥儿不吭声，只伸手接过刀，手里马上白烟直冒，焦臭难闻，然后一刀就剜下自己一个睾丸来，人也晕了过去，只是没有惨叫那一声，因此寨主只说了声有种，就将他放了，并嘱咐兄弟们好生护理。半月后牛哥儿外伤好了，寨主问他服不服，他说服，寨主就说好吧，跟着我干。让他当了个小头目，并赐名独卵，有赏识他刚猛的意思。但终日打鹰，也难免有被鹰啄了眼睛的时候，不出半年，牛哥儿就瞅空将寨主宰了，自己做寨主，并连芹姐也一块宰了，他没有另找压寨夫人。

这是解放前几年的事，那时候云南有个人物叫龙云，养了许多兵，其中有一个团在滇北一带驻扎，离旧村不远，团长派人带口信给独卵大王，说他要投军，就给他一个连长干干。于是独卵带着七十多号兄弟穿了军装。真的当了连长，好不威风。眼看旧村就要出一个人物了，可惜牛哥儿本性难改，又不知军纪严厉，竟然一觉睡了团长三姨太，因此当连长不到半年，就被团长派人拉到荒郊，一枪给打死了。而他的后人，要么很多，要么一个也没有，这原本是一笔糊涂账，也就不用再去查了。

十四、门槛

小灰姑娘长得好看，牛哥儿早就等着她一满十五岁就教她做女人的事。不料她才十四岁，有一天就被李高富按在麦田里教了。那时候李高富十七岁，芹姐已经教会了他。看起来李高富是真正的会了，即便小灰姑娘拼死不学，他还是将她的肚子给教大了。于是在小灰姑娘满十四岁那天，就挺着大肚子进了李高富的洞房。不用说，看着小灰那高高凸起的肚皮，姚兴福是高兴得呵呵直笑的，不过这并没有使儿子不被牛哥儿揍一顿。

这一家子在那时是乐融融的，冬天的时候就围在火塘边，谈论下午荒地上两只野狗交配之类的新鲜话题，直到小灰第一胎生个死婴下来，这种状况才完全改变。

是芹姐接的生。小灰挣扎了一天，血把灰堆全浸湿了，可惜到傍晚时生了出来，却不会哭，也不会动。姚兴福骂了声冤孽，就回屋去了。李高富不敢吭一声。

之后，李高富刚要在火塘边坐下，姚兴福就说：还不快去，你要我断子绝孙吗?! 李高富只好回屋去，小灰自然可怜兮兮地躺在床上了。他们两人渐渐瘦了下来。

门槛当然要重换了，是姚兴利选定的水冬瓜树锯成的，果然有效，一年后小灰养了个活的，取名贱命。然而贱命只活到两岁就又死了。又换门槛。这次换了半截松木。小灰又产一子，三岁又死。姚兴福一气得病，卧床半月亦死。到小灰产第四子时，已被叫做老灰大婶了。第四子取名狗哨，三岁时得了重病，眼看不成，只好听从姚兴利老人的忠告，在一个深夜，老灰大婶将人事不省的狗哨放在门槛上，由李高富用斧子将他砍成四块，用席子包了扔到荒野里，任凭小鬼收捡，野狗嚼食。本来这是最有效的求子（下一个）长命的办法，老灰大婶的第五胎准能长命百岁了，可惜就在那之后的第五天，李高富就在修筑拦河坝时，被河水冲得无影无踪。这就是说，老灰大婶用不着再换门槛了。

十五、旧村没有故事

直到现在我才发现我根本没讲成故事。我原本是打算讲一个故事的。因此我望着稿纸，心里充满悲伤和悔恨——如果我这样开头，故事就肯定已经讲成并且好听了：一辆火车从旧村东面的半山腰上走过，哐呛哐呛地响，村里几条幼狗疯吠起来，就有几个孩童冲着那火车遥遥撒尿，作射击状，然后跳进牛滚荡里，沐浴他们黝黑的皮肤。火车一会儿就不见了，也许是钻进山洞里面去了。那半山腰上的烟雾，却永远不散似的，老在那儿缠着，像女人的裤带，松松散散的。于是到了傍晚，就有一个男人或者女人的声音大声响了起来：小砍头的，还不滚回来肿脖子……等等等等。

然后，我就解释说，"牛滚荡"就是秋天雨水积在低凹处，由牛滚出来的水坑，因为有牛尿，里面臊气熏天；而火车钻进山洞，是因为成昆铁路隧道是如何如何的多；至于"肿脖子"，其实指的是吃饭，这是旧村的习惯用语。云云。——然而，我却没有这样开头。也许在讲故事方面，我姚霏终将一事无成。

十六、补报

突然发现说漏了一桩比较重要的事儿，1986年某日的《中国青年报》登了这样一则短讯：在云南永仁的某个村子（旧村），有一对老夫妇（姚兴利夫妇）因为和儿子顶嘴，打又打不赢（姚兴利已经七十多岁了），气又气不过，便到县公安局去状告说，他们的儿子想强奸他妈。这可是丧尽天良的案件，因此公安局把那儿子抓来判了重刑。宣判后那俩老夫妇才发现不对劲儿，他们的后半世托给谁呢（他们就一个独养儿子），因此哭着对公安局说出实情：他们气儿子不过，又打不赢，就想出了这一招。让公安局帮着揍儿子一顿，让他知道厉害也就算了，用不着把他关起来，再说，他妈都六十多岁了，并且那儿子从来就没有强奸谁的想法。于是公安局放了儿子，把那对老夫妇判了个诬陷罪——括号里面的话是我加的。

我还想解释一点，姚兴利屋里的年轻时极漂亮，但没有喝过农药，直到老了才喝了这一次，半瓶，被人装在竹箩里吊在梁上，不停地转，转晕后吐了个昏天黑地，总算保住了命。鉴于他们的年纪和身体，公安局让他们的刑期在监外执行。

十七、结尾

讲不成故事我只好结尾了。

哥伦比亚有个好作家叫马尔克斯,他在《百年孤独》这本挺不错的小说的结尾处,用一阵飓风将那个叫马孔多的小镇给毁掉了。云南北部没有飓风,只偶尔会有泥石流,我可不想学他那样,用泥石流将旧村冲走,那毕竟是我的老家呀!但我又实在不能担保这种事儿不发生,随它去吧。

1987—2007 年

(原载《边疆文学》2009 年第 1 期)

世道

一

最壮的那条公牛把所有母牛追得价天乱跑。奶奶挺着个大肚子,骂那条公牛的祖宗。爷爷站在一个土丘上哈哈大笑。奶奶说:笑!笑个球!爷爷看了看奶奶的大肚子,说:那些小母牛跑只是装装样子。

那是1932年清明节前后的事。

1932年谷雨节的后一天,我父亲这个倒霉蛋,降落在小地主徐耀祖家耳房的灰堆上。他的脐带是奶奶用手掐断的,因此他哭得比一般孩子要响。那时候有一只灰雀飞进来,在屋子里乱撞了好半天才逃出去。奶奶认为这是个好兆头,就在苍白而布满冷汗的脸上绽出一丝儿笑容,然后我父亲有了第一个名字:小灰。

爷爷开始骂骂咧咧。

由于父亲的出生,爷爷不得不独自照管三十一条牛。爷爷独自照管三十一条牛很吃力,就骂骂咧咧。

奶奶说:哼!又不是老娘自己干的,谁叫你每天摸黑像条公牛来着?!

爷爷一想也对,就不再骂了,只是脸阴沉得厉害。

这种阴沉沉的脸,爷爷将它保持了二十七天。在这二十七天中,父亲茁壮成长。奶奶叫他小灰,他已经会把头左右地转了。

二十七天后,就见不到爷爷阴沉沉的脸了。

从此再也见不到了。

那是个雾气浓重的日子,爷爷一清早将牛赶向山坳,就再也不见回来。

有人说,爷爷将那些牛赶到太阳镇卖了,得了一大笔钱,到山外享福去了。

又有人说,爷爷将牛送给了脖子上有两块红布条的"流匪"换了个团长干,并搭着一个水灵灵的姨太。

很多年之后,有人非常肯定地说:爷爷确实是将那些牛卖了,但他并没有到山外去享福,而是用那些钱买了枪弹,招了几个兄弟,占据了一个山头,当了大王。

因此,在我非常小的时候,经常幻想着某一天,会有一个骑着高头大马、腰杆上别着两支手枪的人来将我们接走。

可惜一次也没有。

当然,这些都不重要了。如今都不重要了。

重要的是,我没有爷爷。一个也没有。

爷爷离家出走,最痛苦的不是奶奶,而是徐耀祖和他的大姨太。奶奶只是愤怒,把她那昧良心的男人的祖宗八代操了几回。但徐耀祖却气瞎了一只眼睛,他的大姨太跳了一回井,没有死,被人捞起来倒出一桶水,就去找奶奶算账。

奶奶挨鞭子时不叫不嚷。她认了。倒是父亲在一旁哇哇大叫。

徐耀祖用一只眼睛瞄准父亲，说：小杂种！老子的家都被你那狗娘养的爹给败了，你还嚎！再嚎，老子掐死你！

父亲却还是哇哇大叫。

徐耀祖冲过去，一把拎起父亲，高高地举着。

奶奶说：东家的，你要解气，就打我吧，孩子他还小呀。孽，是他那没良心的憨爹作的，和他不相关哩。

于是徐耀祖狠狠地将父亲扔到床上。

也怪，父亲居然不哭了。

徐耀祖说：赔我的牛来！

奶奶说：我那昧良心的男人坏了你的家，你要解气，打死我我也认了。你那些牛，照理是要赔的，但东家你也知道，我赔不出来。你就打死我吧。

徐耀祖吼道：打死你我的牛就回来了吗?!

奶奶想了想，很老实地说：回不来。

徐耀祖于是一跺脚，狠狠地将鞭子扔在地上，冲回自己的屋子，抱着大姨太哭。

奶奶抱着父亲哭。

天仍然阴雾很重。

大姨太说：打死那贱货！

徐耀祖说：打死她那些牛也回不来呀。

又哭。

大姨太说：嫁给你这个败家货我真是倒了霉，呜呜，我的命好苦哇——！

大姨太是从鹧鸪寨嫁过来的。鹧鸪寨离旧村有二十里山路。大姨太嫁过来三年了，还没有怀上。大姨太的爹是鹧鸪寨寨主，嫁女儿过来的时候，他陪了十条牛做嫁妆。因此，虽然三年了大姨太怀不上一儿半女，徐耀祖也不敢多说什么。

大姨太又说：你这个败家的货，呜呜，你这个没用的货。

徐耀祖就吼了一声：嚎！嚎！嚎！嚎个球！光嚎那些牛就回来了吗？！

大姨太就不嚎了，她睁大眼睛瞪着徐耀祖，说：吼？！你还敢对老娘吼？你这个没用的！

徐耀祖说：我没用？是我没用还是你没用！你这个空心萝卜，嫁给老子三年，连耗子也养不出一个。你成心让老子断子绝孙啊！别仗着你那狗爹吓人，老子眼下连家都败了，还怕什么来！你给我滚！

大姨太说：滚？你叫我滚？

徐耀祖说：滚！滚滚滚！你给老子滚得远远的！

大姨太说：好呀！我滚！你徐耀祖好好等着，好好等着！

然后大姨太像条被豹子追赶着的母牛那样，跌跌撞撞地冲出屋，回鹧鸪寨去了。

徐耀祖和大姨太的话奶奶都听见了，看着大姨太冲出去，把门摔得山响，对着她肥大的背影，奶奶目瞪口呆。

徐耀祖喝得烂醉。倒在一堆呕吐物旁，他不停地叫着他的那些牛。

牛牛牛牛牛牛牛牛牛牛牛牛牛。

奶奶走进屋子，将徐耀祖抱上床，费了好大的劲儿。然后给他盖上被子。

奶奶要走，不防徐耀祖伸出一只手抓住她的衣角，说：牛！

奶奶说：东家，牛我赔不起。你饶了我母子俩性命，大恩大德我母子俩一辈子也报答不完。我母子俩就交给你了，一辈子给你当牛做马也心甘情愿。

徐耀祖使劲眨了眨眼睛,发现奶奶很朦胧,也很漂亮,就说:我要你的奶。

默默地,奶奶拉起徐耀祖的手,将它伸进自己的怀里。

那一年奶奶十九岁。

两个月之后的一个天气很好的傍晚,一群人气势汹汹地冲进旧村。

人们说:徐耀祖要倒霉了。

果然,那群人在徐耀祖大门前停了下来,冒出一个大姨太,对着大门吼:徐耀祖,你给老娘滚出来!

站在大姨太旁边那个又高大又长满毛胡子的人就是她爹,鹧鸪寨寨主。寨主一言不发,抱着手,用凶巴巴的目光盯着那两扇红漆大门。

大门口一边一个龇牙咧嘴的石狮子,寨主的目光和那石狮子的一样,又硬又冷。

良久。

红漆大门从中间猥猥琐琐地裂开了一条缝,露出一只惊恐的眼睛。

大姨太又吼:徐耀祖,老娘裤带系紧了,露不出你来吗?!

徐耀祖哎哎地应着,冒出头来,又冒出身子来,然后挤出满脸的笑。

徐耀祖保持住满脸的笑,几个碎步到了大姨太面前,说:大姨太,你回来了。

大姨太从鼻孔里"哼"了一声,把头抬得高高的。

徐耀祖又小心翼翼地说:老岳丈,您也来了?快到屋里坐。

寨主依旧抱着双手。甚至没看徐耀祖一眼。

大姨太说:徐耀祖,睁开你的狗眼看看都是些什么人,哪个和你一般人模狗样。

徐耀祖说：是、是、是。

大姨太说：徐耀祖，咱们的账今天得算算了。

徐耀祖说：账？什么账？

大姨太说：呀嚭！跟老娘装蒜？

徐耀祖说：是、是、是。

是你奶个烂逼！寨主于是发话了：你给老子听清楚了，今天你是要个全尸不要？

徐耀祖说：要要要。

一愣，又说：不要、不要。

寨主说：不要？那好呀，给他个碎尸万段！

马上有两个壮汉亮出了杀猪刀。

于是徐耀祖扑通跪下，连续磕了二十七个响头，嘴里在不停地说：饶命饶命岳丈大人饶命饶命饶命饶命呀——！

寨主说：岳丈大人？！哼！谁是你的岳丈大人！我姑娘不是被你赶出门了吗？！

徐耀祖说：是、是、是小人瞎了狗眼！不知好歹，得罪了姨太，望您老大人不记小人过，饶了小人这一遭，小人发誓重新做人，再也不敢得罪了。

寨主一瞪眼：嗯？！

徐耀祖说：小人说的句句是掏心话，望您老饶了小的这一回。

寨主说：你敢发毒誓吗？

徐耀祖连忙说：敢敢敢，天公在上，地母在下，小人徐耀祖刚才说的句句是实，若以后再敢得罪姨太，在家遭雷劈，出门被水淹，碎尸万段，尸骨不存！

寨主说：好，就算我将你那狗头暂时寄存在你脖子上，只怕我姑娘还不答应呢！

徐耀祖连忙磕头,说:谢老岳丈活命之恩!然后又跪着将头转向姨太,说:徐耀祖一时糊涂,得罪了姨太,望姨太大人不记小人过,饶了小人这一回。

大姨太说:饶你狗命,那容易……

徐耀祖忙说:谢姨太活命之恩!

大姨太说:慢着,你先给老娘磕一百个响头再说。

于是徐耀祖忙不迭地磕头。

徐耀祖的额头上就长出了红彤彤的一个大包,就像多了一个鼻子。

大姨太受着她男人的磕头,说:老娘嫁给你这三年来,吃的是粗茶淡饭,穿的是麻布衣裳,图着你个什么来着!天天为你操持家务,生儿……苦得老娘只剩一把骨头,到头来还得受你的气。

徐耀祖昏乎乎地磕着头,嘴里不停地吐出是字。

大姨太的眼睛就渐渐红了起来。

大姨太用手抹了一把眼睛,接着说:那个烂心烂肺的狗杂种将家里的牛赶走了,又不是老娘叫他赶走的,你拿老娘出哪门子气。再说,你徐耀祖要有良心就想想,那些牛是怎样得来的,还不是和老娘一起嫁过来的。唏唏——

听到大姨太的抽泣声,徐耀祖抬起头来,问大姨太:磕了几个啦?

大姨太一愣,说:起来吧。

徐耀祖站起来,像是酒醉了一样。

于是大姨太扶起她的男人,一群人就跟着他们拥进红漆大门里了。

围观的人说:还以为要淌血呢。扫兴而回。

晚上徐耀祖家灯火明亮。奶奶忙着往各张桌子上菜。

菜不外乎猪牛鸡狗肉。

酒喝了十七斤。

寨主对为他斟酒的徐耀祖说：牛我有的是，改日叫人给你再牵二十条来。那个狗娘养的老子饶不了他！

徐耀祖说：多谢岳丈大人！

徐耀祖的笑脸一直保持到次日清早。由于额头上多了个又红又大的包，他的笑脸比较奇怪。

第二天清早，寨主带着那一伙人走了。

徐耀祖和大姨太一直将他们送到村外好远。

寨主说：好好待我姑娘。

徐耀祖说：哎。

寨主说：牛我过几天叫人牵来。

徐耀祖又说：哎。

然后那一伙人就走了。徐耀祖和大姨太回到家里，关了大门，大姨太说：帮老娘把衣服脱了。

徐耀祖说：干吗？

大姨太说：叫你脱了就脱了。

于是就脱了，露出雪白硕大的身躯。

大姨太说：抱我上床。

就抱上床。

徐耀祖说：我多喝了两碗，头有点晕。

大姨太说：我不管你晕不晕，老娘好几天没沾男人了，你还愣着干什么，快来呀！

只好来。

徐耀祖日渐憔悴。

奶奶背着父亲，天天赶着牛上山。牛在山坡上吃草，奶奶就坐在一旁呆呆地盯着远处的山看。

山灰蒙蒙的。

直到太阳快落下山去了,奶奶才赶着牛群回家。

家里一般都有大姨太镇守着,只是偶尔大姨太不在,徐耀祖才敢跑进奶奶住的耳房。

父亲两岁左右时的一天晚上,奶奶刚将牛圈关好,回到耳房,徐耀祖就跟着进来将她按倒在地上。

奶奶边挣扎边说:东家的,你等等!

徐耀祖说:等不得,那母老虎就要回来了。

奶奶说:不,不是。

奶奶将徐耀祖伸向她裤带的手拼命掰开。

徐耀祖大惑不解地望着奶奶。

奶奶说:东家的,你别在意,反正我命都是你的了,还有什么不能给你呢?只是你听我说,事情恐怕不好了。

徐耀祖说:什么事情不能干过了再说?

奶奶说:不能,我有了。

徐耀祖:你有了?你有什么了?

奶奶说:你看看我的肚子。

就捞起衣服来。徐耀祖好好地看了看,发现奶奶的肚子确实微微有些凸起。

徐耀祖说:你怀上啦?

奶奶说:恐怕是怀上啦。

于是徐耀祖跳起来,在奶奶的脸上咬了一嘴,说:我有儿子啦!我有儿子续香火啦!

哈哈大笑。

奶奶摸着脸上的齿印,说:东家,儿子倒是你的,就怕让大姨太知道了,你——?

像一盆冷水从头顶浇下来，徐耀祖愣了一愣，颓然坐下，然后喃喃地说：这怎么好？

奶奶说：我去死。

徐耀祖说：你不能死，你一死我就绝后啦。

奶奶说：大姨太她——？

徐耀祖说：她连耗子也养不出一个。

奶奶说：你们不同房吗？

徐耀祖说：哼！那骚货的瘾大着呢，不把老子的身子掏干就不放手。

奶奶说：那咋不见她怀上？

徐耀祖说：鬼才晓得那空心萝卜将老子的精血装哪儿去了。

奶奶无言。

相对无言。

这怎么好？这怎么好！这怎么好！！

天擦黑了，蟋蟀在叽叽地叫。村里不时有几声狗吠。

大姨太满足地转身睡去了，徐耀祖对着她肥大的背影，心咚咚地跳。豁出去了，他想，反正老子不能绝后。

姨太，徐耀祖轻轻摇着她的身躯，说，大姨太，你听着吗？

大姨太说：嗯。

我们怕是要个续香火的了。

嗯。

那些牛争气，添置得快，咱们总算又有些家产了，到咱们都老了，这些家产交给谁呢？

嗯。

姨太金枝玉叶，看起来是不会遭那大罪了。

什么大罪？

生儿子呀。女人最受罪的事就是养儿育女哩。

噢。

你看,是不是……大姨太,你听着吗?

我听着呢。

你看咱们能不能去借个肚子……?

大姨太突然转身,嘿嘿嘿地笑起来。她的笑几乎使徐耀祖缩作一团。

徐耀祖说:那,那就算了。

大姨太说:算了?怕不能算了吧?你种都已经种下了,怎能就算了?打死她吗?

徐耀祖惊恐万状:姨太,你?!

姨太说:得啦,别再跟我打哑谜了,你当我是个傻婆娘?!你好好想想,如果老娘管紧你,你还敢和那小女人鬼混?

大姨太——?!

听着,好歹是你的种,就让她生下来,但你记住,那贱女人还是给咱们家放牛的,你要是敢将她纳为妾,小心你的狗命!

不敢不敢。

那就好,明天你去物色个放牛的来,让那贱女人在家剁猪草喂猪,不准出门,老娘自有安排,记住啦?

记住啦。多谢姨太!

自此,大姨太在衣服里塞了个枕头,招摇过村。

路人问:哟嗬,大姨太有啦?

大姨太说:托观音菩萨的福。

路人说:恭喜恭喜。

而村人再也见不到奶奶了。

奶奶挺着个大肚子,每日剁百十来斤猪草。喂着三头大肥猪。

小灰已会蹦蹦跳跳了。

半年之后,在一个红云满天的傍晚,奶奶在徐耀祖家正房里,很顺当地生下了一个七斤重的胖儿子。

没有叫接生婆。

当时门窗紧闭。

徐耀祖将他的胖儿子取名小财。

大姨太撤了她垫在衣服里的枕头。

每天,待奶奶喂完奶之后,大姨太就抱着小财在大门口晒太阳。

大姨太,生啦?

大姨太用手摸小财的脸,状极得意。

哟,这小子怕有八斤吧,硬是只有像大姨太这样的好身板才生得出来。

托福托福。

奶奶一下一下地剁着猪草。

嘭!一下。

嘭!又一下。

那声音又空洞又沉闷,传得好远。

二

最壮的那条公牛将所有母牛追得价天乱跑,父亲知道它们再跑也跑不出这个山坳,就脱光衣服,跳到河里去捉鱼。

河水是清清的。河边岩上长满了各种稀奇古怪的花草。风一吹动,高的花草们就趴下,露出蛰伏多年的石头。

父亲不到那些花草间玩耍。有蛇。父亲用一根绵草将捉到的鱼串好,又去搜些枯枝败叶,着了火,将那些鱼烤熟了吃。

有一丝儿的腥,有一丝儿的甜。

父亲咂咂嘴。

那一年父亲十岁了,他独自照管着徐耀祖家的九条牛。

吃了鱼,父亲仰躺在草坪上,看蓝蓝的天,看白白的云。有时候那些白云会变成一个骑着高头大马的将军,他就喃喃地说:那是我爹。

但那些白云很快幻化。

父亲低下头,看牛们啃草,他轻轻地唱:

> 小白菜呀,
> 叶叶黄耶。
> 三岁两岁,
> 丢了娘耶……

是奶奶教会他唱这支歌的。

奶奶不到三十岁,头发就白了。她依旧每天在家剁猪草。

到太阳离山顶只差一丈左右,父亲就赶着牛群回家。夕阳把他的影子拉得又细又长,贴在很壮的牛身上。

父亲把牛赶进牛圈,刚拴好圈门,"啪"的一声,一粒泥弹准确地射在他的额头上。

小财站在石狮子上,嘻嘻地笑,手里的弹弓一甩一甩的。

父亲用手揉着额头,低低地骂:小杂种!

一粒泥弹又射在父亲的背上。

父亲跑回耳房,他关上门时,又有两粒泥弹射在门上,砰砰地响。

小杂种!父亲说。

奶奶放下剁猪草的刀,说:回来啦。

父亲应道:嗯。

牛不惊吧?

不惊。

那就好,快吃饭吧。

于是父亲拿起火塘边那两个热乎乎的红薯,就着一碗汤稀里哗啦地吃起来。

又是"啪"的一声,一块干牛粪团落在汤碗旁边。

小财的头从耳房的门口露出来,嘻嘻地笑。

父亲咬着牙又骂一声:小杂种!

奶奶说:小财!

小财却依旧嘻嘻地笑,手里还拿着一团干牛粪块。

不防徐耀祖的声音在背后响起:小财!

小财忙扔下牛粪块,缩回头:爹。

徐耀祖:你给我滚回去!

小财说:爹。

徐耀祖说:回去!再不回去当心我捶扁你!

于是回去。

于是徐耀祖的头从耳房门口冒进来,看着奶奶,奶奶忙低下头剁猪草。又看看父亲,父亲低头喝汤,装作没看见。徐耀祖叹口气,走了。

奶奶抬起头来,看着父亲。

父亲说:那小杂种,我要他不得好死!

父亲的目光里有一种叫人心惊的东西。

奶奶说:小灰,算了,他还小。

父亲说:小?小就这么缺德,大了还会是个好人吗?!等着吧!

奶奶说:小灰,娘求你了,别动他,啊?

父亲说：妈，你干吗老护着那小杂种？

奶奶叹了口气，说：他是你弟弟哩。

父亲说：我弟弟？！

奶奶有些慌乱，说：我……他……他是吃我的奶长大的，你们是一只奶吊大的哩。

父亲说：哼！

天就黑了。

父亲憋了一泡尿，对着那对石狮子冲了一阵，又把剩余的全部冲在那扇红漆大门上，然后心满意足地回耳房睡觉。

奶奶还在剁猪草，那嘭嘭的声音在夜空里传得很远很远。

夜已经深了。

草很好，牛都在山坳里静静地沐浴。

两个红薯躺在父亲身边。父亲遥望着远处的青山，他想知道山那边是什么。

渐渐地，在河水转弯处，在那些深深的花草间，出现一个细长的身影。那身影移动得很慢，像是在搜寻什么。

父亲想：他不怕有蛇么。

就盯着看。

那人一身的黑。

一身黑的人拿着一个长长的铁夹，来到父亲面前，说：小哥，你有吃的吗？

他的眼睛盯着父亲身边的两个红薯。

父亲没有说话，他的双眼紧紧盯着黑衣人腰间的那个竹篓出神。竹篓里是各种各样的蛇，花的黑的绿的都有。

是个捕蛇人。

捕蛇人说：小哥，你可有吃的？

父亲说：有，有。

父亲递过两个红薯。捕蛇人只拿了一个，说声多谢，就坐下吃。父亲仍盯着那些蛇出神。

捕蛇人说：我已经两天没有吃过像样的东西了，捕蛇人苦哇。

父亲说：你不怕蛇吗？

怕又有什么办法呢？

这些蛇咬着人会死吧？

会。咬人不会死的蛇不值钱哩。

你再吃这个。

我两个都吃了，你吃什么？

我去捉鱼吃。

你小哥的心肠真好。

给我一条蛇，好吗？

你要蛇，干吗？是毒蛇哩！

我就是要毒蛇。

……？

我拿这件衣裳跟你换。

小哥，我吃了你的饭，照理你要几条我都该送给你。可这些都是毒蛇，玩不能玩，咬着了会死呐——

我就是要咬着了人会死的一条蛇。

……哎！这世道，这世道！我说小哥，做人心莫要黑！

我心不黑。

那好吧，我给你，但你千万记住我一句话：做人做事，都千万不能昧着良心，啊？

父亲使劲点头。

就从竹箩里夹出一条蛇，用父亲的衣服包好，扎紧，递给父亲。

然后捕蛇人渐渐消失在河湾深处。

傍晚父亲回到家。奶奶问他牛惊吗,他说不惊。奶奶让他吃饭,他就心神不安地吃。奶奶问他干吗光着身子,他说热。其实不热。他把衣服团放在脚边,奶奶怕那样会着火,要去动,父亲惊叫一声。

奶奶说:小灰?!

父亲说:妈。

奶奶说:衣裳怎么用绳子捆着?

父亲没吭声。

奶奶说:衣裳里包着什么?

父亲说:什么也没有。

奶奶用陌生的目光长长地看了父亲一眼,父亲低头喝汤。奶奶就剁猪草去了。

吃完饭,父亲拎着包在衣服里的蛇出了门。

大约过了两袋烟工夫,父亲穿着衣裳急急跑回来,没和奶奶说话,就捂着被子睡了。

不一会儿,徐耀祖脸色煞白地跑进来,对着奶奶说:小财,小财他……

奶奶连忙扔下刀,和徐耀祖一起冲出门去。

小财嘴唇发黑,躺在床上,不停地吐着白沫。大姨太坐在屋角,不停地哭。床边一个临时请来的郎中翻开小财的眼皮看了看,对徐耀祖说:毒火攻心,没得救了。

徐耀祖木呆呆的。

奶奶拉着小财红肿的手连连叫了几声小财,可小财只是口吐白沫。

奶奶说：郎中，请你千万救活他！求你了！

郎中说：没救了，毒火攻了心哩。

奶奶说：毒？什么毒？

郎中说：一种剧毒蛇的毒。亏得小财身子结实，一般人被这种蛇咬了，过不上半袋烟工夫就送命哩。

奶奶于是也木然了，她嘴里喃喃地说着：蛇，蛇，蛇……

而小财也不动了。死了。

蛇啊！突然大姨太怪叫了一声，冲出屋去了。

大姨太嘴里说着蛇字，披头散发地在房前屋后的柴垛里阴沟里乱翻。她疯了。

是徐耀祖和奶奶将小财抬到村外去埋了的。

徐耀祖终日躺在床上，念着小财的名字，不吃不喝。奶奶用米汤喂他。

大姨太每天依旧披头散发地在房前屋后的阴沟柴垛里搜寻蛇。搜遍了所有地方，仍未见蛇，就跳到井里去搜。人们将她捞出来时，她的肚子挺得很高，就像当初垫着枕头时一样。

大姨太的丧事，奶奶作不了主，就差人到鹧鸪寨去请寨主。

寨主仍是带了一群人来，他站在女儿益加肥大的尸体旁边，没说一句话。奶奶将一切都告诉了他。他又到苍老枯瘦的躺在床上的徐耀祖床前，看了他好久，然后说：我女儿没福。

大姨太的后事，由寨主和奶奶操持着热热闹闹地办了。

七天之后，寨主要走了。

寨主对奶奶说：我女儿没福，刚有了点儿家产就撒手去了。唉！我将我女婿托付给你。你男人作的孽，从此一笔勾销！

然后寨主和那一群人撒开大步回鹧鸪寨去了，从此再没到旧村来。

奶奶使劲点头，眼圈儿渐渐地红。

父亲依旧每天赶着牛群上山，只是每天回到家时，奶奶不再问他白天牛惊不惊，叫他赶快吃饭了。

奶奶常用陌生的目光盯着父亲看，因此父亲的背后常觉得有一股长长的冷气直冒。

终于有一天，父亲受不了了，他跪在奶奶面前，说那天他衣服里包的是蛇。

奶奶只淡淡地说：我知道。

于是父亲不停地哭，奶奶慢慢抚摸着他的头，没说什么。

——因此，我没有叔父。一个也没有。

奶奶日渐苍老。

徐耀祖也日渐苍老。

父亲出壮成长着。

到父亲成长到十岁的时候，他不再每天赶着牛群上山了。并且，他有了第二个名字：天灰。

名字是老魏给他取的。

老魏是四川人，满口的四川官话。是参加革命后到云南来的。然后成了土改工作队队长进驻旧村。

说，旧村已经解放了，但旧村的人一般并不知道指的是什么。好像什么都没有变，怎么就解放了呢。年纪大的人说：换了皇帝哩。

又怎么样呢。

老魏带着三四个人，他们有两杆枪，一长一短。长的让人扛着，短的别在老魏的腰杆上。

看来，天下真的有大变动了。

土地、牛羊和房屋都归了公，重新分配。

这亏了徐耀祖们。

徐耀祖有十七亩地，三十七条牛，被划成地主。

徐耀祖说：老子本来就是地主，现在什么都交了公，还是什么地主呢？地在哪儿！当地主老子求之不得，先还老子的地来呀！

老魏觉得他的态度很恶劣。

于是开大会，斗争他们。

就很热闹了。

老魏来找奶奶。奶奶躲了几次，到底给他寻着了。

老魏说：全村没几个雇农，你是雇农，这很光荣哩。你该带头控诉。

奶奶说：控诉？

老魏说：就是当着大伙儿诉苦，然后政府替你伸冤。

奶奶说：苦惯了哩。

老魏说：这多么深刻地说明了地主们是多么狡诈和恶毒，咱们一定替你伸冤。

奶奶说：不冤。

老魏说：咋不冤？

奶奶说：是我那背时男人作的孽，我们母子俩是替他还债哩。

听得老魏直摇头。

父亲见老魏很为难的样子，就说：我去控诉！

老魏就非常的高兴起来。他向父亲提示了许多值得控诉的要点，就哼着川戏走了。

晚上，公房里松明子亮堂地燃着，把站在凳子上徐耀祖他们几个的影子投在墙上，很高大的样子。

老魏坐在屋子正中，讲了几句话，大意是说咱们贫苦人民历代来受尽了这些地主富农们的残酷压榨，现在解放了，咱们成了主人，要当家作主，有苦的就诉，有冤的就伸。

然后父亲就开始控诉了。

他先说他没有爹，因为他爹被地主徐耀祖压榨得跑了。

徐耀祖蔫巴巴地说：小灰，你爹他赶走了我三十一条牛哩。

这事村里人都知道，就小声地说是哩是哩。

老魏一拍桌子，对徐耀祖厉声说：老实点！

徐耀祖就耷拉着头了。

父亲又说，那个小地主，叫小财的——当然他恶有恶报，死了——怎样的每天用弹弓射他。更可恶的是，父亲说，那个小地主抢我奶奶的奶吃。等等等等。

老魏很受感动，散会后留下父亲作了一夜长谈。他们谈了什么现今已不得而知，不过以父亲后来的经历来看，一定是那次长谈改变了他的一生。

有人押送徐耀祖回他家的耳房。待押送的人走了以后，奶奶就打开红漆大门，到耳房里去。

耳房里总是很寒碜。徐耀祖坐在地上，六神无主地把手指弄得叭叭地响。

奶奶席地坐在他对面，一言不发。

徐耀祖长长地叹一口气。

奶奶说：东家的，委屈你了。

徐耀祖呆呆地看着奶奶。

奶奶说：要不，你搬回正房去住，我还是住耳房，那是你的房子哩，我住着不安心哪！

徐耀祖说：使不得使不得，是政府作的主哩。

奶奶就也叹气。

他们默默相对，无言。

夜就深了。

徐耀祖说：你也听见了，小灰说我逼走了他爹。你说，我逼了吗？

奶奶不作声。

徐耀祖又说：他还说了小财呢。他说小财抢了你的奶吃。

奶奶还是不作声。

徐耀祖不作声了。

过了好久，奶奶才喃喃地说：当初我怎么没掐断他的脖子！

然而当初奶奶掐断的是父亲的脐带。

老魏教父亲识字。

父亲的记性很好，字识得快，不久他就能结结巴巴地写一篇血泪控诉徐耀祖的文章了。那篇文章经老魏改了些错别字，由县广播站念了，可惜旧村没喇叭，父亲也还不知道自己在遥远的县城已经是有了名的。

待到老魏要回区上去时，父亲已经是中共候补党员了。这是非常光荣的，因为整个旧村就他一个。

不用说，是老魏介绍的。老魏的黑皮包包里，躺着父亲的三份入党申请书和一份志愿书。

老魏回到区上，先是当副区长。等到父亲从县中毕业，回家当上乡文书时，老魏当了区长。

父亲到县中念书，也是老魏去联系的。当然，凭父亲有文章被县广播站念出，他也没有费多大的劲儿。

父亲没有想到会受到如此的欢迎。他到达县中那天，有许多同学跑到校门口来看。是校长亲自接待他（据说是县政府批示的），然后就在当天稍晚的时候，专门组织全校的学生听了他作报告。

当然，父亲又控诉了一回徐耀祖。并且，父亲没有用稿子。

许多女同学都哭了。父亲成了英雄一样的人物。

以后，父亲常常控诉徐耀祖。

父亲每一回控诉，都有些美丽的眼睛变红。其中最美丽的一双大眼睛，是每一回都要变红的。那双大眼睛属于父亲他们班的团支部委员。她是校长的女儿。

不用说，后来她成了我的母亲。

我母亲当初是非常自豪的。

因为我父亲是全校唯一的学生党员。

不知道父亲当时被多少只绣球射击，但他确实只收了母亲那一只。

作为校长，外公当时装聋作哑。但外婆倒是实实在在地哭了几场，可惜并没有使母亲回心转意。

中学毕业之后，母亲和父亲一块儿回到旧村。父亲当了乡文书，而母亲当了小学教师。

至少在他们刚回到旧村时，母亲的白嫩让全村人都感到吃惊，他们说母亲简直就是从画片上跑下来的荷花仙子。而旧村的山水也使母亲欢喜无限，她对父亲说：这样的秀水青山以前只在书上读到过。

奶奶说：姑娘，你就好好地玩吧，玩够了叫小灰送你回去。

回去？母亲大惑不解。

奶奶说：我们家这样寒碜，委屈姑娘了。

母亲说：伯母，你怎么这样说呢。

奶奶说：我是看姑娘这般人品好，才这样说。姑娘这般人品是不该遭罪受的哩。

母亲说：多谢伯母，我是真的喜欢这儿，喜欢，嗯，喜欢天灰。

父亲的大名，就叫天灰。

奶奶愣了一愣，说：喜欢？

母亲红着脸低下头，小声说：喜欢。

奶奶说：姑娘不是图一时新鲜吧？

母亲微微摇头。

奶奶长长地叹了口气：唉——！

母亲抬起头：伯母？

奶奶的目光里充满慈爱，她看着母亲，说：委屈姑娘了。

母亲连忙说：不，不。

奶奶没再说什么，想，这样的好姑娘怎的偏偏喜欢小灰了呢。

奶奶觉得这世道变得不可捉摸了。

无论奶奶怎样想，反正一年之后，父亲和母亲成亲时，连区长老魏都来了。可以这么说，我也参加了父母的婚礼，因为他们成亲半年后，我就哇哇大叫着出生了。

也许我兆示着某种不幸，因为在我出生不久，父亲就给调到区上去了。

是去给区长当秘书。老魏的秘书。

父亲说，老魏是他革命的指路人，也就是他的恩人。

老魏每星期都要叫父亲回旧村一趟。旧村离区上并不很远。十三里山路。

母亲仍然觉得很幸福。

母亲和奶奶住在一起。母亲上课去了，我就由奶奶照管。因此我童年最深的记忆,是一张皱纹遍布的脸和一头灰白色的银发。我始终认为,对于一个两三岁的孩子来说,最好的奶奶就是那种她做事时让你在一旁玩,哼着好听的歌儿并且百问不厌地给你解释一些稀奇古怪的问题。就是那种。

比如说:奶奶,天为什么是青的?

奶奶说:因为天也挨冷受冻哩。

因此童年是美丽的。人们都这样说。

那真是美好时光。

但美好的时光总是要结束的。

有一天,大约是在我五岁的时候,父亲从区上回来,晚饭后,奶奶把父亲叫到她屋里,对父亲说:小灰,我有件事想,嗯,和你商量。

父亲说:你就说吧。

奶奶低下头,半天没说出来。

父亲又说:妈,你到底有什么事?

奶奶费了好大的劲儿才抬起头,满是皱纹的脸上居然有了点儿红晕的意思。

奶奶说:我想,和耀祖搬到一块儿住。

父亲目瞪口呆,半晌说不出话来。

奶奶:这事,我和耀祖合计过了,他孤单单一个,晚上枕头边连个说话的也没有,怪造孽的,而我——

父亲突然说:妈,你好糊涂呀你!

奶奶就又低下头。

父亲说:你想想,咱们家是什么成分?而他是地主哩!再说,我还是个革命干部呀!

奶奶小声说:他的地不都归了公吗,怎么还是地主呢?

父亲说：这不行！

父亲说得很断然。

半响，奶奶说：那就算了。

父亲就走出奶奶的屋子，脸色很不好看。

之后不久，奶奶就死了。

奶奶是跳井死的。

不是奶奶一个人死。和她一块儿跳井的，还有一个徐耀祖！

他们被人捞上来时，肚子都被泡得很大，并且奶奶的左手和徐耀祖的右手紧紧扣在一起，打捞的人费了好大劲儿才将他们的手分开。这许多人都看见了。

父亲得报，火速赶回家来，听说了奶奶的死状，脸色变得铁青。

好在父亲当时是区长秘书，村干部乡干部他们不敢就这事做文章，就是说，没有在徐耀祖的尸体旁边开现场批斗会。

因此没有影响父亲的政治生命。

后来母亲变得话很少了。

而世界倒是越来越热闹。

父亲的革命工作大概也是越来越变得重要，他不再一星期回家一次了。

母亲带着我到区上开会的次数也多了起来，后来几乎是每星期就有一次，但每次都是开完会我们就回家，并不在那儿过夜。

父亲也不挽留。

我觉得父亲变得越来越陌生了。

那些日子很不美好，母亲常无缘无故地抱着我哭。

大约在我六岁的时候，是在冬天的一个下午，有人递给母亲一个条子，母亲看了后脸色顿时煞白。她匆匆收拾了东西，就带着我急急赶往区上。

我们到达区上的时候，已经是傍晚了。父亲不在，母亲叫我在屋里等着，并告诉我，如果父亲回来，让他无论如何也等着，再告诉他母亲到车站买票去了。

我就等着。

但父亲总不见回来。

我在父亲的枕头底下发现了一张女人的照片，照片上的女人不是母亲。母亲买到车票回来时，我没有将看见照片的事情告诉她。

母亲放了一张车票在桌上，又留了一张字条，然后说：把字条和车票给你爸爸，我先走了，你和爸爸后面来。

母亲匆匆地走了。

我在父亲的屋里又等了很久，无聊得很，就又翻出枕头底下的照片来看。我觉得照片上那个女人还是很好看的。

父亲终于回来了。

父亲和那个女人一起走进屋来。

那个女人就是照片上的那个，这我一眼就认出来了。

见我在屋里，父亲好像吃了一惊。那个女人也惊讶地看看父亲，又看看我。

父亲说：你怎么在这儿？

我连忙将母亲留下的字条和车票递给父亲。父亲看了，半晌没作声。

我说：妈妈叫我们跟着到县城去。

父亲还是没作声。

那个女人说：怎么回事？

父亲默默地将那张字条递给她，她看了看就笑了，说：那老右派一定是畏罪自杀。

我虽然不懂得"畏罪自杀"这几个字的意思，但我总觉得很难听，就说：你胡说！

不想父亲突然厉声说：不许你这样对白阿姨说话。

我觉得很委屈，但我没说什么，想，白阿姨?! 哼！一定是个坏女人。

父亲愁眉苦脸地说：这怎么是好？

白阿姨冷冰冰地：你看着办吧。

父亲便颓然坐下，不吭声了。

我说：爸爸，咱们走吧。

父亲吼了一声：够了！

我就哭了起来。我哭得很伤心。还是白阿姨走过来，轻轻地拍着我的头，对父亲说：对孩子发脾气算得了什么本事。

我就哭得更伤心了。

白阿姨说：别哭、别哭了，阿姨带你去买糖吃。

我使劲儿摇头，还是哭。

父亲说：你吃饭了吗？

我很委屈地摇摇头。

白阿姨说：我带他去吃点东西。

父亲没吭声，我就和白阿姨一块到外面不远的一个小馆子里，白阿姨问我要吃什么，我说要吃面条。她就买了一碗面条来。

我发现小馆子里的人都认识白阿姨。他们甚至有些讨好她，她静静地坐着看我吃面。我想，也许白阿姨并不是一个坏女人。

我突然说：白阿姨，你喜欢我爸爸吗？

她大吃一惊，看了我好久，说：你怎么问这个？

我说我在父亲的枕头下发现了她的照片，并说她和我妈妈一样好看。
白阿姨没说什么了，只用手摸摸我的头。
回来的路上，白阿姨说：别把看见照片的事告诉你妈妈，啊？
我说：好吧。
白阿姨说我真乖。
我说过，那一年我才六岁。

父亲已经喝得烂醉，他的呕吐物把一个屋子熏得腥臭无比。白阿姨用冷水弄湿毛巾给父亲揩了脸，又把他弄到床上去，才开始清扫那些脏东西，最后给我洗了脸和脚，让我在里间屋子睡了，她才走。
我不讨厌白阿姨了。

以后每天都是这样，白天我坐在窗前，将手指变成枪，射击蒙蒙细雨和凛冽寒风里没完没了的人。晚上白阿姨来和父亲商讨一些大事，我就在里间屋子独自玩耍，比如说：用父亲丢在地上的烟头，把帐子烙出许多忧郁的眼睛。反正父亲发火，就有白阿姨替我保驾。
但我并不觉得快乐。我想妈妈。

有一天，天气冷极了，傍晚的时候，我的"枪"射中了魏伯伯。
魏伯伯和父亲一块儿转进屋来。
魏伯伯老多了，他早已不是区长，而是区委书记了，我不知道区长和书记哪一个大。但我不敢问他，因为他的脸色实在很难看。
他只是对我苦苦地笑了一笑。

父亲拿出酒和花生,他们默默地喝。我发现父亲的目光很张皇,他不敢和魏伯伯对视。

最后,魏伯伯站起身要走,父亲也没有说什么,临出门的时候,魏伯伯说:天灰,你是明白人,大是大非要认得准哩。

父亲说:我知道。

然后魏伯伯就走了。

魏伯伯走后不久,白阿姨就来了,她端起魏伯伯的杯子也喝了一杯酒,脸色顿时就有些红了。

白阿姨说:他来过了?

父亲说:嗯。

白阿姨重重地放下酒杯,哼了一声。

父亲连忙叫我回里间屋子里去。

我回到里间屋子,想,白阿姨今天怎么这样凶?我想听他们说什么,但他们都把声音压得很低。最后,我听清白阿姨凶巴巴的一句话:那好,我将咱们的事捅出去!

就没有声音了。

夜也渐渐地深了。

我从门缝里往外瞧,发现父亲半躺在床上,白阿姨坐在床边,他们的嘴对着嘴。我的心突然咯噔一声,想哭。

但我没有哭。

没哭!

灯也就熄了。

第二天醒来的时候,已经是中午了。我发现枕巾是湿的。我想起了昨夜梦见母亲。

父亲端着饭进来,他要我吃了饭好好在家里呆着。

父亲走了之后，我又趴在窗口射击行人。行人多极了，奇怪的是他们都带着小板凳。

于是我跑出屋，和那些人一起向一个方向走。

就到了广场。

广场上人是非常的多，由一些左臂上戴着红袖章儿的小青年维持着秩序，人们都规规矩矩地坐着。在人们的对面，是一台铺着红布的桌面，桌面背后，坐着父亲、白阿姨和几个我不认识的人。桌子前面有一条长凳，上面站着五个人，而正中的那个就是魏伯伯。

老魏?!

父亲在大声讲话，他每讲一句都要指指老魏，非常气愤的样子。

我耳朵里"轰"的一声，就什么也听不见了。

我懵懵懂懂地跑回家，从枕头底下翻出白阿姨的照片，将它撕成碎片。然后我伏在床上，呜呜地哭了起来。

我不知道他们看见那张照片的碎块没有。我想他们是应该看见了的。我等着挨揍。但没有。

他们一起走进屋来，见我还在哭，白阿姨就轻声问我怎么啦。

我没吭声。

父亲也轻声问我怎么啦。

我大叫一声：我要妈妈！

于是第二天，父亲就叫一个人送我到了县城。

母亲憔悴了许多。她看看我们，问：你爸爸呢？

送我来的人说：主任现在很忙。

母亲说：主任？

来人说：他爸爸现在是公社革委会副主任了。

母亲哦了一声，说：谢谢你了。

母亲戴着黑袖套。

后来我才知道，外公外婆都已经死了。是畏罪自杀的。

我始终没把父亲和白阿姨的事告诉母亲。但母亲依旧会常常发呆。

那个冬天，我和母亲一直住在县城东头，县一中里的一间非常破旧的屋子里。那间屋子原来是装粪桶和扫帚之类东西的。这还是县中的老师们看在外公的面上专门为母亲腾出来的——虽然外公很不光彩地死了，但他们先后都是外公的学生——那屋子还算亮堂，但寒风也轻而易举地在内外穿梭，冷极了。

好在我们已渐渐适应。

那确实是个非常寒冷的冬天。

临近过大年了，大街小巷里响起一声又一声沉闷的爆竹和孩子们的欢笑声。

下雪了。

母亲坐在床上，为我编手套。我趴在窗口，看玻璃上的水珠慢慢地流，像总也流不完的眼泪，弯弯曲曲的。

我们都相信父亲会回来过年。

郭老师给我们送了些炭来。炭灰把他的脸弄得黑一片白一片的，我想笑，但没敢。

母亲说：郭老师，谢谢你了。

郭老师说不要客气。

郭老师又说：学校已经把你们的户口调上来了。

母亲说：不知道该怎样感谢你们。

郭老师说：一时没有合适的工作。只是图书室的管理员刚调走，学校的意思是……你看……？

母亲说：那太好了。

郭老师说：那过了大年三十就去上班，只是那太委屈你了。

母亲说：郭老师你这是说哪里话来，我真不知该怎样感谢你们呢。

郭老师说：那我走了。

母亲说：吃了饭再走吧。

郭老师说：我还是回去自己做点儿吃。孩子他爸还没回来吗？

母亲说：恐怕快到了，他工作忙。

郭老师就走了。那一天正好是大年三十。

父亲是在大年三十的傍晚回到家的，他披着满身的雪和一股寒气，母亲忙着给他掸雪。然后父亲说，他恐怕不能在家里吃年饭。他说工作太忙，他是赶回来告诉我们一声就要回公社去了的。

母亲的手好像被冻僵了。

父亲没有看母亲，他看屋外的漫天大雪。

父亲说：我走了。

母亲没有说什么。父亲走了。

母亲就抱着我哭。我也哭。

天黑了。

屋里黑沉沉的。屋外的雪光照进来，照着满桌已经冰凉的年菜。

我们漫无目的地在积了厚厚雪花的街道上走着，任雪花飘落在头上。

是在县城的西头，一间临街的小屋子外，我们听到了父亲的声音，还有白阿姨的声音。

母亲折头就跑。

在一棵老槐树下，母亲先是抱着我哭，后来没有了眼泪，我们就直愣愣地坐着，像一高一矮的两根树桩。

雪渐渐厚了，几乎将我们覆盖。

年就过了。

过了年，母亲没有去县一中的图书室上班。

她不能去上班了。

人们见了她，就说：真可怜。

母亲疯了。

郭老师让我去和他住。

郭老师三十三岁了，还没结婚，我不知道这是为什么。郭老师在县中教化学，据说教得很好，学生们很喜欢他。

每天，郭老师都做好了饭让我送去给母亲吃。

但母亲并不知道饭是从哪儿来的。

大概是在半个月之后，有一天父亲来找郭老师。他们叫我到外面去玩，然后他们谈话。

开始他们吵得很凶，连我在屋外也听到了他们的声音。后来他们不吵了。再后来父亲走了，脸色并不难看。

从此，我开始接受我们传统的小学教育。

白阿姨被革职，回到县城西头的那间临街的小屋子里来了。

她生了一个孩子。

并不是说她生不得孩子，问题是她还没有丈夫，很多人都想追出那个孩子的父亲是谁。

那年头对一个没有丈夫的女人却生了孩子这类事是深恶痛绝的。

事实上,那孩子的生父是谁,人们心里都有数,只是不敢说。他们希望白阿姨说出来,将那人扳倒。

但白阿姨不说。

无论怎样追逼,白阿姨就是不说。

于是我父亲被调到县上,当了县革委的组织部长。

那是我念小学四年级时的事。

一年后,父亲又当上了县革委副主任。

到我中学快毕业时,父亲去掉了主任前面的副字,终于坐上了小吉普。

因此,父亲坐着小吉普去看白阿姨,人们一般也并不敢说那有什么不对了。

临近毕业了,我们都激动起来。

毛主席说:知识青年到农村去,接受贫下中农的再教育,很有必要。

我也觉得很有必要,因为能在胸口上别一朵纸扎的大红花,又威风又气派。

唯一的区别是,毛主席的话被变成些白石灰水爬满整个县城的大街小巷,而我的申请被学校退了回来。

我知道,一定是父亲干的好事。

但我不愿去找父亲,虽然他早就希望我去找他了。

我不愿!

并且我要去插队,远远地离开他。

可郭老师也说:你最好别去。

我说我非去不可。

但我的申请和决心书又被学校退了回来。我甚感前途渺茫。

同学给我出主意，说你只如此这般就准能去。

于是我每天下午到县一中旁边的小学门口，一等那些屁娃娃们放学出来，就揍那个姓白的小杂种。

倒不是说我和他有什么深仇大恨。他才念五年级哩。问题是那小杂种越长越像我了。

这就该揍。

再说他还是个私生子。

就更该揍。

揍他个口鼻流血！

——果然这一招挺灵的，我被批准去插队了。

想着父亲的无可奈何，我对着热乎乎的夜空，就哈哈大笑出了声来。

三

最壮的那条公牛把所有的母牛追得价天乱跑，我拾起一块石头，狠命地砸在它的头上。那杂种"嗷"地怪叫一声，就跑了。

跑了就算了。反正那牛又他妈不是我的。上山下乡插队是我自愿，但让我到旧村，准又是父亲干的好事儿！

旧村的人还念念不忘母亲当年的美丽，然后让我放牛。

说：你爹当年也放过牛哩。

这很窝囊！甚至可以说窝囊透了顶儿。

傍晚将牛赶回村，一辆吉普车已经在等着了。我们连夜赶往县城，跑进医院。

病房里很静。母亲、郭老师、白阿姨和她那该揍的小杂种，都静静地看着父亲。

父亲的脸和墙一样白。

七年了,我想,父亲老了许多了。

见我进来,父亲惨然一笑。笑得也很苍白。

母亲盯着父亲,突然哈哈大笑起来。

护士冲进来,想架走母亲,但父亲示意他们出去。

父亲说:你——终于——回——回来了。

我点点头。

父亲又断断续续地说了许多话,大意是要我原谅他,要我好生照管母亲。说,他没有尽到父亲的责任,很惭愧;说,白阿姨是个好人;说,他对不起郭老师和白阿姨,要他们原谅他;说是这世道呀这世道,这一回是他看走眼了。等等等等。

我们不能不点头,父亲怪可怜的。

于是父亲苍白地一笑,就死了。

只有白阿姨哭得伤心。

我早就没有眼泪了。

父亲死时才四十四岁。是酒精中毒三天后才死的。我个人认为这种死法还算是比较体面,因为他生前并不是个酒鬼。

很多年之后,我明白了父亲临终前最后一句话的意思。他说他看走眼了,原来是他给江青写过一封信。

我想,在父亲二十多年的革命生涯中,只看走眼了这么一回,已经是很不错的了。真的。

(原载《大家》2005 年第 3 期)

滇北拳事

一、滇北

官方文献中,一般没有滇北这种说法。滇东北滇西北之说倒是有的。滇东北主要指昭通北部地区,滇西北包括丽江和楚雄北部的几个县。因川、滇以金沙江为界,而金沙江在北纬二十九度附近转了个大弯,呈 V 形,滇北一下子就成川南了。但楚雄的另几个县,比如永仁、元谋、大姚和昭通西北部地区的土著居民,却以滇北人自居。他们有出门做事者,别人问:从哪儿来?答应滇北。自豪中便有些忿然——别人不知滇北之说。若仅以云南版图看,他们的故乡倒还真在大滇正北。人家的忿忿也非无理。

二、作物

滇北属于山区。山很不规矩,什么走向的都有,威风凛凛地把一个个小坝子围着。居民们不约而同聚居在那些小坝子上,种点儿包谷小麦红薯之类。有金沙江的很多小支流流经坝子,因此也有种稻米和蚕豆的。就很忙,四季就都有干不完的活。只是每年二三月，小麦种下了，又临近过年，算是有几天农闲时间，便杀猪宰羊，顺便繁衍些同样黑黝黝的后代。后代们也是被四周围的高山围着，在红土地上耕作生息，连绵不断地替换他们的父辈，因此保持着古朴的民风。

三、红土·土林

滇北山区的土大多是红土。

红土黏性强、硬，不利于农作物生长，就很贫困。比如你到了山下某户农家的厨房，随手都能活捉四五只苍蝇，到了茅棚蹲下，则有鸡有猪有狗，围着你转悠。鸡偏头，猪哼哼，狗眯笑。很不自在。

滇北最出名的东西是元谋土林。

元谋知道吗？我们的祖先一百七十万年前就觉得那地方不错了。我怀疑，当初祖先们就是因为见了土林才决定留下来的。土林分布在班果、芝麻和虎跳峡三个地方。这三个地方相隔不远，只十来里路，不过一天光阴很难逛完，它们任何一处都能将你留下。那些呈暗红色林立的土柱，历经数千万年的雨雪风霜，它们坚硬如铁。这本来算不了什么，但它们排列出来的那些吊诡的图景会令你激动、诧异甚至震惊——同一簇土林，从正面看也许像逃离尘世无污无垢的肃穆圣堂，从侧面看却变成了深微幽远鸟语花香的世外桃源……可惜我的老家在永仁，虽然永仁离元谋只有三十多里，但我还就只能说说永仁。

四、永仁·酒

永仁是个县城，它有一个很美丽的古名叫左雀，可惜现在没人这样叫了，年轻人嫌这个旧名土气。永仁属楚雄州管辖。楚雄是彝族自治州，彝族人因酒称雄，因此不会喝酒的男人，肯定不是永仁人。

永仁在古时候它不是一个县，归大姚县管辖。这里有两个比较大的相邻的集镇，一个叫永定，一个叫仁和。解放初期设立为县时，就取了永定镇的"永"和仁和镇"仁"作了县名，有点儿"永远仁德"的意思。可惜，几十年后，仁和镇被强行划归了四川，这个县就有"永"无"仁"了。

有"永"无"仁"的永仁把县城所在地安在永定镇，下辖着几个公社：猛虎、宜就、万马、永兴、中和、维的、莲池等。各公社的风俗都差不多。比如，他们把娶亲或者死人都叫做喜事。娶亲，请客，那是喜事，红喜事。死人，也要请客，不叫丧事，却也叫喜事，白喜事。并且都要办得热热闹闹，都认定热闹的时间越长，主人就越有面子。

要热闹，离不开酒。有酒，大家闷头喝，也不热闹，得划拳。划拳行令，热闹了，但如果每个人的拳都划得差不多，还不到半夜全都醉了，热闹的时间不长，那也不算风光。既热闹还要风光，就必得有一个划拳高手坐庄能少喝不醉，与众人轮流交战，直至天明！

有这种划拳高手吗？有。等会儿说。

五、 老家土语

我老家的那个村子，且叫旧村。旧村早先属于宜就，后来划归猛虎公社管辖。我的祖父祖母和外祖父外祖母，至今还长眠在那里。那儿有我许多儿时的伙伴。一九八一年，十五岁的我，考上上海华东师范大学时，动静闹得很大——村里一致认为我是有史以来的第一个"举人",大大的光了宗耀了祖,因此杀猪宰羊,吃了三天流水席。

我家的祖坟旁,自然添了不少新坟。有临时迁去的,也有恰好在那段时间里死了抬去埋的,因为人家都认定我家的祖坟占了好风水,冒了青烟,因此诞生了流传至今的两句口头禅:旧村人杰地又灵,百年出了个姚举人。

"嘿嘿举人,"我妈说,"盖过好听呢。"

"盖过好听","盖过"了"好听",意思是比好听还要好听。其实,类似"盖过"这样的词汇,永仁的土语中比比皆是。比如"是不是这样"被说成"给然"——"给"是疑问代词,"然",则是古汉语之"是这样"的本意。永仁的许多土语,若仔细分解,其实是文白参半。有人考究说,昔日诸葛武侯率军南征,在滇北七擒孟获,收服"南蛮",后虽撤了大军,却有不少军户落籍当地,他们大部分来自江南,小部分来自中原,虽解甲为农,礼仪却未尽废,代代相传之后,虽不完善如初,但滇北人家,至少祖上,也都略识孔孟,许多场面话,着实有点"古意盎然"。所以本文中出现的某些老家土语,其实不造作。

六、取名

在大学里混满两年的时候,我以为自己深沉了一点点,但当老家和我同龄的一个儿时伙伴来信,要我为他行将满月的儿子取名时,我却惊讶得半晌说不出话——十七岁,我怎么也没法想象当儿子奶声奶气地叫爸爸时,他那变声期的嗓子怎样回答才算是父亲的样子。于是我开始怀疑自己已逐渐丧失了老家人那种放任而古朴的气度,不能把一切事物都用从祖辈那儿流传下来的规矩看得坦荡,不管面临什么都能够泰然处之。

事实上，我曾经参加过这样的婚礼：十四岁的新娘腆着个大肚子，在东张西望的新郎的搀扶下步入洞房。我应该知道，女人总是要生孩子的，把她们送进洞房为的就是这个；我还应该知道，年轻男人和年轻女人结合只是为了完成传宗接代，因此无论迟早，只要他们做到了就行。

就是说，十七岁的男人做父亲并不是值得惊讶的事。因此，为给儿时伙伴那即将满月的孩子取个什么名字，苦苦思索却终于不得要领时，我终于没有羞愧，因为这也是一种"取名"的方法——在旧村，很多人都是没有名字的，到他们死的时候，人们就说："那个人去了。"平常而简单。

七、"六指扫师"张四毛

张四毛是宜就公社羊圈坊村的社员。羊圈坊这村名，据说是大明王朝洪武皇帝朱元璋的义子沐英沐王爷征讨大理路过时留下来的，很有来头。但打从我记事起，张四毛家除了他光溜溜的一个，就没见过还有其他猪狗牛羊，人就更不用说了。

羊圈坊离宜就公社所在地约摸四公里，抬腿便到。因此张四毛到宜就小镇去当"扫盘师"——简称"扫师"——很便当。

所谓"扫盘师"，是滇北人的专用词汇，其实就是要饭的。乞丐。只不过"扫盘师"这种乞丐不讨钱，只在饭馆逡巡，眼疾手快得很。一待食客填饱肚肠撂下筷子，便得迅捷扑上，将人家碗里盘子里的剩饭剩菜混成什锦，一顿饱餐后，晒太阳去。

也就是说，虽然张四毛的右手有六个指头，但如果不是后来成了划拳高手，那么他一辈子都将只是个"扫师"。因为宜就不过一小小的公社所在地，小镇上那家唯一的小饭馆里不常有"豪客"，食客大多是来淘换油盐酱醋的村民，他们一般都把盘子舔得精光。所以扫师也不好当。

于是张四毛就常常先弄一把盐捏在手里，然后大模大样走到某位看上去比较呆憨的食客面前说：那边有人叫你。食客转头去看，张四毛就飞快地把手里的盐撒入人家的菜盘，等那人再转过头来时，张四毛已经溜了。食客咕哝几声开吃，菜一入口，便怒气横生，把盘子端到出菜的窗口，骂："日你妈！你们这菜是给人吃的吗？"里面的胖师傅一锅铲砸在窗台上："你狗日的吃错药了！""你！你！你……"食客气短半截，"你自己尝，咸得像鸡巴！"胖师傅尝一口，也纳闷："同一锅菜，别人不咸，咋就你的咸？""老子不吃了，你们退钱。""退钱？你退给我，我退给谁？看看你头顶上规章！""老子不识字！""不识字还这么横？哼哼！看那规章第五条：售出的饭菜一律不退。""好！好！老子要再进你们这个黑店，是狗！"狠狠摔下筷子，走人。那么，张四毛就像猫那样溜出来，捡起筷子，一天的生计因此解决。

张四毛就这样一直混到十五岁。

八、张四毛的邪乎之夜（1）

十五岁时，张四毛交上了古怪的好运道。

张四毛交好运，还得从他厮混饭馆说起。宜就公社这家小饭馆当然是国营的——那时候不兴私人开店——因此乌烟瘴气，几乎每天都有几个村民在里面一碟花生几碗烧酒拉开架势就划拳。张四毛耳濡目染，早已熟谙此道。

某日，羊圈坊村一个叫狗哨的老哥娶媳妇，张四毛也摸了去。晚上划拳，张四毛没资格上阵，就缩在一个角落，见高坐主席的一个老者把所有对手杀得人仰马翻，神气得很，便沉不住气了，在醉醺醺的哄笑中，张四毛稀里糊涂坐到了那老者的对面。

"小兄弟你也会?"老者说。他是方圆几十里内的划拳第一高手,主人家费了大价钱才请来的,因此对每个必输的挑战者都客客气气。

"我会。"张四毛说。

众人哄笑。

"好吧,"老者也笑了,"不过小兄弟,输了可要喝酒的。"

"我会喝酒。"张四毛说。

有人说:"四毛,连喝三杯,怕是得靠媳妇背出去呢,你没媳妇,哪个背你呀?"说话人扫视四周观战的女人一眼,有几个大姑娘就嘻嘻地笑。

"小兄弟你可以少喝点。"老者说。

张四毛的脸涨得通红,他看了那些嬉笑着的姑娘们一眼,又把通红的脸变成青白。

"不,"张四毛说,"哪个输了就喝一碗!"

"小兄弟……"

"你敢不敢?"

屋里立即静了下来。

老者把头转向新郎官狗哨,狗哨摇摇头,然后对张四毛说:"四毛兄弟,我看就算了吧?"

"不,输一拳喝一碗,不喝是狗日的!"张四毛恶狠狠地说。

狗哨还要再说什么,却被老者拦住了。老者的脸色也难看了。

"行,依你!"老者冷冰冰地说,"掛满酒碗。"

他们便斗了起来。

第一拳,张四毛在第三令上输了。

第二拳,张四毛在第八令上输了。

第三拳,张四毛在第七令上又输了。

张四毛连喝三碗,却面不改色。老者微微动容。

"小兄弟海量,"老者说,"老朽陪你一碗,就此为止吧?"

"不,再来一个回合,三拳。敢不敢?"张四毛说。

狗哨急了:"四毛兄弟,你没事吧?"

"我没事,"张四毛说,"只是不知道老先生敢不敢!"

老者哼了一声,说:"来吧。"

第二个回合又开始了。

第一拳,张四毛在第二十令上才输。他笑着端起满碗的酒一饮而尽。

第二拳一直叫到第二十三令才分出胜负。老者端起碗就喝。

第三拳,才叫到第十一令老者就又输了,众人目瞪口呆,老者神色古怪地把一满碗酒一口喝下。老者放下酒碗,还没等张四毛开口,就说:"再来。"

"刚才是老先生承让,我……"

"再来!"

再来就再来,张四毛想,难道我还怕了你不成。

第三个回合张四毛一拳没输。

第四个回合老者又一拳没赢。

老者连喝八碗,却也面不改色。从第三回合开始,老者的脸上就没有了任何表情,让人难以捉摸。狗哨急得不知如何是好,心里直骂张四毛。没想老者喝完第四回合的最后一碗,突然拉着张四毛的手大笑起来。

众人不知所措地看着那老者。

老者笑罢,站起身来面向众人,肃然道:"自古英雄出少年,各位,老朽算是服了这句话。这位小兄弟出拳行令,不动如山岳,难测如阴阳,无穷如天地,充实如太仓,浩渺如四海,炫曜如三光,真可谓拳坛奇才。今日,老朽方始知道天外有天,人上有人。俗话说,江山代有才人出,一代新人换旧人,我为本道中出了这样一位少年英才而高兴，老朽甘拜下风。新郎官，狗哨啊！你不识才啊，取远薪而舍近炭，理该罚酒一碗！"

老者斟满一碗酒双手递给狗哨，狗哨红着脸一饮而尽。老者又大笑起来，笑声雄浑而苍凉，在英雄末路的凄惶之情中，竟饱含某种由衷的欣慰。

"老先生，"张四毛诚惶诚恐地说，"我张四毛……"

"哦，小兄弟贵姓张啊！张兄弟，"老者肃然道，"别折杀老朽了，老朽虽痴长几岁，但古人云：闻道有先后，有道者皆为吾师。老朽也曾会过不少此道高手，但像张兄弟这般身手，却是平生仅见。老朽贱姓孙，名讳上伯下儒，蒙拳友们错爱，称我划拳孙。若张兄弟看得起，也就叫我一声划拳孙，老朽便知足矣。"

"孙老先生……"张四毛说。

"这么说，张兄弟是看不起老朽，不愿折节下交，认为我这划拳孙之称是浪得虚名了！"

"不不，"张四毛说，"孙老……划拳孙老前辈别误会，刚才晚辈……"

"行了行了张兄弟，我辈之人何必婆婆妈妈。"划拳孙转向众人，拱手行礼道，"各位，恕老朽告辞，有张兄弟在，老者这米粒之珠，岂敢也放光华。张兄弟，老朽随时在寒舍恭候，若得大驾光临，把酒研艺，不亦乐乎！新郎官，老朽告辞！"

划拳孙说完又向四周拱手作揖一圈，飘然而去——喝了八碗酒还如此清朗，也不愧酒中豪杰。

良久，众人才缓过神来。早先那几个嘻嘻笑着的大姑娘，此时不知在悄声嘀咕些什么。新郎官狗哨走到张四毛面前，说："四毛兄弟，你是真人不露相，身怀绝技却深藏不露啊。今晚务必请你帮大哥这个忙。"

张四毛懵懵懂懂地点点头。然后又懵懵懂懂地被拥上高坐的主席,直到一个人来挑战了,他才明白自己刚才是真赢了名满滇北的拳坛高手划拳孙。因此迷迷糊糊便输了三拳。

这可急了狗哨:张四毛如此不济,这热闹的时间它能长得了吗?热闹不长,这大红喜事何来风光!

众人也觉蹊跷,刚才张四毛可是连赢了划拳孙两个半回合还多一拳,那八拳赢得实实在在,连划拳孙老先生都心服口服。莫非其中有诈,是张四毛和划拳孙二人串通了要让新郎官丢脸?

但这不可能!滇北的拳坛中人,讲的是信义二字,孙老先生乃此道豪侠长者,断不会不知其中之理。再说,为让一个毫不相干的狗哨丢脸,他也不会自甘折了一世英名。

狗哨想不透,众人也觉得这事儿自始至终透着邪门:张四毛运气再好,也不可能连赢八拳!俗话说:外行看热闹,内行看门道,此间男人无不久经拳场,自然深知其味,划拳之技,可不是全玩运气的。赢一拳二拳,沾了运气不足为怪,但连赢八拳,并且对方还是此道高手,若非技高一筹,那不是邪乎透了顶吗?

九、滇北拳令

滇北的拳令。最基本的是这样一套,连三岁尺童也烂熟于口的:

一心敬呐(两人出指数目相加为1)

二红有喜(两人出指数目相加为2)

桃园三个(两人出指数目相加为3)

四季发财(两人出指数目相加为4)

五魁首啊(两人出指数目相加为5)

六六高升(两人出指数目相加为6)

巧巧七妹（两人出指数目相加为7）

八马双追（两人出指数目相加为8）

酒会醉人（两人出指数目相加为9）

满满来了（两人的十指全出）

不出门哦（两人均不出指；也叫"宝拳一对"）

于是滇北有了这样一句顺口溜儿：划拳人人会，拳王一人当。

说，这句顺口溜可是至理名言——这划拳，要学会简单，只需二人对阵，各呼一令，同时出指，观二人指数之和，与谁令数相合，便是谁赢了。然而，不入道者观之简单，得其味者却谓之博奥。就说这呼令节奏，就有铿锵的快、悠扬的慢和抑扬顿挫的快慢相间。故，因呼令节奏不同，基本拳令又有如下字数不等的代称：

一心敬呐——敬你、让兄独占、让兄占、倒插一根葱

二红有喜——俩好、哥俩好、二红喜、我俩来喝酒

桃园三个——桃园、三桃园、桃园三结义

四季发财——四季、发财、四季都发财

五魁首啊——魁首、魁魁、五子全登科

六六高升——高升、顺顺、六六大顺啰

巧巧七妹——巧巧、巧七、巧巧七妹妹

八马双追——双杯、敬你、歪八敬兄长

酒会醉人——九九、酒来醉、酒醉心明白

满满来了——全来、全打开、敬兄满贯、十全十美啰

不出门哦——不出、不出门、宝拳一对、一对宝拳来

类似的约定俗成，无法混赖。滇北拳坛，最讲信义，没人输

了赖着不喝的。

当然，划拳嘛，也有斗拳娱拳之分，因此呼令节奏有快有慢那是必然。纵然如此，呼令前后，也都冠有客套之词。比如年轻人斗拳，先得如此："好好！两好！"节奏特别的快，声音赛着大，然后呼令，也是每呼一令便吼一吼"两好"点缀。——四季两好！亏亏两好！高升两好！让兄两好！——之间毫无停顿，须得眼疾手快。若两位老人娱拳，通常这样："老汉我今年七十七，隔壁邻居办酒席，请我老汉坐上席，一杯小酒喝下去，醉得我老汉安得勒逸"（每句话均附表情和动作）。然后呼令："六六大顺啰——安——得勒逸，十全十美啰——安——得勒逸……"

如你所知，划拳者或疾呼或悠扬，喝令出指，看似并无聪明愚笨之分。但古语有云：道可道，非常道。譬如喝茶，喝就喝呗，将茶叶撒入杯中，冲滚沸开水冲泡，稍凉即可，何来那啰哩巴嗦的一套套——取茶、置壶、放杯、烧水、冲泡、揭盖、取杯、品饮……皆有一特定的表情和动作模式，这不是莫名其妙么？可那善饮者却怡然自得，谓之茶道，谓之高深。因此滇北人说，划拳也有道，道行深的会"拿拳"，也就是连呼数令之后，在最短的时间内摸清对手最喜欢的拳令和出指数，然后立于不败之地，这不仅得凭敏捷的思判，更重要的是有那天生的直觉。他们还说，高手拼斗互相拿拳，那是在斗智，所以往往在呼十数令甚至数十令之后才能决出胜负。

实话实说，我知道直觉是一种天赋，也承认天赋这玩意儿是学不来的。比如老贝多芬，耳朵聋了他还是音乐大师，那就是天赋。但我以为，划拳算不上艺术，所以怀疑"划拳人人会，拳王一人当"所说的那"拳王一人"，是不是真的具有直觉、天赋，如果有，那他是谁？是张四毛吗？难说。

十、 充其量初露锋芒

在张四毛战胜划拳孙那一夜之前的三十年，传说中的老拳王古十一遁隐之后，就再没出现过能够打遍滇北无敌手的所谓拳王了。虽然其后的三十年间也冒出了好些个拳坛高手，比如孙伯儒之辈，但他们也只敢以"划拳×"自称，没人敢僭越"拳王"之名——因为这些高手较技，没有一个能立于不败。更关键的是，老拳王古十一的右手有个六指头儿，并且在兄弟姊妹中他排行第十一，而孙伯儒等人一样都没占。

没有拳王，张四毛虽然胜了划拳孙，谁又能说得准他不败于别的高手呢？至少在当时的滇北，和划拳孙齐名的高手就有：大姚的划拳蒋、划拳周，华坪的划拳郑，永仁的划拳谭和元谋的划拳朱、划拳秦、划拳赵。滇北拳坛，在没有拳王的年代，有若战国春秋，群雄并起。

所以，充其量，张四毛只能算是初露锋芒。

十一、 张四毛的邪乎之夜（2）

那夜，在羊圈坊村狗哨的婚宴上，张四毛一举胜了划拳孙八拳，自己却也先喝了四碗。与划拳孙较劲时，张四毛凭着一腔好强争胜支撑，待孙老拳师一走，不禁昏乎乎起来。连败于庸手三拳。众人只觉邪异，新郎官狗哨更是急白了脸。

张四毛三四碗酒下肚，眼前已然迷蒙，浑身燥热难当，只想喝一碗苦涩浓茶，抬眼四下探找，却看到了狗哨如土的面色。

张四毛突然明白，今夜，自己可不再是躲在角落里闷喝狂嚼的不速之客，他的责任重大呢！于是豪气顿生，在众目睽睽之下霍然立起,摇摆过去拍了拍狗哨的肩膀,说:"狗哨兄,承你看得起我张四毛,今晚这庄家我坐定了,不给你丢脸便是!"然后又坐回主席。

狗哨高呼:"酒来!"

于是众人又轮番与张四毛交战,气氛热火起来。

张四毛一扫萎靡,把众人灌得东倒西歪,自己稳坐主席,偶饮一口却面带笑意。众人惊服。

子时一过,竟有女人三几个背着烂醉如泥的丈夫回了家——这也是滇北的规矩:谁也不能醉了赖在主人家不走。但凡红白喜事,主人家大宴宾客,先是男人女人孩子一并狂嚼暴吞,然后撤下饭桌,男人们开始喝令划拳,女人孩子则围着观战。一般到了戌时,女人们就会带孩子回家安顿。当然,每个女人都知道自家男人的拳技酒量,估计时候差不多了,便嘀嘀咕咕着、睡眼惺忪地来背她那刚好烂醉如泥的男人归家。也正因此,滇北的划拳高手极为令人钦敬,尤其受女人青睐。民风如此。

单单那夜,戌时亥时,围观的女人们抱着睡熟的孩子,竟没一个退去。

子时,有几个女人不得不背了烂醉的丈夫回家。

丑时,又有几个女人背着男人回去。寅时卯时亦如是。

卯辰之交,酒席照例该散了,一桩又热闹又风光的喜事当告结束,却还有些大姑娘小媳妇未曾离去。也不知她们在嘀咕些什么,不时嘻嘻地笑,不时还有一两个大姑娘瞅上张四毛一眼。

新郎官狗哨神采飞扬,他拉住张四毛的手,急急巴巴:"四毛兄弟!你……你帮了我大忙,我狗哨没……没齿不忘啊!这二十块钱,是……是我和划拳孙老先生说好的价钱,你接了吧。区区薄礼,不成敬意啊!"然后递上红包一个。

这又是滇北的规矩,虽然当面给钱有点庸俗,但也透着坦荡。

坐庄的划拳高手照例是要客气几句，说什么"老巧（或兄弟）愧领了"之后才接下的。可张四毛不知是被二十元这个平生闻所未闻的巨款吓坏，还是被那几个大姑娘迷离的目光给弄迷糊了，他说："狗哨兄，我不敢呐！"

"四毛兄弟，"新郎官急道，"若你看得起我狗哨，不叫我丢人，就接下。"

张四毛六神无主，但他明白，若要不接，于狗哨的面子上是过不去的。只好说："那狗哨兄，小弟愧领了。"

张四毛接了钱，在大姑娘们的注目下惶然离去。

不用说，这些大姑娘中的某一位。后来成了张四毛的婆娘，不在话下。

十二、滇北出了个划拳张

张四毛不再是可怜巴巴让人唾弃的扫师了，他有了个响当当的名头，叫划拳张。下面的四句顺口溜可为佐证：

宜就东边羊圈坊，
那儿有个划拳张。
初显身手胜孙老，
四毛从此大名扬。

俗话说：人的名儿树的影儿。

俗话又说：树大招风。

有了划拳孙孙伯儒老先生的坦承自愧弗如，张四毛那"划拳张"的名头一经传出，不多时候，小小的羊圈坊便招来了不少滇北的拳坛高手。

先是，大姚的划拳蒋找上门来，比试螃蟹拳——螃蟹拳是这么个划法：起首二人同声："一只螃蟹八只脚，两只眼睛那么大的壳，夹夹夹，么往后缩。"且每道一句均附一手势——第一句用拇指和食指构成"八"字；第二句双手比出螃蟹（音 hai）壳（音 kuo）的大小；第三句双手比划螃蟹巨钳模样；第四句各缩回手。然后呼令，不外乎"桃园三个、四季发财、六六高升"之类的四字令，若无输赢，就在拳令后附"往后缩"三字且缩回手，直到一方输拳，才各自将这三字变成"该你喝"（赢家）和"该我喝"（输家）。这种斗拳客气，呼令出拳抑扬顿挫，煞是好听。

立下九拳五胜之规后开局，结果，张四毛先输三拳，后连胜五拳。划拳蒋已然拜服，免了最后一拳。

划拳蒋拜服之后未久，华坪的划拳郑也来了，说定要划青蛙拳。

这青蛙拳与螃蟹拳大同小异，只是呼令之前的说道不同："一只青蛙四条腿，两只眼睛这么大的嘴，咕咚咕咚跳下水。"然后呼令，每令后附"跳下水"三字。划拳郑与张四毛斗足了九拳，却只胜得一拳，也自拜服。

此后大姚划拳周、元谋划拳朱和划拳赵相继来战，各斗九拳，凡赢一拳二拳不等，纷纷感慨：自古英雄出少年，诚不我欺！

自此，张四毛声名大噪，圈内一致公认：滇北出了个划拳张。原本，张四毛连胜滇北拳坛高人，称之为"划拳张"并无不妥。但羊圈坊的村民自以为荣耀，愣把"划拳张"捧为拳王，还编了这样两句顺口溜：羊圈坊的划拳张，天下无敌是拳王。

十三、"拳王"劫

天下无敌？还拳王？"我呸！"划拳秦恼了："小小毛贼，都不怕把牛逼吹炸!"

划拳秦,名中岳,祖籍元谋,时年三十一岁。三年前,他的老婆,居然被一个四川小商人拐跑而不知所终,愤世嫉俗沉醉酒乡数月之后,堂堂的"划拳秦"自觉无颜混在滇北,在张四毛出道之前,秦中岳早已把川西南和滇西北一带的拳坛杀了个七零八落,已然名声大振。正谋划杀回滇北夺取拳王宝座以挽回颜面时,乍猛听说滇北出了个划拳张,据说还是个雏儿,比自己年少许多,冷不丁就连败滇北众多高手,已被"乡愚们"捧为拳王了。这还了得!

秦中岳返回滇北,探询得知,除自己和划拳谭尚未与张四毛对垒外,张四毛还未曾尝过败绩。能连胜一众高手,秦中岳想,张四毛那小子的肚子里,只怕还真有些门道。所谓"知己知彼,百战不殆"。于是私下求证于划拳孙、刘、周、熊、赵,却都只得一答:"此子出拳喝令,阴阳难测,除当年古老拳王古十一前辈,我辈无有能出其右者,秦兄弟一试便知。"

什么狗屁高手,竟然把那姓张的小子拿去与五十年前的老拳王古十一相比!秦中岳的愤世嫉俗之心越发炽烈:老子灭的就是"拳王"!

也正因为愤嫉,秦中岳居然不管不顾,秘密去造访了永仁的划拳谭,问他有胆没胆,联手去灭了张家小子的威风?

划拳谭名讳上风下鸣,年方二十有三,三年前以弱龄出道,便得与各路高手并肩,自也是少年得志,早有一窥拳王宝座之心,偏偏两年前因装醉摸了某家新娘的屁股,于是被滇北拳坛所不齿,无论红白喜事,都无人敢再请其坐庄主事。待出了个更加年少的张四毛,才十八岁就得了"拳王"之誉,因此愤懑难消。只听了秦中岳三言两语,便欣然应邀。二人遂定于一月之后的四月初八,联袂废了"伪拳王"。

十四、劫非劫

四月初八,大吉,宜婚嫁。

此日张四毛的大婚之喜,本想请孙伯儒老前辈坐庄主事,但划拳孙说:"并非老朽不给张小弟面子,只是老朽自知,有张兄弟压阵,何愁热闹风光,老朽就不丢人现眼了。"苦邀不得,张四毛只得自己做了庄家。

戌亥之交,正热闹时,忽见元谋划拳秦与永仁划拳谭一道前来道贺,说要讨杯酒喝。众人动容,均知来者不善:如此时刻,两位划拳高手要讨酒喝,若与新郎斗个三败俱伤,岂不令张四毛脸面无光。然而事已至此,张四毛不能不起身作揖道谢。

"小弟今日大喜,"张四毛说,"苦请划拳孙老前辈主事不得,小弟只得勉为其难。二位兄长的大名,小弟一向久仰,若二位看得起我张四毛,共坐主席,张某没齿不忘。"

"张兄客气了,"秦中岳道,"张兄的'拳王'大名,小兄也是久仰了的,今日一见,果然哈哈!"

张四毛大惊:"拳王?岂敢!岂敢呐!我……"

秦中岳扫了谭风鸣一眼,说:"光棍眼里也不揉沙子,咱们明人不说暗话,张兄出道二载,便已如日中天,小兄浸淫拳道十数年,也是略有心得,今日邀谭兄一道至此,本意是与'拳王'互磋拳艺,实不知阁下今日大喜,我与谭兄倒是来得唐突了,既然如此不便,我二人改日再登'拳王'之门求教也罢。"

"多谢秦兄!"张四毛道,"小弟今日委实不便,请多多担待。秦兄给小弟的面子,小弟愧领了。请秦兄和谭兄干了这杯,改日小弟随时在寒舍候教。"言罢双手将酒奉上。

众人见结局如此,都松了一口长气。秦中岳哈哈一笑,接杯在手，张四毛又双手捧杯递给谭风鸣，谁知谭风鸣只松松垮垮地一拱手："秦兄大人大量，但阁下这杯酒，在下可是喝不起的。"

张四毛面色微变，道："谭兄的意思是——？"

"刚才听'拳王'的意思，"谭风鸣冷冷地说，"是要我与秦兄与你共坐主席，谭某却不知世有此理，难道'拳王'不把我二人放在眼里，凭一人便无能主事？此其一。次欲以一杯酒便将我二人打发，嘿嘿，莫非'拳王'认为我们只是浪得虚名，不值把酒论技，此其二。其三……"

"谭兄！"张四毛道，"你……"

"那我也不敢啰嗦了，"谭风鸣把头转向秦中岳，"秦兄你说，'拳王'既有此意，我们还敢混这杯酒喝吗？"

"哦。"秦中岳若有所思。

"依谭兄之言，是不肯给张某这个面子了？"

"岂敢岂敢，"谭风鸣道，"我和秦兄既然并不被'拳王'放在眼里，小弟只好不自量力，讨教张兄的高招了。"

"既然如此，"张四毛忍无可忍了，"请二位划下道来，小弟舍命陪君子就是！"

"好说好说，"秦中岳淡然道，"奉拳友们错爱，小弟在此道中幸得薄名，愿向张兄讨教三合，若是在下输了，我秦中岳自此不提划拳二字，若得'拳王'承让，那……'拳王'之称——却也不是阿狗阿猫都可以胡乱称得的。"

"秦兄，"张四毛道，"拳王之称，张某万万担当不起，不过是乡亲们的胡乱编排，小弟也因此惶恐不安。秦兄划出的道儿，小弟接了。只是'自此不提划拳二字'之说，还请秦兄收回。小弟以为与秦兄讨教三合，只为切磋拳艺，并不因为其他。不知秦兄意下如何？"

秦中岳暗自思忖：我这划拳秦之称也得之不易，倒也不值得甘冒风险。只要杀了张四毛的威风，此行便不算虚行了。因此面色稍微好看了些："阁下既如此说，小兄恭敬不如从命，请了！"

"秦兄请！"张四毛把秦中岳延请到了主席宾位。

众宾客提心吊胆：二虎相斗，必有一伤！今日乃是他们心中拳王的大喜之日，自己坐庄主事，他要是折在了外人手下，这桩喜事何来风光，说不定如此一来，拳王还会退出滇北拳坛，那他们羊圈坊在外头还有什么可值炫耀的！

张四毛的新娘，已然面色苍白。

只有谭风鸣面带喜色，他乐得让秦中岳先摸摸张四毛的门道。

秦中岳和张四毛对面坐定，待人斟上酒时，他们已商定停当，比拼三合四字令拳，每合三拳，三合两胜。四字令拳是滇北最基本的拳法，但凡男子，老少皆通，乍看最为简单，实则最考较人——偷不得巧。

"请就请哪，两个好哪……"第一回合开始了——

第一拳，张四毛在第五令上输了，他不动声色地喝了一口。

众人面色微变。谭风鸣暗喜。

第二拳，张四毛在第九令上输了。

众人面色大变。谭风鸣一笑。张四毛又喝了一口，他注定已输了一个回合。

第三拳，张四毛在第八令上赢了。秦中岳喝了一口。

第二回合——

第一拳，张四毛在第十二令上输了。

第二拳，张四毛赢在第九令上。

第三拳，张四毛胜在第七令。

两个回合一比一。最后一个回合——

第一拳，张四毛胜在第五令上。

第二拳，张四毛又胜在第五令上。

第三拳，才呼三令张四毛就赢了。

三个回合，虽是二比一，但九拳中，张四毛赢了六拳。

秦中岳立起身，对张四毛一抱拳，哈哈大笑。众人不知其意。却见张四毛也起身冲秦中岳一抱拳，哈哈大笑。

秦中岳微露颓色，出了大门自顾离去。

张四毛坐下，微皱眉头状似苦思，宛若中邪。新娘摇醒张四毛："你怎么啦？"

张四毛拍了拍他的新娘，才把头转向谭风鸣，说："谭兄，算了吧？"

"哼！"谭风鸣傲然不屑，"怕了？"

张四毛苦笑摇头："三合？"

谭风鸣点头道："板凳拳！"

"板凳拳？"三字甫一出口，众人，包括张四毛，顿时神色大变。而那新娘，已是泪盈双眼，对谭风鸣怒目而视。

良久，张四毛已平静下来："谭兄，想我张四毛素来没有得罪阁下之处，却是为何？"

却是为何？恐怕除谭风鸣本人外，场中也无人能知。

世人难逃"名利"，此乃至理。刚才秦中岳与张四毛的大笑，宾客不解其意，谭风鸣既有划拳谭之名头，却知划拳之道，高手与庸手之别，唯有拿拳高下之分。秦、张比拼时，毕竟秦中岳历练老到，第一、二拳分别在第五和第九令上胜了，张四毛在第三拳的第八令上才扳回一拳。第四拳，虽秦中岳又胜了，但却直呼到第十二令。之后的五拳，全都败给了张四毛，并且所呼令数递减——九令、七令、五令、五令、三令。张、秦二人拿拳手段的高下，已是昭然若揭。

秦中岳乃拳坛高手，本性其实爽豪，自知假以时日，"拳王"名衔，张四毛将当之无愧，不禁为自己先前放出的狠话感觉可笑。

听到秦中岳大笑,张四毛已知其意。张四毛本无意染指什么拳王,刚才却差点弄巧成拙,故也哈哈大笑。

张四毛本来以为,谭风鸣不会不理解他无意染指拳王之笑和秦中岳大笑的意思,故有"谭兄算了吧"之言。孰不料谭风鸣小肚鸡肠,把他们的大笑之意理解为"张四毛已得拳王之称,自然乐不可支。秦、谭原本齐名,秦中岳既败,他谭风鸣就可以'算了吧'!"

虽观秦、张之战,谭风鸣自忖难赢张四毛。俗话说旁观者清,但他作为旁观者却对张四毛的出拳路数无"清"可言。无奈谭风鸣对拳王宝座觊觎已久,如今眼看它将被张四毛"窃走",愤愤本是必然,又见张四毛得了拳王的"狂态",谭风鸣怒恶攻心,竟然冷冷吐出"板凳拳"三字了。待张四毛问"却是为何"时,谭风鸣冷哼道:"你我都是明白人,何须将它点破。闲话多说无益,请吧!"言罢坐到刚才秦中岳的位子上。

"请!"张四毛的脸也阴沉了。

十五、板凳拳

板凳拳呼令之前的"过门"是这样的:"小板凳,祝英台,讨个老婆不成才,又抽烟,又打牌,半夜三更不回来……"然后以零到十点(二人出指数目之和)"不回来"和"才回来"判定继续还是输赢。这种划拳隐含戏谑,本是二三至交、惧内男人欢聚时的自嘲游戏,喝令节奏极快,可使对方忙中出错,却断然不可出现在别人的喜宴上。

谭风鸣此番丧心病狂,本意是为激怒张四毛。因为高手斗拳,讲一个心和气静,谁烦躁不宁,手口难以协调,则必输无疑。

张四毛虽然脸色不善,却似并不大惊大怒,谭风鸣不禁心虚。

再看众宾客怒目相向，新娘泪盈双眼，谭风鸣更加慌乱，只得横下心来，咬牙而呼："小板凳，祝英台，讨个老婆不成才，又抽烟，又打牌，半夜三更不回来……"

张四毛竟也高声和着这板凳拳的前奏，反让谭风鸣徒扰自家心宁。

第一拳——

"两点，不回来！"张四毛呼此令出一指。

"九点，不回来！"谭风鸣呼此令出三指。

虽说这一拳谁也没胜，但谭风鸣已然出错——他出三指，对方即便五指全出，相加也不过"八点"，他呼"九点"，不管有没有暗嘲张四毛是六指儿的意思，终归都是错——照滇北划拳规矩，呼错拳得自己罚酒一碗。谭风鸣一声不吭，端起酒碗一饮而尽，然后沉着脸道再来。

如你所知，当夜谭风鸣只在第三回合赢了一拳。惨败之下，他连场面话也不交待，便阴沉而去。宾客无不愤然，只张四毛哈哈一笑，端坐主席，令人斟酒热闹，这才风光到了卯辰之交。

十六、拳王生涯

张四毛大胜划拳秦划拳谭后，虽然没有顶戴"拳王"王冠之意，但经一干高手俯首认可，已是事实上的拳王了，众人乐得附和，张四毛便忧心忡忡地开始了他的拳王生涯。

关于滇北的拳王，我小时候听过这样两句顺口溜：任你县官乌纱一顶，不如拳王指头一根。

了得！

张四毛做了拳王，声名响彻滇北，请其主事者便纷至沓来，终日门庭若市。无奈张四毛尽数回绝，众人以为新拳王嫌聘金礼薄，有殷实之户，便以老拳王古十一的"行价"为准：每次一百！张四毛仍抱拳婉谢。

又有殷实之家愿出一百五十，拳王依然谢过……如此二百、二百五，直到三百，见拳王依旧婉言推谢，众人无不称奇——以滇北拳坛规矩，凡能被称为划拳某某者，人请其主事，聘金一律是五十元的。既是拳王，翻上一倍也在理中，如今却足足翻了六倍，拳王却仍谢绝——莫非真如其言，另有难言之隐？

任凭众人叹息猜疑，拳王只端坐屋内面壁，类似参禅。

屋里的问："四毛，你怎么啦？"

"唉——！"

拳王看她一眼，一声长叹。

"四毛，"屋里的不解，"我们的日子不是过得好好的吗，你是不是哪儿不舒服？"

"知我者谓我常忧，不知者谓我何求。"拳王说，"你不懂的。"

"我是不懂，"屋里的说，"四毛，昨日贱命他娘来求我，央你明日去为她儿子大喜主事，你看——"

"你答应了？"

"没有。我这不是来问你吗？"

"哪个贱命？"

"村东头老索家的二小子呀，他是狗哨的表弟。"

"哦，他不是还小吗？"

"还小？翻过年坎就十六，可以成事的了。"

"倒也是。"

"哼，"屋里的嗔道，"还说人家小呢，你娶我时还不是才十七吗？可客人才一走尽，你就……"

张四毛哈哈大笑，面色和善许多。屋里的一喜，便偎上去柔声道："四毛，那贱命的事——？"

"本村本土的，抬头不见低头见，我能不答应吗？"张四毛拍着老婆的脸，严肃起来，"但你去知会贱命他娘一声，若聘金多了一分，就是驾八马大车来请，我也不去，我张四毛说到做到，到时别怪我不领乡情。"

"四毛，你真是个怪人。"屋里的乐了个颠颠，"我告诉他们就是了。"

张四毛还真是怪人——原本一介穷得叮当的"扫师"，靠别人盘中的残羹冷炙为生者，摇身一变成了拳王，正可一补从前日子的寒酸，他却将滚滚财源拒之门外！乡邻们费尽脑仁，也说不出个子丑寅卯来，他们只知道拳王虽名震滇北，却从不离足宜就，只为本公社的远乡近邻主事，凡一月二三次不等，其余时间，只与屋里的闭门厮守，小日子倒也过得滋润……如是三年，喜得一子，取名草墩。

十七、 劫亦非劫

这就到了公元一千九百几十几年，滇北天灾人祸一并来袭，因此喜事日多——白喜事。

拳王张四毛家自然门庭若市，只是来客无不赛着委顿，不再有争富斗豪者，凡出聘金五十、四十、三十、二十甚至十元不等，拳王一概受聘且不论远近。喜了众人也奇了众人。拳王的女人，自以为男人终于大大开窍，悟透了人为财死鸟为食亡这句古话的真谛，便益加敬爱，给拳王又添一子，取名错生。

然而她也蹊跷，感觉拳王为人主事，激情已大大不如从前。她以为自家男人是辛劳过度了，便为他挡驾只出聘金五元者一次，挨了男人臭骂，自此不敢再管闲事。

一日，张四毛远从万马公社主事归来，见村东头老槐树下，一帮小儿童围着他七岁的儿子草墩。草墩比同龄伙伴们高出一头，而且不像伙伴们那样肚大脖细。张四毛正感慨无言，却见草墩给伙伴们分发糖果，小伙伴们接过迅速入口之后，又发现草墩得意洋洋："再问你们一遍，我长大了要干什么？"

"当拳王。"小伙伴们齐声道。

"对！"草墩高声大嗓，"我为啥要当拳王？"

"当拳王能挣大钱！"

"还有呢？"

"饿不着！"

"对对。"草墩说，然后又开始乐滋滋地一粒一粒分发糖果，到手的孩子照旧是一接过就迅速入口。

张四毛大怒，吼道："草墩！你给老子滚过来！"

草墩欢叫着"爹"跑过来，脸上就"叭叭"挨了两下重的。草墩一愣，随即嚎叫如雷，被铁青着脸的张四毛拎着耳朵归家。

尚未进入家门，草墩娘听到儿子嚎哭，抢出屋来，见儿了的一只耳朵被张四毛拎着，而张四毛面若涂霜，顿时作声不得。

张四毛看了女人一眼，也没吭声，放开草墩，自行入屋。

草墩见娘，哭得愈加响亮。草墩娘正欲抚慰儿子，猛一声大喝自屋内传出："再嚎，老子宰了你，一把火烧了全家！"

草墩娘大惊失色，示意草墩别再嚎叫，然后惶然进屋，见张四毛坐地狂饮，一口一碗，没个停下的意思。于是默然颓坐，渐渐抽泣出声。

良久，张四毛猛将酒碗摔碎，长叹垂头。

"草墩他娘，"拳王喟然道，"这日子，唉——"

女人止住抽泣，发现张四毛泪流满面，且仅仅几日不见，本来就矮小黑瘦的男人，现在是更加的矮小黑瘦了。

还不到三十的人哪！女人想。更加辛酸。

"孩子他娘，你说，"张四毛茫然道，"这日子怎么越过越憋气！"

"唉……！"女人更茫然，"孩子他爹，我知道这一年来你心里不舒坦。但草墩还是孩子，你拿他出什么气。我知道你为我们母子操劳不容易。心情不舒坦，你打我骂我我都认命。嫁了你是我的福分，但眼下这世道，我没法报答，下辈子我一定变牛变马再来报答你，可孩子是娘身上掉下的肉，你拿他出气，我……"

"草墩他娘，"张四毛说，"你别这么说。我们夫妻这些年，难道我是什么样的人你还不知道？我本是个让人唾弃的扫盘师，能娶到你这样的女人，不知是我哪辈子修的福，我还不知该怎样报答你呢！"

"可我，"女人面色微微一红，"可当时我嫁给你，是因为你是拳王……"

"拳王，"张四毛黯然，"唉！我张四毛何时想当这拳王！早知如此，还不如当我的扫盘师的爽快。"

"怎么啦？孩子他爹，你？"

"这一年来我收了多少昧心钱哪！"张四毛垂下头，"可不收又不行，人家会以为我张四毛嫌少看不入眼，伤人心哪！但那可是人家的活命钱！我张四毛还有良心吗！我……"

"孩子他爹，"女人道，"可这是规矩，谁也不会怪你的，你能给人家主事，人家感激你还感激不过来呢。"

"我知道。"张四毛说，"我要不是这见鬼的拳王该多好！当了这拳王，就得把良心扔给狗吃！"良久又道："可刚才草墩在村头，却对一拨小伙伴耀武扬威地说长大了要当拳王，我气不过，才……"

"草墩还是个孩子，不懂事呀！"

"是，这也怪不得他，"张四毛点点头，"我只是一时气不过……草墩他娘,你把钱盒子拿出来。"

"做什么?"

"你拿出来给我。"

"嗯。"

女人到里屋把钱盒子捧出来递给男人,张四毛默默打开盒盖,呆呆地望着那些十元五元一元一角皱巴巴的钱票,良久,抱着盒子走到院子中间,仰头望天。

"孩子他爹?"女人感觉不妙。

"取火来。"张四毛面无表情。

"干什么?!"女人大吃一惊。

"取火来!"

女人呆看男人,见张四毛的面色突然沉重得吓人,便默默地从厨房取出火柴,递到他手里。

张四毛凝视着自己的女人,然后苦笑一声,冲女人点点头,便划着火柴,从盒子里抽出一张纸票点燃,将烧尽时,又换一张。女人默立,感觉太阳正在中天苍白得耀眼。"苍天在上,我张四毛养于人生父母,也有良心,"拳王仰天呢喃,"事出无奈,收下父老乡亲这些血汗钱,实是昧了良心,如今当着皇天后土,张四毛将它尽毁于此,以表寸心!"

张四毛跪下,堪堪将一把钱票投入火中,却被一只突如其来的龟裂赤足将火踏灭。张四毛抬头,但见一相貌清癯的老僧已不知何时立于面前。张四毛愕然站起,与他相向而立。

"阿弥陀佛!"老僧单掌一摆,低宣佛号,"施主何故如此?"

"张四毛不知高人驾到,请恕失迎之罪。"张四毛肃然,"不知高人有何见教。"

老僧又低宣佛号一声,缓缓道:"老衲游历滇北已久,久闻施主英名,却不知施主何故如此?"

"大师过奖了！"张四毛道，"我张四毛本非无良之辈，却无奈收下如此昧心之钱，故欲当着皇天后土尽焚，以表良心。"

"阿弥陀佛，"老僧道，"一切有办法，如梦幻泡影，如露亦如电，应作如是观。"

张四毛知遇高人，慌忙请其进屋。老僧并不推辞，径直跟入。

草墩娘收了钱盒，随后入屋，见张四毛和老僧隔桌面坐，桌上已置酒壶一只，碗二个。女人入内时，正听老僧道："酒肉穿肠过，佛祖心中留。"然后端起满碗酒一饮而尽。张四毛哈哈大笑，跟着干了一碗。

"施主威名如日中天，"老僧道，"贫僧不明，施主何不急流勇退？岂不闻'枪打出头鸟，出头的椽子先遭难（烂）'？"

"我何曾不想啊！无奈——"

"阿弥陀佛！"

"草墩他娘，"张四毛道，"杀鸡！"

女人乐颠颠地去忙乎，也不知张四毛与老僧二人把酒论了些什么道。

戌时，已是暮色苍茫。女人端上饭菜，见老僧冲鸡下筷，不禁微微一笑。老僧淡然道："阿弥陀佛！人生难得几回醉。老衲有意请施主划上两拳，不知施主肯否？"

张四毛大奇，道："在下奉陪。"

于是划起四字令拳来。

第一回合张四毛竟只赢了一拳，微感诧异，不知自己今日为何如此不济。

于是在第二回合平心静气沉着应战，却又只赢了一拳。

第三回合与第四回合，张四毛居然连一拳未能扳回。

张四毛大惊，知道已遇高人，因此悚然而立："张四毛今日得见高人，何幸之有。不知大师可肯赐告高姓大名？"

"老衲法名不世。"

"……?"

"老衲俗名,单姓古……"

张四毛猛省道:"不知大师与老拳王古十一古老前辈如何称呼?"

"阿弥陀佛!"老僧微微颔首道,"难得施主记得老衲俗名。"

于是张四毛大笑。

老僧亦大笑,道:"贤侄之心上苍已表,何不将欲焚之财普度众生?"

"小侄久有此意,"张四毛道,"只是——"

"贫僧云游四方,可替贤侄积此大德。"

"如此小侄感恩不尽。"张四毛高呼,"草墩娘,取盒来。"

女人取了盒子交给男人,张四毛将它递给老僧,不世和尚接过钱盒,竟自离座,高歌而去。歌曰:碌碌浮生,虚度一番风月。只为是非荣辱,令人周折。舌剑唇枪徒白毙,纷纷蚁阵谁优劣?谁打散愁眉结?终有个兴罢酒阑人歇。

……歌声已渺,草墩娘却仍愕然,张四毛已自连饮三碗,大笑而卧。

十八、非劫亦劫

自得遇不世和尚,张四毛从此茅塞顿开,凡有红白喜事,皆有求必应,并不计酬金,多给多取,少给少予,除维持生计外,尽数存下,每月必有一小和尚来取。凡滇北各村,谁家出了灾事,则有一酒肉老僧普度,众皆称奇,然此老僧来去匆匆,若神龙只见其首不见其尾,有感恩者便供其牌位,日日烧香叩首。

羊圈坊村于是度过了数年灾荒,日子过得平和起来。

流年光阴，似水即逝。乡亲饭后茶余的话题，诸如谁家养崽谁家杀猪之类，渐渐演变成了新鲜词汇。有人到县城赶集归来，说已经革命。问甚革命？答大革命。问甚大革命？答：反正是大革命，"闻"的那种。问是甚模样？答者便眉飞色舞：好多好多半拉子手杖上缠了红布条，让些光头四眼（戴眼镜者）的大人站在高板凳上示众，好长一大串，还挂大牌子咧。听者以未能亲眼目睹为憾。

后又有人赶集归来，径找拳王张四毛，说不得了，不得了咧！张四毛问：怎么个不得了啦？

"谭风鸣对着几千人讲话，人家做了大官。"

"划拳谭？"

"就是那王八蛋，说是叫什么革委会副主任！"

张四毛无言。

再过数月，谭风鸣做大官被证明属实。又有乡间新闻说，划拳谭已经连胜划拳孙、蒋、周、郑、朱、秦、赵。皆大胜，一众高手半拳难赢，俱已俯首称臣。

"俯首"倒也罢了，这"称臣"的"臣"字却让羊圈坊众乡邻愤愤不平：既有"臣"，谭风鸣岂非"王"了也哉！

天上无二日，拳坛无二王！众乡邻便求张四毛杀到县城，让谭风鸣那小子知道"拳王"可不是胡乱称得的。

张四毛却只一笑了之，依旧四方主事。

不料某日，张四毛自永兴公社主事归家，见自家门前已围满了人，问出了啥事，却无人应答。张四毛奇而怪之，进屋，见草墩娘也面有忧色，因问："怎么啦？"

"谭风鸣找你来了。三天前。"

"划拳谭？哦。来就来了吧。"

"他还带着七八个人。"

"带人？带人找我？他想做什么？"

"说是要和你斗拳。"

"他要做拳王，我让他做就是了。"

"那天你不在，姓谭的很恼火，说是三天后还要来。"

"三天后？今天？"

"那可不就是今天。"

张四毛轻叹一声："抱坛酒来。"

午时，一干部模样的人推门进来，说："我是谭副主任派来的。"

正闷头轻酌慢饮的张四毛有点儿死眉扬眼："哪个谭副主任？"

干部说："县革委会谭风鸣谭副主任。"

"哦，是那个划拳谭啊？"张四毛说。然后示意草墩娘出去。

草墩娘出屋，顺手关了门。

屋外，草墩娘和众乡邻惴惴不安，不知他们谈些什么。直到太阳落山，屋外众人才听得张四毛大吼一声："老子本不想当什么鸡巴拳王，今天倒偏要当了！小人才让拳呢！你就这么转告谭风鸣，任他划出道来，今夜我张四毛接着便是！"

干部踢开门，嘴里念叨着"你别后悔你等着"从众人眼前溜过，悻悻而去。

众人拥到门口，但见张四毛脸色难看，不敢搭讪，但都知道今夜之事恐非寻常，便作鸟兽散。各自回家早早吃了晚饭，再度聚到张四毛家四周。

天黑未久，汽车喇叭自村头响起，自是划拳谭谭风鸣驾到。随行三四干部，一晃就到。众人慌忙让路。

张四毛开门出来站在门口，冲脸色同样难看的谭风鸣一抱拳，道声"久仰"。谭风鸣也抱拳道"久仰"。张四毛一侧身："请！"随谭风鸣等人之后进屋。

堂屋里早早摆了桌凳，桌上的坛酒旁，扣了两只海碗。

张四毛把草墩娘、草墩、错生赶入里屋，令不得出。之后自坐主席，谭风鸣坐了宾席。干部坐客席稀疏，便涌入几个胆大的乡亲落座。

主宾默默对视良久，干部则与那几个胆大的乡亲面面相觑。

"不让？"谭风鸣说。

"愿接高招。"张四毛道。

"你别后悔。"

"划出道儿来吧。"

"客不僭主。"

"那么三合。"

"三合太少，九合！"

"主随客便。"

"每拳一口？还是一碗？"

"随便。"

"一碗！"

"行。板凳拳？"

"不，革命拳。"

"啥革命拳？"

"文化大革命了，必须划革命拳！"

"怎么个划法？"

"你听好了，"谭风鸣道，"一元化领导，狠批孔老二，学习老三篇，东风四面吹，鼓舞（五）着人民，六亿颗红心，一齐（七）向着党，势将美帝连根拔（八），九评苏修野心狼。"

"没听说过。"

"自称拳王，岂有不识拳令之理！请了！"

"请！"

……心不应口,口不应手,张四毛竟连败四个回合,且四个回合中仅赢三拳。

连喝九碗,在张四毛原本寻常,但他此时却双目充血,直瞪着谭风鸣,一声不吭。谭风鸣不敢对视,随即哈哈一笑:"承让!承让!"

"好说!"张四毛冷笑道,"张某忝为拳王,却不识此等拳令,倒是贻笑方家了。请换别令。"

九合五胜,谭风鸣此时已胜四合,剩五合中只需再胜一合便赢,自是乐得顺水推舟:"拳王,嘿嘿……拳王客气了,随便你吧,请问换划什么拳?"

"板凳拳。"

"板凳拳?哼!"谭风鸣颇不自然地一笑,"请!"

于是令起:小板凳,祝英台,找个老婆不成才,又抽烟,又打牌,半夜三更不回来……

直斗到卯辰之交,已到一日之中最黑暗的时候,张四毛终于扳回四合,却也每个回合都输了一拳,共饮十二海碗,双眼已经充血。

四合平手,谭风鸣同样喝了十二碗,也是血红双眼。

因此四目血红相对。久久。

观战者包括女人孩子,依旧挤在门前。有挤不上前的,便问怎么样啦。前面的紧张得应不出声。四周是沉沉的黑着,有野狗不时吠叫几声。

蓦地,两声嘶哑悲壮的大吼一齐打破寂静,众人不禁凛然——

"势将美帝连根拔!"

"五魁首哪——!"

…………

十九、零星后事

我知道自己讲故事的本事很低劣,往往有头没尾。但关于这个《滇北拳事》,的确怪我不得,因为那羊圈坊村的乡民们也是可恶,他们约好了似的,对张、谭二人的斗拳之事,几十年都讳莫如深,好像什么也没发生。

又过了很多年,我回老家旧村,才零星听说,那夜,谭风鸣与张四毛令不投机,各不相让,谭风鸣竟一言不发而去,二人终欠一合。张四毛等谭风鸣一行去得远了,才狂笑数声,又饮酒半坛,吐血而卧……后疾愈,终生不涉拳事。又听说张四毛的儿子草墩和错生,如今又是拳坛高手,出拳呼令,皆大有乃父之风,无奈张四毛临终有言,终生不得涉及拳事,兄弟二人只以经营酒肆为生。

二十、涂鸦了结

记述这些旧事时,张四毛和谭风鸣都已经去世了二十多年,因此我干的这桩事情,注定还是有头没尾。郁闷之下,索性涂鸦一则了事:

> 大道从来不可贪,贪嗔正亦入邪关。
>
> 光阴渐改旧时去,荡涤恶俗上法船。

1987—2005 年

(原载《大家》2009 年第 5 期)

烧炭老人

一

老人感到这样很舒服。

他把十指交叉枕着头,两脚分开躺在草地上,已经很有些时候了。但他仍然感到很舒服。

老人的双眼藏在深深的皱纹里,皱纹像是用刀刻出来的,谁也看不清他双眼的颜色,就连老人自己也不知道。但老人却分明感觉到他的眼睛和先前有些不大一样,先前这样躺在草地上,看天,天更蓝;看云,云更白;看新升上去的烟,也比现在的更浓。现在看上去,眼前像有一层雾,要用很大的劲,才分辨得出哪是烟,哪是云。

此时老人一动不动地看着天上。小时候他曾想天上到底有什么,现在他不再这样想了,他知道天上什么也没有。

二

老人的名字很早就被人们忘记了,人们只管他叫烧炭老人。

那是因为在这个叫横山的地方,他用那古旧的土窑烧炭,已经好几十年了。

烧炭时常有烟,烟一缕一缕地升到天上去,老人就这样躺到草地上看天上的烟云。

躺在这个草地上看天很小,是个不规则的图形。常有一团一团的云从这个不规则的图形上飘过。有时淡,有时浓;有时快,有时慢;有时小,有时大;有时从西向东,有时从东向西……老人一辈子也没有看见过两团一模一样的云。

云从这儿飘过时,总是不断变化着的。有些看上去好像没有变,但仔细地看,其实也是变了的,老人深信这一点。从很小的时候起,他就注意到了这一点。小时候他也喜欢这样呆呆地看天上的云。云一忽儿变一个形状,那时他想这形状到底是什么。到后来,天上那云的每一个形状,他都能想出地上的某一样东西来。有一次他甚至看见了阿爸,但当他兴奋地把阿爸从树林中叫出来时,那片云早就飘得无影无踪了。他很失望。阿爸告诉他,别乱想,天上什么也没有。那时他点了点头,虽然不信阿爸的话。他记住了那片云,那片云很浓很黑。

长大了他也喜欢看天,但他知道那云一忽儿变一个形状,是风吹的。云的走动也是风吹的。它根本不能变出地上某一样东西的形状。

但是现在,他又开始相信那云是能变出地上某样东西的形状的了,他不知道这是从哪天开始的。

烟往上升,升上去,升上去,越来越高,就变得越来越淡。现在他已经看不清他的烟与天上的云是怎样融在一起的了。年轻的时候他能看到。但他相信,在另一个和他这里一样的地方,人们看到的云里,有他这里送上去的烟,一定有。那地方很远很远。

三

这时候的那朵云是从东向西飘来的,飘得很慢很慢。老人从它一开始从东面山头上飘出来起,就一刻不停地注视着它。因为它飘得慢,老人可以从容地用手把眼角的泪擦去。人老了,看个东西一长,就会流出泪来。小时候倒不会这样毫无节制地流泪,那时是常眨眼。因为天很小,有时飞得快的云眨眼就过去了,他那一天就会很难过。现在不会再那样了。

但是那朵云很淡很淡,老人只是模模糊糊地看到它在不断地变化着,至于它在变成什么图案,他看不清了。老人心里想,自己是不是真的老了。那天儿子来叫他回家过节,说:"爸,你人老了,不要再在这里吃苦了。"自己当时是怎么回答的?是说了一句"我不老"还是什么也没说,气鼓鼓地转过了身?不记得了。现在记忆不中用了,很多事情都记不住。他用手背擦了一下眼睛。

他没有老,谁说他老了呢?老人最怕有人说他老了。小时候他能看清天上的云,现在他还是能看清天上的云,难道能说他已经老了么?他常常躺在草地上这样想。

现在那朵淡淡的云,变得很像他们这地方,像横山。最近老人常常觉得从这里飘过的云,每一朵都在变成横山,也是一个圈。那是连绵不断的大山,大山把他们这地方围起来,圆圆的。因此随便往哪边看都像是一样的距离。天,则像是一个圆乎乎的大盖子,罩在山上。黑色的一圈云里面,有一些麻点,那就是住家。住家的南边,有一块不大不小的云块,横着,那就是横山了。本来这山间有条河,从北向南直直地流着,因为这座横山,改了流向。那云里也有这条河,兴许也有这块很小的草地,在河边。草地上躺着他。不过没看清楚,太高了。就是小时候也看不清楚,老人想。

渐渐地那朵云从西边山头上消失了,老人心里顿时空空荡荡。他把头稍稍地转了个方向,就看到了那棵栗树。那棵栗树上砍着一把斧子,柄很短,他知道是自己砍上去的。他不想看它,便把头转了回去。这时他听到两声鸟叫。他想这鸟会不会是站在那棵栗树上叫呢?仔细一听又好像不是。那棵栗树不高,但那鸟叫声,像是从很高的地方传来的。

四

老人就这样躺在草地上。

这块草地很小,方圆只有十步,早先老人量过的。现在草地青青的,还零星地开着些小白花。老人的头边,就有一朵小白花。风吹来的时候,小白花就轻轻地贴在他的耳朵上,风吹过去了,它又悄悄地缩回去。老人感觉到了,想把身子侧过去,闻闻小白花的香味。他知道这小白花是香的。但他没有转过身,他感到这样很舒服。

近来老人越来越喜欢这块小草地了,对它,老人像熟悉自己的身体一样熟悉。很多年了,他和他爸到这儿来挖炭窑时,它就是这个样。只是上面的东西更多,不但有小白花,有小兰花,还有许许多多叫不出名字的花儿草儿。那时里面常有蛇,把他吓哭了好几次。他从小就怕蛇,虽然还一次也未被蛇咬过。后来爸抽出工夫把它铲了一遍,以后就成了这个样子。冬去春来,几十年了,它一直是这个样子。

封上窑后,每天,老人都要这样在草地上躺很久很久。并且每天都是在这同一个地方。时间久了,这个地方的草都是斜着生长,一看就有些特别。有一天,小小的那条老牛吃草吃到这儿时,呆呆地盯着看了很久,最后绕开了。老人心里想,傻家伙,那就是我呢。那天老人很快活,他把几个又大又嫩的山土瓜给了小小,小小也很快活。傍晚的时候,老人盯着自己躺的地方看了很久,他知道那就是他自己的"印"。他一生就烙了这一个印。

此时老人就躺在这个"印"里,天上那朵飘得很慢的云过去之后,很久很久没出现云了,他感到有点累,于是轻轻地闭上眼睛。

一闭上眼睛,小河里的水就哗哗哗地响起来,他奇怪怎么刚才就没听到,因此又试着再睁开眼睛,结果还是哗哗哗地响。

河里的水这样哗哗地响,是说明水并不大。每到这个季节都是这样,水只有面盆那样大一股,哗哗地响。到了秋天,河里就涨水,很大很大,最大的时候水漫到了他的窑洞口,很是吓人。那水说涨就涨,一下子就来了,把没来得及过河的牛羊隔在河那面。那样的大水老人平生只见过一次,那还是在他小时候,河水凶凶煞煞地吼着,吓得他整夜地抱着阿爸的腿。

想起那次大水,老人把头转过去看了看青草地边上的那个炭窑。这炭窑还是他阿爸挖的,已经好几十年了。现今看上去还很牢实。此时是上了封的,看着看着,老人心里涌起一阵莫名的浪潮,他的眼睛变得湿润了,他用手擦了一下眼睛。

五

老人用手在草地上使劲撑了一下,便坐在草地上了。小时候他是一翻身骨碌碌地跳起来的,现在不行了,他必须先坐起来,然后再慢慢地站起来。

他一坐起来,目光就移到了地上,视野也顿时宽了许多。虽然四周的一切他都是那样熟悉了,但他还是照例把四周转着看了一圈。

东边就是那炭窑,现在上了封,只看得见烧火的小窑。立炭柴的大窑,看不清楚,但老人想象得出里面的炭柴还在化,化成一根根黑得发亮的炭棒。年代久了,炭窑变得黑沉沉的,但却越来越牢实了,小窑里的火燃得正旺,有一缕淡淡的青烟升到天上去。炭窑过去四五步,是他的小木屋。这小木屋倒还是新的,那是因为儿子不久前来帮着翻修了一次,因为原来的漏雨。老人没说什么。足有三天他没说话。放牛的小小那几日也很不快活。老人想着原来的小木屋,那是他和阿爸一起造的,住了几十年呢,虽然有些漏雨,但也不该全部掀倒,老人想。儿子给弄的这个小木屋,挺牢实的,但老人放心不下。他曾用肩使劲撞了它几下,它纹丝不动,但老人还是放心不下。

　　老人把目光转向正前方,见的是哗哗响着的河水。春天水很小,因此这条河的名字叫小河,其实到秋水涨的时候,简直可以叫大河,甚至大江,老人想。但老人也叫它小河。这样叫起来挺顺口。小河里有很多圆乎乎的石头,有些是黄的,有些黑,有些绿——长了青苔。水退了,石头都现出来。离老人的小木屋旁边五六步远的地方,有一条山路,通到小河边。河上有一条"石步",把这条山路引到对面的横山上去。"石步"就是几块平稳的石头,安在河道里,相距一步远,因为这些石头高出水面一截,一般的涨水淹没不了,人可以从上面跨过河去,就是水小的时候也有人走,不用脱鞋。"石步"把小路引过河,上了横山,马上变得弯弯曲曲的。横山陡,不弯曲着上不去。细想起来,这条路还是老人和他阿爸开出来的,他们初到这儿的时候,横山上长满栗树,茂茂密密的,没有路。是他们去砍炭柴砍出来的。此时的横山上栗树仍然长得很密,看不出儿子帮老人砍了堆在里面的柴,但老人知道哪一堆柴在哪个地方。横山上草也好,放牛娃喜欢把牛羊赶过河,让它们在横山上自己吃草,到傍晚了,或者站在老人的小木屋顶上唤,或者过去赶。牛羊赶过了河,他们会脱光了衣服在小河里扑腾一阵,才吆喝着牛羊回家。老人就站在路口,目送着他们,直到他们转了弯,消失在山弯里。

此时横山上还没有牛羊,风吹过,便沙沙地响。

西面堆着两三堆柴,干的。那是用在小窑里烧火的。这些柴都不大,只手臂粗细,是老人自己砍的。要烧一窑炭,老人得砍一个月。有时儿子来帮他砍。横山上就有几堆是儿子砍的,放在那儿,要晒干了才搬过来。柴堆的后面,就是密密的树林。也是怪,就隔上小河,横山上的栗树是红栗,这面山上却多是麻栗。红栗才是下柴烧炭的好料,麻栗树长得挺挺直直,但不能下柴,只能搭个棚呀圈呀的,麻栗树的皮不浸水,耐风雨。

老人慢慢地站了起来。

六

老人定定地站了一会儿,然后向那棵麻栗树走去。

他把砍在树上的斧子取下来,握在手里。这时他听见两声鸟叫。抬起头,见两只小鸟已站在他要砍的这棵树上快快活活地叫。老人把举起的斧子放下了,呆呆地看了那两只小鸟一会儿,慢慢地回到小木屋。小木屋还是新的,但只有一根"横梁",老人觉得不放心,虽然这小木屋挺稳,但他还是想加一根"横梁"上去。

老人把斧子放在小木屋里。

老人走到炭窑前,坐下。小窑里的火很旺,把他的脸映得红红的。大窑封得很好,不漏一丝烟。老人想,这将是他一生中烧得最好的一窑炭。他往小窑里加了一根柴,顿时撞出一串火星,劈劈啪啪地炸着,这是将烧出好炭的预兆。老人的心被这火星激荡着,他对着通红的火嘀嘀地笑出了声。小时候,阿爸见了小窑里乱炸的火星,也是这样嚙嚙地笑。他坐在一旁,问:"阿爸,你笑什么?"阿爸就说:"好炭,哈哈,又烧一窑好炭了!"那他就会跳起来,对背后的大山或者前面的横山大叫大喊:"我阿爸烧好炭了!我阿爸又烧好炭了——"

现今是他这样嚙嚙地笑了。

阿爸已经死了好多年,不知怎的老人常想起他。他可是个烧炭的好手。他烧的炭,被叫做"钢炭",用手指节一敲,会"呛——"地响一声,余音很长。可惜阿爸死得早,没把烧"钢炭"的窍门传给他——老人相信是有窍门的。

老人从来没有烧过一窑"钢炭"。

老人烧炭是从五岁就开始的,那时他跟着阿爸。十六岁时阿爸死了,停了两年。十八岁他又自己开窑了。到如今,已经近五十年了。烧了五十年炭,老人从来没有嚙嚙地笑过一次。

今天老人嚙嚙地对着炭窑笑了。

七

这个地方是这样烧炭的:在一个土质坚硬的山坡上,挖土窑子,用土窑子烧,这土窑子就叫炭窑。

炭窑是这样的:两个窑洞,一大一小,大的叫大窑,小的叫小窑。大窑也叫炭窑,小窑也是火窑。大窑是装炭柴的,小窑是烧火的。大窑和小窑相隔半尺,中间有一孔连通,孔的大小,由烧炭人的经验决定。最大的,手颈那么大,最小的,三个手指并在一起那样小。那孔叫做埂洞。炭窑的讲究,除了埂洞这一点,还有窑的大小、形状——有的大窑是方形的,有的却是圆形的。小窑都一样,是半圆形的。因此烧炭人很讲究炭窑。

不过炭窑的讲究倒在其次,因为烧炭人逢到秋天下雨闲窑时,是可以去看任何一个能烧好炭的窑子的。

烧炭人各有各的能耐,各有各的功夫。说穿了,这功夫无非在炭柴的选取和火候的掌握上。

炭柴的妙处在于它的干湿度和"窑排"。

要说简单确也很简单,烧炭就是把半干不湿的栗树棒截成尺来长,竖着立进窑里,封上,然后只在小窑里烧火,让小窑里的热烟从埂洞里熏过去,把栗树棒熏"化"成炭也就是了。

因此烧炭其实是"熏炭"。

但这简单里却有深奥的东西,就说这做炭柴的栗树棒子,湿了不好,炭不易透心,行话说就是"夹生炭",这种炭烧起来冒烟。干了也不好,一不小心就会着火(埂洞开大了也会出现炭柴着火的事),启封时,大窑里是一堆灰烬。即便小心翼翼地烧成炭了,这炭轻飘飘的,也不经烧。这是一。二是炭柴的"窑排",也就是将炭柴装进大窑里时,炭柴间的间隔,一般是一指宽。密了,烧不"熟";稀了,易着火。但这"一指",也只是个大概,要烧出好炭,得摸出这里面的门道,自己摸出这"一指"到底是多少。

炭柴装好上封时,留一个出烟口,通常是杯口那么大。上了封,接着是烧火。这小窑里的火候,是烧炭最关键的地方,开始是小火,接着是中火,之后是大火。大火过后,再来一次小火,然后冷窑,最后开窑。这一个周程,大约是半个月。半个月里每一时火的大小,都与大窑里炭的成色好坏直接相关,因此在这一段时间里,烧炭人是不敢合上眼睛睡安生觉的。

八

话说:穷屯出匠人。

这一带地方,说穷不算穷,说富不算富,因此出了很多说不清到底算不算"匠人"的烧炭人。说是匠人，匠人都是以手艺赚钱糊口的，这手艺都不消花大力气，只是巧。而烧炭人，自己上山砍炭柴，一窑能烧三百斤的炭，连烧带装的就起码要两千斤，这可是出大力的事情。说不是匠人，他们都各有一套烧炭的本领，像任何手艺一样，只家传。能烧出好炭的，受同行敬重。

最好的炭便要算"钢炭"。其次是"铁炭"、"石炭"和"火炭"。

"钢炭"一般是不卖价的。谁烧了一窑钢炭，便送一部分给附近的烧炭人，算是自己的骄傲。留一部分在家里，也不烧，保存着，算是祖先的骄傲。

炭柴是不削皮的。打开大窑，炭柴和装进去时是一模一样的，只是炭柴已经变成了黑得发亮的炭棒，取出来，不掉一点皮，不沾一丝灰，用手指敲一下，"呛"的一声，余音很长很长。啊，便是"钢炭"！

很多烧炭人，一辈子也未能烧出一窑"钢炭"！

"铁炭"是市面上能见到的最好的炭，它也和"钢炭"一样，敲一下就"呛"地响，但余音不长，并且原树皮常和"正身"是分家的。但"铁炭"烧起火来也是很旺很旺的。

"石炭"比"铁炭"差，"夹生炭"就属于这一类，烧时会冒烟。

"火炭"又比"石炭"差，常是碎炭，还不经烧。

一年中，春、夏、冬三季是开窑时节。秋来有雨水，便是闲窑。烧炭人在这个时候，或是去看同行的窑，或是到镇上探约主顾。主顾谈妥了，冬天便用驴驮着炭棒送上门去。

谈主顾时要送上十斤八斤"样炭"，给人家试烧的。

九

老人呆呆地面对炭窑坐着。

老人往窑里加了一根柴,窑里便又劈劈啪啪地炸出一串火星。此时才封窑两天,还是小火,就有这样的好兆头,老人的心被激动着。火光映在他的脸上,他的脸显得红红的。五十年了,老人想。

十

那棵树上的小鸟不知什么时候飞走了,老人便又提上斧子,到了那棵树下。

树上有三条斧印,都很浅,老人知道那是刚才他自己砍的。他不知道为什么自己刚才砍得那样浅。

"嘣",一下。"嘣",又一下。

只十来斧,他就把这棵树砍倒了。这棵树并不大,早先,像这样大的树,只需左一斧,右一斧,再一推,就倒了。现在不行了。要十来斧。老人觉得有些累,气喘得急,心里像揣着个什么似的,突突地跳着。

老人坐在倒下来的树干上。他要让心里急急的跳动平稳下来,然后再修枝截干。

太阳从东面山顶露了出来,老人知道已经是晌午了。在横山沟里,每天都是晌午才见太阳,太阳在天上呆的时候不长,到太阳从西边山头落下去时,便是赶牛羊回家的时候了。

往常这时候,小小的那条老黄牛已经在横山上悠闲地吃着草了。但现在还没有,老人知道小小今天不会再来了。昨天小小告诉他,说要去上学,他已经八岁了。八岁了就要上学吗?老人想,自己八岁的时候,已经烧了两年的炭了。但他没有这样对小小说,他说:"好,好,上学才有出息。"

"可我不想去。"小小说。

"为啥?"老人有些生气地说。

"去上学就不能天天见到你了。"

"上学才有出息。"

"还有我的老黄牛。"

"哦,你上学去了,明天老黄牛谁来放?"

"昨天开始耕地了,老黄牛是耕牛,不用上山的。"

"哦"

"大叔"

"干什么?"

"你别烧炭了,回村去吧?"

"为什么?"

"你老了,不要再吃这个苦。"

"是谁教你来这样说的?"

"贵子叔。"

"叫贵子哥。"

"贵子哥说,他这一阵很忙,春耕了。"

"他忙他的,我没叫他来帮我。"

"他说封窑后整天整夜不能睡觉,你人老了吃不消。"

"谁说我老了?"

"贵子哥。"

"你回去告诉贵子,就说他爸不老!什么叫老了?老了就是走不动路,整天坐在太阳底下,想些以前的事情。"

"大——叔,你不想以前的事吗?"

"想。"

"那你就是老了。"

"不,我还想以后的事,我要烧一窑钢炭,让人们看看我到底老了还是不老。你知道,老了的人是不会想以后的事情的。"

"我不知道,大——叔。"

"你会知道的。"

"大叔,我要上学去吗?"

"要去,上学才有出息。"

"以后学校里放假我就到这里来。"

"好,我挖好多山土瓜给你备着。"

"还有老黄牛。"

"还有老黄牛。"老人也说,"那时它也耕完地了。"

……

今天小小就真的不来了。小小是村里的一个孩子,老人很喜欢他。小小上学去了,以后谁放那条老黄牛呢?老人想。

那两只小鸟又飞回来了,见那棵树已倒下,便在空中叫了两声,飞走了。老人呆呆地看着它们飞去,然后默默地收了斧子,回小木屋去。

十一

太阳刚落下去不久,四周就变得暗暗的,山沟里的天暗得早。

一连几天见不到人,本来是已经习惯了的事情,但今天没见小小,老人的心便有点空荡的感觉。不过孩子要上学才有出息,老人想,心里才又觉得有些踏实了。

老人见天暗了下来,便站起身,从草地的那一端把柴抱过去堆在炭窑口。堆得差不多了,老人便走回小木屋。他要把床铺搬到窑口这儿来。大窑封上刚两天,明天该开通烟口了。这个时候是关键。掌握烧炭的火候,开烟口和堵烟口是两个关键。

老人的小木屋有两个炭窑那样大,可以摆下两张床,但小屋里只有老人的一张床。床是铺在地上的,垫着一床厚厚的草帘,草帘上有一床席子,席子上是一条灰色的毯子,这毯子已经用了很多年,又脏又破了。还有就是那床黑色的被子,这被子从他二十岁自己烧炭时就开始用了。因此连棉花也是黑沉沉的,儿子曾多次要他换掉,都被老人顶了回去。老人说:"烧炭人,还想干净?有钱,你就备着娶个媳妇,别二十七八岁了还光棍一条,给我丢脸,就行了!"

枕头是用草帘卷了两圈变成的。中间空着,塞有一把砍刀,露出刀把。刀把像涂有一层油,亮光光的。小时候父亲说在枕头里塞一把刀,晚上不会做恶梦。现在年纪大了,不把恶梦什么的当回事。不过他还是把砍刀这样塞着,他也说不清楚为什么。

枕头上面尺把高的地方,斜挂着一支火枪,那也是父亲传下来的。父亲大概也是从祖父那儿传来的。因此这枪很老很老了,枪柄那儿,开始有一条不大不小的裂缝。小时候,见父亲每到傍晚都要把它擦得光光亮亮,然后上好弹药引线,斜挂在枕头的上方。在熄火冷窑那几晚,甚至连火绳也燃好准备着,开始他不明白,问父亲:"阿爸,你把枪装好做什么?"

"防有人来偷炭。"

"没有人来偷炭。"他说,那时他没有见到过偷炭的人,直到现在也没有。

"有。"父亲说,"他们悄悄地来,你睡着了不知道。"

"阿爸,以后有人来偷炭你叫醒我。"

"叫醒你?"

"阿爸,他们干吗要偷炭。"

"说不清,有烧炭的,就有偷炭的吧。"

"有烧炭的,就有偷炭的?"

"是啊,世界就是这个样子,不管哪个皇帝来,哪个朝代去,都是这个样子。总是这个样子。"

父亲的话,老人是相信的,就这一句,他搞不清楚是不是真的。他从来没见过偷炭的人。

床的对面,是一个石砌的小灶,旁边是一小堆碎炭棒,还有一小堆破好了引火用的松明子。小石灶的另一边,摆着一只土锅和一只锑锅,锑锅是不久前儿子贵子拿来的。老人用不惯。炖在炭火上,用锑锅煮饭还不熟就先焦了。老人还是喜欢用土锅。虽然煮得慢点,但来得顺手,他已经用它几十年了,多大的火,多少时候把饭煮熟,老人心里都有数。

土锅锑锅的上方,吊着一小口袋米和几条干牛肉,那是儿子每星期一次送来的。也有菜,但贵子送来的菜老人三天就吃完了。贵子不知道阿爸近来不喜欢吃肉,而喜欢吃菜,其实老人自己也不知道这是为什么。

十二

老人生了炭火,把土锅里的凉饭烧热时,天已变得很昏暗了。

老人把饭挑在碗里,才去取下一小块干牛肉来在炭火上烤。几十年了,他一直是这样吃法,上午煮两碗米,下午热凉饭吃,习惯了,也不伤胃。所不同的是现在他吃得慢多了,先前这样一碗饭,他稀里哗啦,几下就填进了肚里。现在他得慢慢地吃,这样边吃边想些事儿。想了些什么事儿,老人往往是一吃完饭就忘了,并且怎么也想不起来。但他确信自己是想了许多事儿的。

老人吃完饭,到小河里洗了锅碗,并端了半锅水回来。在经过炭窑的时候,他又往火窑里加了一次柴,窑里又劈劈啪啪地爆了一阵火星,因此老人的心又被激动起来,他甚至觉得脸因为兴奋变得热烘烘的。钢炭,他想。他把碗和锅放回原来的地方,便去卷床铺,他今晚要在窑口坐一夜。明天就开通烟口,今夜是关键。春夜里天有些凉，但有窑里的火，不怕。老人用草帘将所有床铺上的东西一卷，不很费劲就搬到了窑口，连卷在"枕头"里的砍刀也卷进去了。还有火枪，老人想是不是也该将它拿出来。早先父亲是每夜都把火枪放在自己旁边的，并且一到傍晚，就要用很长的时间将它擦得干干净净，然后装上火药、铁砂子儿，有时还夹上引线和火绳。父亲刚死时，他也是每天擦枪装弹药的。但时间一长，他就只擦枪不装弹药了，他从来没放过一枪，他会。因此到现在，他也只擦枪，并且不是每天一次了。

老人决定把枪也拿出来放在身边，他自己也说不清楚为什么要作出这样的决定。他走回小木屋去，小木屋因为搬了床而显得宽敞了许多，那火枪就挂在壁上，很醒目。这枪是前一晚刚擦过的，因此还很光亮。老人默默地取下枪，拿在手里。这时听到有一个脚步声在向这边过来，开始不很清楚，但渐渐地老人就听清了，脚步声是从村子那个方向传来的。

虽然老人知道肯定不会有什么偷炭的人。但等那脚步声走近小木屋时，他还是以比平时说话高一些的声音问道："谁？"

十三

"是我。"

进来的是贵子。贵子和他爸一样，个子不算高，但看上去很魁梧。在村里，贵子是个大力士，凭他结实的身子，挑上两三百斤担子走山踏涧也不在乎，村里再"横"的耕牛，遇上他也服服帖帖。他老实，干活不惜力气，在村里也是个人物。但因为他有个牛脾气，死认个理不转弯儿，因此到了三十岁上，还是光棍一条。

贵子一进小木屋来，见父亲正握着火枪站在当中，一下子愣住了。

"爸，你这是要干什么？"贵子说。

老人一见是贵子，马上把脸沉了下去。不知怎么的，老人这一辈子，都喜欢在儿子面前把脸沉下去。大概是给儿子一种为父的威严感吧，其实在心里，他是很喜欢这个儿子的。

见父亲不说话，又像往常那样把脸沉了下来，贵子知道老人一时是不会和他搭腔的，因此他说了一句："爸，我是来替你守夜的。"然后就到炭窑那儿去了。

老人默默地看着儿子走出小木屋，自己在屋子当中站了一会，便又把枪挂回了原来的位置，然后也走出小木屋。

才这么不长的一会儿，天就完全黑了，天上居然已挂上了几颗星星，一闪一闪的。河沟里，很多不知名的虫子又开始"唧唧"地叫了起来。对这幅山沟里的夜景，老人是熟悉得不能再熟悉了，但在今夜，他却觉得有些特别。是因为什么，他却说不上来，是因为贵子么？是因为火窑里劈劈啪啪的火星么？也许是，也许不是。

老人把目光转向炭窑那儿，见儿子正坐在炭窑口的草帘上。从老人这儿，看到的是儿子的侧影，火光映在他的脸上，红红的，老人看得有些呆了。小时候，那儿是坐着父亲，他常常在这儿呆呆地看父亲或者看夜空中的星。现在那儿坐着的是儿子，儿子那魁梧的身子，老人觉得很骄傲，那完全是他自己的化身。老人想起了儿子才出生时的样子，就只有一只小草鞋那样大。那时他已经三十多岁了，又正巧那几日他连烧了两窑"火炭"，心里正窝着火，因此见女人只生下这么个"小玩意儿"，就说："老子这么大的种，妈的，怎么就养下这么个小杂种！"吓得娇小的女人哭了。连那刚出世的儿子也一块大叫起来。他没想到这么个"小玩意儿"有那么大的声音，因此他对女人说："咳！看他的气派，像他老子呢！"但娇小的女人还是默默地流着泪，弄得他一筹莫展。那时他的女人也已经三十岁了,她觉得对不起他,她跟他已经十多年了。这期间她不知暗暗地吃了多少偏方,悄悄地去求了送子娘娘多少次,也不知悄悄地背着男人哭了多少回。终于送子娘娘发了善心,给他们送来了一个儿子,没想却是这么个"小玩意儿"。一看到男人因此发脾气,她就难过。老人那时也觉得自己对不起女人,她跟了他,一年差不多只有一个秋能在一起。他上山烧炭去了,把家里的一切都扔给了她,她默默地忍受着这一切,毫无怨言……

她这几天怎样了,老人不知道,他想等会问问贵子。

一想起女人,老人就想起了那次可怕的大水。那大水说来就来,把正在过"石步"的俩人冲倒了,老人的父亲不顾一切地跳进河里,只救出了女子,自己也因此喝了不少水,接着就病了,再接着就死了。那被父亲救出的女子,就成了他的媳妇。那时他才十六岁,她也才十五岁。成亲后他和媳妇一块回村种了几年地,到他二十岁时,便离开家又到了横山烧炭。

他离家上横山,女人以为是因为自己不能生孩子,男人生气了才走的,因此也没阻拦他,只默默地落泪。而他,在心里很喜欢女人,离不开她的。但在他心里,还有个更为强烈的愿望在时时使他激动,那就是:烧一窑"钢炭"。虽然他很想要个孩子,但与烧一窑"钢炭"这个愿望比起来,却不是那样强烈。他就这样离开了家。

十年后,他没能烧出一窑"钢炭",儿子倒是来了,他给儿子取了个名字叫贵子。但贵子刚满月,他就又上横山来了,他要烧一窑"钢炭"。

十四

老人来到炭窑口,默默地在儿子身后站了很久,儿子也未察觉。儿子是太累了，老人想。春耕是怎样的活儿，老人知道，跟着牛走，耕一天的地，不是每个男人都行的。老人用充满慈爱的目光看着儿子。

贵子确是太累了，耕一天地，特别是他驾的是一条烈性牛，因此一日下来，少说也走了百十里的路。爸到横山烧炭了，家里只剩他和妈两个人。妈老了，也不能帮他做什么，特别是这几日妈病了，他外面忙了忙家里，还要服侍妈。今天妈听小小说爸的炭窑明天就要开通烟口，因此今天贵子一收工回家，她就叫儿子上横山帮爸守夜，贵子便来了。临出门时妈告诉他，叫他别把妈生了病的事告诉爸，她说人老了，时常会犯点小病小灾，没什么要紧的。

此时贵子坐在炭窑口，迷迷糊糊地睡去了。火光在他脸上，一跳一跳地。老人突然觉得对不起他来。老人的牛脾气是全村人都领教过的，比如说有一次一条狗对他吠了一声，那时他正低着头走路，因此吓了他一跳，他便一声不吭地去赶那狗，从村头到村尾，从村尾到山上，它快他也快，它慢他也慢，足足赶了一天一夜，最后狗走疲了，回到家里躺下了，硬是让他踢了一脚。老人把自己的牛脾气一丝不变地传给了儿子，儿子因此三十岁了，还是光棍一条。

窑里的火小了下来，老人往窑里加了一根柴，然后，老人把毯子捡起来，盖在儿子身上。贵子一下子醒了过来。

"爸。"贵子说，他把身子往旁边移过去，将正对着火的位子让出来。

老人默默地坐在儿子刚才坐的位子上。

他们就这样坐着，良久。

"爸，"贵子说，"烧了这窑，你回去吧。"

"为什么？"

"你人老了,吃不消。"

"你吃不消你回去。"

"爸。"

"我没叫你来。"

"爸,看你这么大年纪,还吃这种苦头,我不忍。"

"……"

"爸,烧了这一窑你回去吧,再不,村里的闲三话四又……"

"什么闲三话四?"

"爸,其实也没什么。"

"说!"

"人家说你烧炭是为着赚钱,给我办事的,我没能耐,才把你赶上横山……"

"放他妈的屁!"

"爸。"

"贵子,我烧炭,你实说,卖了多少钱?"

"……?"

"你说吧,我知道,不多,你们都送人烧了。我知道,那炭,卖不出去,你说吧,我都知道的。"

"爸,谁告诉你的?你的炭,有人买呢。"

"小小,小小到横山放牛。"

"小孩子的话,你不要信他。"

又说:"爸,现今镇里都烧煤,别人的炭也卖不出去呢,你烧的几窑炭,都是好炭……"

"好个屁!你干脆点说。"

"哎。我们送亲戚烧了,都说好。卖了点,大概去年烧的三窑,卖了二十多块钱。"

"哦——"老人长长地叹了口气,便沉默不语了。他烧好了炭，都是贵子来背回去的。三窑炭，少说也有上千斤，就算每斤一毛钱，也……老人只知道他的炭不好卖了，但不知道三窑炭仅就卖了那么点儿，老人感到了一种莫名的悲哀。

"爸。"

"我知道了，你别说了。"

"现今镇里，都……"

"贵子，"老人打断儿子的话说，"你答应我一件事。"

"爸，你说吧。"

"明天你回去，当着那些放闲话的人，把那二十多块钱烧了。"

"爸?!"

"你答应我。"

"爸，那是你去年一年苦死累活挣下的呀！"

"你答应我。"

"我答应了，妈也不会答应的。"

"不，只要你答应了，你妈她会答应的。"

"爸……"

"你答应我。"

"好吧，我去烧。"

"你要当着所有说闲话的人的面烧。"

"我当着所有说闲话的人的面烧。"

"好了，你睡吧。"

"不，爸，你睡吧，我是来替你守夜的。"

"我上了年纪，瞌睡少，你累了一天，你快睡吧。"

"爸。"

"睡吧。"

十五

贵子醒来时，天仍是黑沉沉的，四周一片寂静，连虫子的叫声也没有了，老人将头伏在双膝上，看着窑火出神。

"爸，你来睡会儿吧。"贵子翻身坐了起来。

"不，天快亮了，不想睡。"

贵子把毯子抓起来披在父亲身上，自己移了下身子，和父亲并排坐在一起。这时轻轻地起了一阵风，把山林搅得沙沙地响。风停了好大一会，树林仍在沙沙地响。

"你妈这几日，在犯病？"

"妈？——没病。"

老人定定地看着儿子。

"妈不让我告诉你。"贵子嗫嚅着说。

"我知道的，这几日我的左眼皮总是跳个不停，我知道是你妈病了。以前每到你妈病了，我的左眼皮就是这么个跳法。偏偏这几日这里就离开不得……你妈她，犯的病重吗？"

"她晚上哼哼的，我请医生看过了。开了些草药，晚间我喂妈喝了。"

"累你了。"

"爸！"

"到我这窑炭烧了，我回去住些日子。"

"爸！"

"好了，你该回去了，好长一段路呢，明早还要赶早耕吧？"

"哎，爸。"

"告诉你妈，我再过半月就能烧好这窑炭了。"

"哎。"

"天还没亮明,路上小心点。说不定会踏着长虫。"
"知道了。爸,我明晚再来。"
"别来了。"
"来。"
"你来了也帮不上忙。在家里照管你妈。"
"哎,爸。"
"走吧!"
"爸,你坐着别起来。"
"坐了一夜,要起来走走呢。"

十六

直到儿子的脚步声完全消失在晨幕中,老人才慢慢转回身,回到炭窑这儿来。不知怎的,老人突然觉得很困,很疲,他从来没感到这样疲倦过,坐在窑口的床上,眼看着窑里的火渐渐地小,他却不想起身从旁边把一根柴加进去。有一刻他想这样做了,但身体却好像已经不受他支配了,保持着微微前倾的姿势不想动。他的思绪很乱,乱得连老人自己也不清楚到底想了些什么。直到天色渐渐变得亮了,老人才像突然被什么击中了似的一下猛醒过来,他忙顺手从旁边拿几根柴加到窑里去,窑里虽然已熄尽了火苗,但火炭挺旺,加进去的柴很快地燃了。

"老家伙,你这是怎么了,烧了几十年炭,难道你不知道这时候火是不能熄的么!"老人在心里骂着自己。

天完全放亮的时候,山里的鸟又开始叫了。开始是叽叽喳喳的,后来,有一只布谷鸟在山上高声地叫,把别的鸟叫声盖了下去。老人知道这是好兆头。无论干什么事,能听到布谷鸟叫就会成功,"布谷鸟叫是好兆头。"老人的父亲很多年前曾对他这样说过，这窑炭一定会烧成钢炭的，老人想。

　　老人站起身，他要把床铺卷好搬回小木屋里去，床尾那儿打了一点露水，不重，很快就会干的，每次都那样。老人把床铺卷成一捆，弯下腰要将它抱起来的时候，口里突然泛起一股苦味。这使他心里涌起一阵混乱，他知道自己是要病了。在这方面他有经验，每次出现这种预兆，过不了两天他总要害一场病的。他的病很怪，常常是感到忽冷忽热的，冷时是头一阵一阵地痛；热时是心急剧地跳。他不知道这叫什么病。没有人知道这是什么病。有一次在家里得了这病，儿子去请了医生来，老人硬是没让医生给看。他生病从来不请医生看，一辈子了，他顶瞧不起那些得了一点小病也往医院跑的人。他不是看不起医生，而是觉得，要什么都能挺过去的人才是好样的，先前父亲也是这样对他说的，父亲生病了从来没请医生看过。那时也医不起。他就那样挺了一辈子。几十年了，老人每回得了这种叫不出名字的病，他都是咬着牙挺过来的，他相信能挺住，尽管有时这病来得很猛烈。厉害的时候，他得在床上躺两天，有时躺在床上还会昏迷不醒。但是他相信自己能挺住，这就够了，一个人只要他相信自己一定能干成什么，就肯定能干成什么，最重要的就是相信。老人深信这一点，并且也证明了这一点。他常常这样想：世界上很多事情看上去是那样的不可思议，但是只要你相信自己能干成它，就一定能成。他这样教育儿子，儿子只是低着个头，不知他是相信还是不信，老人感到费解，以前父亲这样教育他，他是十分相信的，并相信了一辈子。

　　但是这一次，老人心里却引起一阵慌乱，是怕自己挺不住么？不知道。他确实不知道。以前每次遇到口里泛起那一阵苦味，他都是咬着牙，在心里默默地说："狗东西，你又来了，看老子是怎样治服你的！"到那病真的来了时，他已做好了一切准备，只要那剧疼不能将他击倒，他便照常干自己的事，还不时地大笑几声，谁也看不出他是有病的。如果那病突然地将他击倒了，那他就静静地躺在床上忍受着，确切地说是较量着。除非昏了过去，自己不知道，他醒着，自己从没哼过一句，哪怕是在心里轻轻地哼一声也没有。每当他静静地躺在床上，儿子便以为他是病了，但儿子每次问他，得到的回答总只是这样的："我在想些事儿呢。"只有老伴知道，他这样静静地躺着，什么时候是病得厉害，什么时候是没事。她从不问他，只是在他病时默默地为他做些好吃的。

　　老人抱着被卷，慢慢地往小木屋走去，那苦味还不断地泛起。他知道这次的病不会轻，这不只是预感，一辈子的经验都向他证明了这一点。

　　老人狠狠地咬了咬牙，"呸"地吐了一口唾液，然后在心里骂道："狗东西，你又来了，看老子是怎样治服你的！"之后，老人突然大笑起来，几个月来他从未这样大笑过。畅快！到他把被卷抱回小木屋，放在床上之后，他心里除了这个念头之外，其他杂念就什么也没有了——相信，这就够了。

十七

　　病肯定是会来的，这个老人也知道，但他没有想到它来得这样快，这样突然，这样猛烈。他把被卷搬回小木屋，然后提上土锅到小河边去。往常都是这样的，他用土锅从小河里提了水回来，支在三块石头搭成的灶上烧饭。他刚到小河边弯下腰去，头就突然"轰"地响了一下，心口涌起一阵剧烈的绞痛，老人紧紧地抓住了河边的一棵小树，才没有跌进水里去，那一刻，老人也不知道自己是怎么了，他唯一想到的，就是死死抓住小树不放。到他知道这是怎么回事了时，他便咬紧牙，在心里狠狠地骂道："妈的，想突然击倒我，休想！"就凭借着这样一股力，老人硬是将半土锅水端回了小木屋里，然后到炭窑里夹了几个火炭回来将火生上，把土锅支在了火上。

十八

"既然它在不提防的时候都没能将我击倒，那它休想再击倒我了。"老人在心里想。虽然心口的绞痛一阵比一阵厉害。

老人慢慢地伸手将挂在土锅上方的米袋取下来。他的手无端地抖动着，这是老人以前从未遇到过的。他咬着牙在心里狠狠地骂也不管用，米袋终于从手上落下来，砸在下面空空的锑锅上，锑锅"呛"的一声被砸倒了，袋里的米也倒了大半出来。老人把袋里仅有的半碗米抖进土锅里。正要将地上的米捧进口袋时，突然一阵非常的剧痛差点将他击倒，那一刻他的感觉全部失灵了，眼前是黑蒙蒙的一片，耳里是轰隆隆的响声，只是在朦朦胧胧中他的心里依稀有个这样的信念：自己不能倒下，千万不能倒了！

隔了好久，老人才从那阵可怕的剧痛中复苏过来。他慢慢地站起身，不再捧地上的米了。他扶着木头，一步一步地走出小木屋。走出了小木屋，手失去了扶的东西时，他差点摔倒，他用很大劲才使身体保持平衡。老人走到小草坪的中央，他的"印"前，他很想躺在自己一生烙下的唯一的那个"印"里。但是不，他用颤巍巍的腿支撑着身体，久久地站在那儿。他知道，只要不躺下，他相信自己能挺住，他的一生都是这样挺过来的，男人的一生都应该是挺过来的。只要相信，没有什么是不能挺住的。但是，一旦躺下去，老人没有把握自己能不能再挺起来。是的，没有。他的父亲临死时就对他说过，自己的一生就只躺下过那一回，但仅仅的那一回躺下，他就再没站起来。

老人久久地看着草地上的"印",然后转过身,凝视着对面的横山。此时老人的眼睛已经变得很难看清横山上的树木,但他知道它的一切。横山的古老、横山的茂密、横山的陡峻……他都知道,因为横山上唯一的那条路是他和父亲一道开的。父亲走了几年之后走了。以后就是他,在那条路上走了几十年。突然,老人放声大笑起来,他的声音是那样雄壮,使得你根本无法想象这是一个老人的声音。那声音久久地回荡在山里。河沟里一对胆小的鸟儿,被这声音吓得"扑"地飞走了,还在空中留下几声啼叫。老人看到了,嘴角上泛起一丝笑容。它们不知道他为什么要这样大笑,只有老人自己知道。他突然开口大笑,是因为心口那里又涌来一阵十分强烈的绞痛。

经过那阵大笑,老人感到轻松多了。心口那里的绞痛也不再像先前那样厉害了。于是他又像平时那样,迈着稳健的步子,到炭窑那儿去。

窑里的火已经熄得差不多了,只有一根细细的栗柴在窑口那儿跳着若有若无的火苗,不时地冒出一缕缕白烟。窑里的火炭,都包着一层薄薄的白灰了。幸好还没有熄尽,老人想。他赶忙往窑里加柴,只捣弄了几下,先是冒出很多烟,一刻过后,便"轰"的一下燃了。

老人站起来,右手握成拳头顶住胸,然后用左手摸了摸炭窑,凭经验,他知道这时开通烟口还火候不到,再看看火窑里的火势,他估计到中午时便可以开通烟口了。

十九

老人回到小木屋,土锅里的水已经冒出很浓的热气,他知道该淘米下锅了。老人弯下腰,刚伸手拿起米袋,突然眼前一黑,脑中"轰轰"地响了起来。"怎么了?"老人想。但还没等他反应过来,便重重地向后倒下去,摔在床上了。米袋落在土锅上,"嘭"地响了一声之后,袋里不多的米沙沙地流出来,流进燃得正旺的炭中。

二十

过了很久,老人才被浓烈的烟熏醒过来。他咳嗽了几声。他不知道自己这是怎么了。朦朦胧胧中,老人感到正有一阵奇异的香味飘来,绕着他,使他无法动弹,无法解脱。浑身都有一种无法表达的快感,但这愉快的感受却使他产生了一种朦胧的恐惧。他想笑,也想哭,他需要一种痛快淋漓的发泄。但他无法张开口,浑身燥热得难受。老人沉沉地躺在床上,土锅上的米袋着火了,小木屋里弥漫着青烟。热带风停滞在横山沟里,一两朵白云,从小木屋的上空飘过,缓缓地。小河水依然在哗哗地流响。老人沉沉地躺在床上。

这么缤纷的色彩,他这是一生中第一次看到的。他只知道凉风热风,大风小风,但那只是感觉到了,此时眼前却哗哗哗地吹着彩色的风;他只见过晴天的白云和阴天的乌云,却从没见到过眼前这种五彩缤纷的云。这一刻,什么都是有色彩的。老人沉沉地躺在床上。

老人感到自己的喉咙正被人死死卡住,憋得他喘不过气来,他用尽全身的力气,猛然间"哇"地大叫了一声。

我这是怎么了?是做梦吗?不!炭窑,钢炭,通烟口。他似乎想起了什么。那是什么声音,莽莽苍苍的,哦,是小小的那条耕牛。小小是个好孩子,他应该去上学的。小小爱听老人讲的故事……父亲很饿了,他拄着一根长棍。那时他还很小。父亲就那样站着，瞪着对面同样瞪着他的蓝幽幽的狼眼睛。它也很饿了，但不敢妄动，它要看看这疲惫的人能采取什么行动。"

"很长吗?"小小说。

"很长，长极了。"老人说。

"我没见过狼。"小小说。

"饿的狼更凶。你知道，它希望人能怕它，转过身想溜，这样，它就可以扑上来，咬住你的喉管。它就是这样希望的。"

"要是我，会睡着的。"

"不行，你只要一闭上眼睛，它就会很快地蹿上来的。"

"它很快吗?"

"它是饿狼。"

"我饿了就跑不动。"

"小小，那可真是很长的一段时间，从下午太阳落山时开始，一直到天亮，又一直到天黑，然后天又亮了。"

"我知道，他和它就那样站了两天两夜。"

"不错，第三天，它灰溜溜地走了。"

"狼走了。"

"嗯，它没想到会遇上那样的人。"

"它走得很慢，我说大叔，人应该上去把它打死。"

"不用了，人已经胜利了，懂吗? 胜利!"

"人还是应该把狼打死。"

"他已经昏倒了。"

"饿狼没有看见他倒下去吗?"

"看到了。他摔在地上。狼回一下头，但没有再扑回来。它慢慢地走了。"

"为什么狼不扑上来?"

"因为它被打败了，懂吗?"

二十一

老人隐约觉得自己是到了一个空气稀薄的地方,那地方一切都显得陌生,似乎是很高,很高,离太阳越来越近,浑身被烤得火辣辣地难受。他不想再往前走了,但脖子上像被拎着一根无形的绳。他一走慢,就将他勒得喘不过气来。他想睁开眼睛看看这一切到底是怎么回事,但眼皮是那样沉,那样重。他感到有些害怕了。他一辈子没怕过什么,但这回他感到害怕了。周围什么都没有,他知道,再这样下去他会死去,就是渴也会将他渴死。他不怕死,但他不希望就这样死去。他还没有烧出一窑钢炭呢!他想叫人,叫老伴,叫贵子,或是叫小小。老伴和儿子离自己太远了。还是叫小小吧,他说过学校放假了就到这儿来的。他相信小小说话是算数的,小小是好样的,是个有出息的男子汉。

"小小,小小……"老人在浓烟中微弱地叫道。

二十二

…………
…………

二十三

"烧了。"老人说,他呆呆地看着快要燃尽了的小木屋。
"你说什么?"小小说,他也呆呆地看着跳着火苗的小木屋。
"知道了。"老人自言自语地说。
"知道?知道什么了?"小小把头转过来,盯着老人,他的额头上抹着一道黑印,他说,"我一点也不知道,是你睡着了着火的吗?"

老人没有转过头来,慢慢地说:"烧了,烧了吧。总会这样的,总会的。"

"你说什么?"

"小小,你还不懂。人的一生,总得经过几次磨难的,这没有什么可怕。小小,不应该怕这样的事。"

"我不怕。"小小说,"我看到小木屋着了火,冒着浓浓的烟,好怕人。我叫你,你不答应,我猜你是在小木屋里。果然你就在里面,我一拉你的手,你就醒了。抱着这床被子就跳出来了。呀!那时火大,好吓人!"

"小小,你是好样的。"老人说。

"你是睡着了么?"

"没有,一直醒着。"

"醒着?那你怎么不出来?"

"你还小,不懂这些事。小小,今天是放假么?"

"今天老师生病,放我们一天假。"

"学堂里好吗?先生好么?"

"好。就是见不着你。"

"小小,我忙着烧炭,没有给你挖好山土瓜备着。"

"我自己也认得出山土瓜苗了。你教的,长长的藤,叶子也是长长的,上面有锯齿,挺硬,不小心会刺手。对吗?"

"对呀,小小,你长大了比大叔有出息。"

"大叔,你只剩这条被子了,先回家去吧?"

"你也这样想吗?"

"就只剩一条被子了。"

"天不冷了,算不了什么,再说还有一条被子呢,要再干!兴许这就会干成了呢。世间的事情,有一得就有一失,有一失就有一得呢。"

"真的吗?"

"当然是真的,你看着吧,哦,天不早了,你回去吧。等太阳落山了路不好走。"

"今晚我不走,我住在这儿。"

"明早你还要上学堂呢。"

"明早老师的病说不定还没好呢。"

"混帐话!肯定会好,回去!"

"我回去叫贵子叔来。"

"回来!不许你把这事告诉贵子!听到吗?"

"听到了。"

"不光贵子,村里任何人都别让他们知道。记住了吗?"

"记住啦。"

二十四

小小走了。

太阳离山顶还有一竹竿高。老人静静地躺在草地上,他觉得很疲倦。此时胸口已不再绞痛,但浑身的筋骨针扎般地难受。没有火苗了,没燃尽的木头上,烟缕缕地升上去。静极了,一丝风也没有,烟直直地升上去,升上去。渐渐地,烟也少了。最后完全没有了。于是天暗了下来。小木屋变成了黑乎乎的一堆炭灰。总会这样的,人的一生中总得有几次这样。老人在心里说,他不觉得难过。只是父亲给他的那支老火枪,也被烧了,他觉得很可惜。应该让贵子带回去放在家里,他想,放在这儿,他一次也没用过。

夜风开始吹起来了,是从他的炭窑那个方向吹来的。风中夹着热气,老人知道这意味着什么,是的。从小小将他从小木屋里叫出来那刻起,他就只匆匆地看了一眼窑,见火窑里的火熄了,但窑口有烟冒出来,他就再没朝那儿看过一眼。但他知道那意味着什么。小小也只是朝那儿看了一眼,就再没看了?他也知道那是怎么回事。小小懂事了,老人心里说。

老人慢慢地爬起来,到草地边上捡了一根木棍,走到早已化成灰烬的小木屋那儿。他用木棍把木灰扒开。只见没有烧化的枪管和没有把的刀叶,斧却不见了。他再翻了一过,还是没见着斧。他感到奇怪,慢慢地走到炭窑口,立刻被烤得热烘烘的。他的眼里差点涌出了泪,但他强忍住了,只是匆匆地往地上看了一眼,没有斧,他就急急地离开那儿了。

老人走回到草地中央,伸手去拿被子。他要拿上被子,离开炭窑远远的,他受不了那样的热气。他刚提起被子,一个什么东西落到地上,重重的。老人一看:斧子!没错,是他的斧子!顿时老人的血像是凝住了似的,他一动不动地站着,过了很久,又一阵热风吹来的时候,他才慢慢地弯下腰,小心地捡起斧子,将它贴在自己的脸上。他奇怪地觉得那是热乎乎的。

老人抱起被子,提着斧子,走出青草地。进了麻栗树林,到一个感觉不到那吹来的热风的地方,他把被子放下,枕着被,将斧子抱在怀里,看着深邃幽远的星空,微微地笑了。我,还要干!我相信能干成的,一定能干成,没有什么能阻拦住我,老人在心里说,他把斧柄捏得咯咯地响,心里的话,差点就喊了出来。

二十五

天黑了下来。

风把树林吹得沙沙地响,老人躺在地上,一忽儿觉得脑中像塞满了什么,一忽儿又觉得脑中空空的。夜风吹来,老人觉得有些凉。但他不想动,就这样静静地躺着。

"真不是个东西。"他在心里说。他不知道自己是在说什么。是的,他不知道。现在他已经完全想起来了,小木屋被烧前自己所做的最后一个动作,是弯腰去提米袋,那是他一生做过无数次的动作,他从未想到会有什么在他做这个动作的时候对他发起进攻。在一个人毫无防备的时候将他击倒,算不了什么本事,不值一提!即便将他永远击倒,永远没有反击力,那也不是进攻者的光荣!"况且那杂种还没能将我完全击倒!"老人大声地说。在这深夜里,他的声音显得突兀而宏大。老人没想到自己会发出这样的声音,他被自己的声音感动了,于是他翻起身来,那动作一点也不像平时那样慢慢的,几乎是一跃,他把斧柄操在手里,对着茫茫夜幕大声吼道:"我,还要干!谁也不能阻止我!谁也不能!什么也不能!"

"邦邦"的斧声响了一夜。

二十六

天亮的时候,老人已舒适地躺在一大堆粗粗的圆木堆上了。

他觉得这样更舒服,比躺在草地上还舒服。他觉得此时的天空分外地博大,山谷分外地旷远。一生中,他有过很多这样的早晨,但从未有过像这样美的早晨。天一亮,虽然太阳还要过很久才能照到这里,但鸟儿们已开始叽叽喳喳地叫个不停。有两只白尾巴的雏鸟,飞到离老人不远的矮树枝上,对着老人叫。老人想,它们是在找昨夜还有的那棵树吧,于是他对它们说:"是我砍的,你们还不懂这些事。"他向它们挥挥手,两只小鸟便惊叫着飞走了，老人高兴地哈哈大笑起来。

等一会，就把木头扛到草地那儿去，他很快又会有一座小木屋的，老人想，是的，很快，只要用斧在圆木的顶上砍出些"马口"，扣在一起就成，干这个他有经验。他能干得很出色。顶上没有木板，那没关系，他只要用半天时间，就能砍足够的松枝，搭在上面，和木板做的一样。哈哈，自己又可以住下去了，这并没什么可怕的，很快地他又可以烧炭了。

一想起烧炭，老人的心就沉了下去。现在他的炭窑里，装着一窑灰！是呀，他烧了一窑"死炭"，那是烧炭人的耻辱。把炭烧成灰，是烧炭人最大的耻辱！照理说，这是只有刚学烧炭的人才会这样的。只要有两三年烧炭经验的人，是绝不会出现这种情况的。但是他烧了一窑"死炭"！这是千真万确的，他已经烧了几十年炭了，却还烧出了一窑"死炭"！他从小木屋里跑出来，看到小窑里冒出的烟时，他曾侥幸地想那是小窑里的柴没烧尽冒出的烟，但当他感到大窑上的热气时，他知道那是怎么回事。是的，那是一窑"死炭"。因为在该开大窑通烟口的时候，他还躺在弥漫着浓烟的小木屋里，于是就烧了一窑"死炭"！很简单，妈的！简单极了，原来把事情干坏是那么容易。老人想，而他原来对这窑炭是抱了多大的信心啊！

米没有了，什么都没有了，当他感到有些饿了时，老人才想起自己昨晚没吃晚饭。但是现在什么也没有了，不过没关系，他可以去挖山土瓜，山土瓜能填饱肚子的，像他拳头那样大的两个就足够了！

这一切并没有什么可怕，老人想。

干了一夜，老人觉得很疲乏，他伸了伸腰，把贴在身上的衣服揭下来，顿时感到舒服极了。他想好了，先这样美美地睡一觉，然后去挖两个山土瓜填饱肚子，之后就去搭小木屋，这样，到晚上，他就又可以躺在自己的小木屋里了。有了小木屋，他就去砍炭柴。接着干，他不相信会有一个人干不成的事！

二十七

一阵猛烈的摇动使老人惊醒了过来。"是你?"老人看到了儿子，心里顿时涌起一阵说不出的感情。当他反应过来自己所面临的境况时，禁不住愤怒起来，他不愿意有人看到自己的失败，即便是儿子。

"谁叫你来的?!"老人说。

"妈，妈……"贵子说。

"胡说，你妈她根本不知道!"

"妈她——"

"我问你，看到啦?"

"什么?"

"小木屋，炭窑。"

"看到了。"

"回去，你现在就回去，不准告诉任何人，更不准让你妈她知道，过些日子，给我送个火来。回去!"

"爸，妈她病得——重了。"

"什么?"

"她病了好几天了。她不让我来告诉你。今天她突然叫我来告诉你，让你无论如何回去看她一眼。"

"你妈她，还说什么了?"

"她说，她一生就只求你这一次，让你无论如何都要回去。"

"走吧，贵子。"

老人似乎明白了什么，急匆匆地从木头堆上翻身下来，就往路上走。贵子捡起斧头提着,又抱起地上老人的那床黑沉沉的被子。老人默默地看了儿子一眼,想说什么,但只是嘴动了几下,并没说出一个字来。

二十八

到底没能赶上。当老人赶到家时,老伴已经永远地离他而去了。老人什么也没说,甚至也没有流泪,他只是默默地做着他该做的一切。

二十九

那些日子,老人常独自默默地想,他这一辈子烧炭是不是个错误。如果不是烧炭,而是干了别的什么事情,兴许早已干成了。不过,他知道,要干成一件事是很难的,然而总能干成的!只要有信心,就什么事都能干成的!老伴是死了,但她干成了自己要干的事,她留下了贵子。而自己呢,却仍然没烧出一窑钢炭。这几日,老人明显地觉得自己的体力不如以前了。是老了,毕竟活了六十多年。人们来帮忙办丧事,见了他,都说:"你老了。"他只是对他们点点头,如果是在不久前,他会对他们发火的,但是现在不了。不承认是不行的,他是老了,不定在某一刻,他也会走老伴的路。他越来越感到紧迫了,无论如何,他要在自己躺下以前,干成那件他干了几十年的事。等安葬好老伴,他要告诉贵子,他还要到横山去的。他相信贵子会理解他,不会阻拦他的,他知道贵子,贵子是好样的。小小,小小这几日常到他面前来,就是不大说话,老人知道这是为什么,他的父母怕他说出不知高低的话会使老人更加难受,其实不会的。他知道小小,小小也是好样的，将来一定是个了不起的男子汉。小小说的话，老人是不会感到难受的。倒是那些大人的话，却使老人感到无限的悲哀，他们老是打听他这回是不是长久住在家里，不再到横山去了。他对这些话，一概不理，他们就说他是个怪老头。

那天下午，他对贵子说，一个人要干成一件事是很难的。但只要有信心，相信自己能干成，那就一定能干成的。

"嗯，爸，我懂。"贵子说。

"贵子，爸还想，到横山去——"他说。

"我知道，爸。"

"家里，就你啦。"

"爸，你去吧。"

老人深情地看了儿子一眼，然后转过头去。

三十

"这老头，还指望靠烧炭发财呀！"

"就为着烧炭，老婆死了连气也没接上。"

"怪老头，他不知道眼下烧炭是发不了财了。"

"……"

"……"

他们离开村子的时候，从背后传来这样的议论声，儿子怕老人听了难受，就说："爸，咱们快点走吧。"

老人听到了，但他没有转过身，甚至没向后看一眼。到了村头，老人说："你回去吧，这条路，我走了几十年了。"

"爸。"儿子说。

"回去吧。"老人说。他从儿子肩上取下那卷黑沉沉的被子。

"爸，你老啦。"

"老啦。"

"我随时来看你。"

"嗯,带小小一块来吧,这孩子,有前程。"老人转过身把背对着儿子。他的背影显得苍老。

"要不行,你就回来。"

"能行的。"老人转过身来,望着儿子说:"能行的,我能烧出一窑钢炭,一定能!贵子,你信我的话吗?"

"相信。"儿子说。"相信爸能干成!"

老人使劲地点了点头,转过身去。

1984 年

(原载《清明》1985 年第 4 期)

滇北故人录

福贵

福贵是个篾匠。

那时候他已经六十多岁了。

六十岁的人无家无室，无子无嗣，村里人都说：福贵可怜了。

我也认为他是可怜。我可怜他不会说话。那时我七岁。我们一帮孩子都以为他不会说话。

福贵住着一间土掌房。土掌房就是四周砌了墙，顶上铺上细木棍，再覆上土夯实盖成的平顶土屋。土掌房夏天凉，冬天暖，就是弄不好就漏雨水。福贵的土掌房漏不漏雨水，我们不知道。那时福贵天天坐在小土掌房的门口，破了竹子编东西。离他门口约十多丈远的地方有个土坎，我们叫它土桥。我们常到土桥去看福贵。好玩。

福贵长得瘦小，头发乱蓬蓬的，衣服是黑布做的，但上面不知浸了多少汗垢，因此远远地也看得出亮光光的。大人们说，福贵是疯子，小孩子不要到他跟前，他会用篾刀砍的。我们只敢到土桥那儿去看他。

看福贵编东西好玩。他编得不快，但每一手都像有个格式，只要编着，就是同样的速度。他编完一只簸箕，就是晌午鸡叫头遍，准得很。

但有时他编着编着会突然停下来。停的时间很长。我们见他停下来，就在土桥那儿嚷："疯篾匠，长眉毛。疯篾匠懒鬼，长眉毛贼样。"

福贵的眉毛很长。

我们这一嚷，福贵便会像刚从梦中醒来的样子，又开始干他的活。不见加快，也不见放慢，他永远就是那么个速度。他不会看我们，哪怕一眼。我们觉得没劲，嚷一会儿也就不嚷了。

有时碰上他破竹筒，那可是好玩。滇北的竹子大多是碗口那样粗细，叫蛮竹。他先用篾刀在竹头那儿直破一刀，横破一刀，把一个特制的小木十字架塞进去，然后换一把大些的砍刀，一手握着竹筒，一手用刀背使劲敲"十字架"，用这样的方法能把竹筒破成四块。遇到竹结，他狠劲一敲，就会瓮声瓮气"嘣"地响一声，那声音能传得很远。我们站在土桥那儿，看着他破到了竹结时，就跟着一起"嘣"的叫上一声。

"嘣！"我们叫了就笑，得意非凡。

福贵听见我们笑，偶尔也会抬头朝我们看一眼。他一看我们，我们就跑开。我们怕他用篾刀砍人。

有一次，他抬头朝我们看了一眼，吓得我们"轰"地跑开，刚跑出两步，我被石头绊倒了，福贵扔下竹筒要跑过来，吓得我大声尖叫。福贵才跑了几步，就止住脚步，然后耷拉着脑袋回去了。我翻身飞快逃回家，大病一场，妈妈请了村里的"端公"来跳神，才把我的魂叫回来。

就有大人警告福贵，说：福贵，你积点德，不要吓小孩子。

从此福贵就再也不朝我们抬眼了。我们不再怕他。先是在土桥那儿嚷:"疯篾匠,长眉毛,不怕你的烂篾刀。"福贵听了,偶尔长眉毛抖动几下。后来我们越走越近,最近的时候离他只有三四步那样远,可他还是眼也不抬一下。

福贵死的时候,我们吃了一惊:原来他是会说话的。

福贵是病了三天以后才死的。

他病倒在床上的时候,大人们居然都去看他。他是"五保户",政府派粮,但他天天为村里编东西。村里每户人家,都有一两件他编的竹器,他不收钱,因此谁都欠着他的情。

从他病倒在床上起,就一直是昏昏糊糊的,第三天上,他突然清醒了。他说了话,要村长在他死后,把他和儿子埋在一起。

他的儿子是早些年进城卖竹器时,赶上武斗,被枪打死的。

福贵没等村长点头,就死了。

他死后村长和全村人商量,要不要把福贵抬到那么远的地方去。因为他儿子是埋在县城外不远的地方,那地方太远了。

村里人都说要。

福贵就离开了我们的村子。那天全村人都去送他。

后来福贵的小土掌房被拆掉了,有人在那儿栽了一棵楝树,活了。

滇北的楝树,都是叫苦楝树的。

大舅

照我们滇北的习俗,父亲那一房的弟兄,孩子该叫叔伯。母亲那一族的,则叫舅舅。母亲的大哥(堂哥也算),便要叫大舅。而母亲的小弟,可叫大舅,也可叫幺舅,随孩子的喜欢。我没有几个叔伯,但舅舅却不少,光说大舅,细数下来就有十几个。

母亲那一族是个大族。

一般说来，那时常来我家串门的，一听门响，我就想，是大舅来了。这总不会错。

大舅来串门，时候不一样。

这十几个大舅中，各式各样的人都有。有在大队管点事的；有在村里说一句话就是一句话的；有老老实实种地的；还有各种匠人。若以他们来串门的时间分一下，有三类：一类比较富，一类比较穷，还有一类是时富时穷的。较富的大舅来串门，是在晚饭后，做完了家务事，过来聊天。穷的多是在正当吃饭时来。第三类很不定，有时是饭后来，有时是饭时来。大舅来了，我得让座。不管是在叫饭或是在听大人"讲白话"，妈妈都会说："老三，给大舅让座。"

数不清给大舅们让了多少回座，有时是高兴地让，有时却是很不情愿的。比较起来，我更愿意给有时有钱有时没钱的大舅让座，这样的大舅时常买点小东西给我，比如说几粒糖或一个哨子什么的。

有个叫王四八的大舅，便是属于这一类。

他是个光棍，父母已在早年死了，只自己一个人住着。那时他三十岁左右，是赶马匠。

他的父亲四十八岁上有的他（故叫王四八），老年得子，金贵。况且在他头上生了五个女儿，都没养大，更是视他为掌上明珠。

大舅小时候父母给他打扮成女孩样子。据他爸说男儿打扮成女儿容易养大。这样能蒙过阎王派来的索命鬼。村里的人都说这没有一点儿根据，但他爸只是轻轻的一笑，做出很深邃的样子。他也是花钱从远方一个风水先生那里得知的。

在大舅十岁上时，父亲死了。他母亲哭了两天，也跟着去了。父母给他留下一匹马和一架破马车。

大舅十岁起学放马,十五岁便能自己驾马车出门挣钱。

在村里,匠人总是比老实种庄稼的容易来钱。那时节村里的匠人有这样几种:木匠、阉猪、说书、赶马、铁匠、石匠和篾匠。前四种为上。有道是:木匠赚得大钱,阉猪天天过年,说书日日清闲,赶马最能得钱。

赶马匠能赚得钱,是要到外面去寻活的。

大舅无牵无挂,赶着车到外面一去几个月,人们都说他找得了大钱。早些年他到我家串门是在晚饭过后的,但自从村里一个姓陆的寡妇死了以后不久,他便常常是吃饭时到我家来了,并且总是喝醉了酒的。我不知道是为什么,那时我才六岁。妈妈想来是知道的。大舅坐在我让出的位子上,闷闷地吃饭,妈妈便把好菜往他碗里夹,还说:"大兄弟,算了,人去了,也不能回来,有合适的我留心给你寻一个。"

寻一个什么?

大舅因为从小在女孩堆中长大,说话是尖尖的嗓门。

后来,据说,大舅进了牢子。在县城里公审那天,村里有人看见大舅胸前挂着大木牌子,把他的头坠得低低。大木牌上大大地用红笔写着"王四八"三个字,还打了叉。名字上边还有三个小一点的字,叫"流民狗"。

看见的人不止一个,因此有人说那"民"字边上还有点笔画,"狗"的右边也不太像。但村里的人不识字,念不出来。

妈妈听人说后,眼睛红红地说:"怪我,没为他物色个……"

物色个什么?我不知道。

大舅放出来时是五十岁,已经老了。他在村里终日低着头,不言不语地干零碎活。他不再赶马了,也不到我家来串门了。逢年过节,妈妈都叫我们端一碗菜去给他,这种差遣,侄子们都会很乐意地抢着去做。

布景师傅

村里有个布景师傅，是个命运不济的能人。

但布景师傅是个有福之人，如今儿孙满堂。

布景师傅不是本地人，据说老家是外头很远地方的一个小城市，不过从来到这个村里，他还从没提起过。他说话带很重的外地口音。他是怎样来到这个村里的，他从来不愿对人讲。但村里凡是老到点的人，都能讲出点眉目。

那时布景师傅在县剧团干事。二十二岁，一表人才，吃官粮，是个正儿八经的布景师傅。县剧团每年都到乡下来演花灯，有一次就来到这个村里。村里祖辈以来就兴跳花灯，每年从大年初一跳到正月十五，虽然没正规的训练，但耳濡目染，能人也有的是。那时节村里出了个跳花灯的桃儿，小小年纪，就在周围四村八镇中享有名声。布景师傅跟着县剧团来到村里来的时候，桃儿十七岁。

县剧团是正月初五那日到村上来的。婚嫁丧事跳花灯，历来是滇北村里的大热闹，更别说来了县剧团。从初五那日开始，人们每天早早就带着板凳赶到晒场抢位子（晒场每年到这时节都改做戏台），看跳花灯。照例地，开始那几日，是演点老套路的古装戏。到初八那日才演新剧目。那日亮出的牌子是《渡口》，但那晚人们左等右等，心焦焦的，太阳落了山，天黑了，还没见那染成蓝色的阴丹布大幕拉开。一黑尽了，大幕终于拉开，登台的却是村里的桃儿和县剧团的布景师傅。虽然不是县剧团的名角登台，但人们还是觉得尽兴：桃儿的"船家"唱得好，布景师傅的"相公"唱得也好。

剧团第二天就回了城，村里人想留也没留住，团长说要回去整顿——那天晚上演《渡口》的男演员和女演员，两人在村外的树木里搂抱了一夜。临走时团长叫把桃儿带着，大概是想让她顶替那个女演员。村上的人都说，桃儿家祖坟冒青烟，发了福了。

但桃儿到底没留成县剧团，她到县城一趟，住了七天，就又回村里来了。村里人问她怎么又回来，她一声不吭。她回来没多久，传来风声说县剧团要把布景师傅除名。桃儿又急着进了县城一次。这一次更短，才五天，就又回村了，还带着布景师傅一起回来。他们住在了一起，两人的脸上又有了笑容。他们的日子过得乐乐呵呵，但对为什么被县剧团除名这件事，他们都矢口不言。

后来村里人到县城办事，打听到了很多原因，有的说是因为桃儿到县城七天那次，和布景师傅的关系有些不清白。有的说是因为演《渡口》的那对男演员和女演员，动用关系，不但挤走了桃儿，还硬是让吃官粮的布景师傅也呆不住。人们把这些原因告诉布景师傅，他什么也不说，只是哈哈地笑。那神情，让人想起庙里的泥塑弥勒。

桃儿为布景师傅生了四个儿子，都是下得力的好手。儿子娶了媳妇，又生了儿子。儿孙满堂，布景师傅算是享了福。前些年桃儿死了，他每年去老伴的坟头烧几次纸钱，清明节去加点土。平时他多带着孙子，过着愉快平静的日子。逢年过节，他偶尔也为乡邻画点门神桃符什么的。人们还叫他布景师傅。

1985—2015 年

第三辑 细碎表述

浮屠

一

毕道然的嗜好与众不同,他喜欢杀人。

毕道然只杀会武功的人。不会武功的人他不杀。男女都不杀,大小都不杀。

他杀人一般没有原因,完全是率性而为。就是说,如果他正巧遇上了你,而你也正巧会武功的话,那你就永远听不到明天的鸡叫了。

因此他就有了个不太好听的绰号,叫做:魔头。

除魔卫道,是侠义中人的天职。于是侠士们就会今天少一个,明天少两个地逐日递减。

于是,毕道然的绰号被更改为:天下第一大魔头。简称:"那个大魔头"。

二

了然禅师的爱好也很特别,他喜欢闭关参禅和念阿弥陀佛。

了然禅师没有弟子，所以他一旦闭关就是"辟谷"。辟谷就是不吃不喝扎扎实实地挨饿，所以他闭关的时间一般并不长，最长的一次也就是一个月。

他出关后的第一件事，是到洞外恨不得把那条山间小溪一口喝干，然后双手搓揉着鼓鼓囊囊的大肚皮，乐呵呵地说：这才叫做一口饮尽西江水啊！

三

段逸仙是段家堡的堡主，他的爱好是没完没了地修指甲和皱眉深思。只有在大旱和大涝之年，他的眉头才会舒展一两天。他舒眉的时候不修指甲，而是说："把所有租粮借粮的欠条都给我烧掉。"

因此段逸仙也有个绰号，叫做：大善人。

大善人的段家堡在大理点苍山脚下，数十代前段家曾是皇族，所以堡中上下十七口人，除才六岁的段小佛外，所有人都是会武功的。

四

中原武林中人已经被毕道然杀得七零八落。名气再大的顶尖高手，也没能在他剑下走过三招。

中原武林已经二十年没有武林盟主了。毕道然杀人也已经杀得索然无味。既然会武功的都远远躲着他，毕道然就觉得应该改变一下自己的规矩。于是他落拓寂寥地步入洛阳城，找到了已金盆洗手二十年的原"中州大侠"司马儒。

司马儒说："我并没遇上你。"

毕道然说:"所以我不杀你家会武功的人,如果他们不向我动手的话。"

司马儒说:"我早就金盆洗手了"。

毕道然说:"我这知道。所以我才没有一见面杀你。你应该知道,我杀任何人都是不和对方说话的,因为在我眼里他们已经是死人了。和死人说话没啥意思。"

司马儒说:"现在在你眼里我不是死人?"

毕道然说:"错。但因为是我找上你的,所以才和你先谈谈。"

司马儒说:"你想谈什么?"

毕道然说:"前中原武林盟主单无相突然失踪以后,你应该是整个中原武功最高的人了吧?"

司马儒点点头:"是。"

毕道然说:"你在他手下能走几招?"

司马儒说:"半招。"

毕道然眉毛一挑:"半招?"

司马儒说:"他空着手,让我用最凌厉的一招攻他,结果招式才一递出,我的剑就到了他的手上。"

毕道然莫名其妙地说:"原来是高处不胜寒啊!"又说:"既然他失踪了,你就是天下第一,为什么要金盆洗手呢?"

司马儒说:"你错了。单盟主走了,我只是中原武功第一,而不是天下第一。"

毕道然说:"难道还有人能胜过你?"

司马儒说:"云南大理段家堡的堡主段逸仙,我与他印证过,在他手下我走不过二十招。"

毕道然说:"很好。现在你可以给家人和自己安排后事了。"

司马儒于是召集全家会武功的人,神色异常肃穆地说,我马上就要死在毕道然的剑下了,我死之后,谁要是敢向他动一根手指头，就不是我司马氏家的子孙！趁我现在还活着，你们就都给我发下毒誓：如果还算是我司马氏家的人，就不得对毕道然动手，以后也不准向他寻仇！司马儒还说谁要不发誓，马上就可以走，但永远不准再进他司马氏的家门。

全家人惊骇莫名，还以为司马儒曾经欠下了毕道然比天还大的血债，只得乖乖地都发了毒誓，退在一边。司马儒这才取了柄宝剑在手，对毕道然说："可以开始了吗？"

毕道然说："你先出招吧"。

司马儒于是出招。他虽金盆洗手了二十年，但剑法仍然凌厉无比，快捷无匹，像一张巨大的如同白练织成的网，把毕道然整个儿给罩住了。司马儒武功最高的大儿子想，我要是能练得咱爹的一成本事，那也就可以纵横江湖了，只可惜……还没等他想出可惜什么，司马儒的剑幕已经消失，血已从他的眉心冒了出来，而毕道然已经还剑入鞘。

司马儒微弱地说了两个字："五招"。然后就缓缓倒了下去。

毕道然叹了口气，说的确是五招，然后转身缓缓走出屋去。没有一个人向他动手，毕道然神色索寞。

五

段逸仙全家十七口在大院里，围着一张巨大的大理石圆桌团团而坐。桌上堆的也是用大理石镂雕的圆盘，盘里盛着大大小小的月饼，还有煮熟了没剥皮的黄豆和花生。

今天是农历八月十五，中秋。

一家十六口人谁都没动，三十二只眼睛都盯着段逸仙的手。

段逸仙的左手捏着一只很小很锋利的牛角刀，皱着眉头静静地修他的指甲。

六岁的段小佛突然说:"爷爷,你的大拇指很像一颗大花生。"

段逸仙一愣,看看段小佛,又看看自己的大拇指,然后拈起一颗花生仔细观察,最后说:"那就吃吧。除了小佛,咱们明天只怕就都吃不到了。"

所有人,除段小佛之外,听了这话都大吃一惊,十五只刚伸出的手又慢慢缩了回来,惑然不解地看着段逸仙。

段逸仙却仰头看天。

天上是白白大大的月亮。

段逸仙低下头扫了众人一圈,说:"都不吃吗?那也好,你们这就去,都把各人称手的兵器取了来吧。"

十五人就去取兵刃。段小佛吞下一大口月饼,见段逸仙面前已经摆了一排很小很锋利的牛角刀,就很奇怪地说:"爷爷,你要用这些刀来切最大的那个月饼吗?"

段逸仙的眉头突然就舒展了,说:"不是。"

取回兵刃的十五人落座后也很奇怪:堡主的眉头怎么就畅展了呢!

段小佛又说:"那爷爷你拿它们出来切什么呢?"

段逸仙说:"要么切除那个大魔头,要么切除咱们段家。"

敞开着的院门口突然传来一声长长叹息,接着毕道然就像个沦落天涯的失意人那样站在了院内的门槛边,说:"那个小孩应该除外,他根本不会武功,我已经在司马儒家破了一回规矩,可不能把自己的规矩全都破了。"

段逸仙说:"我想也是,因为他才刚刚会读一本《心经》。"

毕道然说:"你怎么知道我今晚一定会来?"

段逸仙说:"你不知道我大理段氏最早是以佛教创建了南诏国么?世间的因果劫数,又有什么是佛不知道的呢!"

毕道然说:"我不懂佛法。我只知道杀人。"叹了一口气后又说:"其实,是我找上门来的,你完全可以作出和司马儒同样的选择。"

段逸仙说:"这是没有办法的事,因为他家仅仅是中州司马,而我家却是大理段氏。至于说佛法嘛,你迟早是会懂得的。"

段小佛的目光不停地在毕道然和段逸仙两人身上转来转去,这时突然说:"我明白了,你就是那个大魔头。"

毕道然说:"大魔头是别人叫出来的,其实我叫毕道然。"

段小佛说:"这名字倒不错,但你怎么会只知道杀人呢?"

毕道然说:"这我也不知道。"又对段逸仙说:"既然你们都准备好了,那就开始吧?"

段逸仙说:"让我和小佛最后说几句话,咱们就可以开始了。"

毕道然点了点头。

段逸仙把段小佛叫到身边,附耳说了几句只有他爷儿俩才听得见的话。只见段小佛先是惊恐,然后把一双小拳头捏得紧紧的,最后,神情不像个孩子,整肃而且镇定。

段逸仙让段小佛坐回原座,挥袖一拂,所有牛角小刀就被收回了袖中,然后起身,对毕道然说:"对你,段某可就不讲什么江湖道义了。"

毕道然说:"当然用不着。这样才痛快呢。好在这院子很宽,咱们到那边去吧,不要误伤了这个不会武功的小孩。"

段逸仙说很好,就带着全家十五个人跟在毕道然身后,到了院子的另一角,把毕道然团团围住。

背对着他们的段小佛开始剥花生吃。他吃得很慢。倒不是身后乒乒乓乓的打斗声影响了他的食欲,而是因为只有每听到一具人体倒地的沉闷的声音之后,他才用尽全身力气咬碎一粒花生,不嚼就咽了下去。

一粒,两粒……到段小佛吞下第十六粒花生米的时候,身后静止了。于是他开始剥黄豆吃。

段小佛吃黄豆吃得很快。他双手不停地剥，不停地送入口中，又不停地嚼碎了咽下去，像是一辈子也没吃过么好吃的东西似的，连毕道然踢踢踏踏地慢慢踱到他面前站了好久，他竟然也像没有听到，只一味埋头专心吃豆。

毕道然皱眉说："喂！小孩，你不知道你家里的人都死了吗？"

段小佛抬起头，说："我知道。这豆是新摘的，很好吃。你坐啊。"

毕道然惊讶得像见了鬼，他打量着段小佛，眉头皱得更深，说："你知不知道是我杀了他们？"

段小佛说："当然知道。但你别皱眉好不好？我爷爷皱一辈子眉，结果被你给杀了。"

毕道然说："你是我这辈子见过的最古怪的小孩。"

段小佛说："等我长大你就不会奇怪了。你累了吗？吃个月饼吧，我们段家的豆沙月饼很好吃的，我爷爷曾说当年大宋皇帝都百吃不厌呢。"

毕道然就坐下来，说："好，我尝尝大宋皇帝的口味。"随手抓了一个月饼吃下肚后，又说："果然好吃。"然后又抓起一个。

这下轮到段小佛惊讶了，他说："你就不怕我刚才在这些饼子里放了毒？你知不知道我们南疆的很多剧毒都是无色无味的？"

毕道然说："刚才你爷爷让你下毒了吗？"

段小佛说："胡说！我爷爷他才不会呢！"

毕道然说："我就知道你们大理段氏曾经贵为皇室，不会干这种下流勾当。"

段小佛像个大人似的神色肃然，说："多谢！"

毕道然把第二个月饼也吃完，站起来说："我要走了。"

段小佛说："你要去哪儿？"

毕道然说:"不知道。我只知道要去杀人,杀会武功的人。"

段小佛点了点头。

毕道然长长地叹了口气,神色突然暗淡下来,自言自语地说:"连段逸仙一家十六人联手也不够我杀,这天下还有谁杀起来才有意思呢!唉……"

段小佛强忍着泪水,直等毕道然的背影完全消失在大门外远远的月光下之后,他才跌跌撞撞奔过去,使出吃奶的劲儿把两扇大门关上,然后扑到那十六具横七竖八的尸堆里,嚎啕大哭起来。

中秋的月亮依然又大又白。

快半夜的时候,段小佛的嗓子哭哑了,眼睛也哭肿了。他用红肿的眼睛一一扫视尸体,才发现爹、娘、叔、婶、姨、姑们十六个人的眉心,都深深插着一把牛角小刀,只露出不足半寸的牛角刀柄在外,看上去像是每个人都在同一位置上长出了短短的黑色犄角。只有爷爷段逸仙的眉心是红白相间的一道不长的剑伤,红的是血,白的是脑浆,但溢出来的都不多。十六个人的样子都还算安详。

六

一个月之后,当整座大理城的人们都还在把中秋夜那场神秘的大火当作热门话题时,段小佛已经在无量山梵呗洞的石门前跪了两天两夜。

那石门并不平整,甚至粗糙得有些狰狞,但它的厚重和冰冷是不容置疑的,它连一丝将要打开的迹象都没有,段小佛六岁的双眼前,却早已飘满了五颜六色的小星星,这些小星星浮来荡去渐渐汇成了熊熊的火苗……

火苗一共是十八处,这一点段小佛绝对不会弄错,因为每一处都是他一瓢一瓢先浇了油才一一点燃的,其中十五处是房间的床柜,一处是厨房,一处是大门,最难的一处是大院里的那堆尸体,他最少来回跑了四十九趟抱柴草,又最少来回跑了四十九趟用瓢舀油浇上,最终才把火给点着的——这是第十七股火苗。第十八股火苗来自怎么也锁不上的大门,幸好苍山脚下风大,火苗蹿得快,还不到半个时辰,偌大的段家堡就成了一片废墟,段小佛目光里的火苗也就消失了……

消失后的小星星已经不是五颜六色,而是很暗很暗的一片。这时候那扇狰狞的石门轰然洞开,了然禅师出关了。

七

了然禅师甫一破关,就差点踩着跪在洞口的一个摇摇欲坠的憔悴儿童,这使他大吃一惊,说:"你这个小孩,跪在这里干什么?真是……真是阿弥陀佛!"

行将昏倒的段小佛突然就有了精神,说:"我……"

了然说:"我什么我!爱跪你就跪着吧,我要去一口饮尽西江水了。"

了然酣畅淋漓地喝了一肚子水回来,见段小佛居然歪倒在地不省人事,就说:"这算是什么呀!简直阿弥陀佛透了顶儿!"然后就像拎一只小猫那样把段小佛拎到距此不远的另一个山洞里,放在一张石床上,自己端着一只破铁锅出去了。

石床很凉,段小佛悠悠转醒,不知身在何处,目光所及,只知这是一个山洞。

了然端水回来,在洞外生起了火,支上破铁锅后,又进洞来不知取了什么出去,然后就再无声息。

段小佛挣扎着坐起来,发现洞里除了一只很大的瓮和一只乌沉沉的土碗外，其他一无所有，觉得很奇怪：了然禅师住在这里么？天冷了他盖什么呢？刚想下床到洞外看看，眼一黑又歪倒了。

再度醒来时见了然一动不动地在洞口结跏趺坐，段小佛刚一睁开眼睛，就听了然禅师说："赶快把摆在床尾的那碗稀饭喝了，听我给你说一条禅理。"

段小佛喝了那碗粥，觉得有了点儿力气，就说："大师，我……"

了然说："什么狗屁大师！你也大师我也大师，世间哪有那么多大师。听好了，这条禅理来自《金刚经》的'应无所住，而生其心'……"

段小佛说："这个我知道。"

了然说："我还没有说呢你怎么就知道了？"

段小佛说："应该没有住处，把家一把火烧了，才会生出狠心，把武功练好了为家人报仇，是这个意思吧？我爷爷让我……"

了然大怒："胡说！简直是……阿弥陀佛！"

段小佛说："当然是阿弥陀佛。我们一家人，一夜之间就有十六个成了尸体，我不是因为年纪小，而是因为不会武功才捡了条活命，你说这不是……这不是阿、阿弥陀佛得很么！"

了然一愣："不会武功才捡了条活命？这么说来，是毕道然那促狭鬼干的事了？"

段小佛咬牙切齿地说："不是那个魔头又有谁杀得了我爷爷！啊？！你认识毕道然么？"

了然说："见了不就认识了？哼！你这小孩好大口气，你爷爷又是哪路罗汉菩萨？！"

段小佛说："我爷爷不是罗汉菩萨，他姓段，叫段逸仙，人家都叫他段大侠。"

了然说："什么大侠大魔，干的还不都是大犯佛门首戒杀生的勾当。只不过那个段逸仙嘛，有时候也干点行善积德的事。怎么，是他让你来找我的吗?"

段小佛说:"我爷爷在与毕道然动手前,悄悄对我说,当今天下,能治得住毕道然的,就只有你一个人了,他让我来这里找你,并且不准我向任何一个人问路,害得我在这山里转了二十八天。"

了然禅师像是自言自语:"他倒也还算没有失信。见鬼!当年他烧佃农们的借据欠条时,我真不该一发慈悲就把这里告诉他,这下我的麻烦大了。"

段小佛眨巴着眼睛问:"什么麻烦大了?"

了然顿时跳了起来,指着段小佛高声吼道:"你就是大麻烦你不知道吗?!我一破关就差点把你踩死。要真把你踩死,我这二十年的修行岂不都被你糟蹋了!还有,你跪在我闭关的洞门外,如果我这次闭关不是十八天而是二十天或者一个月,你不就得饿死了吗?你饿死了事小,但这次闭关岂不就变成非但没有功德,反而罪孽深重了吗?你说,你不麻烦谁麻烦?!"

段小佛瞠目结舌。

了然禅师气呼呼地吐了两口粗气,突然面露大惑不解之色,问段小佛:"这倒奇怪了,我那闭关的梵呗洞,连段逸仙也不知道,你怎么就会跪在那儿呢?!"

段小佛说:"我也不知道。我只知道你肯定在那里面闭关参禅或者念阿弥陀佛。"

了然说:"你先前来过这儿见我不在才误打误撞到那儿瞎跪着的是吗?"

段小佛说:"不是。我先前没有来过这儿。"

了然说: "这就真有些……阿弥陀佛了。对啦,你叫什么名字?"

段小佛说:"我叫段小佛"。

了然的火气又上来了:"佛就是佛!又有什么小佛大佛的了!

简直是……"

"简直是阿弥陀佛，"段小佛说，"你是要这么说吗？名字是爹娘给起的，我也没有办法。"

了然禅师一愣，随即哈哈大笑，说："你这个小孩有些意思。这样吧，我估计自己能够修成正果，劈柴烧饭这些俗事就不能再多干了，反正你还俗不可耐，就留下来帮我干这些俗事吧。"

段小佛说："我是要留下来。但留下来是为了向你学武功，然后找毕道然为我全家报灭门之仇！"

了然说："所以我说你俗不可耐嘛。不过你年纪还小，这也情有可原。学武功没问题，但得看你把我服侍得怎么样。"

段小佛说："好吧。咱们一言为定？！"

了然说："一言为定就一言为定，只是你现在给我赶快下床，住到隔壁装木柴的那个洞里去，这张石床是我修习禅定用的，你多呆一刻它就会多沾一分俗气，这对我的修炼是有阻碍的。"

段小佛"哼"了一声，说："冷冰冰的，以后你求我坐一坐我还不愿意呢。"

了然禅师把段小佛带到相隔约二十步远的另一个山洞，这个洞果然只有大大小小长长短短的木柴。了然说："我住的那儿叫千佛洞，往后你就住在这里了，你很俗，干脆就叫小俗洞吧。"段小佛说："难也难听死了，还不如用我的名字叫小佛洞。"又说："我的床呢？"

了然指了指空地，说："那就叫小佛洞。床嘛，去搂些干草树叶来垫上不就行了？"

段小佛嘴一扁，差点没哭出来。

了然说："我有事要离开这里几天，千佛洞里的那个木瓮里有米，饿了你就自己煮了吃，山上的野果不要乱吃，有些是有毒的。"

段小佛故作无所谓，说："我们家十六个大人都死光了，你还以为我不懂事么！"

了然说："那就……那就阿弥陀佛了。"

话刚说完，了然禅师就像突然蒸发了一样，倏然间消失得无影无踪。

八

半年之后，段小佛七岁了。

这一天上午，段小佛熬了粥端进千佛洞，说："喂，吃饭啦。"

了然禅师正在石床上闭目参禅。他懒洋洋地睁开眼睛说："刚才你叫我什么？"

段小佛说："是你自己不准我叫你大师的。"

了然说："我不准你叫你就不能叫吗？那我不准你学武功剑术去杀毕道然报仇你就真不学了？不杀了？哼！不先成为大师又怎么能成佛？你说！"

段小佛哑口无言。

了然又说："我看你是成心不想让我成佛！"

段小佛说："我……我没有。"

了然说："还说没有！这半年来，你每天都不劈柴，只折些小树枝生火，熬些半生不熟的稀饭来供养我，那意思就是要让我把精妙的禅理给参悟得半生不熟么！"

段小佛委屈得要命，说："主要是因为咱们那把斧头又重又钝。"

了然说："咱们？谁跟你是咱们？！我是什么你是什么？嗯？！"

段小佛说："你是……你是大师，我是……我不知道。"

了然说："连自己是什么都不知道，那还学什么武功！哼！真气死我啦,所以从今天开始,我必须每天打你两棍来消气。还有,你再不劈柴,就一辈子也别想让我教你什么武功!"

段小佛说:"是,大师。"

段小佛放了碗转身,还没走到洞口,"啪"的一声,背上就结结实实地被抽了一棍,火辣辣的痛顿时布满全身。段小佛又惊又怒,转过身来指着了然,说:"你为什么打我?!"

了然禅师把玩着一根细长的竹棍,说:"大师的话,你以为是说着玩儿的吗?"

段小佛噙着泪水离去。结果是,他的双手当天被斧柄磨得长满了水泡,但大师的话果然不是说说就算了,下午他把熬得稀烂的粥送到千佛洞后,另一边肩头又被抽了一棍。

晚上躺在小佛洞里,段小佛觉得了然这个老和尚简直不可理喻。段小佛会读《心经》,又出生在武林世家,虽然只有七岁,但也隐约觉得了然禅师有些诡秘,想:凭他的言行,成祖成佛只怕没多大指望,但从初识那天他如鬼魅陡然从自己眼前消失的身法来看,只怕爷爷生前也比他差得还远。想起爷爷,段小佛咬咬牙,强忍双肩火辣辣的痛,迷迷糊糊进入了已经没有色彩的梦乡。

此后一连三天,了然禅师像他一天必须做两堂课一功课一样,段小佛的背上,非常准时地添了六道竹棍抽出的伤痕。

第四天,段小佛实在忍不住了,他把粥端到千佛洞口站住,说:"你今天要再打我,我就把这稀饭倒掉。"

了然说:"我当然还要打你,大师不能说话不算话。"

段小佛气得要命,说:"你是什么狗屁大师!你这个大亮蛋简直就是个疯子!你打我打上瘾来了是不是?我忍了你三天了,晚上只能趴着睡觉你知不知道!如果不是……"

"如果不是什么?"没想到了然的声音更大,气愤似乎也更强烈:"打你是我亲口说的,出家人能打诳语吗!但我几时说过不准你躲闪了？反正每次我就只打那么一下子，算是兑现了自己的话，你闪开不就完了吗？谁让你像根木头似的挺着个背挨打！你简直笨得像……阿弥陀佛！凭你这么笨，还想学什么武功！哼！"

段小佛眨巴着眼愣在洞口。

了然又说："傻愣着干什么？还不快把饭碗给我扔进来！"

"扔？"段小佛觉得很奇怪，"你是说……叫我扔给你吗？"

了然说："听清楚了还啰嗦什么！"

段小佛一咬牙，把一碗粥使劲扔向了然。原以为了然会飞身来接的，殊不料他端然趺坐在石床上一动不动，那碗在空中像被一只无形的手托着，平平缓缓地送到了然禅师嘴边。了然也不伸手，张嘴咬住碗边，仰起头把一碗粥喝了个精光，才又嘴一张，那碗又像被人托着似的平平缓缓地飞向段小佛。段小佛早已目瞪口呆，见碗飞近，正想伸手去接，那碗却陡然一跳，不轻不重地把段小佛的额头砸了个包，这才落在他的手里。

段小佛眼冒金星。

了然说："你现在看我是不是觉得我有点像哪个罗汉了？我早就告诉过你我是有把握修成正果的。"

用两只乱冒金星的眼睛看，了然禅师合十趺坐的样子还真有点罗汉的意思，段小佛使劲摇摇头，说："你又打我！"

了然说："这次是打你的榆木脑袋让你开开窍，下次接着打你的背，然后打腿，打手，打胸，总之是打全身。不过你放心，同一道伤痕我是不会打第二遍的。"

段小佛说："哼！你简直就是……就是……阿弥陀佛！"

了然说："比阿弥陀佛，我还差一点。"

这是段小佛记忆中了然禅师唯一的一次谦虚。

九

七岁那年额头上被碗砸的那个包成了段小佛心甘情愿被了然禅师天天抽打的理由。了然禅师虽然对教他武功剑术的事装聋作哑，但段小佛知道爷爷没有骗他，了然禅师的武功深不可测。就凭他一口真气能托住碗还能运气拐弯打人的功夫，当世恐怕就没人能堪与比肩了，就是毕道然也万万不能。

随着年岁的增长，段小佛越来越焦躁了，自己报仇心切，而了然禅师的眉毛胡子一天比一天白，也一天比一天长，万一哪一天他突然无疾而终，圆寂了，自己又去哪儿投师学艺呢？更何况爷爷的遗嘱历历在耳：当今天下，能够降伏毕道然的，也就只有了然禅师一人！

在一个月亮很大很白的晚上，段小佛仰望星空，想起八年前那个月亮同样很白很大的夜晚，很想嚎啕大哭一场。但是他很快发现，自己早就连哭都不会了。段小佛正自伤自怜，悲愤交加，了然又在千佛洞里嚷嚷起来了："小佛，你快来！段小佛，你还不快给老子滚进来！"

段小佛没好气地高声应答："又是什么狗屁禅理吧？你自己为什么不滚出来！今晚我要看月亮。"

了然果然自己出来了，但不是滚，是"飞"，而且是双手合十盘腿凌空"飞"到了段小佛面前。

段小佛并没有低头看他，只是说："装神弄鬼是不是？可惜我见惯不怪了。"

了然说："你听我说，我今晚悟出的这条禅理很有玄机……"

段小佛不耐烦地说："狗屁玄机！这八年来我最少听过你悟出的八百条禅理了，那有什么用，还不是逃不脱你一天两棍！你的狗屁禅理能帮我杀毕道然报仇吗?!"

了然说:"怎么是禅理没用?怪只怪你自己太笨,八年了连一根竹棍也躲不开。哼!你给我听好了,今晚这条禅理叫做'头头上明,着着上妙',意思是……"

段小佛忽然哈哈大笑。

了然说:"你笑什么?"

段小佛说:"你是个大亮蛋,头上当然是明晃晃的妙不可言,今晚这条禅理果然有些意思!"

了然叹了口气,说:"白跟了我这么多年,你这小子根本就还是俗人一个。"

段小佛说:"我又不想当什么大师,我只想向你学了武功剑术去杀毕道然报仇,只可惜你又不教我,唉!"

了然说:"谁叫你躲不过我那一棍,当初咱们可是讲好了的,你哪天躲开了那一竹棍,我马上就教你武功剑法。"

段小佛说:"但我就是躲不开。"

了然说:"那是因为你没有好好想。"

段小佛说:"胡说!我每时每刻都在想,甚至连做梦都在想,想着怎样才能躲开你的竹棍。可明明头天想得好好的了,第二天你的那根见鬼的竹棍偏偏从我躲闪的方位抽来,倒好像是我自己故意凑上去的一样。"

了然哈哈大笑。

段小佛瞪了他一眼:"你还笑?!"

了然说:"我为什么不能笑?听到天底下竟然有这么可笑的人,八年如一日地苦思冥想着怎样才能凑上去挨打,你能不笑吗!"

段小佛狠狠地瞪了他一眼。了然又说:"佛法中有一道末流小技,叫做'他心通',你知不知道?"

段小佛说："听你说过。"

了然说："那你怎么说我悟出来的那些禅理是狗屁？"

段小佛说："你是说每次出手打我之前，你早就知道我心里在想着要向哪个方位躲闪了？"

了然说："这是你自己说的，我可没说，只不过如果你能多有点儿佛性，以后的事情只怕就会好办一些了。"

了然说完就回了千佛洞。段小佛却是足足愣了大半个时辰，想：他最后这句话是什么意思呢？

十

在随后的整整四年中，段小佛用功的时间与参禅悟道和腾挪避打差不多是各占一半。了然禅师却再也没有像以前那样隔三差五就说自己悟到了一条禅理，非要段小佛听他解说，只一如既往地用竹棍每天抽打段小佛两次和念他的阿弥陀佛。

十八岁的段小佛，已经是皮粗肉厚的赳赳少年了。

终于有一天，段小佛躲过了了然禅师抽过来的竹棍！

段小佛激动得满面通红，说："现在你还有什么说的？教我武功剑术吧！"

了然面无表情地说："阿弥陀佛！你跟我来。"

他们来到一处至为清幽隐秘的涧底，段小佛看见一块平滑如镜的大理石碑上，刻着两个字："剑冢"。

了然指着石碑说："出家人不该用剑，所以三十二年前，我把自己的佩剑埋在了这里，现在我把它送给你了。"

段小佛迟疑着挪开石碑，取出一柄黑黝黝的玄铁剑，只抽出剑鞘一半，便觉寒气逼人。

了然禅师突然一扫十二年来的嬉笑怒骂疯疯癫癫，慈和的眉宇间隐隐透出令人不敢逼视的肃穆庄严，双掌合十却不宣佛号，只静静地看着段小佛。

段小佛心头一凛，还剑入鞘，竟不敢与了然禅师对视。

了然说："小佛，这把剑现在已经是你的了，你要用它取毕道然的首级，那是因果报应，业力既然不可逆转，老衲也没办法。阿弥陀佛！往后行走江湖，若非大奸大恶之徒，你断不可妄用此剑！如果你以此剑滥杀无辜，老衲……哼！"了然伸出右掌轻轻一拍，那块平滑如镜的"剑冢"石碑顿时散为粉齑。了然接着说："你明白吗？"

段小佛凛然道："小佛明白。"

了然说："你自幼家遭惨变，身世之凄苦莫过于此。老衲煞费苦心，让你参禅修佛，只是为防你把满腔的仇怨化为戾气，遗祸人间，其实对你的武功剑术，是一点儿作用也没有的，这你明白吗？"

段小佛惶然地点点头，又摇摇头。

了然说："以后你会明白的。"

段小佛说："大师，我……"

了然打断他的话头，说："还记得十二年前，你刚见到老衲的第一天，老衲曾经离开无量山六天的事吗？"

那是段小佛平生最刻骨铭心的记忆，他当然记得。

了然说："你可知道老衲干什么去了？"

段小佛沉吟道："大师是……是为小佛去找毛毯棉被去了。"

"不是，"了然说，"找毛毯棉被，何须那么多天。老衲是去找毕道然毕施主去了。"

"什么？！"段小佛大吃一惊，"你……？"

了然挥手再次打断段小佛的话，说："你别急，先听老衲把话说完。老衲略知术数相格，当时你才六岁，又初遭灭门惨变，但从骨相上看，你是有灾无难，所以老衲狠心抛下了你，因为老衲若再不出面，毕道然杀了你爷爷后，觉得天地间已无高手可杀，会由极度的空虚导致真正的走火入魔，狂性大发，认为普天下人人该杀。阿弥陀佛！若真如此，那遭难的就不仅只是武林中人，也不仅只是一个两个一百两百了。"

段小佛急切地问："所以大师你就赶去先把他杀了?!"

"阿弥陀佛！"了然说，"出家人首戒杀生，老衲怎会杀了他呢。老衲只是去劝他不要再杀人了。"

段小佛说："毕道然那魔头会听你的？"

了然说："魔由心生。毕施主的心魔，只在于他觉得天下无人可与他匹敌，想求一战而不得，拔剑四顾心茫然，故生高处不胜寒之魔幻。因此老衲急急赶去，就是要把他从高处拉下来，消除其寒意，驱其心魔。当然，要使他幡然醒悟，还得花点功夫，所以老衲才一去便近旬日。阿弥陀佛！现在他在罗刹岩下，你要取他首级就去吧，那也是他今世作孽的果报。"

段小佛惊问："大师你把他的武功废了吗？"

了然惑然："他既已幡然悔悟，所谓放下屠刀立地成佛，我废他的武功干什么？"

段小佛说："他武功那么高，虽说他洗心革面重新做人了，但我段家与他仇深似海，十六位长辈都在九泉之下等着我取了他的首级去祭奠呢！我还没学武功，岂不是……送上门去让他斩草除根吗？"

了然愣了一愣，忽然呵呵一笑，说："谁说你没学过武功？你已经足足学了十二年了！"

段小佛也是一愣："什么？"

了然说："你认为十二年来老衲天天用那竹棍抽你真是有瘾吗？阿弥陀佛！放眼当今天下，能躲过老衲那一棍的，也就只有你段小佛了！你日日夜夜苦思冥想怎样躲开竹棍的抽打，不会不对老衲的出手烂熟于胸了吧，那就是老衲平生剑法的精华啊！现在毕道然施主已经不是你的对手啦。阿弥陀佛！"

段小佛呆了半天，才突然"扑通"跪下，冲了然禅师重重地磕了三个响头……

十一

罗刹岩横亘在无量山西北部的摩诃般若村和波罗蜜多村之间（作者按：摩诃般若和波罗蜜多均为梵文译音、佛教常用语，前者意为大智慧，后者意思是到彼岸），陡峭而险峻，高耸入云的尖峰常有黑雾缭绕。从摩诃般若村到波罗蜜多村去的人，自古以来失足坠岩者，实在是难以数计了。

十二年前，毕道然来到了罗刹岩下，他随身携带的，已经不再是令武林中人人胆寒的利剑，而是钢钎、铁锤、錾子和箩筐，在此村彼村往来行人惊诧的目光中，开始了一项比杀人更艰巨的工程——凿通罗刹岩。

十二年后，当段小佛来到罗刹岩下时，因终日在洞中弓身敲凿不见天日，毕道然的身子已显得有些佝偻，面色也异常苍白，以至于当他拖着一箩筐碎石艰难地走出洞口时，段小佛一时竟没能认出他就是自己牵挂了整整十二年，杀了他段家满门的"那个大魔头"。

十二

那是一个阳光灿烂的大好晴天，段小佛手握剑柄，在罗刹岩下那个被当地人叫做慈航洞的洞口，已经等得有些时候了。

他等待着一颗首级的出现。

他已经把"那个大魔头"的头颅当成了一颗首级。

所以当毕道然的脑袋从洞口冒出来，而自己一时竟没能识别出这就是那颗首级时，段小佛有些懊恼。

毕道然倒是一眼就认出了他。但他费很大劲儿把那筐碎石拖了出来之后，才跟段小佛讲话。

毕道然平和地说："你来了？"

段小佛有些诧异，眼前这苍白佝偻头发灰白的人，眉目间有一种安详，这与他记忆深处那张索然落寞的面孔有些不符。但声音没变。六岁那年的中秋夜与这个声音对话时，那声音也是这样平和的。对段小佛来说，这声音无论是从极乐世界的兜率天还是从十八层地狱传来，他都能辨认无误。因此他用寒冰一样的目光死盯着毕道然。

毕道然眯着眼看了看发着白灿灿光芒的太阳，才扫了一眼段小佛紧握着的玄铁剑，又说："看来你已得到卓老前辈的真传了，是他让你来这儿找我的吗？"

段小佛冷冷地说："我不认识什么卓老前辈。"

毕道然说："三十二年前便已天下无敌的原武林盟主卓无相你会不认识？那你怎么会有他的剑？"

段小佛内心惊奇，外表如霜，说："什么武林盟主！什么卓无相！这剑是了然禅师给我的。"

毕道然说："卓无相，了然，都只不过名号而已，其实都不重要。重要的是，十二年前，他劝我到这儿来凿慈航洞，说假如某一天有人拿着现在你手里的这柄玄铁剑来要我这颗脑袋的话，我就交给来人算了。"

段小佛说："你会给吗？"

毕道然说："当然会。尤其来的是你。"

段小佛说:"你知道我是谁了?"

毕道然说:"第一眼我就认出了你是段逸仙的孙子。你请我吃过豆沙月饼。还记得吗?那时我曾经说过你是我这辈子见过的最古怪的小孩。"

段小佛说:"但现在我已经不是小孩了。"

毕道然说:"你当然不是小孩了,小孩一般不会取别人的首级,而现在你是来要我这颗脑袋的。"

段小佛说:"既然如此,那还等什么,取出你的剑来吧!"

毕道然说:"十二年前,我已经把自己的剑扔进洱海了。我现在只有钢钎、铁锤、錾子和箩筐。"

段小佛说:"那我去给你找把最好的剑来,我要公平地取你的首级,以慰我段家十六位先辈的在天之灵!"

毕道然说:"那多耽误时间啊。人生苦短,就用不着费事了。取我这颗首级,有你的这把剑足够了。"

段小佛说:"我会觉得这样不公平,因为我不是魔头。"

毕道然说:"了然禅师的高足当然不是魔头。但我曾经是。如果你需要公平的话,那就给我两年时间,到时候我自己把脑袋给你。"

段小佛说:"你以为我会答应吗?我已经苦苦等待十二年了!"

毕道然说:"你会答应的。"

段小佛说:"为什么?"

毕道然是:"因为这个洞我也是凿了十二年,估计还要两年才能凿通。"

段小佛说:"那又怎么样?"

毕道然说:"那样的话,罗刹岩就阻挡不了人,从摩诃般若到波罗蜜多,经过慈航洞,就不会摔死人了。"又说:"在我来此之前,这儿摔死的人已经难以数计。这十二年中,也有无数的人失足。"

段小佛盯着毕道然没有吭声。毕道然也一言不发，拖着竹箩筐，佝偻着身子钻进了慈航洞。

十三

段小佛抱着玄铁剑坐在慈航洞口，整天百无聊赖地看云卷云舒。

毕道然每天拖两筐碎石出来，对守在洞口的段小佛，似是视而不见。

一天，两天，三天……十天之后，段小佛有些沉不住气了。

十一天，十二天，十三天……第十五天，段小佛站起来走进了慈航洞。

洞里很暗，但有一种暖洋洋的感觉。段小佛费了很大劲儿才适应这种昏暗，但不知道暖意来自何方。

段小佛抱着玄铁剑站在一旁看毕道然用錾子把洞底的岩石一点一点地凿下来，看上去那石壁很坚硬。

毕道然依然对段小佛视而不见。他们谁都不说话。

又过了一天两天三天。第四天，当毕道然把凿下来的石块装进箩筐后，段小佛一言不发，拖着箩筐往洞外走。

他们还是不说话，但从第十五天开始，他们的关系变成了一个手扶钢钎一个挥动巨锤。

段小佛的玄铁剑，在他们身后倚着石壁站立，很孤独的样子。

开凿慈航洞的进度，快了两倍还多，因为钢钎比錾子的力量要大几倍。于是，玄铁剑离他们越来越远。

一月，两月，三月……他们始终没说一句话。

第九个月后的某一天，随着"轰隆"一声巨响，靠近波罗蜜多村这边的最后一块巨石，终于被他们合力击碎坍塌了，白灿灿的阳光倾泻进来，整个慈航洞顿时贯穿了光明。

从摩诃般若到波罗蜜多，不会再摔死人啦。

毕道然只看了波罗蜜多村一眼，就转身一步一步走向玄铁剑。

毕道然刚把玄铁剑拔出来架在自己脖子上，就听耳边"哐啷"一声，手中的玄铁剑已经节节寸断，他的手中，只剩下了光秃秃的剑柄。

段小佛手执钢钎，已经站到了毕道然的面前。

毕道然当然知道玄铁剑是被段小佛用钢钎击毁的，但也不知道段小佛为什么要这么做。

甚至段小佛自己，也不知道自己为什么要这么做。

他们就这样面对面站着，站在慈航洞里。还是谁也没说话。

十四

一个月之后，在无量山的深处，了然禅师收了两个弟子，法名分别为无住和无念，他们的俗家姓名，一个叫毕道然，一个叫段小佛。

了然、无住和无念，他们每天都要静坐、参禅，还念阿弥陀佛。

2002 年

（原载《边疆文学》2006 年第 1 期）

学院六人图

才子

陆超,男,1.84米。很帅。

他穿牛仔裤、西装。牛仔裤很白,西装从不系领带。会弹一手好吉他。不写诗,却会画画。是中文系的才子。

他有个女朋友,是数学系的,上海人,才一米五十八。他一星期至少能收到两封情书,算下来,一年就是一百零四封左右。他把这些情书留下最好的两三封,其余的全部送给女朋友做演算纸。他的女朋友很得意,也很爱他。

他为人很好,同学都喜欢他。但他很倔,很不得老师宠爱。他在路上遇到老师从不打招呼。或者故意看道旁的什么,或者把头抬得高高,做出急匆匆的样子。学校规定要佩戴校徽,他就把校徽戴在内衣上,为此辅导员在全系大会上不点名地警告了他一次。后来他干脆不戴了,或者戴在牛仔裤的后袋上。为此他写过一份检查。他的检查写得很"才气",辅导员哭笑不得,只好作罢。

他的各科考试成绩都很好,但他上课从来不记笔记,弄得任课教师很恼火,讲授外国文学课的是个小青年,二十七八岁,是新疆人，1976年考进学院，毕业后又考上研究生，读完研究生就留校任教了。他读书时以笔记认真闻名全系（据说辅导员读书时——她也是七六级的——全靠了他的笔记才弄到毕业证书），因此他对陆超不记笔记的行为尤其气愤。他和辅导员是一对未婚夫妻，他让辅导员警告陆超。陆超说"好，我记"就走了。第二天上外国文学课，他坐在最后一排，拿着笔一刻不停地忙乎，老师很高兴。下课后老师走到他面前，说："陆超，我看看你的笔记。"陆超笑着把一叠画递给他。

老师气得要命，转身就走，扬言要治治陆超。果然，到学期结束时，全班就陆超一个外国文学课不及格。系主任找他谈话，他说了句"可怜"，把老教授搞得莫名其妙。

过几天就放假了，假期快结束时，外国文学课的老师和辅导员度蜜月回来，系主任找男的谈了一次话。后来，陆超的"不及格"就变成了"良"。同学们不明白，就问陆超为什么，陆超说："我父亲是学部委员。"再问，他就又说："可怜啊！"

毕业时，他报名去了西藏，是和数学系那位一起去的。

艺术家

历史系有个艺术家，叫周迪。

他是武汉人，他说他亲眼看见过毛主席怎样畅游长江，累了，就到橘子洲头吃武昌鱼。说得活灵活现。他上大学时才十七岁，毛主席畅游长江时，他还没有出生呢。

他很幽默，有很多朋友。朋友都叫他艺术家，不叫他周迪，牛仔裤牛仔衣半年不洗。他们的辅导员爱好文学，喜欢看点艺术家传记，因此对他很宽容，当着人也叫他"脏娃娃"，他得意无比。他曾有过一个女朋友，比他大一岁，是老乡，湖北黄石的。

很要好。后来不知怎么的就吹了。那一段时间他很痛苦,喝醉了三次。后来就没事了,他对人说:"她不理解艺术。"不理解艺术就是不理解他,吹了不可惜。

他对艺术有非常强烈的爱好。

中文系成立"大陆"文学社,准备让他当理事(每个系都有一个理事),他撇撇嘴说:"我辈岂能和你们同日而语。"为此他有半年没写诗、小说和散文,搞了作曲。第一首歌谱成之后,他请市歌舞团的两个朋友来试唱。还特意买了两瓶好酒,叫我拉手风琴伴奏。拉他的曲子很吃力,高音低音转换突然得莫名其妙。有一次我笑了起来。我看到唱歌的那个女演员青筋毕露,而男演员的脖子快缩进了胸腔去了。唱了九次才整完。艺术家意识到自己的失败,就一口气喝了半瓶酒。以后他再也不作曲了。

二年级暑假结束时,他背着画夹从泰山回校。这一次他吸取了作曲失败的经验,不大张旗鼓,而是选了一幅最得意的挂在帐子上,然后请朋友到他屋里去喝酒,随时暗示人家他的帐子上有一幅画。他的画题目叫做"印象:日落",谁也没看懂,就不敢乱说。他得意非凡,又接着画了许多。还给《美术》杂志投稿,被退了四十多次。他很灰心,对朋友说:"在中国,搞艺术真难啊!"

正在他对画画心灰意冷的时候,有朋友告诉他:"大陆"文学社的许多社员都在全国各刊物上发表作品了。他说:"有什么稀奇,全国的文学期刊多如牛毛。"朋友认为他说得有理,就鼓励他也搞文学创作,他神秘地一笑。以后就真写起来了。到了三年级下学期,他写了三百多首诗,五十多篇小说,七十多篇散文。不知他投过稿没有。

我毕业的时候,他还要再读一年——他比我低一级。后来据朋友说,他拿了肄业证,不过,那时他已在校刊上发表了一首九行的诗。

预备党员

郑一凡随时写点儿入党申请。

功夫不负有心人。三年级时,他被吸收为中共预备党员。那时他二十五岁。

认识他的人都说:这个人,很严肃。就是说,他有三套衣服,全部都是中山装。老师很喜欢他,系里准备让他毕业后留校当辅导员。

你不能想象他读书的认真。他能在教室里一坐五个小时不改变姿势。因此他的考试成绩总是全班第一——开卷考的除外。他开卷考试的成绩历来不好。好在开卷科目大多是选修。只记及格和不及格。没有人不及格。他严格遵守校规,不谈恋爱,尊敬老师,不随地吐痰,敢和坏人坏事作斗争。关于最后一条,有这样一个例子:他有个同乡,在经济系,他们是好朋友,常在一起讨论理想问题。有一次他到同乡寝室,发现同乡在烧电炉。他转身就走,左思右想,觉得应当到宿管科报告。就去了。那同乡就被罚了四十元(大学里是严禁学生使用电炉的)。因为他报告有功,奖了他十元。他把十元奖金全部买了《青春·理想·爱情》之类的书,送给那个同乡。同乡很感动,就写了一篇催人泪下的随感,登到校刊上。据说,郑一凡的入党申请被批准,与这件事有关。

了解他的人说:这个人,聪明。也不加任何注解。这话传到老师耳里,他们很不高兴,就去找这些人谈心,谈到深刻处,就说:"你们不但自己不要求进步,还对别人要求进步不满,是什么态度呀!"那些人就不敢乱说了。郑一凡就成了没人注意的人。

没料到就在他成为预备党员的三个月之后,却成了轰动全校的人物。

郑一凡被开除了!

据与这件事有关的李凡（他和郑一凡同寝室）说，完全是个小玩笑，没想到郑一凡会当真。冬天冷，郑一凡穿着件滑雪衫，考试的时候，他在滑雪衫里藏了个录音机，把耳塞顺着袖子拉到手心。作弊。没有一个老师知道。但不知怎的让李凡知道了。考试结束后，李凡在寝室里只有他们二人时，就一本正经地说："老郑，你现在是中共预备党员，可不能用现代化手段作弊呀！"郑一凡吓得脸色发白。李凡觉得好玩，就说："要么拿一千块钱出来，咱们私了；要么我告诉系里。"李凡说完就踢球去了，完全没把事放在心上。那晚很晚郑一凡才回寝室，他悄悄地把李凡叫到没人处，递给他一个沉甸甸的黑皮包，李凡打开一看，吓得要命，全是钱！郑一凡说："咱们私了。"李凡说："我是开玩笑呀！你怎么当真了呢？这些钱是哪儿借来的？"郑一凡说："开玩笑，丢了党票可不是开玩笑。你别管这些钱是哪儿弄来的。我只是问你，你还要到系里告我作弊吗？""不，不，"李凡说，"我说过我只是开玩笑。"郑一凡就走了。李凡只好拎走黑包回寝室。第二天，公安局的人来把他俩一起带走了。

郑一凡被开除，李凡得了个警告。

郑一凡走的时候，他的同乡去送他。同乡说："老凡，你是聪明反被聪明误。那次烧电炉，我昧着良心成全你，可你……不说了，这电炉送你留着作个纪念吧，反正是你掏钱买的。"

郑一凡说："在哪儿跌倒，还在哪儿爬起来。"

他家在河南农村，回去不久，就给他的同乡来信说，他当了生产队长。

研究生

何风的脾气好得不能再好。他除了读书没有别的爱好。其实他的年纪不大，上大学时十八，却夫子气十足，让人想不通。别人怎么说笑他，他都不在乎，涵养好。全系联欢的时候，有个同学表演单口相声，装得夫子气十足，谁都知道是在"演"何风。最后一句是："我妈妈说的，人多的地方莫去。"大家望着何风笑，何风也笑。问他有何感想，他说："这家伙，还真像。"他的回答把演相声的逗乐了，说："要不咱俩一块儿来一个。"他忙道："我不行，我不行，我只会读书。"问："你怎么只会读书呀？"他回答："我要考研究生。"从此大家都叫他研究生。

　　其实他这人很聪明，不像有的同学那样只靠死记硬背，老师喜欢他，同学也喜欢他。老师是喜欢他讲礼貌，学习好，同学是喜欢他老实、厚道，跟他在一起有安全感。选班长时，全班四十一人有四十个人选他，只有他那一票不是。当了班长，还是迂，有同学要旷课，只要对他说一声："老何，头疼，请两个小时假。"就行了。有时一节课只有半数人，上课老师不高兴，问他是怎么回事，他说："他们生病了。"老师说："假条呢？"他回答不出来，就脸红红地站着，好像旷课的就是他。下课了，他就跑回寝室，让旷课的同学每人弄一张假条来。假条弄齐了，夜里十点钟他还要跑到任课老师家，把一叠假条交给老师，弄得老师哭笑不得，想发火，但一看他那认真负责的样子，只好作罢。

　　一年后，就把班长换了，是系里决定换的，同学不干不行。他反而高兴，对那些"打抱不平"的同学说："本来，我只会读书，班长是当不来的。"后来他花了三个晚上自修时间，写了一份两万字的总结交给辅导员，辅导员看了很感动，就转交给系主任，系主任看了也感动，就在全系大会上表扬了他。全系大会结束，同学就打趣他："老何，系主任看上你啦，等着当系学生会主席吧。""真的？"他急啦，"这可不行，我只会读书，当不来官的。"晚上他就去找系主任谈心，诉说自己的长处短处。系主任觉得奇怪：八十年代的大学生还有这样质朴的？当场询问他几个文学理论问题。发现他的理论修养极好，要他回去写篇论文。他写了。题叫"'莎士比亚化'与'席勒化'之比较"。系主任看后大为赞赏，推荐到学报，发表了。他成了系主任的关门弟子。"研究生"就名符其实了许多。但他还是老样子。辅导员对几个搞创作因而很狂的同学说："看人家何风，不骄不躁。"弄得他很难为情，说："我只会读书，没有他们那种才气。"大家都知道他说的是真心话，照旧喜欢他。

有个女同学喜欢上了他，吓得他两天呆痴痴的。第三天晚上，他把她约到没人的地方，把"我只会读书"那话又说了一遍。她说："我就是喜欢你这个。"他们就相爱了。他把这事告诉了系主任，系主任说："你还年轻嘛。"他一想觉得有理，就又把她约到没人的地方，把系主任的话转告了她。她说："是我们的事，听别人的干吗？"他一想：对呀！写论文还得有自己的观点呢，听别人的干吗？他们就正式恋爱了。系主任见他心意已定，也就不加干涉了，只是叹了口气，觉得这个很有才气的弟子如此毁掉实在可惜。直到他又写了几篇论文，女朋友帮他抄得工工整整，老头子才又觉得这事并不坏，还把他俩请去吃饭。

最后一学期，离考研究生只有几十天时，同寝室的一个同学突然收到一封电报，电文是父亡母危速归。他一想，匆匆安慰了那同学几句，就跑去车站替同学买车票，等了整整一天，才买到。晚上回来，见那同学在球场上踢球，没有一点儿悲痛的样子，他大惑不解，一问，才知道这一天是四月一号，西方的愚人节，是同寝室另外一同学开的玩笑。他听了，一下子变得脸铁青，唰唰两下把车票撕了，说："你们，怎么可以这样！"

大学毕业，他考上了系主任的研究生。

他现在研究生还没有毕业。

文娱委员

中文系八一级的文娱委员叫胡小雅,杭州人,娇小玲珑,很让人喜爱。

她是应届生,有一种优越感。新生集中军训两周时,排长(其实是部队的士兵,派来帮助搞军训的)就意识到了这一点,尅过她一顿。她哭着跑了。绝食两顿。只是半夜里起床悄悄地吃点饼干。直到排长来道歉了,她才恢复如常。新生文艺汇演时,她的小提琴独奏得了个二等奖,独唱得了个三等奖。很自然,她当了文娱委员。

她除了唱歌跳舞,其他都是平平;也喜欢体育,但什么队都不是。系际球类联赛,她比运动员还忙乎,倒茶助威,叫得喳喳响,得了个绰号叫"乖鸭"。她也不反感这个绰号,一叫便应,不生气。简直没人见她愁过,随时都是乐陶陶的。别人给她讲个一点儿也不好笑的故事,她会笑得咯咯地,像个快乐天使。晚会少不得她,事实上,也从没少过。她一、二年级时有个舞伴,北京人,很帅,但三年级以后她就再不跟他跳舞了,原因是有一次他到她寝室玩时,不小心弄了点烟灰在她床上。他走后,她哭了半天。她的床洁净无比。市里评文明寝室,她们年年都是。系里开大会表彰文明寝室,总是拿她们作例子。对那些衣着随便的男生,她扬着高傲的头,让人觉得好笑。

对女大学生有这样一种说法:一年妖,两年挑,三年急,四年没人要。三年级了,胡小雅还没有自己的"白马王子",但也不见她"急"。女同学打趣她,她说:"毕业到新疆,去找赛里木·布鲁克。"赛里木·布鲁克是新疆男子的常用名。这人真浪漫得可以。

没想到填毕业分配志愿时，她真申请要去新疆。急坏了她的父母，特地从杭州赶来，跟系里说她是独生女儿，千万不能让她去新疆。胡小雅大哭了两场，但还是每天赶着去排戏。毕业汇演，中文系八一级排演一个《岸在远方》，话剧，她演主角。在正式演出的前一天，她突然晕倒在舞台上，送到医院一检查，癌症后期！老师同学们都吓坏了，不敢告诉她，只是每天买好多水果去看她。同学一去，她就提出在病房里唱歌。谁还有心思唱歌呢，但她咯咯一笑，轻轻地自己唱。女同学忍不住，忙跑出去擦擦眼睛再回来听。毕业汇演中文系八一级彻底失败，胡小雅很难过，说："全怪我不好。"同学们安慰她，她说："早知道这病会发得这么快，我就不参加演出了。"同学说："你的病没事，很快就会好的。"她笑着说："你们真好玩儿，半年前我到医院检查过，癌症，对吗？我没有告诉家里，你们也不知道。哼！否则我早有'白马王子'了。你们信不信？"大家都说信，眼眶红红的。

还没有颁发学士学位证书，她就死了。同学们给她送了许多花圈，都没有写她的名字，而是写"乖鸭"，或是"快乐公主"。北京的那个舞伴，毕业后要求到杭州工作，系里批准了，把他分到胡小雅爸爸工作的杭州某大学工作。

常飞

常飞是云南人。

中文系八一级招了两个云南人，一个二十七岁，一个就是常飞，十五岁，是全班最小的。新生入学不久就是中秋联欢，一个广东同学开玩笑说："云南怎么搞的，老老少少全弄到这儿来了。"广东同学共三个，都是十八岁。弄得二十七岁的那个云南同学很尴尬。常飞说："谁像你们广东，没大没小。"

常飞很幽默。

常飞是中文系"大陆"文学社的主编。他这人不但幽默,而且奇怪。他在全国各种刊物上发表过二十几篇小说,是真正的有才气。但发表了的东西他从来不保留,他说那些东西"简直不是玩意儿"。他吹牛很厉害,说早已买好了到斯德哥尔摩的机票,假若自己用不上,就交给儿子,反正得到那儿弄个诺贝尔奖回来。他是全系那一届最小的,哪有什么儿子呢。看他说话的神态,倒像儿子已经上中学,对文学还挺感兴趣似的。别人就说:"这小子,也忒狂了。"他听了,说:"不狂就别搞文学,改行卖豆腐去。和气生财。"够缺德的。他不大喜欢上课,考试老不及格。补考,一个老师监考他一个,他说:"这简直受不了。"然后要老师去给弄包烟来。老师走了,他就翻开书抄。老师回来,怎么敲门他也不开,直到抄得能及格了,他才开门。老师问:"你干吗不开门?"他说:"门又没锁。"老师生气了,他就说笑话。老师没办法,匆匆地给他一个"及格"了事。其实,是老师喜欢他。他看的书非常多,哲学、宗教、历史、文学,什么书他都看。尤其是宗教方面的书,他看得最起劲,他能背《金刚经》的大部分。有一次考古汉语,他在试卷上写了这样几句话:"我佛以慈悲为怀,普度众生,望恩师救弟子于水火,给个及格。阿弥陀佛。"古汉语老师真生气了,把他叫到办公室,问:"这是什么意思?"他说:"此乃天机,不可泄漏。"一下把老师逗乐,他乘机宣扬自己是佛教徒。问:"你信小乘还是大乘?"回答:"小乘。"老师大吃一惊:"你信小乘!"他说:"大乘讲普度众生,但也信酒肉穿肠过,佛祖心中留,而小乘只讲超度自己,但得过苦行僧生活。我没想过要普度众生。我没那么大本事。因此信小乘。但也吸取了大乘的精华。"老师觉得他讲得牛头不对马嘴,把佛教的基本概念全都搞拧了,就给了他个不及格。他对同学说:"白讲了,佛祖不管用,还得靠自己。"果然,补考他考得非常好。

他有好几个搞艺术的朋友,很佩服他,因为他们很是放荡不羁。他的床像女同学的一样整洁。因此就收到了不少情书,他说:"可惜我写东西从来不打草稿,否则这些纸张就派上用场了。"

1984年9月9日,他和一帮朋友把一间屋子反锁上,弹着吉他唱《毛主席您是我们心中的红太阳》,边唱边烧情书。唱到忘情时,火把帐子烧得乱七八糟,全校通报批评。系里追查原因,原来常飞他们是在搞毛主席逝世八周年的纪念活动,就叫他们每人写份检讨。常飞的检讨是这样的——

系领导:

　　唯一的错处是不小心烧了蚊帐。关于这一点,我已用稿费赔偿了同学的经济损失。别的还说什么呢?毛主席逝世已经八周年了,我们崇敬这位在中国土地上产生的伟人,因此纪念他,这没什么错。虽然,很多人认为大学生思想复杂,但再复杂,我们毕竟还是中国人。我们希望自己的国家富强起来。我们喜欢夸夸其谈。但说到政治,只要谁能把中国搞强大起来,我们就崇敬他(或者她)。毛泽东之伟大,正在于他领导着人民摘下了自己头上"东亚病夫"的帽子,建立了让人不敢小觑的中华人民共和国。对这样的巨人,不管他晚年曾做过什么错事,但我们还是尊敬他。谁能说我们是错了呢?至少说,我们不知道自己该检讨什么。

系里看了他们的检讨,觉得确实也没有什么大问题,不好上纲上线,批给床被烧了的四个同学每人六十元补助,就不了了之了。

常飞毕业后,留在上海没回云南。

1982 年

(原载 1980 年代《奔流》)

哭孩

一

关于我的处境和结局，相信你早已从报上知道了。让你以那种方式知道那样的消息，我感到愧疚和不安。但我毫无办法，你知道我们的新闻媒体要干什么，是谁也没办法阻止的。何况我只不过是一个小小的作家而已。本来我想就这样一声不吭地离开，可能更好一些，但昨天郑奇不知用什么办法溜进来找到了我，他把厚厚的一叠稿纸和两支灌满墨水的钢笔留给我就走了。当时我还是一声没吭，只有趣地打量着他。我知道他这是什么意思。他想让我写点"血的教训"之类的文字，好在他编的校刊上登出来，以教育F大学的学生。但他没必要送这么多稿纸来。当然，他是个办事非常仔细的人，他编了十几年校刊还没出过一次错。他也知道这一年来正是我的作品最受读者欢迎的时候。毫无疑问，沦为罪犯的我的作品，无论刊登到哪一个刊物上，那刊物总会被抢购一空。换了别人也自然一样，谁不想看看一个还有三天就要被枪毙的人最后写下的文字呢。郑奇人不坏，可能这以后我还要提到他，但这一次看来我不能满足他的要求了。既然这是我最后一次用笔的机会，我就只能给你写信，写一封很长的信，以补我两年来对你欠下的"债"。这是我们分别两年来，第一次给你写信，肯定也是最后一次了。这个你也知道。因为这是必定无疑的事实，我想发自内心地对你说一声，原谅我吧，丹丹！

今天是九月十七日。再过三天，我就要被押赴刑场，去接受社会对我的惩罚了。不错，我认为这样的判决是公正的，不论是谁，也不论他出于何种动机，只要他触犯了刑法，那他就应该接受社会对他的判决。我在想，选择这么个日子枪毙人，有没有把我们作为"国庆献礼"的意思。好在知不知道这个并不重要，现在一切对我都无所谓了。

两年来我收到你几十封信，都是谈我最新发表的作品的。我没有回一封，兴许我们都认为这样做比较妥当，因为你从来没问过我为什么不回信，而仅仅只谈作品。说实话，没有哪一位评论家能像你那样深刻地理解我的作品，我深深地感激你。我没回信，是因为我认为这样做可能更好。现在我可以把自分别以来的一切都告诉你了。当然，写在这里更多的，恐怕是过去四年大学生活的事，我现在已经不清楚哪些是你知道的，哪些是你不知道的，因此只好全都写出来，如果是你知道的，你只当没看罢了。

那天夜里，你乘坐的列车徐徐地驶出站台，我的心顿时觉得空空的，我在月台上站了很久很久，直到服务员气势汹汹地把我赶出去。直到现在，我也没弄明白当时怎么竟没有给他一拳。我莫名惆怅地到了公共汽车站，窝窝囊囊地上车，才发现自己的表停了。我只看清时针是在"9"与"10"之间，售票员就把车灯关了。那时候街上已没多少车辆，驾驶员把车开得飞快。车猛然在红灯前刹住时，那个孩子的哭声立刻响了起来。

"哦哦，我们宝宝不哭，哦哦。"

售票员并没打开车灯，但我知道就是那母子俩。这不会错，上车时我站在他们前面,是我让他们先上的。"谢谢您!"那年轻母亲当时这样对我说,然后去哄怀中的孩子,"哦哦,我们宝宝不哭,哦哦。"

那孩子两岁左右,胖乎乎的,挺招人爱,就是哭起来声音过于响亮了些。当那母子俩上了车,售票员就迫不及待地关上车门,车门夹住了我刚刚踏上去的一只脚,我笃笃地敲着车门。

"他的脚!哦哦,我们宝宝不哭,哦哦。"

我抬起左手使劲摇了摇,将表面贴近耳朵,立刻又听到"呛呛"声了。时针在"9"和"10"之间,但那时肯定超过了十点。我突然非常想知道表是在什么时候停的,但售票员总不停车。我知道车不靠站那家伙是不会开灯的。车总不靠站。那家伙脸上有粉刺。小家伙怎么不哭了。车内隆隆地响,时针好像还停在"9"与"10"之间,那么是九点半了。不对,九点半丹丹正好在徐徐移动的火车上向我道最后一声再见。那么是九点半以前了。好像是。分针也靠近"9"。不过我在与丹丹道再见时似乎偷偷看过表,那时它并没有停。看来一定是在九点以后停的。只有这样了……

哦,丹丹,你不知道那时我的思绪有多乱,直到现在我也没把它理清楚,只好这样把它记下来。不知道那驾驶员干吗把车开得飞快。霓虹灯潮水一样涌来,又潮水一样退去。六年了,一切都那样熟悉,又那样陌生。姿态优雅而贫血的时装模特儿——为了让男同志也穿得漂亮点——跑马溜溜的山上一朵溜溜的云哟——宁停三分不抢一秒……

车终于停了下来。

车一停下来,那孩子又神气十足地哭了起来。

"哦哦,我们宝宝不哭,哦哦。"

"上车请买票,月票请出示。"

我不知道那满脸粉刺的家伙是怎样把口气变得和蔼起来的。

我还是不买票，我想试试他到底能咋样。就着车灯，他只匆匆地打量了我一眼，并没要我买票，就"嘭"地把车灯关上了。

在黑暗中我冲他冷冷地点了点头。

车一启动，那孩子的哭声便戛然而止了，这使我感到很奇异。我不知道那孩子是怎么回事，难道车一停他就哭，车一开他就不哭吗？我觉得这很有趣。

霓虹灯又像潮水般涌来了。红红绿绿地退去了。车内隆隆地响。

哦，我写这些干什么，你一定不想知道这些，是吗丹丹？不过这两年来我一直觉得那孩子挺有趣，你看，车一停他就哭，车一开他的哭声就戛然而止，难道不是很有趣么？

车在F大学校门口对面停下了，我下车时顺手丢了一角钱在售票台上。那是车费。刚一下车，就见叶琳了，她气嘟嘟地把手腕伸过来。她是要我看时间。我装作没看见，跟她点了一下头，往车站的四周打量。你知道我们学校靠近郊区，那种时候街上几乎没有车辆行驶，空空旷旷的。旁边那家"美味餐厅"也已经关门了，他们是夜里十一点停止营业的。偌大一条街，就我们俩，孤零零的。

"我的表停了。"我说。

她再把手伸过来，仍然气咻咻的样子，我一看表，才知道已经十二点半。我吻了一下她的手。

"她走啦？"她说。

我点了点头。

"她走啦。"她又说，我不知道她这次是对我说还是自言自语。我也用同样的口气说："她走啦。"

我们默默地走进学校大门。我朝门卫打了声招呼，那小伙子对我意味深长地笑了笑。丹丹，这你知道，以前我们每次只要晚一点回校,他就那样笑的,记得有一次是周末,我们回去得很晚,正好校门口有两个送牛奶的工人。他们大声地说:"大学生,嗨!大学生!"那小伙子还制止那两个工人呢。他说:"见鬼,干你们的活。"还记得吗?当时你捂着嘴偷偷地笑,他就是那样对我们笑的。我对他也友好地笑了笑。

可那天晚上,我却想上去给他一拳。他那样瘦小。我一拳保准能让他请三个月病假。可我的拳头握不起来。叶琳离我那么近,挽着我的胳膊,我不得不打消了揍那小子的念头。那晚我莫名其妙地老想揍人。我们走到第一个岔路口时站住了。你知道,校门口进去不远一段,往右转是去第一宿舍,往前走是去第八宿舍——就是原来你们住的房间,那时候你们的门上贴着四个纸剪字:"乐在其中"。她留校后,和历史系另一个也留校的同学合住,那人叫王蓉。

我跟着她一直走上四楼,她掏出钥匙准备开门时,我说:"我回去了。"

"周末,王蓉回家了。"她说。

她倒了杯水递给我,指着椅子让我坐。她自己坐到床上,随手拿起本书乱翻起来,那是美国黑人作家理查·赖特的《土生子》。

我把水一气喝光,将杯子放在桌子上。这时我看到你了,丹丹,我们全年级的毕业合影上,你穿着那条淡蓝色的连衣裙,甜甜地笑着。

"她走啦。"她又说,我仍然不知道她这是对我说还是自言自语。

我转过头看她,她也呆呆地看着我,也不知过了多少时候,我猛地俯下身去,狠狠地吻她。她的双手紧紧地围着我的脖子。丹丹,我不想告诉你这些,但现在这些对我来说已经无所谓了。

人,谁能没有卑鄙的隐私呢,然而能有勇气将它说出来的却不多。世界就是这个样子。

记得有一次你对我说:"凯宁,你是世界上最伟大的男人。"

我用开玩笑的口气说:"是吗?其实我很卑鄙呢。"

你蒙住我的嘴不让我再说下去。你说你知道我是个真正的男子汉。丹丹,你太单纯太天真了。在这个世界上,太单纯太天真往往意味着悲剧。不错,如果仅从对事业成功的追求来看,我无疑是个顶天立地的男人,但如果从对事业成功发疯般追求的目的上看,我就是个卑鄙透顶的小人。是的,这一点,我从来没有、也从来不敢有告诉谁的念头,包括你。世界上只要有一个人知道了这一点,我就彻底完了。我不想完蛋。因此没有勇气告诉人们。你看,你对我可以说是一无所知吧?虽然我一直认为你是这个世界上唯一最了解我的人,而你对这一点也很自信。

刚入学时,我是全班最后一个报到,那时开学已经一星期多了,当教室里出现我这个黑不溜秋的大汉时,虽然我对他们友好地笑,结果呢——

"土八路。"叶琳用全班都听见了的"悄悄话"说。

只这一句,我就什么都明白了。很多时候都是这样的,你要明白一件事,就得准备被人狠狠地刺伤,剧烈的疼痛能使人异常清醒。而一旦什么都明白之后,他就知道自己该咋样了:既然心灵受到了创伤,我不可能不发誓报复,我恶狠狠地瞪了她一眼。我们虽然坐在同一教室里,却不是一样的,你们打量,而我被打量,然而那时候我太弱了,只能远远地避开你们,我对一切都感到可怕,甚至怕你们问我是咋样考上大学的。那时我还不像后来那样善于撒谎,要问我我只能告诉你们,为了有助学金能顺利地读完中学,直至以全县第一高分考进大学,我背了校长的残疾女儿上教室,足足五年!当然,你们会为此感动得流泪,但我,流的是血!你们流过泪后,用漂亮的手绢一抹眼睛,就什么都完了,然后哈哈大笑,去打排球,去溜冰,去谈哲学和爱情。而我呢,心里的血一滴滴地渗出来,永远也医治不了。是的,唯一的办法就是躲。

但我终于没能躲过去。开学一个月是国庆,那天全班同学联欢,那个年轻的辅导员——你当然知道就是赵老师——把我入学前的"传奇"当笑话告诉大家,大家高兴得手舞足蹈,要我马上表演一个节目。我表演的是什么?用我平生能使出的最大的劲,把教室的窗玻璃砸了一个稀里哗啦!我一口气跑到水杉林——那是校园里最僻静的地方——用拳头把一棵手臂粗细的杉树砸得血迹斑斑。后来你来了,你说你找遍了整个校园。我相信了。你咬着牙用你那印着一只小白兔的方手帕,给我包扎皮开骨露的手背。包好了,我们什么也没说,你轻轻地嘟起小嘴吹我的伤口。"痛吗?"你问。

我还是摇摇头。

"不,痛的!"你说。

我咬着牙,使劲点了点头,丹丹,你那么固执,我怎么能不点头呢,但事实上,那时我丝毫也没感到手的疼痛。是的,没有。你从来没有过那样的体验,当然不知道。如果你的心也被别人狠狠地刺了一刀,让它汩汩地往外流血,你就知道世界上任何肌体的损伤,不过是一种微不足道的痛苦,也就不会那样天真地要别人同意你的想象了。后来你告诉我,我摔门跑出教室以后,赵老师一下愣住了,大家也突然感到莫名其妙,只有叶琳说了声"神经!"大家就又开始别人的节目了,但气氛终于没活跃起来。后来你就悄悄出来了。这我相信,赵老师是在无意中捅了别人致命的一刀。因此她理所当然就该对别人反常的举动感到莫名其妙。况且,她说的是事实,那样就更让她搞不清楚自己错在哪儿了。正像她所笑着说的那样，我一下火车就迷了路，我以为只要一直往大路走总没错的，但从上午八点直到夜里八点，那路还是越走越宽。红红绿绿的霓虹灯像鬼怪的眼睛，把我严严实实地包围起来。最后，是警察把我送到系里的。开始他们以为我是从外地来的流窜犯。是赵老师接待我的，她知道那一切，并且觉得挺有趣，因此她选择了一个大家都兴奋的日子讲出来，好让大家高兴高兴。她的话没错，既没夸张也没修饰，那件事本身就够有趣的。她当然没想到我会铁青着脸退场。甚至把门摔出一尺多长的口子。

我靠着水杉树，仰望着水杉叶间零零碎碎的星空，你注视着我，我觉得自己应该说些什么。

"赵老师说的，全是真的。"我说。

"你别说了，凯宁！"你说。

"我家很远，乘三天三夜的火车，再乘六天汽车，还要走一天的山路。"

"那么远。"你说。

"没借到车费，又拖了一星期，就晚了。"

"如果早一点来，学校有专车到火车站迎接新生的。"

"拖了一星期才借到车费。"

…………

哦，丹丹，看我写到哪儿去了，其实，这些事你都知道。并且我相信你也不会将它忘记的，就像我永远也不会忘掉那个日子一样。哎哟！说来也真巧，再过三天又是那个日子。看来这日子真跟我结下了不解之缘。记得那次，我摔门的第二天，赵老师就来找我，我以为她是来找我谈门上那道一尺多长的口子的，因此没睬她，只说了声"我赔！"就自顾到旧货店去了，我打算把接到录取通知书时才做的那件新棉衣卖了。但旧货店不要，说最多只能卖三元钱。我气冲冲地回到寝室时，赵老师居然还在等着我。

她向我道歉，说她那天不是有意要伤害我。我知道她不是有意的，因此原谅了她。以后她又找我道歉了两次，我都原谅了她，但她每道歉一次，我的心就要流一次血，就像时不时揭掉伤疤那样，她倒因此坦然了，但我永远记住了那个日子。

你也知道，以后赵老师每月发给我全班最高的助学金，还常常替我向系里申请困难补助，并用班费修好了那扇门。她人并不坏，但她不知道这样做给我带来的是什么，是耻辱！是那种几乎让你疯狂却又让你不得不接受的耻辱！

哦，丹丹，如果不是因为一年级下学期那桩很意外的事，我可能永远只是个吮着心头的血接受耻辱的人，但是，那件事使我彻底改变了。现在想起来，我不知道那件事在我一生中是幸运还是应该诅咒。或者两者都不是，而是像人们所常说的那样，人的一生要遇上些什么事，自己是没法预料的。一切都在预料之中，一切又在预料之外，该遇上的事情总会遇上的吧！

二

昨天写到这儿的时候，已经很晚了。看守来问我在写什么，我告诉他在写悔过书。他叹了一口气说"明天再写"就把灯关了。我只好今天再接着写。

送你离开那夜，我和叶琳到了她的寝室。444室。正长长地拥吻时，我突然猛地掰开她围着我脖子的手，把她推开，我自己也说不清干吗要那样做，我只是知道我非得那样做不可。她惊讶地瞪着我。

"凯宁?!"她说。

"她走啦！"我说。

是啊，你刚走。丹丹，那夜九点半钟，我刚刚把你送上火车，你刚刚对我说最后一声再见。

我拉开门，背对着她，我说："我走啦。"

"你走啦，"她说，"现在一点十七分。刚才你说你的表停了。"

我背对着她把表上满。"谢谢。"我出了门。

她从后面把门关上了。她上了保险。我听到了那"咔嚓"的一声，这不会错。

我回到寝室，摸黑躺在自己的床上。老听到火车"哐哐呛呛"的声音。

丹丹，说实话，我直到现在也还是不喜欢张老师，我认为所有老师中，要数他的写作课上得最糟。遗憾的是他并不知道这一点，他踌躇满志，自以为讲得出色。虽然毕业后我跟他一起在一个教研室呆了一年多，但我还是不喜欢他。其实他这人不坏，为人很豁达，但我就是不喜欢他。我不知道这是什么道理。然而，甚至可以说正是他改变了我一生的命运，我应该感激他才对。你知道，一年级下学期的时候，他布置了一篇写作练习，题目是"记我最熟悉的一个人"，体裁不限，可以是记叙文、散文，也可以是小说，甚至诗歌。我写了一篇近万字的小说，是写我中学时的校长的——就是那个残疾女儿的父亲。张老师看后大为赞赏，推荐给了校刊编辑郑奇。郑奇来找我谈让我怎样稍微修改一下那篇小说的结尾。那天，我像突然遇上了救星。哦，真的，说来你也许不会相信，当时郑奇之于我，无异于耶和华之于基督信徒。我突然觉得他是世界上最值得亲近的人，而我也猛然醒悟了自己该干什么了。后来那篇小说在校刊上登出来了，同学反响甚为强烈，郑奇就以编辑部的名义将它推荐到一家全国发行的大型文学刊物去，又很快发表了出来。一下子，连自己也没想到，我会那么快就变成了F大学的红人。走到哪儿，都有人指指点点，甚至有外系的女同学悄悄跑到第一宿舍来问凯宁是谁，住在几号房间。

那一次，我感到无限的惶恐，我常常跑到那片水杉林去，靠着那棵曾让我砸破了皮的水杉树，从树叶间看零零碎碎的星空。我在那儿总能见到你，丹丹，我把自己的惶恐告诉了你，你说："你应该写，凯宁。"

"我行吗？"我说。

"行！我知道你行！不过你首先得自己相信自己能行！"

"我不知道，那篇东西是碰巧写出来的。"

"不对，你得相信你行！你说，你行的。"

"我行的？"

"你行的！"

"那我试试看。"

"不是试试看，你得干，懂吗？你什么都比别人强！"

"好呢，我干！"

"你会成功的，凯宁！"

丹丹，谢谢你！我好久没好好对你说这三个字了。现在我从心底里真诚地对你说："谢谢你！"这或许是最后一次了，因为我没把握这封信结束前是否还能对你这样说一声。不错，是你的这些话给了我信心，使我相信自己能够从一种与众不同的人变成另一种与众不同的人，这后一种与众不同的人，众人仍然要以奇怪的目光打量，但那目光绝不再是好奇、鄙视，而是羡慕和妒忌。不知从哪一刻开始，我就变得非常非常地渴望自己能被人以这种目光打量了。我一篇又一篇地写出来，你一篇又一篇地给我否定，但我没有泄气。那时候，我变得超乎自己预料的自信，我相信自己能行的，就像读小学中学我与别人打架时老父亲对我说的那样，"要打就要赢，否则别动手。"这是一个简单而实惠的真理，农民的真理就是这样，凭这个真理我跟人打架没吃多少亏。当然，我个子大，我相信自己能打败所有的对手，就真的打败了所有的对手。一旦谁相信自己能干成什么,那毫无疑问,他就一定能干成,不管什么也不能使他改变。我确信这一点。

丹丹,正像你知道的那样,后来我的处女作在全国优秀短篇小说评奖中获奖。再后来,学校成立"晨光文学社",我被推选为社长。我不知道这一切是否值得庆贺,太一帆风顺的事,总让人怀疑它隐藏着什么不妙的预兆。当然,如果这一切都是我注定要遇到的,那也就没什么值得庆贺的了。倒是叶琳,她掏钱到"美味餐厅"请客,祝贺我的成功。

"要去吗?"我问你。

"去,当然去。"你说,"既然是自己赢得的荣誉,干吗不要呢!"

我们去了。辅导员赵老师预言我前程远大。

那之后约稿信像雪片似的飞来,但我无动于衷。我已经预料到自己将是个什么样的人,我该怎么干了,我绝不会仅仅以当一个小作家为满足,我没有像人们常做的那样,趁一篇作品走红之机,把自己所有的作品不管好坏全部销售出去。不,我知道自己会变成一个令人瞩目的作家,一个辉煌的人,我非得这样不可!我发疯般拼命地写,虽然很苦很累,但我知道这是为了什么。

半年以后,报刊编辑已经把我忘了,但我终于写出了中篇小说《山人》。正像后来人们所评论的那样,《山人》把一个山寨的愚昧、善良、骁勇、粗犷全写出来了。哦,丹丹,还记得吗?你看完这部小说后,说:"凯宁,祝贺你,它肯定会引起轰动的!"

"我把以前写的东西全烧了。"我说。

"我知道你会这样做的。"你说,"明天就寄出去吗?"

"过几天吧。"我说。

过几天就发助学金了,那样我就有钱买邮票了。

"把稿子给我,我给你寄。"你说,然后笑了,"我知道你缺的不是灵感,而是稿纸和邮票。"

但实在太出乎意料了,稿子拖了好久,原封不动地退了回来。编辑部甚至没有告诉为什么不采用的原因,仅仅夹了一张铅印的退稿信。收到退稿的那天晚上,我们又到了那片水杉林,你迷惑不解,委屈地哭了。这次是我安慰你。

"嗨,没什么。这没什么。"我说。

"他们怎么会不采用这样好的作品?"你泪眼汪汪地望着我。

"兴许他们没看完。我们再将它寄给别的杂志。"

"真的?明天就去寄,好吗?"

"当然,明天就寄。别哭了。"

你笑了,然后紧抿着嘴,要我从你的口袋里掏出手绢给你擦眼泪。我那样做了。我发现你在偷偷地笑,那一刻,我突然莫名其妙地想到了死和献身,我暗暗发誓要永远保护你,每当你流泪时,我就掏出你的手绢替你擦干它。但,原谅我,丹丹,我没能做到。甚至我曾庆幸那天晚上没有把这个想法告诉你,你知道我不是那种常常先把一些想法告诉别人,而事后又觉得不可收拾的人。但我还是庆幸,只要别人不知道,你一百个誓言不能兑现也会心安理得;而别人如果知道,那一个誓言不能做到也会令人不安。我不知道这种想法对不对,但确实是这样想的,我想这就是世界之所以有无穷无尽的秘密的根本原因。

《山人》第二次又被退了回来,仍然是只夹着一张铅印退稿单。后来不知咋的让叶琳知道了,她来把稿子要去看,过了两天,她到第一宿舍来找我,她要我换上最好的衣服,到她家去,她说她爸爸想见见我。

"我不去。"我说。我的那个获奖短篇到处转载,收到不少稿费,我把一半寄给了家里,一半买了一套质地很好的衣服和一双皮鞋。那衣服我还从来没穿过。

"干吗？他说你的中篇写得不错。"她说。

"我知道写得不错，但它已经被退稿两次了！"

"那些编辑瞎了眼，"她说得很干脆，"我也看过了，我认为写得好极了，根本不是现在报刊上发表的那些小说能比的。"

"哦。"我说。

事实上，直到如今我还认为那是我所有作品中写得最好的。虽然评论界不这样认为，他们认为那样写很不真实，把山寨写得太愚昧了，并且，这样的主题也大可商榷：山里的人被愚弄了，可悲的是他们并不知道，他们自满得可悲，冬天雪地上野狗的交配能让他们欢乐半天。他们自己也帮着在愚弄自己……可是丹丹，我太熟悉了，那就是真相，那种光天化日之下众人视而不见的真相！

那天晚上，我最终还是和叶琳一起出去了，但我们没去见她爸爸——那个赫赫有名的教授。我们在校园里走了很久很久。后来，我们也走到了那片水杉林，在水杉林中的石凳上，我们默默地坐了很久。

"已经很晚了"。我说。

"凯宁，你会成功的。"她好像没听到我的话，直直地盯着我的眼睛。

"谢谢。"我说。

"我爱你，凯宁。"她的目光变得火辣辣的。

我看着她。

"真的，凯宁。"

她站起来，走近我，那么近，我的心怦怦地跳了起来。

我感觉到她的头发飘在了我头上，还有从她身上散发出来的那种少女的气息，甚至她那微微的呼吸。我觉得自己应该说点什么，然后再赶紧离开。我鼓足勇气抬起头来。猛地，我浑身的血像被凝固了似的。她温热的嘴唇,烙在我的额头上。我一动不动地端坐着,慢慢地,我感觉到她的嘴唇从我的额头移向我的眼睛、脸颊……突然,我猛地将她推开,像避免了一场巨大悲剧似的看着她。她也惊恐地看着我。

"对不起。"我说,转身刚想逃开,她的声音又使我猛地收住了脚步。

"乡下佬。"她说。

我转过身,冷冷地看着她。

好啊,又是一刀,又是致命的一刀。我的心又在汩汩地流血了!好吧,等着瞧吧,我已经不是一年前那个只会躲避的凯宁了!那个只会吮着自己心里的血接受耻辱的凯宁已经死了!我要报复,等着瞧吧!

"不错,我是个乡下佬。"我冷冷地说。

我离开那里的时候,我见她的眼睛里亮晶晶的。干吗这么早就流泪,我想。

第二天,叶琳又来找我,我知道她来找我是想干什么。既然她不止一次地让我的心里流血,那我干吗要给她忏悔的机会呢!我不想听任何人的忏悔,我只知道我要报复!谁只要曾经伤害过我,只要有机会我就要报复。我没睬她,并且告诉她晚上我和你有约会!

哦,丹丹,这些,你是不知道的。虽然你后来知道了一些,但不是那样的。那天晚上我约你去看电影,你问电影是几点钟的。我告诉你说是六点半。因此我们吃过晚饭就出去了。其实我什么票也没有。一路上你忧忧悒悒的样子,我感到很好玩。

"丹丹,你丢了钱包吗?"我说

"没有呀?"你眨眨眼睛望着我。

"你肯定是丢了什么东西。"

"没有!"你认认真真地想了想,对我说。

"那你干吗闷闷不乐的?"

"哼,干吗捉弄人,"你噘着小嘴转过身去,"人家是替你的稿子着急呢。"

一提起那个中篇,我就想起叶琳。我咬了咬牙,挥挥手,说,"走吧。"

"毛主席挥手我前进。"你咯咯地笑着说。

到了电影院,你大呼上当。问我干吗要"谎报军情"。我自然不能告诉你干吗要那样做。你生了我五分钟的气。我买了两张八点五十五的票。

"那么晚。"你说。

电影院附近有座公园,夏天公园开放到夜里十点钟。我们到公园里去。公园里尽是一对一对的情侣。

"丹丹,你看,风景这边独好。"我说。

"别瞎说哦!"你在我肩上擂了一拳。

我们到了一个很僻静的地方,静静地站了很久,后来,我捧起你的头,轻轻地吻了你。之后,你哭了,哭得很轻。你很委屈地伏在我的胸前,哭得很伤心,我抚摸着你抽动的双肩,怎么也没法让你平息下来。

"丹丹,你别哭。"我说。

"不。"你终于抬起头来,用手捂着我的嘴。

我轻轻把你的手拿掉,看着你的眼睛说:"委屈了?"

你泪眼汪汪地点了点头。

"我们,不该这样的,凯宁。"你说。

我咬着嘴唇,从你的口袋里掏出那块叠得很整齐、印着一只小白兔的手绢,轻轻地给你擦去泪水。

"原谅我,丹丹。"我说。

"不,你别这样说。"你忙说。

我们就那样长长地凝视着对方的眼睛。很久很久。慢慢地,你踮起脚尖,双手勾着我的肩膀,怯生生地吻了我的眼睛、嘴唇。然后又伏在我的怀里,嘤嘤地哭了起来。你哭了很久很久……

那天晚上,我们终于没能看上电影。从围墙翻出公园的时候,你的辫子被挂散了,你用一根扎饭票的橡皮筋随便将头发团成一束,你走一步,它就抖一下。

三

丹丹,第一支笔的墨水写光了。亏得郑奇想得周到,送了两支笔来,否则我一生写的最后一封信,还没有写完就不得不停下来,那可就太遗憾了。趁这换笔的工夫,我不得不重新调动一下思绪,我不能老写这样你当然知道的事。最后一次写信,我得尽量多地告诉你一些你不知道的事情。虽然我知道有些事让你知道会使你痛苦,但我还是得让你知道。我早说过我不是一个高尚的人,而正相反,是个卑鄙十足的家伙,我得让你明白这一点,唯一的办法就是,用一个我所爱的人的痛苦,换回一丝短暂的慰藉。还有一天半,你知道,再过一天半我就将不复存在于这个世界,而如果郑奇不出差错,最多再过一星期,你就能收到他代我寄给你的这封信——确切地说是痛苦,那样,我相信你会恨我,然后渐渐将我忘掉,那么,我的在天之灵也就满足了。

嗨,这样一说我又渐渐地高尚起来了!好像给你痛苦就是为了让你忘掉痛苦似的。我不知道该怎样说才好。

《山人》的稿子被叶琳拿去,并且经过那天晚上的事之后,我和她见了面总不大自然。过了一星期,有一天下课后她对我说:

"凯宁,我爸爸叫你无论如何去一下。"

"干什么?"我没好气地说。

"谈你的小说的事。"

"请你给我拿回来吧。"

"对不起,我爸爸不让我动。"

"我没空。"

我说着就走了。我去排球场。你知道那时我已经是系男子排球队的主攻手了。那天我扣的球异常凶狠,把对方砸得晕头转向。叶琳一直站在球场外靠着铁栏杆观看。

哦,丹丹,说起来也真有趣。刚入学时,我甚至不知道排球为何物。上体育课时,我那么大个子,一到分组赛就没人要,你不知道我心里是个什么滋味。只有到田径课时我才能神气一下。一次一千五百米赛跑,我足足比跑在第二的同学快一圈半,但我还是发疯似的拼命加速。到终点时把体育老师惊呆了,据说离世界纪录只差二十多秒,但我昏倒了,我在医院躺了三天。那三天你来看我,总问我干吗要这样,我什么也没说。那时候我们还不很熟悉,但我知道你没法理解我干吗要那样。

大二体育课选专项,我们班(男生)选的是排球。哦,我不想多说,晚上人家睡觉时,我是怎样一个人在球场上扑跳滚打的,否则会有人以为我是想去专业球队当运动员呢。这一点你能想象得到。后来我就成了主攻手。

在我的小说处女作意外地发表之前,我更多的想是怎样避开人们,而在那之后,我想的就是咋样才能当上主攻手!是的,至今我还这样认为,不管干什么事,都得干第一流的,都得当主攻手!否则就别干!

"要打就要赢,否则别动手!"

那时,这一点我是做到了,至少,部分地做到了。但不知咋的,我仍然常常感到无法容忍。我不知道自己无法容忍什么,我只知道自己无法容忍,想找什么人报复,找什么人较量,找什么人决斗!

我常常这样问自己:你无法容忍什么?什么也不。难道就是因为"什么也不"而无法容忍么?不知道。或者是因为"不知道"而无法容忍?不知道。总之不知道。别人对我笑我无法容忍,别人对我哭我无法容忍,别人亲近我我无法容忍,别人疏远我我无法容忍。一切都无法容忍。无法容忍什么呢?仅仅是因为无法容忍而无法容忍。

那天在排球场上,仅仅因为旁边另一块场地上的家伙不小心把球垫到了我身上,我就去狠命地给他一拳。之后我攥着拳头,看他的伙伴们有谁敢上来和我较量,结果一个也没有,他们刚把被我揍的那个家伙送到卫生科,辅导员赵老师就来递给我一个纸条。说是系办公室送来的,上面只写着:"晚上到F大学一村101幢251室来,有要事!"

"谁留的?"我问。

"不知道。"赵老师说,看她说话的神态,我想她一定知道是谁留的。"也许是系里哪位老师吧。"她说。

管它呢,打架的事系主任会在办公室找我谈,根本不会叫到家里去。

晚上我莫名其妙地去了。

"这儿谁找我?"保姆打开门时,我把那纸条递给她,问道。

保姆看了看字迹,笑着说,"是叶先生。"

她把我带进阔大的书房,一个老先生正在埋头校改清样。听见我进来,他转过身示意我坐在沙发上,然后取下眼镜,看着我。

"你找我?"我尽量礼貌地问。

"你好难请啊!"他说。

"什么?"我抬头看着他。

"我叫叶琳请你三次了。"

原来他是叶琳的爸爸!

"对不起。"我说得不卑不亢。

他把他正校改着的清样递给我,我一看呆住了:那正是我的中篇小说。

"你这篇东西写得很好,没征得你的同意我就将它推荐给在出版社做事的一个朋友,他很快就打出了这份清样。他们准备最近将它发表,我找你来就是问你这事,你愿不愿意,如果不愿意可以撤下来。这篇东西我很喜欢。"

"愿意。"我不由自主地说。

哦,丹丹,你看,仅仅是因为他喜欢,就能这么快发表。而我和你,喜欢了几个月,得到的却是两张铅印退稿单!

"好吧,那我明天就打电话到出版社,叫他们来取清样,我已经替你校改完了。"他说。

"谢谢您,叶教授!"我说。我觉得自己的鼻子有些发酸。哦,丹丹,就像第一次见到郑奇那样,那时的叶教授于我,也无异于耶和华之于基督信徒呢。

"好了,这事算完了。"他松了口气说,"我真怕你不愿意呢。"

"为什么?"

"叶琳请了你三次你都不来呀!"

"谢谢您,叶教授。"我站起身,准备告辞。

"这么忙啊?再坐一会儿吧,等一会叶琳就回来了。凯宁,你家住在哪儿?"他随口问了一句。

呵,又是一下!又是漫不经心的一下!虽然我得谢谢他,但我也要报复!他问这个干什么?在他来说,这可能只不过是随意客套,但他不知道,他就这样漫不经心地伤害了一个人。我的家在哪儿,难道他不知道我的家就在那个很远很远的山寨吗?那个愚昧的被人愚弄的山寨!

"我走啦!"我毫不客气地拉开门时,见叶琳正站在门口。

"你好。"她说。

我看了她一眼,自顾走了出去。走了一大段路,我才发现她原来一直跟在我后面。我站住了,用疑惑的目光看着她。她走近我,看了我一眼,便往前走了。头也不回,像是知道我肯定会跟着她似的。

"要我谢谢你和你爸爸是么?"我说。我们又到那片水杉林了。

"凯宁,我知道那天晚上我伤害了你。你自尊心强,这我也知道,但连别人忏悔的机会你也不给吗?"

"忏悔?太严重了吧。"

"那么说道歉,说对不起,你也不愿听?!"

"事实上,你说的也是实话。"

"凯宁,我知道我不该那样说。你不知道我有多后悔。"

"别说了,叶琳。"

我远远地看见你正向这边走来,丹丹,我相信那时你也一定看到了我和叶琳。我多么希望你一直走过来,站在我身旁啊。但是你没有,你在那儿站了很久,然后转身走了回去。

我和叶琳一直那样谁也不作声地坐在那儿。太阳是早已落了。天色渐暗,夜幕降临了。

"凯宁,你干吗这样。你原来不是这样的。"

那,又是一下!我干吗这样?我咋样了?我自尊、自傲是吗?难道她希望我仍和原来一样。原来?原来我总是自卑地躲着你们,我干吗要那样!我并不比别人差,我一拳能叫对手躺倒在地,我能写出轰动全国的小说。别人能的我能,别人不能的我也能,我凭自己的双手能做到自己想做的一切。我干吗要那样卑卑贱贱地活着!妈的,就因为我是个乡下佬,乡下佬怎么了,一个乡下佬认准了他要干什么事，就比十个城里人来得疯狂！他要干什么都能干成。他能当上一切主攻手，只要他想！好了，别以为谁都可以漫不经心地把我的心刺得汩汩流血，而他却可以轻轻松松地旁观。我要他们付出代价，为你们的漫不经心付出代价！我要让他们知道，我以前的一切忍受不是白忍的！我猛地把叶琳拉进怀里，拼命地吻她。我要把她吻得透不过气来，最好让她兴奋地闷死在我怀里。她几天前在这儿吻了我，那是在伤害我，她要我原谅她，那是在伤害我；她爸爸问我家在哪儿，那也是在伤害我！他们都在伤害我，我不能白白受伤害而忍受着，我要报复！我拼命地吻她，让她激动，让她幸福，让她兴奋，让她的双手吊在我脖子上，嘴唇紧紧地贴着我的嘴唇，然后慢慢地窒息，死在我的怀里。或者至少，让她以为我也正在发疯地爱她，因此那样长长地拼命吻她。这也是惩罚，正像人们伤害了我还不知道自己的所作所为已经重重地刺伤了一个人那样，让她蒙在鼓里，让她受到这世间最残酷的惩罚还不自知，还感到幸福！

哦，丹丹，那一刻我突然想起了你，想起了那晚在公园里你那含着眼泪给我怯生生的一吻。我突然像犯了什么不可饶恕的大罪那样，把被我紧紧搂着、在我怀里拼命挣扎的叶琳松开了，我们都急促地喘着气。她苍白的脸渐渐转红。她娇柔地望着我，真的以为我是在发疯地爱她，这使我感到一丝欣慰。然而，在我愤怒地惩罚了一个人时，无形中又伤害了另外一个人。丹丹，这个被伤害的人就是你。我知道对不起你。在我从那偏僻的山寨来到这大都市起，周围的所有人都无时无刻不在伤害着我，只有你，丹丹，只有你同情我，只有你理解我，只有你才没有像所有人那样伤害我。你是知道我的性格的，"要打就要赢，否则别动手。"这是小时候父亲教我的，我历来认为这是至理名言，但自从跨进这个都市，我就产生了疑惑。后来我成了"全国优秀短篇小说"

的作者，我更相信了自己的疑惑，如果非要赢才动手的话，那我就只有一辈子"别动手"了！因为人人都在伤害我，我根本不是他们的对手。他们那么多，那么多！太多了，我一拳打倒一个，人们会冷冷地在一旁看着，这也就是伤害我！他们认为我还没有完全摆脱野蛮的劣根性。我打倒了一群，还有更多的人群围上来冷冷地看着我。都市那么大，人那么多。那么多的高楼里，每一处都能钻出人来，每一处都会射出来冷冷的目光。我赢不了！我根本别指望能赢！"要打就要赢，否则别动手"是不行了，但这简单的真理总有用得上的地方，我把它移到了事业上，具体地说是移到了创作上，我发疯地写，因为我知道自己能"赢"！事实也正是如此。而另一方面，即最重要的那一方面，我信奉了"谁也别想白白地伤害我！"不错，我知道我赢不了，但我却不能"别动手"。谁只要伤害了我，我都要报复，要惩罚他。虽然有时我明知这种较量是势不均力不敌的，但我不能白白地被人伤害，我要让他们付出代价！

　　这些，你都不知道。丹丹，我无法为自己的过失开脱，我知道你是爱我的，就像我知道我是爱你的一样。但是，自从我报复了叶琳——当然不仅仅是她，而是那些所有曾伤害过我的人。从这一点上来说，她也是不幸的——我就知道我再不配被你爱了。你是单纯、天真、善良的。我不忍心伤害你，但我却无形中伤害了你，我不得不那样做。我那样做了，心里才能平衡，才能暂时止住一下心里不再流血，但我因此伤害了你。你是无辜的，你纯洁得像你那怯生生的一吻。而我，是个十足的恶棍。我一直是这样认为的。因此，从那时起，我就有意地疏远你，去接近叶琳。当然，接近她也是为了疏远你，不然，我没有把握自己能否承受那样巨大的痛苦。你不知道，我那样做有多痛苦。

　　嗨！这样一说我倒又渐渐高大起来了！我现在总算明白了为

什么每个小丑的自传都写得那么辉煌。

后来你也知道,那个中篇小说在全国范围内再次获奖,这一来,我不仅是 F 大学的红人,而且是整个社会的红人了。那时候报上"文坛上一颗夺目的新星"那样的标题,就像这时候"一个著名青年作家的堕落"类似的标题一样多,一样大,一样引人注目,当然,报上怎么吹嘘,都只能骗骗记者自己和可怜巴巴的读者,我自己知道自己是个怎样的人,你能将一个小丑吹成伟人,可你不能将他变成一个伟人。

那一次,全校都在流传说我在和叶琳恋爱了,当然,我和她常常走在一起,就连她自己也相信了那些传言,而我也不去否认。我要报复,你知道,我就是这样报复。青年作家与教授的女儿,自然是金玉良缘了。在人们看来,这没有丝毫不对的地方。但人们想错了,他们不知道我在想些什么。我的心在流血!丹丹,每次遇见你,我的心都要流一次血,但是,为了你,我愿意忍受,为了你那怯生生的一吻,我愿意吮去所有从自己心里渗出来的血。

我知道你也是痛苦的,是吗丹丹?

我的作品一篇接一篇地发表,我总是把最新收到的刊物叫人送一份给你,而你,总是认认真真地把自己对作品的评价和见解写出来,再叫人送回来给我。哦,丹丹,你不知道我每次收到你的评论时,是多么的激动呵!你还记得那个叫黄小毛的吗?就是给我们传作品和评论的那位。好多次,我甚至当着他轻轻地吻你的名字,他总是装作没看见。但在外面,只要有谁当着他的面说我和叶琳恋爱,他都会毫不犹豫地上去给人家一拳,而他的力气又不足够大,因此常常吃亏。那时我不知道我得怎样感谢他。

毕业分配的时候,叶琳背着我找系里公开了我们的所谓恋爱关系。系里决定让我留校了。我知道后,又那样拼命地吻了她一次,我不知道这一次是因为什么松开她的,恢复正常呼吸时,她擂了我的胳膊一下。

"你想要我的命吗?"她说。

她这话曾让我心里一震,接着就一闪而过了,我怎么也没想到这话以后真的会兑现。

大方案宣布那天,我们各自就都知道自己将被分到什么地方了。在楼梯的转弯处,你长长地看了我一眼。我低下了头,我知道你那样看我一眼是什么意思。但我什么话也没说,丹丹,现在我可以告诉你了,我要留在这大都市里,我要报复,要惩罚那些曾经伤害过我的人!

那天晚上,黄小毛请客。他跟他的下铺打赌说我爱的是你而不是叶琳。应该说,他是赢了,但事实却是他输了。他和那个睡在他下铺的家伙不知怎的到"美味餐厅"去喝得醉醺醺的。他们从校门口进来,边走边说着些什么。我和叶琳正好站在那转第一道弯的地方。我说过我们常常在路口转弯的地方站很久很久。

"妈的,丹丹,哪儿比她差!凯宁那小子,瞎了眼!"黄小毛说。他的舌头有些纠结。

"小毛,这关你屁事,你要舍不得,就算咱们没赌,明天晚上我请你。"

"谁要你请了!妈的,凯宁那小子,是瞎了眼!为了留校,去跟叶琳好!怪只怪,丹丹没有个教授爸爸,她父母,只是个工人!……"

本来我想拉着叶琳赶忙离开了。黄小毛有权利说这样的话。他知道我爱着你,也知道你也爱着我。他为我们送了一年多的刊物和评论呢。然而这最后一句话激怒了我,他有权利指责我,但没权利歪曲我!我上去给了他一拳。

后来的事,你也知道的。我把他的眼睛打坏了一只,一直住了三个月的医院才治好。系里这方面,叶琳甚至请出了她爸爸,那个赫赫有名的教授,才算没有把我的名字从留校名单下刷下来。

一星期以后,你要走了。我到火车站去送你,但我们各自只说了一声再见。

四

最后一天了,丹丹。

今天一大早看守就给我端来一大盘非常丰盛的点心。我知道这意味着什么。我对他友好地笑笑,示意他先放在那儿。看上去他有些吃惊,我想他大概是一辈子没遇到过像我这样心安理得的死囚。他把点心放在凳子上出去了。关上门的时候,我听见他叹了一口气。我摇了摇头,我不欣赏他这种表情。他走了几步,又走回来,对我说:"你还想吃什么吗?我去给你弄。"

"我随时会告诉你的。"我说。

他干脆站在门口,把头顶在小窗口上,不走了。我看了看他,把稿纸铺开,接着昨天未写完的地方写了起来。

"我很爱看你写的东西。"看守突然说。

"哦,哦。"我边写边说。

"你现在是在写小说吗?"他又问。

"不是。写信。"我说。

"那么长的信。有人给你送出去吗?"

我突然被提醒了,是啊,只剩最后几个小时了,郑奇肯定是进不来了。我不知道他出了什么问题。

"没有。"我说。

"怎么样,你写好了给我,我帮你寄。只要你把地址告诉我就行。你知道,我很爱看你写的东西。"

"那最好,谢谢你了!"我说。我知道他这样做是会犯错误的。

"谢什么，以后就看不到你写的东西了。"他似乎有点悲伤。他四十多岁的样子，我怎么也想不通这种年纪的监狱看守会喜欢我的东西。"你写吧，"他说，"我等会儿就来。你写得快一点。"

他说着就走了。

他要我写得快一点，丹丹，你知道这是怎么回事。哦，这时候别的房间里一片哭声，我只好捂着耳朵潦潦草草地写了。

我不知道在这里能不能像报纸上写的那样详细。时间不多了，丹丹，他们给我的时间不多了。

大学毕业以后的这两年，是我最多产的时期。也是末期。写作教研组的组长就是叶琳她爸爸，再加上这个教研组本身也没多少事，因此这两年，我完全处于一种专业创作的状态。我天天写，一刻不停地写，常常一天从早到晚写四五十页稿纸不停！哦，我那样发疯地写，有时是因为我觉得心中堆积了过多的话，而有时，却什么也不因为，只为写而写。我简直不能想象一天不让我提笔我将怎样活下去。

原先我很不相信"天才"这个词，但这两年来，我一刻不停写出来的作品，都能受到读者的欢迎，评论界便把这个我很不相信的词加到我身上来了。但他们不知道，我为什么能写出这些作品，无论他们花多大的力气，我相信光从作品方面来考查都是无益的，他们不知道我是个怎样的人。我能写出那些作品，仅仅是因为我非得写出那些作品不可！

在这里，我得感谢叶琳，如果不是她，我恐怕早饿死在书桌上了。那样，我也就不会有力气卡死她，报纸上也当然不会有一条如此吸引人的消息了——"一个著名青年作家的堕落"。

流氓杀人犯！这样的字眼可不令人高兴，不管你有多么广阔的胸怀。这样的字眼容易让人痛心疾首。人们早已习惯在各大刊物第一篇作品的标题下面看到凯宁这两个字，一旦将这两个字加在"杀人犯"那样让人感到恐怖的字眼后面,就更加触目惊心。就连早已预料到这一切的我看了,也有些愤怒,之后是感到滑稽。一般说来,盖有法院公章的铅印布告,当然是铁的事实。但是丹丹,我觉得应该让你知道那一切,虽然现在不管有没有人知道都已经无所谓了。

半年多以前的那天,天气很好。虽然还是烟雾蒙蒙的,但不管怎么说,大都市的好天气就是那个样子。我一早起来,就觉得那天可能会有什么事情发生。我莫名其妙地动手打扫房间,把所有废稿子全部烧掉,然后把床叠得整整齐齐——你知道,这在我是很难得的。然后我到邮局去,把前一天刚刚收到的一个中篇小说的稿酬全部寄给父亲。你看。我也不知道这是为了什么,我只是隐约觉得这笔钱寄给他一定有大用场。后来我回到自己的房间,把所有信件全部烧掉,然后躺到床上。

中午叶琳给我送饭来时,她以为我病了。我让她把饭菜放在桌上,告诉她有事,她就回自己的寝室去了,我吃罢饭把碗勺洗得干干净净,整整齐齐地摆在桌子上。

那天是周末,我一个字也没写。

傍晚我到她的寝室去,444室,我一敲门,她就把门打开了。她似乎专门在等我。像往常每个周末那样,她跳过来一只手去关门,一只手就吊在我的脖子上。我随手把她上好的房门保险打开,才去吻她。

我把她抱过去放在床上,又俯身去吻她。

"你今天写了什么?"她说。

"一部很了不起的书。"我说。

"不信。"她审视着我。

"真的,肯定是杰作!"我认认真真地说。

其实我那天没写一个字。我不知道自己怎么会认定写了一部杰作。并且说得那样认真，我自己不禁也相信了。

那天晚上我就住在444室了。

哦，丹丹，我不应该让你知道这些的，但有什么办法呢，我不得不告诉你。现在没有一个人能相信我的话了，只有你，丹丹，我知道你会相信我的话的。

天快亮的时候，我才从梦中醒来，叶琳正呆呆地注视着我。渐渐地我明白了昨夜发生的一切。我伸出手，把她搂住，让她温热的身子紧贴着我。

"凯宁，我们，结婚吧！"她说。

"好的，我们，结婚呢。"我说。

我用手轻轻地抚摸着她的双肩，慢慢地。我的双手卡住了她的脖子。她把头伸过来，我知道她想吻我，我的双手渐渐发力。

"你要掐死我吗？凯宁？"她甜甜地说。她的声音好不容易才说出来，听起来有些怪。

我的双手用劲越来越大，她的脸渐渐变得有些恐怖了，但我却觉得那是她一生最可爱的时候。我把她的头提起来，拼命地去吻她那变成酱紫色的嘴唇。她的嘴唇挣扎着动了几下，我不知道她想说什么。

后来她就一动不动了。

哦，丹丹，事情就是这样的。完全是这样的。那天我确实没写一个字，但我告诉她我写了一部杰作，我竟也使自己相信了。我不知道叶琳相信了没有。

我费了好大劲才帮她穿上衣服，然后，我自己也穿戴整齐，躺到床上去，让她的头靠在我的胸上。我顺手拿起一本小说看了起来。

大约下午四点钟，王蓉打开房门进来，见我和叶琳躺在一起，马上脸涨得通红地要出去，是我叫住了她。

"王老师。"我说。

"对不起,我不知道,你们门没、没上保险。"她语无伦次地说,那样子,倒显得是她干了什么见不得人的事。

"叶琳死啦。"我说,我说得很平静。

"你说,什么?"她大吃一惊。

"请你去给她爸爸打个电话,对了,还有110。"

"凯宁,你开什么玩笑。"

你看,我说得那么认真,她倒认为我是在开玩笑。那真的不是在开玩笑。妈的,她以为我在开玩笑!

后来的事,就与报纸上报道的差不多了。

哦,丹丹,现在时间已经不多了。在我二十三岁的生涯中,这是最后的几小时,我该正视一下自己的一生了,我相信,在这种时刻,我会很理智、很客观的。不错,我认为这一生没有白过,虽然我的心时时滴血,但我毕竟成功了。我没有用什么"不择手段",我是凭自己的双手赢得一切的。要说我一生最对不起的人,不是你丹丹,而是叶琳。是的,她曾伤害过我,在我第一次走进大学教室时,她那好奇的目光就无情地刺破了我的心,但谁没伤害过我呢?伤害我的不仅仅是她一个。就像我前面所说过的那样,你们谁都在伤害我。现在我也知道,包括你,丹丹,你也从一开始就在伤害我。你对我友好地笑,是因为你同情我,你不能忍受别人对我的鄙视。你的同情对我的伤害,一点儿也不比别人鄙视的伤害来得轻松。它同样也能使我的心流血,可那时我真是个傻瓜,我还以为我应该拼命地谢谢你呢!这都市的世界,每时每刻都在伤害我,只不过是以各种不同的方式罢了。因此,我对别人的伤害也是公平的。如果说,我对你的伤害是使你流泪的话,那你对我的伤害就是使我流血。我故意常常和叶琳走在一起使你痛苦,但我也以同样的痛苦作代价偿还了你。现在我明白了,我全明白了。我二十多年来只对不起一个人，那就是叶琳，是她，承担了我对所有曾伤害过我的人的一切惩罚，这些人包括她自己、她父亲、赵老师以及其他所有的人，同样也包括你。我对她不公平，我把一切报复都施加在她身上是太不公平了。但我没办法，我无能为力，我不能与周围的所有人作对，我只能选择他们当中的某一个作为报复对象。我选择了她，我不知道这是不是因为她是教授的女儿，或许是，或许不是。但无论如何那是不公平的。因此你们如果要忏悔的话，应该向她忏悔，如果不是她，那可能就是你们中的另外任何一位，你们应该因此感到庆幸，应该感谢叶琳。至于我，我知道自己是个不可救药的家伙。正像人们已经在我活着时所做的那样，谁都可以鄙视我，可以侮辱我，可以漫不经心地用任何工具来刺伤我的心，然后欢乐地看那汩汩流淌的鲜血，像做一个非常有趣的游戏。我知道我骨子里依然是个乡下人，不管你们以什么态度对待我，你们都是在伤害我，在侮辱我。我受不了，因此我要报复。我觉得这一切都是很自然的事，自然得就像我卡死了叶琳，人们就得枪毙我一样。是啊，自然而然，合情合理，我坦然地做那件事，然后心安理得地接受那件事的结果。

丹丹，我这样说，如果你认定是临死前的发泄，那我无法否认。虽然我确实是这样想的，但我没法让你相信这一点。毕竟，你不是乡下人，只不过是从一座城市去到了另一座城市，因此有很多事你是无法理解的。况且，这时候我的耳边正回荡着隔壁死囚们悲哀恐怖的嚎叫，我这里写的文字就难免不带点那样的色彩了。

开庭审判的那天，来了不少人旁听，当然，我也认为这个案件是十分能吸引人的。我饶有兴趣地听着原告——就是我们系那个叶教授——边用手绢擦眼镜边念起诉书，然后听公诉人的申诉，接着又听了他们为我指派的律师的辩护，觉得真是滑稽极了。事情本来很简单，却偏偏要搞得很复杂繁乱。我卡死了无辜的叶琳，然后把我送上刑场，不就完了！嗨，真是有趣。

辩护律师的责任兴许是帮着陈述犯人的罪行，好让他们听到判决时心服口服。不管是不是这样，反正那天我听了我的辩护律师的话就是这种印象。正如原告和公诉人所说的那样，辩护律师也认为是我强奸叶琳，然后卡死了她。哈，多滑稽。他们是搞法律的，因此一遍又一遍地使用"强奸"这个字眼好像无所谓。我猜想他们说这两个字与我们说"扯淡"这两个字一样自然，或者就像说"虚构"这两个字一样流畅。不过当时我一听到这个字眼，就感到毛骨悚然。

最后是判决。法律是公正的，它的判决与我的想法完全一样。当我看到叶教授因为听到判我死刑而激动得热泪盈眶时，我竟也被感动了，因此鼓起掌来。

哦，丹丹，没想到鼓这几下掌倒得到了不少好处。法医认为我神经不大正常，因此没有"立即执行"。亏得这样，否则就不会有机会给你写这封信了。

法庭判决后的第二天，我那黑苍苍的老父亲赶到了。你看，我早就料到最后寄那一笔钱给他总会有用的。这不，正好做了他来回的车费。如果去借，那指不定得耽搁多少日子呢。

"好小子，我料定你会干出祸事来的。"他拍着我的肩膀说。

"这个我也知道。"我说。

"你从小要强，我知道太要强了总不会有什么好事。"

"要打就要赢，否则别动手！你说的。"

"这话没错。但我没叫你把人弄死。"

"我也没想把她弄死。"

"你干了她就算了，弄死她有什么好处！"

"我没想把她弄死。"

"可你把她弄死了。"

"爸,妈好吗?我好几年没回家了。"

"好,一家都好,嗨,好小子,自个干的事自个儿兜着吧,老子没法救你了!"

"没事,爸,没事。我早料到事情会这样的,爸,你几时回去?"

"今儿个晚上。看一眼就够了。你有什么话要捎回去的?"

"告诉弟弟,别学我的样。"

"没了?"

"没了。"

"我这就走了。"

"嗯。"

他转身就走了。他走得很急。我捉摸着家里农活一定很忙。

五

丹丹,看守又来了,他从小窗口把头伸进来,问我是不是写完了。

"快了。"我说。

"时间来不及了,你别写了吧。"他说。

哦,看来我只好就此打住,好在我觉得该对你说的话都已经说得差不多了。丹丹,我已经放下了笔,又突然想起了开头几页写的那个晚上,我送你上火车,自己回来时,在公共汽车上遇到的那个孩子,不禁又在看守不安的催促中,添上这最后几行。那个哭着上车的孩子可真有趣,车一停他就哭,车一开他的哭声就戛然而止。你看,真是有趣极了。哦,兴许是只有在车厢轰轰隆隆的颠簸声中我们才不能听到他的哭声,而事实上他是一直在哭着的?但那哭声的戛然而止又确实很分明,就有些让人捉摸不透到底是怎么回事了。好在这一切都无所谓了,这话好像我在前面已经说过,现在一切于我都无所谓。不过我突然想,我多像那个哭着上车的孩子呀!

哦,我听到外面不远处囚车发动引擎时的声音了。别了,丹丹。如果不出意外的话,等会儿我将看到节日的礼花,沿街都有。

但愿我没错。

1983 年

第八个是虚像

男女七个游击队员,六个成人和一个孩子,抬着一尊战友的铜像,在黑暗中往山上行军,走一会儿歇一会儿,每当休息的时候,就有一个人看着铜像回忆。七个人的七段回忆,基本上构成了我的"童年电影艺术观":苏联总是那一套;阿尔巴尼亚莫名其妙;越南飞机大炮;朝鲜又哭又笑;罗马尼亚又搂又抱;日本"山本武士道"……如你所知,我要借以说事的阿尔巴尼亚电影《第八个是铜像》,叙事方式有点近似于日本电影《罗生门》,内容不"三突出",也不"高大全",时空转换很意识流,貌似莫名其妙,但反法西斯战士易卜拉欣抛头颅洒热血的高大形象,却在那些记忆的碎片中立起来了。长大后,写小说,越写越发现结构叙事都不过是技术而非艺术,"人"才最难琢磨,因此想起《第八个是铜像》,便蜕去作家外衣,小小地说几个身边人事,算浮世记录一种。第八个是"我",由此散发开去,虚实共存,如此而已。

一:洪师

我们这幢楼孤门独院了无生气,一看就知它是单位集资下的崽。在昆明,这种崽的兄弟姐妹很多,一般都蛰伏城区的好路段上，像是这座城市已经扩散了的淋巴结。当初决定买这里的房，一是图它离我上班的报社比较近，二呢，也是受了朋友的蛊惑，他们说，你想想，这种集资房，是那种无钱无势的单位能建盖的吗？邻居们都有钱有势，你不也哈哈了吗？虽说，单位有钱有势并不意味着其员工也有钱有势，邻居有钱有势也与我关系不大，但骨子里，中国人谁没有狐假虎威的潜意识呢？只没料到一旦入住，就感觉比较失落，因为据洪师说，院子里的住户，已经没有原来的房主人了，"或者住着他们的老人，或者租给了现在的住户，也有像你这样转手买下来的。"也就是说，有钱有势的房子里聚居了弱势群体，朋友暗示的那种"哈哈"，我的感觉是相当哈哈。

洪师傅是我们楼院的门卫，一个挺严肃的老头儿。如果皮肤再白净一点点，再浮肿一点点，那么他就像一个离休老干部。洪师傅是大理人，讲一口似是而非的昆明话，因为眉毛往后倒，他连聊天都像作报告。昆明人说话喜欢把"师傅"的"傅"字吞掉，所以都叫他洪师。我也跟着洪师洪师地叫，他就很严肃地看着我，然后慢悠悠地说："有喃（哪样）事你说，能做主的我就给你做主。"这就常常把我搞得像个上访专业户。

洪师有个患小儿麻痹症的残疾儿子，也讲一口似是而非的昆明话。因为搬家那天发现，洪氏父子看守的大门，纯粹是两块高宽厚滑的生铁，用铁链锁住了，估计轻功盖世的高手也奈何不得，因此第二天我就贼忒兮兮地拿了条"红云"香烟前去贿赂，指望着往后要回家晚了，开门给行个方便什么的。于是发现了他们的昆明话似是而非——比如洪师翻来覆去端详手上的那条红云时，他儿子很没把握地问："上次，三单元那家，搬来那天拿来的，好像是……好像是大中华？"洪师思索良久，纠正儿子："咋个会是大中华呢？明明是极品云烟嘛。好像还有一瓶五粮液。"这回儿子的记忆斩钉截铁:"不是五粮液,是茅台!"趁老子陷入长考,儿子就满目期待地望着我,可惜我无法给他作证,惟有羞愧地选择离开。那天,我觉得他们变了味道的方言真是难听。

洪师父子还养着一条狗,长相介乎于土狗与狼犬之间,但他们硬说是狼犬。那就算狼犬吧。那狼犬凶倒是不凶,就是脏,耳朵也不大好使,有时我在报社加夜班超过十二点半才回家,大门关了,敲半天门它才听得见,也才会传达给它的主人一两声闷哼。开始时我对每次两元的开门费很恼火,但听邻居说,洪师父子能够谋到这份差使,是有很硬的背景的,我对"背景"向来畏惧,只得习惯。然而习惯未久,有一天洪师在门卫室的小黑板上写出通知,说自本日起,晚上的关门时间延长到一点半,要是超过一点半才回来,开门费每次五元,否则绝不给予放行……最后因业主们坚决抵制,威胁说那以后再不交每月二十元的管理费了,此通知的精神才没能贯彻,但洪师更严肃了,院子里但凡有哪家的亲朋好友来,所遭盘问查证之苦,据人家说堪比探监。

日子就这么过着,有时我会想,看洪师父子和狼犬杵在大门口,估计蟊贼小偷都会犯嘀咕,不敢轻易对这个院子动手,因此觉得自己无比的安全幸福。带着这种无比安全与幸福的感觉,我们院子步入了新年——新年第一天,狼犬死了,院子里忧伤弥漫,我们只得与洪师父子和昆明一起,步入了期望中五彩缤纷的二〇〇八。

二:老黄

北半球暴雨肆虐那当口,人们缩在家里,兀自对窗外哗哗啦啦淅淅沥沥的雨水感觉无奈。可我一位姓黄的朋友,他倒好,把积攒了两年的假期,申请在7月。知道他酷爱旅游,朋友们就不明白了：到处大雨连绵，你去体验旅游胜地不同的床啊？他振振有词：孤陋寡闻了吧你们，如今的旅游胜地和桑拿洗头差不多，如果风和日丽，到哪儿还不都一个球样，只有在暴风雨中登高望远，才有可能猎获传奇。我们喟叹：歪理和真理一样，永远都只掌握在少数人手中。

然而老黄的歪理竟然不怎么歪。7月4日一大早，我的邮箱里就横横竖竖躺满了他发来的照片，是他前一天在少林寺拍摄的。头一张彩旗飘飘，衣着黄色袈裟的僧人们在宽阔平整的水泥大道两旁合十夹道，眼里流露的是期盼而非虔诚——我估计，是克林顿之类的要人瞻仰咱们的佛门圣地来了，否则和尚们的袈裟不会那么整齐光鲜，眼神也没必要那么热切。然而我错了，接下来的照片中美女如云。那可不是一般的美女，什么黑发金发高鼻蓝眼无所不包！老黄到暴雨中猎奇成效斐然——世界旅游小姐巡游少林啦。他附在照片最后的文字，夸张，得意，近乎无耻：哥们你没想到吧，嘿嘿，俺和少林高僧们与全世界最顶尖的绝色美女们都合影啦！整整八十七个代表地球的绝色啊，你一辈子能有此等艳福？秀色可餐，秀色可餐啊！

说实话，虽然我嗤之以鼻，但心里还是暗藏艳羡。依照老黄的说法：7月3日上午，在少林寺山门前，冒着大雨，从山门内冲出四十八位武僧，正当佳丽们诧异不已时，武僧们"嘿嘿哈哈"地练起了少林拳，四十八位武僧事毕，斜刺里又杀出三十六位棍僧，只见少林棍一伸一缩、上下翻飞，犹如蛟龙出入洞洞，而众佳丽如痴如醉。之后演练头顶钢板，看到武僧拿起钢板向自己的脑袋狠命地砸，不少佳丽都怜惜地惊叫"NO，NO"。后来雨太大，就移师到少林寺武术馆，更精彩的少林功夫表演在十八般兵器的包围中展开。那些武僧啊，身子像面条，一会扭在一起一会儿又缩成一团的童子功、精妙奇特的猴棍、飞跳匍匐的蛤蟆功……佳丽都不再矜持,时而大笑,时而尖叫,忙不迭地使用 DV 和相机,并且一致恳求,非要学上几招少林功夫不可。于是,少林寺武僧们就在舞台上手把手地教。欣喜不已的佳丽们,个个学得满面红潮,虽然一招一式还显得荒淫(原文如此,疑为荒诞)僵硬,但她们还是高潮迭起,比如那保加利亚小姐,拿着一根火腿肠那样粗的棍子,一棍就扫倒了另外三位佳丽,疼肯定疼,但她们都不愿就此离去……老黄还极尽炫耀之能事:依我看呐,金庸你们那些武侠小说,全扯球淡!说什么少林寺不许女性进入山门怕影响僧人修习禅定,还说人家心若止水啥啥的,我看他们比那些小姐还激昂。

老黄的最后一句话惹我生气了——我知道武侠小说扯淡,但扯的是成百上千年前的淡,那时候人家少林寺不是还没与时俱进吗?我愤愤地抓过手机,拨通老黄,开口就骂:你浑啊!那第九张照片,你搞了个啥白痴标题!什么叫做"和尚与小姐"?现如今"小姐"变成什么味儿了你会不知道?亏你还标榜自己知道和谐社会的八大要素呢,那些是"世界旅游小姐"而非"小姐",你没法区分?和谐一下怎么啦?弱智啊你!还秀色可餐呢,和尚素食的规矩不还好好的传统着吗?你要猎奇我管不着,你可以气我急我,但别侮辱武侠小说,那可是传统文化……说了你也不懂!不说了!

没等老黄回一句话,我就关机。很显然,老黄是被我骂晕了,此后三周,他再没敢发邮件或打电话给我,而我一直在替《笑傲江湖》中的任盈盈叫屈:当初她送令狐冲去少林寺请方证大师给治疗内伤,吃了多少苦,遭了多少罪,受了多少磨难啊!要放到现在,圣姑驾到,还不得也享受彩旗飘飘夹道欢迎?因此感慨:做古人,那可真不容易。

昨夜忽接老黄电话,一看是他家的座机,欣然而接。他小心翼翼地说他回来了,问周末可不可以一起聚聚。我说可以是可以,整个7月我都在关注暴雨的新闻呢,知道你小子一准又猎到不少奇了,但不准再跟我提和尚啊小姐啊什么乱七八糟的事,否则我不去。他嘿嘿地笑,说,不提不提,其实啊,那种事,也就在少林遇上那一回。

三:小文

上世纪八十年代中期,云南大学的银杏文学社,在中国高校的文学社团中是很牛的。如果没记错的话,该社的第一任社长是朱洪东,主编于坚;第二任社长张稼文,主编就是小文。

小文大号文润生,认识他是在1985年,那时候他读大三,年轻活泼得像一条不谙世事的蜈蚣——用这个比喻,主要是因为他的两条腿呈罗圈状,走起路来,你从后面看,感觉他有着很多条腿。那时他也热烈地追求爱情,但似乎没有成功的例证。于是他的诗就写得特别的质朴而忧伤,在那文学的黄金时代令许多人追慕。可惜的是,那时的人不比如今,理智常常战胜情感。尤其女人,她们可以喜欢文润生的诗,可以做他诗歌的粉丝,但并不对他投之以爱情。

小文因此郁闷,经常借酒消愁,并且起了个叫"朵美"的笔名,听上去很优雅,但的确缺少阳刚。我们不好明着告诉他这个笔名吸引不着文学女青年,又不敢拂了他自以为的深意——他来自大理,是白族,"朵美"虽然是个地名,在白族语言中应该含有"壮大和美不胜收"之意,但要命的是,他不壮大,基本特征是矮、黑、瘦,比如我初见一面就喜欢他,就是因为居然,历来以个头矮得自卑的我,与他相比,竟然有了信心:那时候年少轻狂,文学又有若今天的钱币,谁有才气谁就是"老大",虽然我是师大老师他是云大学生,论文才他也不弱,但在"引诱文学女青年"

的道路上，我还有那么一点儿优势。

当然我也气愤过：云大的那些个美丽的女文学爱好者，几乎无一例外地喜欢小文。譬如约他雨中漫步，譬如与他去看电影吃冰淇淋，就常常把我们抛开。一直到很多年之后，各自都有了家庭和事业，回忆前尘往事，她们才说，与小文外出，安全，他的质朴与率真，前无古人，和他散步，看其罗圈短腿划着圈儿走，我们走两步他要走三步，实在太可爱了。我们方才释然。

的确，小文的率真那可不是说着玩儿的。记得有那么很多次，他追求某位姑娘失败，默然无语地喝了几杯酒之后，就抱着我大哭。那真叫一个伤心，哭得兴高采烈涕泪四流，然后腾出一只手在小脸上一抹，顺手就往我的背上擦——这种记忆，当年的文学青年，大都有过。

小文大学毕业后被分回了大理电视台，从记者、编辑一直做到了副台长。麻烦的是，他的诗人情结始终难以了断，虽然写得已经不多，但他整天率人去偏远山乡拍摄那些令人动容的小人物的故事，感动自己也还说得过去，但他仗着自己副台长的优势，还没完没了地在台里搞什么"爱心工程"，号召人们资助赞助他们认定的弱势群体。这还了得？创收还搞不搞啦？于是顺理成章，他的副台长被换成了个名誉上的副总编，他还得意得不行，屁颠屁颠地，迈着一双罗圈短腿往乡下跑，记录小人物的故事。

据说，小文现今还在用镜头感动自己。之余，写诗。

四：徐刚

二十年前，昆明的文坛江湖一片乱麻麻。除"在朝"者之外，"在野"的也山头林立。比如现今已成功变为商人的彭国梁，那时就以"不长胡子的诗"迷倒过无数校园女生；现已作古的伍林伟，惯常自称高原汉子，使用的辞藻和他那嗓门一样阳刚造作，因此他的文章被誉为"在胸口上贴假毛"；至于于坚，他的"白话口语诗"那时候还不怎么招待见，比较郁闷，于是以闷骚自谋其乐。

其时我刚从上海分回昆明，还没在云南的文学杂志上发表过作品，好在当年文学热得像女人的胳肢窝，有点什么动静谁都知道。此前上海作协开我个人作品讨论会的事，这边也有了风声，因此老作协会员徐刚结婚，也请了我去赴宴。那是我第一次认识徐刚。

在那天的婚宴上我很纳闷，这么个徐刚，除了一脸大胡子显得有点与众不同的样儿之外，凭他的矮、黑、瘦，怎么就能抱到那么漂亮的新娘子呢？还由于对昆明方言不熟，他一口一个"我家（音jie）昆明"，让我觉得这人有些夸张：昆明怎么能算是你家的呢？后来得知，为了探索昆明这座城市蕴藏在方言里的民俗文化，这家伙连平常讲话都故意土得掉渣，大多数时候甚至把小说创作也抛到一边，埋头去搞自己的民俗——根究昆明——很有些无怨无悔的意思。徐刚不务正业，成了当时昆明文坛一个比较奇怪的山头，令一部分人痛惜，另一部分好奇。

后来，我发现，作协开会时，徐刚总习惯找个不显眼的位子猫着，不吭大气，像个跑错了门的虬髯客，我有些生疑，他那一脸浓黑硬扎的毛胡子会不会是假的。问他，他笑笑，说：我不想"充薛大汉"，没得办法啊，这胡子是爹妈给的。"充薛大汉"在昆明方言里是逞能的意思。

多年之后，我在报社编副刊，每周有个版面叫"滇萃"，约徐刚写稿，他很爽快就答应了。徐刚是这样一种人，只要答应的事情，就一定要做得尽善尽美。他的每篇稿子都写得很认真，很好读，交稿时间准确得像中学生交作文，因此对他有了格外的好感。交往渐深，才发现这家伙其实相当幽默，年过半百了都，还常干些"使憨狗咬石狮子"的事，只可惜他虽然一把子年纪，却改不了老昆明那种憨头憨脑的本性，最终"咬石狮子"的，很可能就是他自己。幸得他"牙口好"，不尴尬。

再后来，他根究"昆明人"、"昆明话"和"昆明城"根究出了成果，出版的集子就叫《根究昆明》，一如既往地在质朴憨厚的字里行间藏着狡黠和睿智——他自撰"后记"的最后一句话是："出书的功利性是有的，荣誉感和名利感也是有的，而且还希望听到有人说：这家伙人虽难瞧，但文章也还过得去……"

徐刚公然承认自己"人虽难瞧"，很不容易，我们等这句话已经等很多年了，就像为了塑造新昆明精神，我们盼望有人能够破译这个一千二百四十年以来一直不温不火的城市的真相，已经期盼得太久了一样。因此捧读《根究昆明》之余，咱们谁也不能不说良心话：这本集子里的文章，不是普通的过得去，而是像老徐刚浓密的大胡子，实在，难得，独一无二，不是假模假样贴在脸上"充薛大汉"的。

五：侯三

要不是那天的反常和抱怨，侯三将不会有"卡打"这么个绰号，那么，在同学朋友中，他还是那个神气活现的编辑、睥睨同僚的记者和活蹦乱跳的网络写手。

说起来，那天的事情有点怪。上午十一点钟，老同学们的电话就次第响起，听筒那端的侯三似乎有些气急败坏："十二点，在老地方，我请客，你必须来！"虽说大家都习惯了小师弟侯三的这种语气，但在相互打探"老地方"究竟在哪儿时，却都意识到此事非同寻常：十多二十年了，没有谁留存得有侯三主动请客的记忆。

幸好有位师姐与侯三同在一家报社,她亲自跑到侯三的办公室,才搞清楚所谓的"老地方"其实是他们报社旁边的一家小饭馆,据说拿手菜是爆炒鱿鱼。

不知侯三都约了谁谁,反正我们一共到了七位,清一色的上班族。大家准时赶到时,侯三已经独自喝得蔫头耷脑了。满桌子的菜他倒是一口没动,只是一溜儿的空酒瓶有点触目惊心。落座后,大师兄问:"怎么了三儿?失恋啦?"侯三抬起朦胧的眼,看上去故作凄凉:"你们才失恋呢!唉!弟弟妹妹们,哥哥被卡给打了呀!"在座的谁不比他大,还哥哥呢!小样儿是喝高了。什么叫被卡给打了?醉话没人理会,便各自招呼肚子。

侯三有点下不来,自己连饮三大杯,痛心疾首地从痛诉出生卡开始,挨个儿把身份证、银行卡、交通卡、医保卡、煤气使用卡、水电缴费卡等等等等控诉了一遍,最后得出结论:我们哪儿是人,我们早死啦,活着的只是那些证证卡卡!见大家面面相觑,侯三又说:"那些证啦卡啦受法律法规保护,无可奈何也就罢了。但你们说,那些老大,干吗还要为虎作伥,自制了鸟卡来残害咱们?"侯三伏在桌上,那后脑勺看上去有点悲伤。报社那师姐轻叹一声,解释说,报社推出上班打卡制之后,侯三一直很忧郁,连稿子也越写越少了,他太脆弱啦。大师兄说,是啊,咱们上班不都要签到打卡吗,他有什么好郁闷的呢?侯三突然跳起来,指着大师兄咆哮:"那一样吗?你们朝九晚五,屁事不干,不打卡说得过去?你知道不知道,编辑记者都已经成了高危病发群体?咱们白天采访写稿晚上编稿做版折腾到半夜你知道吗?报社不是衙门不是酒店却要早晨九点以前打卡你知道吗?许多人挣扎着去打了卡就回家接着睡因为他们的家离报社近搞他妈的形式折腾死人了你知道吗?那些办公室里的五点多就下班了可咱们的编辑工作才刚刚开始干吗搞一刀切哥哥我这礼拜一睁开眼就过了九点被卡给打了三次你们……你们都知道吗？我……我……"

小饭馆里所有的就餐者无不侧目，我们当时的难堪可想而知。侯三被报社那师姐强摁到座位上，他两眼发了一会儿直，活像被卡给打傻了的白痴。随即又像一个突然清醒的白痴，把啤酒当成凉水连灌了两瓶，然后很干脆地瘫趴在饭桌上，活脱脱一个大醉了的白痴……最终，侯三醉得连掏钱包的意识都没有，是报社那师姐付了账。

走出小饭馆，大家不免相对尴尬。世面见得比较多的大师兄也自苦笑摇头，讪然道：是侯三打卡还是卡打侯三，还真是个问题。

六：黎晓篷

大一大二的时候，黎晓篷勤奋听课、考试、吃饭睡觉；大三开始混迹于校文学社的外围，谈了平生唯一一次恋爱；大四，与恋爱对象钱丽明确关系，通过论文答辩，顺利毕业，被分在一家事业单位做团委工作，一切都顺理成章。可是最近，黎晓篷突然认为自己"已经发现了中国邮政衰落的秘密"。

黎晓篷是在工作两年之后与钱丽结婚的，参加婚礼的街坊邻居和小学、中学、大学时代的同学一共一百五十人，十五桌的样子，说不上热闹也说不上不热闹，照他爸爸的话说，咱们晓篷"样事"都是比上不足比下还行。

比上不足比下还行的黎晓篷也认为自己活得很磁实。他没有什么不良嗜好。烟，也抽，一天三五支；酒，也喝，最多二公两就打住；"双抠"和小麻将不时也和同志们打打，输赢左右不超过二十元。黎晓篷和同志们扎扎实实兢兢业业，不时还从领导那儿搞回一两条口头表扬，使他的生活和工作都很顺趟、平静、愉快。

生活工作两顺溜的黎晓篷，照理是不可能发现诸如"中国邮政衰落了"这种很严重的大问题的。这就好比一条随波逐流的鱼，不可能意识得到自己生存的水域其实相当污浊。最初发现这个问题，是因为他参加某次与时俱进座谈会的讲话稿，被本地某报给转载了，月底报社给他电话，索要他的商业银行卡号，说是有二十元稿费。可黎晓篷他们单位用的不是商业银行卡而是华夏卡，报社没法寄。黎晓篷在把自己的邮编地址告诉对方后顺口问了一句，说你们通过邮政汇款不是也很便当吗，何必非要银行卡号呢。对方的语气很不友善，说，哼！邮政，死头干僵，烦！这使细心的黎晓篷觉得邮政只怕真有什么问题，心就悬了几天。几天之后，汇款单到了，却把黎晓篷的"晓"字打印错成了"小"。就二十块钱，黎晓篷一共去取了三次。第一次带身份证，邮局的同志说绝不能把"小篷"的钱给"晓篷"，很负责任的样子。第二次带了户口簿，说某小区某号某单元某室的户主就我一个，否则这汇款单它怎么能到我手里？邮局的同志说谁知道它怎么就到了你手里，要真是你，等两个月，我们退回去之后你让人家重寄吧。第三次黎晓篷加附了小区管委会的证明，证明此"黎晓篷"实属彼"黎小篷"，邮局干脆说你那证明算什么，我们这还是国家规定呢，回去，等着，两个月以后再说！黎晓篷相当郁闷，打电话给报社，编辑回答，邮局是老大，这种事情你没啥道理可以跟他们讲。又觉得自己这样回答，和邮局的回答差不多一样不讲理，就找补一句：黎老师，要不您给我们写篇时评？

　　自从大三在校文学社外围活动以来，这是黎晓篷第一次接到正规媒体的正式约稿，连钱丽都替他高兴。黎晓篷花了十多天时间，写了一篇针砭"霸王条款"的时评亲自送到报社，文章当天就见报了。一个月之后，黎晓篷收到一百五十元钱稿费，可惜汇款单上的收款人又错成了"黎晓蓬"。

鉴于上次的教训，黎晓篷直接找到报社。编辑在核对了电脑上储存的当月稿费清单和黎晓篷汇款单上打印的收款人姓名后，确认是邮局打字打错了，遂陪同黎晓篷到汇款邮局说明情况。邮局宣讲了很多国家某些行业规定之类的大道理，让黎晓篷回家等着，待那边两个月之后发现没人来取，退回之后，这边重新汇出……

两个月之后，报社编时评版的那个编辑辞职走人了，当时没留意就把自己电脑硬盘上的资料清空，这直接导致了黎晓篷手中两张收款人为"黎小篷"和"黎晓蓬"的汇款单无疾而终。好在黎晓篷经济无忧、生活工作顺畅，才没把这点"不义之财"当回事。他把分别填写着二十元和一百五十元的汇款单压在写字桌的玻璃板下面，对人说他只花了一百七十元，就发现了中国邮政衰落的秘密，很合算——"那就像第二十二条军规呀！"他说这话时活像一个哲学家。

黎晓篷至今还在某单位的团委工作，媒体讨论某个社会问题时，也会打打电话去表明自己的立场。但他再也不写文章了，连时评也不写。

七：老五

二十年前，我曾在昆明城里的莲花池边住过些日子。

那时候我刚毕业分到云师大教书，才十九岁，轻狂得不行，以为前途贼亮，自觉与同时分到师大的青年教师二人合住一单间，那是把鹤与鸡给关在了一个笼子里，从常识上看都是不行，于是托人在莲花池边租了间民房，搬了去独自蜗居。

房东的大名，现今已经忘了，只记得当时都叫他老五。老五婆娘是关上那边种菜的，她习惯上把老五叫做"老藕"，因此我们也习惯叫她"藕嫂"。藕嫂长得短粗短粗的,真的很像是一截饱实的藕,任谁都能大面积感觉到她的泼辣热情。比如她说:"你们不学昆明话咋个行,买菜都要吃亏!"那么我们就非得跟她"疑鹅三俟藕"地念叨不可了,以至于事隔多年之后,我讲昆明话一开腔就别扭。

老五没读过多少书,但他自己说他崇尚文化。据我后来所知,自古至今的文化人,他就只崇拜一个明末才子吴梅村,吴梅村那么多作品,老五也只推崇一首《圆圆曲》——这首长诗,老五能从首行"鼎湖当日弃人间,破敌收京下玉关"背诵到最后一行"为君别唱吴宫曲,汉水东南日夜流",一字不落,还抑扬有调顿挫有情。末了少不得言归正传:"格晓得?陈圆圆就是在这地儿淹死的?!你把窗子打开,我指给你看她淹死的塘塘!"初始我很惊乍了两回——按他所指的准确位置,那是在我的窗下了!就算当年还没这房子,陈圆圆也是站在咱们这墙脚起的跳——后找书来对照,才发现一条铁路把莲花池割成两半之后,传说中陈圆圆投的是那边那半个湖。但老五说:"啥子破书!绝对是整错了!"言之凿凿。每逢这种时候,藕嫂总是气得呼呼:"放你的贼屁!书上还会整错噶!你小砍头的肠子还花哦,咋个不说人家陈圆圆是跳你家水缸淹死的!"老五喏喏。我目测他们的胳膊,估计如果放手一搏,老五对付藕嫂的难度很大。

老五也崇尚娱乐运动,但只有一项:麻将。那时候麻将与娱乐还没公然沾边,它有个不分青红皂白的诨名叫做赌具。赌具这个词实在不好听,藕嫂于是对麻将活动满怀仇视,偏老五对从事这项运动热爱太深,虽经藕嫂多次现场"捉赃"并施以老大耳刮子教育,无奈老五像迷恋做贼似的痴心不改,某个周末,藕嫂回娘家,老五又邀约了三个卖鳝鱼的在家里娱乐。天热,气氛也热,就开了窗,就"小搞搞"——赌二角四角人民币输赢,照老五后来的话说，那晚上他是撞了陈圆圆的魂了，从下午七点到晚上十点，他居然一把牌也没"福"，直到十点过"藕分"，他才撞到个清一色夹二筒自摸，气怒惊急之下，他花了大力气把那"二筒"砸在桌上，不料"砰"的一声，牌被砸成两截！他面对着窗，牌的前半截就飞出窗外，落到湖里去了，以至于他中指拇指死死夹住的，只是"一筒"，是"炸福"！"莲花池的水那么脏，你还真跳下去摸那两筒的一半呀你？"事后我问他。他说："你格晓得，我当时连砍人的心都有啊！幸亏呛了口脏水，才清醒。"老五自那以后再不摸麻将牌，弄得藕嫂终日纳闷不已。

后来我从师大辞职，准备到外面混。离开莲花池时，我告诉藕嫂：哪天莲花池的水干涸了，老五找到了那"一筒"——也就是那"两筒"的前半截——他就会再度崇尚麻将娱乐的，你可要当心。

藕嫂于是天天担心莲花池的水干涸，据说至今惴惴。

八：虚像

题一：许多人都曾不止一次问我，为什么当初要取"沧浪客"这样一个怪怪的笔名来写武侠小说，尤其是 1995 年拙著《一剑平江湖》获得"首届中华武侠文学创作大奖"之后，问的人就更多，而我常常无言以对，有时甚至连搪塞的话也结巴不出来。

的确，中文可算是世界上最为繁复深邃的语种。就字面来说，"沧"与"海"或与"桑"字相连，意境就大不相同，而"浪"与"花"或与"荡"字组词，千差万别的意思就出来了。早年在上海念书时，我常喜欢到苏州的沧浪亭坐坐。"沧浪之水清兮，可以濯吾缨，沧浪之水浊兮，可以濯吾足。"历来是我极为推崇的佳句。而我在云南师大教书五年，决定退职出来以文谋生未久，就发现了生活的艰辛：工资和住房是没有了，靠写"先锋小说"连养活自己都难，因此感觉到了某种沧桑与孟浪，预感到此生将浪迹天涯客居异乡，故而第一套武侠小说完稿时，我连想都没想，就把"沧浪客"三个字划拉在了封面上。就目前看来，这个笔名将伴随我今世今生。

后来的事实清楚表明，下意识划拉的笔名是一种极为深刻的预感。从1990年辞去大学教职迄今的十余年中，我客居过上海、北京、成都、深圳、珠海和广州，写了四十余册武侠小说，拍摄过近百集电视，在别人看来应该是风光了，但唯有我自知，如今的我，总是把自己的生活搞得一塌糊涂，正像一株无根而过早枯老的果树，虽尚能结一些零星的果实，但没准哪一天就会轰然倒下，变成朽木供人焚烧践踏。

当然，说上面这段话，我并没有自轻自贱的意思，只不过透出一丝终难觉悟的小伤感而已。上世纪九十年代末，随着"武侠热"的风潮消退，我迎来了今生最"沧浪"的日子，那段时期，我总在醉与醉的间隙不仅自责而且对自己充满仇恨。在某个朦胧的夜晚，我意识到自己必须逃离故乡，逃离到某个遥远而不为人所知的地方，重新开始另一种生活，于是搭上了直飞深圳的班机。

到深圳未久，我成了白天鹅影视制片公司的创作总监。该公司以拍摄佛教题材的影视片而在业内独树一帜，但佛教的那种慈悲济世利乐有情的博大情怀和对社会家国的人伦大爱，究竟对我的生命有多少渗透，现在还很难评说，只是在拍摄完十集电视专题片《走入佛门》之后，我在自己通讯录的扉页上，写下了这样一段话："出入名利而不为名利所累，沧桑荣辱而不羁于浮沉得失。身居万山之巅，俯瞰人生世事，情寄千秋逝水，任他河东河西。潮起潮落随它而去，云舒云卷一笑了之……是为真坦荡，真潇洒，真面目，真性情。"——虽然自知如此宁静致远的境界遥远难及，但自以为在广袤的心里播下了一颗淡然的种子。

由是我想，担一担白云朝来暮去，卷一卷奇文东走西游——作为无法更改的沧浪客，我将注定如此坦然走完自己的沧浪人生。

题二：有个记者曾做过一篇我的专访，想象力是异常丰富，说我尚年幼时，就很有侠义心肠，诸如和小伙伴们一块儿干了堵塞人家锁眼之类的勾当，尽管不是"主犯"，若遭大人叱打，总会挺身而出，把所有的罪责都自己扛。我觉得这是在骂我傻呢。至于吗？一个小屁孩，干了坏事，抵赖还唯恐不及呢，哪还会替别人顶缸！幸好这记者没写沧浪客是舞弄着一柄剑出生的，甫一面世就豪气干云，长大后一剑就把江湖给平了。

想说的是，那记者和我共同生活的这世界，怎么那么虚假？难道武侠小说的作者，就必然是一个天生的侠客？于是感念"六一"。

"六一"最根本的意义，在于它给纯真快乐的孩子们在未来成长的岁月中留下色彩斑斓的梦，同时提醒营营扰扰的红尘中人：你也曾天真无邪。"无邪"的意思，是现在你已经邪了，邪得异想天开。比如说，你告诉不明真相的读者，武侠小说家沧浪客打从童年起就像个大侠。虽然傻了点，但还是大侠。这话连你自己也不相信。

事实上是，我的童年懵懵懂懂平平庸庸，没有卡通也没有机器猫，泥巴就是玩具，捉迷藏总是第一个现形，玩儿老鹰捉小鸡，最先被叼的那只小鸡，几乎毫无例外，就是我。你说，有这么可怜兮兮的大侠么？说一句漏底的话，如果愣要把后来我写武侠小说的事儿和童年联系起来，那恐怕正是因为自己做多了"被叼的小鸡"。

大约是在我九岁的时候，那一年的"六一"，因受家庭的影响，我没能加入红小兵（现在叫少先队），心灵所遭受的重创可想而知。我成熟早识字也早,六岁多就开始读三国水浒,九岁时,什么封神榜三侠七侠五义都是读过了的,其中最仰慕的是大侠展昭。没能加入红小兵,我可以强装无所谓,反正包青天在他该出现时就总会出现的。但正像我在前面所说过的那样,在咱们的童年,老鹰捉小鸡也许就是最欢乐的集体游戏了,我九岁那年的"六一",虽然"政治上"没能"进步",但节日终归是大家的,所以人家宣誓之后,也没忘了我这只"小鸡"。当然我又第一个被"老鹰"给叼了。我可怜巴巴地蹲在游戏之外,看老鹰和老母鸡斗法,觉得自己不受保护,虚弱无助得很,脑海里就幻化出了大侠展昭飞檐走壁的许多形象,想,自己要也是大侠,还用得着那见鬼的"老母鸡"来保护么?一箭就射中那"老鹰"的左眼了……这就是我童年时萌生的唯一一次做大侠的念头,时间是1974年的"六一",其时差两个月我九岁整。

很多年后的今天,写下这段文字,是想说,这个世道,真正的大侠,没有。所有武侠小说家,都与"大侠"二字扯不上半点干系。在任何人都不得不纯真的"六一",我或许可以对那个记者的笔误作个小小的更正:童年,无侠,唯有本真。都说武侠小说是成年人的童话,如果硬要追究我当初为啥要编这种童话,或许拙著《红泪箫琴》的后记里的这句话可算是回答:"成人不需要童话,是人类迄今为止所犯下最严重的错误之一。"我认为这句话值得回味,很有点儿自以为是的意思。

九: 大姐

我的大姐出生于上世纪五十年代,那时候中国乡村的识字者寥寥,所以中学毕业后,大姐就直接被派去做了小学教师。虽然在上世纪七十年代初,她被保送到正规师范院校深造了两年,但毕业后,还继续做小学老师。她这一做就是一辈子,直到三年前退休。大姐退休时,是某重点小学的书记兼副校长,还是小学特级教师,享受全额工资,因此她对党对生命的感激之情,我比较难以言传。

　　大姐初为人师时,才刚满十六岁,因受特殊时代的教育,她那根阶级斗争的弦是绷得很紧的。在我相当幼小的时候,她给我讲故事,涉及得最多的就两个人,一是毛主席,二是高玉宝。虽然记忆朦胧,但我还有模糊印象,每每讲到高玉宝的故事,她就对那个搞"半夜鸡叫"的周扒皮咬牙切齿,大有把那个老地主打碎了喂鸡才解恨的愤懑。不谙世事的我,看漂亮姐姐秀眉纠结面红气粗,就咯咯咯笑,少不得被她训斥责骂。不过,我学会了一口足以乱真的鸡叫。时至今日,我这独门口技,估计还可以迷惑那种稍微笨一点的公鸡。

　　退休后的大姐定居楚雄,除了帮儿子照管自己三岁的小孙子,她的主要业务就是侍弄阳台上的花草。因为阳台很宽大,她又请人编织了两个巨大的竹笼养鸡。一笼公鸡,一笼母鸡。母鸡负责下蛋,很招人待见,但那笼公鸡就讨厌了——我的恶习是白天睡觉,晚上看书或者写作到凌晨五点左右,每次到楚雄住大姐家,才刚睡下,它们就叫得此起彼伏,无比的可恨。以至于每天临睡前,我都不得不准备两团棉球堵塞双耳。

　　今年初的某个周四,我到楚雄参加"梅葛文化节",照例住大姐家。那晚感觉挺累,我很早就躺到了床上看书。大姐纳闷,进来问我什么书让你连"足球之夜"也不看了?我把书递给她,她一看封面,顿时变色:"什么?《半夜鸡不叫》!谁写的?"我说作者是周扒皮的曾外孙孟令骞。大姐不由分说,拿了就走。我哎哎两声,她才在屋外说,你先找别的书看。

　　三个多月之后的昨日,大姐到昆明来,才把《半夜鸡不叫》

还给我，一句话也不说。我大惑不解，惊问其故，她把书翻到《附录章·公鸡为什么啼叫》那一页，说："你自己看吧。看我下面划了线的那些。"我疑惑地看，发现大姐划线的句子全是孟令骞引用高级畜牧师房司铎的原话——"公鸡啼鸣是一种光刺激作用下的条件反射。鸡同其他动物不同，有一对灵活而突出的大眼球，视觉器官十分发达，即使微弱的光线也可感知。公鸡啼鸣大约发生在日出前一个小时，当人们还酣睡在梦乡里，晨光已被公鸡感知，于是出现了公鸡报晓，当公鸡鸣叫三遍，就是'雄鸡一唱天下白'了。但鸡的听觉较弱，在寂静而完全黑暗的条件下，突如其来的噪声，是一种试应激，会在心理和行为上，打破鸡的平衡状态，造成神经质，产生防卫反应，而不会发出欢快的啼叫。人的口技式的啼鸣，甚至阳光下的公鸡啼鸣，都不能导致处于黑暗中的公鸡啼鸣。所以'半夜鸡叫'是一种荒唐的推理和愚昧的臆想。"

看大姐颓丧而郁闷的样子，再联想到小时候她给我讲述《半夜鸡叫》时的表情，我无言以对。半晌才嗫嚅道："大姐，你也别太……那个郁闷了，你知道现在的专家，一大半都是扯淡高手……"

大姐打断我的话，说房司铎那个高级畜牧师可不是扯淡。大姐还说，她学不来公鸡叫，就在凌晨用录音机把公鸡的啼叫声录了下来，还请人把那声音处理得特别清晰后连续拷贝几十声，然后接连在很多个半夜，她悄悄把录音机拿到阳台上关养公鸡的那个竹笼旁边播放，结果，"它们被吓得鬼跳，但就是不喔喔喔地叫嘛！"大姐说。

我哭笑不得。我的当了一辈子小学老师的大姐哎，你咋就不明白，大历史环境下的小人物的命运，通常都会充满喜剧色彩甚至滑稽悲情，你何必那么较真，把自己搞得无比郁闷呢！值当吗？——但我没敢直接对她这么说。

我只是说，大姐，我们这就去买只公鸡来炖草乌吧。

十：罗建琳

许是昆明比广州小的缘故，当年的昆明人，尤其是同一个圈子里的，谁都不会不认识谁。比如1986年的昆明文学圈，于坚要是追求某某女孩未遂，在很长一段时间之内，大家就会围绕着这个话题，一致认为那女孩没眼水必定后悔终生。要是姚霏夜里喝醉了酒翻学院的大门被摔了个鼻青脸肿，圈子里准会在很多日子里探讨他任教的那家学院夜里才十二点就关锁大门是多么的不人道。诸如此类。内中只有一个女子，眯眯地笑，美丽地笑，偶尔瞪大眼睛插一句："是这样啊？"

这个人就是罗建琳，时任《滇池》文学杂志的编辑，很单薄很清纯的样子，却有一双形状和颜色都与常人很不一样的眼睛——圆得像猫，眸子的色泽，像老外。其时我刚从上海分回昆明不久，见过的老外相对多些，因此有一种奇怪的心理，认为老外那种有点泛黄的眸子深邃无比，很值得探究，因此与罗建琳的交往就比其他人多些。可惜最终也没探出结果，每次涉及这个话题，她都只淡淡地"哦"一声，或者从一大摞稿子里抬起头来，虚晃一枪："大概是看稿子看多了弄的吧。"

很多年之后，我辞职离开昆明，与昆明文学圈渐渐断了联系，直到1999年回来参加世博会，才不经意地听说罗建琳早已去了广州。我很纳闷，自己1995年去了深圳，在一家影视公司任职，每月几乎要跑五六趟广州的，咋就没得到过她的消息呢？世博会之后我又回深圳，每月还是要跑广州多次，仍是不知她的音讯。当然，行色匆匆是一个原因，但更主要的，恐怕就是因为我在本文开头所说的那句话，广州比昆明大，又被当时的经济大潮冲刷得格外的坚硬圆滑，别说我一个人，就算你想认识一个人，哪怕是圈内的，都难。

2002年底回昆，我先后在两家报社主编副刊，不得不对本土文化予以更多关注，比如在"王中文化奖"的获奖者中，于坚、赵仲牧、杨修品、樊忠慰这几位，至今都是我极好的朋友，也是我们版面极力推崇的文化大家。至于离开故土多年的罗建琳，就再没什么联系，也再没刻意去打探过她的下落了。

不料日前，王中先生来电，告知今年"王中文化奖"的获奖者是一位叫李崇安的老人，并托人送来了老人年初出版的一本书，书名叫《牵手一家人》。凭良心说，一开始我很感到羞愧的：关于此书，我只听说过而没见过。惶然打开，还没来得及读文字，就看到了一张格外熟悉的面孔：罗建琳？！

忙致电王中先生，得他确认，更得他提供建琳目前在广州的电话，直拨过去，就是她！一聊四十分钟，忘了时空阻隔，仿佛又回到了1986年昆明文联那间小小的办公室……这位李崇安老人的女儿，如今婚姻幸福生活美满，已不再回避妈妈书中记述的她早年承受的过多的苦难（关于此书此事，笔者将另作评述），在电话里与我大抢话头——"你还喝酒吗？""你的眼睛还像猫吗？""你成家没有？""你在广州都好吧？""昆明的天气还那么好吗？我的昆明话还地道吧？""咱们都还活得自在，真好啊！"……虽然"前言不搭后语"，但近二十年故人之间的那种浓浓的友情，却再也化不开抹不去了。

"是啊，活着真好！"这是我一口气读完李崇安老人的《牵手一家人》、一夜无眠之后，唯一想对她的女儿罗建琳所说的一句话。

十一： 老楷

云南文化圈里有三个著名的光头。一个是诗人于坚,另一个是摄影家吴家林,还有一个,就是老楷。

老楷,大名张楷模。这名字乍一听,会让人联想起开国领袖们接见时传祥、王进喜等劳模之类的大事件。但据推算,应该无关——今年,丙戌年,老楷六十岁整,是本命年,他起大名的时候,王进喜们估计也还在玩泥巴。更何况,就一个甲子之后的今天看来,老楷的大名,显然名不副实得紧,无论从形而上或者形而下的角度观照,他都很难与"楷模"扯得上多大干系。

老楷是这样一个人:纯粹,口无遮拦,与世无争。照理说,活了六十年,在世俗圈子里,怎么也该学会些人模狗样的礼数了。但他不。比如,在文联举办"雅"得令人郁闷的聚会上,他的粗口往往比小年轻们还粗,以至于许多二十郎当岁的新晋作家诗人们指认他"为老不尊无耻下流"。对此,老楷会哈哈大笑,很开心的样子,说:他妈呢(念 ne)。他说这三个字时用的是地道的昆明方言,丝毫也没有骂人的意思,流露的表情看上去还很得意。

与老楷相交已逾二十年,我知道他没有的只是头发,其实很"有耻"的。他属狗,也酷爱狗,他养的狗完全就成了自己的家庭成员。虽然我不知道,他搞的那一套人狗平等,是不是为了表明:人,得有人样,狗呢,也得有狗样,不同的生命,只要安守自己的本分就好。不过,从他那本一再重版的散文集《狗说狗讲》里,的确流露出了这样的意思:人模狗样或者狗模人样都不是好事情,他鄙视。从这个意义上说,我认为"有耻"这个不符合语法规矩的生词,在老楷身上是可以成立的。至于"下流"的评语,我还真不知道该如何替他分辩,因为千百年来,咱们对"上流"和

"下流"的划分一直令人生疑,时至今日,我已经很难判定,冠冕堂皇之下的男盗女娼和无伤大雅的粗口糙语,到底哪一种更肮脏龌龊。

老楷曾经在巴黎客居多年,因此有著作《梦幻巴黎》面世,里头的文字是极其雅致的。日前在朋友的生日聚会上,老楷拿着再版的《梦幻巴黎》前来,那精美的封面与他亮晃晃的光头,倒还真看不出有什么必然联系,只不过酒过三巡,老楷本性暴露,展示了他本命年的红袜子红腰带,就显得与新版《梦幻巴黎》的"面子"极不协调了。幸好,红裤衩,他只说没露,否则就不仅是不协调的问题了。举这个例子,我是想说,作为一个纯粹的率性之人,老楷之所谓"下流",其实有度。

老楷的文字,和他的头皮一样,很干净,所以好读。当然,我没有提倡搞艺术创作的人就非得学老楷于坚吴家林那样把头发剃光的意思。毕竟,至少在云南文化的小圈子里,著名的光头,也就他们三个。更何况,像老楷那种"六十岁的儿童",不是人人都能做的。

十二: 李秀秀

在来云大留学之前,李秀秀曾在北京语言大学、北大和华东师大先后"流窜"了五年,只不过那时候她不叫李秀秀,叫琳达·露茜。琳达来自美国俄勒冈州,在自己老家时就喜欢上了中文和中国文化,因此读大学时选修的外语是中文。去年到云大后,琳达到楚雄彝族自治州去泡了三个月,回昆明后看上去像西亚人,黑不黑白不白的,但她兴高采烈,召集了朋友们郑重宣布,往后谁也不准再叫她"琳达"或者"露茜",因为她的名字"从现在起叫李秀秀了"。朋友们先是一愣,继而大笑,然后鸦雀无声——

因为她的脸色太严重太难看了。于是有人提议为李秀秀干杯。那就干吧，杯杯见底。最终李秀秀醉得东倒西歪，被两个女同胞架回留学生楼，但自此之后，果然没人敢叫她本名，都管她叫李秀秀或者秀秀。

李秀秀原本是研究人类学的，但到云南后，她对我们说自己主攻的是民俗学。我不知道人类学和民俗学有什么异同，只知道她在中国待了将近七年，不仅普通话流利，甚至连北京话、上海话和云南话都能来几句，算得上是个中国通了。更要命的是，她的语言天赋非同小可，对近些年才蔓延开来的很多"异味词"，从本意到隐意，她理解得都不比我们差，比如"鸡婆"、"鸭子"、"二奶"、"牛叉"什么的，该用在什么时候什么地方或什么语境氛围，她都游刃有余准确无比，让人不服不行。

麻将是否属于中国民俗学的范畴，对此我拿不准。比较有把握的是，与李秀秀玩麻将，我十赌九输——用"赌"这个坏字眼，是因为李秀秀说了："不带点彩，玩个屁啊！"连"带彩"、"杠上花"、"海底捞月"这些专业术语都门儿清，你就知道她绝非"低手"。好在，她赢了钱，就全部拿出来请输家吃饭，那感觉类似大家凑份子聚餐，她凑得比较少一点而已。这倒也公平，她凑得少，饭量也小。不过她吃得少并不意味着她没过足嘴瘾——看着大家狂吞猛咽，似乎都想把输了的钱给吃回来，她就指点江山激昂文字，尤其喜欢评点中国男人。某日，她说："我告诉你吧，中国男人在我们那里的形象很糟糕。"我"呸"出一块油炸带鱼，怒目相对："你们那里的人，不管男人女人，给我的印象都更糟糕，浑身是扎人的毛，像没进化完全似的！"她笑得嘎嘎嘎，说你不算糟糕，我喜欢彝族，你们彝族的李是大姓，所以我才叫李秀秀啊！"最重要的是，"她强调，"没来中国之前，我在俄勒冈有个好朋友，也是你早年的朋友，张慈小姐，她就说你很好……"我大吃一惊：二十多年前，张慈是云南文学界的才女，按诗人于坚的说法："在尚义街六号，李勃是我们的脸，张慈是我们的妓女，吴文光是我们的牙齿。"这话中"妓女"的意思是张慈的文字无拘无束，追寻人性的自由，是褒奖而非贬义。十多年前张慈去了美国，而我去了深圳，与她的联系就此中断，没成想她竟然是这个李秀秀的朋友。据朋友们后来说，我那晚像个小屁孩，问这问那，连自摸了都不知道，还一个劲儿点炮，把人家李秀秀都赢烦了，最后连夜宵都没请大家吃。而我自己也只记得她的一句话："张现在不写小说了，她在一个社区做义工，模样像大了一号的丁玲。"

连前辈作家丁玲都知道的李秀秀可能是真的烦我了，接下来的很多个周末，她都没再约我去参加他们的牌局。就在那段时间之内，我通过朱晓阳和于坚等朋友，已经清楚张慈在美国俄勒冈州的生活现状，用不着再向李秀秀打听了。不知是谁告诉了李秀秀这些，上个周末，她又来电话约我去打麻将，并且声明，主要是因为三缺一。我暗笑赴约，去了却没见别人，只见李秀秀独自在看电视。她是那样的专注，以至于我进门后她仅示意让我自己找座位倒水喝。我深以为奇，发现她竟然是在放碟，看电视连续剧《士兵突击》。

《士兵突击》的碟子我也是刚看完，感觉非常不错，因此说："那许三多，傻得可爱吧？"李秀秀摁暂停键，白了我一眼，说："才不呢！不抛弃、不放弃，多么的牛啊！他很普通，但是很阳刚，很值得爱，我要告诉我的女朋友们，中国男人的形象和以前不相同了，要嫁人就应该嫁给许三多。"我说："快乐男声，我型我秀，加油好男儿……你没看过吗？那么多的俊男帅哥，还不够你们嫁啊？"李秀秀很认真地回答："我看那些奶油小生很像鸭子。"我的神哟！这个叫李秀秀的美国姑娘琳达·露茜，胆子咋就这么大呢！她这样说，就不怕被井柏然陈楚生等人的万千粉丝给撕碎了喂鸡啊！我默然良久，逗她："莱昂纳多，就是在《泰坦尼克号》里扮演男主角的那个，不也是奶油小生吗？怎么就把你们美国女人迷成那样？"李秀秀说："迷他的，主要是未成年少女和寂寞空虚、即将步入更年期的女人。"想了想，她又补了一句："不过，莱昂纳多胸上那些毛，看上去不是假的。"

我实在忍不住的大笑让李秀秀纳罕不已，她问："我说的很可笑吗？"我说不。她似乎松了口气，随即又锁紧眉头，很坚决地说："我还是不告诉朋友们了。因为，我要把自己嫁给许三多。"

这回轮到我目瞪口呆了。幸好，另外两位牌友及时驾到，于是摆桌洗牌开战。当晚的最后战绩是，李秀秀输了个一塌糊涂，我破天荒地请了他们夜宵。

十三：瑶瑶

老爸年过七旬，世界观之坚固那没得说。但凡他认准了的对错，即便有悖常理，你也休想替他矫正。他们那一辈人啊，较真！

小侄女叫瑶瑶，是妹妹的孩子，聪明可爱极了。但照我妹妹的话说，"谁也搞不清楚这孩子的'不良嗜好'是从哪儿遗传来的。"——瑶瑶喜欢小动物，除了蛇，凡地上爬的天上飞的，只要个头儿不太大，她都喜欢，还敢豢养，甚至像癞蛤蟆那种丑陋的家伙，她都对它们呵护备至，把自己挺漂亮的一小"闺房"弄得像"小动物乐园"似的。妹妹急啊，想以流放蛤蟆之类的方式改变女儿的审美倾向，没料老爸挺身而出，说蛤蟆专吃害虫，是人类的好朋友，瑶瑶的行止无比高尚。妹妹无奈，致电到报社求救于我，我让她转告老爸，蛤蟆只在田间地头活动，才有益于人类，关在笼子里，是很不"蛤道"的。癞蛤蟆们终于获得了自由，但自此爷孙俩联手，关爱更多的蚂蚱瓢虫蛐蛐儿，搞得妹妹、妹夫理屈词穷。

当然在同一条战壕里，老爸和小侄女也时常会发生"人民内部矛盾"。比如老爸有个坚不可摧的信念：凡是在媒体上大肆广告的东西，就没有一样"整得成"，自己不买不用不说，还逮着空就跟人灌输自己的"理论"。偏巧小侄女古灵精怪，某一天突然喜爱上了自己从来没有见过的海豚，于是软磨硬缠，硬是要妈妈给她买高露洁牙膏。这一次老爸坚决支持我妹妹，帮着劝瑶瑶，说那海豚连手都没有，怎么会用牙刷、牙膏呢？再说海豚在海里，怎么看得见你生产牙膏时使用了什么"植物草本精华"呢？它的牙齿白与你高露洁有毬相干，摆明了是骗人嘛！小侄女不依不饶，赌气两顿不吃饭。妹妹没辙，只好给她买了一支。见妹妹"没原则"，老爸气急，也赌气两顿不吃饭。妹妹真急了，又致电到报社向我求救，我搜索枯肠，给她出了一怪招：你把高露洁全给挤了，另买一支老爸喜欢的中华牙膏强灌进去，然后把实情告诉老爸，只要别向瑶瑶泄密，保证皆大欢喜。妹妹在电话那头坏笑，说哥哥你干传媒，绝对是个精英……借用 BBS 语言：我分特（faint，即晕倒）。

分特没多久，老爸急来电，问：你是不是早就知道高露洁牙膏里含有致癌物质，要不当初怎么会想出偷换中华牙膏的高招呢……再借用 BBS 语言：我崩溃！

崩溃的我虚弱地分辩：高露洁牙膏到底含没含致癌物质，现在还没定论呢。老爸立马理直气壮，说：你们媒体！哼！难怪你妹妹说你是传媒精英！

这一次，用 BBS 上的话说，是：我凝固。

十四：马六甲

1990 年，昆明的盘龙江像个油腻腻的脏婆娘，邋里邋遢地自北而南流过油管桥,让一个不知准确姓名是叫"清水"还是叫"污水"的"处理厂"给处理一回,确实清秀了些,才低眉顺眼地穿过圆通桥,缓缓进入昆明闹市。那个时候,我在盘龙江边(也就是在油管桥和圆通桥之间的小菜园村)关起门炮制武侠小说,傍晚的时候,喜欢下了楼到江边走走。于是与马六甲不期而遇。

马六甲那时已五十多岁,也不知他是鳏夫还是光棍,他通常都穿着一件和盘龙江一样油腻的旧军装(没有曾戴过领章的痕迹)、牵着一条小土狗在江边踱步。他真的是在踱步,不是随便走走,因为很多时候,他都是在退着走,表情很深沉,像个穿脏衣服的哲学家。那条与他赛着脏的小土狗也非凡俗之辈,它也退步而行!只不过很不深刻,时常东张西望。我曾经在很长一段时间里对这一人一狗很好奇,把他与它想象成九指神丐洪七公和杨过的"雕兄"之类的风尘异人异物,可怎么观察怎么觉得那小土狗猥琐不神武,又丝毫没有深藏不露的迹象,所以始终没把他与它写进武侠小说里去。

第一次与马六甲对话有点猝不及防。那天我被一个在书中改邪归正的采花大盗之归所纠缠,拿不准是让他死了好还是出家当和尚好,正对着江面发呆不得要领时,马六甲突然来到我身边,说:"你写武侠的?"我一愣,不知所措地看着他。他把头转向江面。江面上的油污在晚霞的照耀下流光溢彩。他又说:"何苦呢!"我问什么何苦啊,他却摇摇头,牵着小土狗踢踏踢踏地离去了。那小土狗回头看了我两眼,目光中有点儿悲天悯人的意思。当夜,我把书中那采花大盗一掌打下山谷,不明不白,不知所终。

后来,为处理一部书稿,我到北京暂住了些日子,再回昆明已是初冬,盘龙江因得秋水的洗涤,稍稍清澈了些。马六甲问我:"你北京怎么去的?"我说乘飞机去的。他说他知道那只需要两三个小时,时间省下了大把是不是?他还说汽车、火车、飞机、电报电话手机电邮一样一样被发明出来,时间越省越多,可你们却越来越忙,那些被省下来的时间都哪儿去了?我瞠目结舌,问:"那些时间,都搞……搞哪儿去了?"他哼哼、哼哼两声,便不理不睬地径直走了,连他牵着的那条小土狗,似乎都有点趾高气扬。他们的影子在地上拖得很长,弄得我的心思一片迷乱……

于是在天气好的傍晚,我便常到盘龙江边发呆,死劲儿瞅自己的影子,却感觉眼前总蒙着一层永远也穿不透的什么灰尘,封闭了所有线索。而我则像个傻瓜,始终悟不出什么玄机。

十五:阿君

读中学时,曾与阿君同桌。但只同桌了半学期,我就不惜以被罚站和写检查为代价,和班主任又哭又闹,最终得以调换座位。倒不是因为我讨厌他,事实上,全校数百师生,恐怕没有一个会讨厌他——他是这样一个人:乖巧,听话,衣着整洁,表情单一,言语稀少,用石碌轳也压不出来半个屁的。至少在我的印象中,初中三年高中两年,五年之内阿君甚至从未被老师点名:无论挨批评还是受表扬。还有就是,全班同学不管是有六十个还是只有三十个,他的成绩永远都能搁在中间不上不下,以至于当时同学们都习以为常了,即使被公认敏感好事如我者,也是在多年之后回忆起那一切时,才暗自惊佩不已的。

高中毕业后,同班同学有考上重点大学的,有考上普通院校和中专艺校的,当然也有名落孙山的。但阿君一如既往中不溜地考上了师专,既没喜怒哀乐,也未出人意表,似乎一切都顺理成章。多年以后,我辞去大学教职,成了一介以文谋生的自由撰稿人,才断断续续听到一些关于阿君的消息:说是阿君在读师专时入了党;说是阿君被分配到故乡小城的一所中学教书;说是阿君被调到市教委了;说是阿君在小城的党办任职……不一而足。

每次,我都只是点点头,想:这是必然的。再想起中学时吵闹着不与他同桌的事,就略有那么一丝儿愧疚。静夜深思,方明白当初之举,并非我接受不了他的某种坏习惯或坏毛病,而是难以忍受他根本就没有习惯和毛病。于是一笑置之。

不料年前回家度假,忽有当年一老同学来访,他现今在小城任着副科级职务,说:"你还记得阿君吗?就是那个叫任平君的?对啦,他还和你同过桌呢,人家现在可是省里××局的副局长了!"我笑笑:"是吗?"老同学说:"可不是!全省公开考核招聘,又是笔试又是口试面试,人家可是凭真本事争上去的。照我说啊,现今你们这些作家不吃香了,你可别生气,我实话实说,在当年咱们那个班的所有同学中,阿君……不,任局长那才是匹真正的黑马!"

我大笑,说:"我凭脑袋靠一支笔吃饭,犯得着生谁的气?再说了,老同学有出息,我高兴还来不及呢!"顿了顿,又说:"不过,你知道什么叫'黑马'吗?"看得出他有些窘迫,我接着说:"1831年,英国首相本杰·迪斯雷利写过一本叫《年轻的公爵》的长篇小说,其中有一段赛马的场面,写一匹毫不引人注目的黑马出乎所有人意料,超越了所有夺魁希望最高的骏马后独占鳌头。这就是'黑马'一词的由来。它意味着意想不到的成功。"我的解释似乎触动了老同学某种难言的情绪,他微微点着头自言自语:"原来如此,果然如此,当真如此……"我故作严肃地说:"你别再如此如此了,阿君既从了政,你把他誉为黑马那可是大大的不敬呐!"他愕然惊问:"怎么啦?有什么不妥?"我说:"黑马被用于政界,其含义就相当卑下了,一位历史学家曾说:'黑马是职业政治中的一件绝妙产品。'这位学者的意思是,被推举出来的领导人物并非具有真才实学或深孚众望,而是各种力量妥协的产物,或者是各种意见综合的产物。这种黑马大都无棱无角无功无过无恩无怨唯唯诺诺四平八稳,你能说咱们阿君是这种人吗?"老同学越听面色越凝重,末了连忙说:"我不是那个意思,我绝对没有那种意思!"我笑着拍了拍他,说:"我知道你不是那个意思。都活了这么多年,见得多看得多了,谁都明白有的时候这个意思根本不是那个意思。只不过,到省城见了任局长,你可千万别以'黑马'捧他,万一他真读过那位历史学家的妙语,你可就有些不妙了。"

老同学陪我寓意不明地好一阵大笑,方口称受教告辞而去。送他出门后,我站在阳台上仰望灰蒙蒙的夜空,深深呼吸了一口新世纪故乡小城日暮时分潮湿的空气。

十六:阿孥

民国初年,昆明城马市口背后的五华山雄踞着省府。某一天,人人都看见一个从省府大门口转过来的美貌姑娘——阿孥虽然穿得破旧了一点,但她浑身透着的分明是锦衣玉食。她来到马街人开的骡马行对面,对摆摊擦鞋的官渡人说:"给你十个大洋,等我在对面买了马,一招手,你就过来给我做马镫,就一次。"官渡人想,十个大洋,顶我擦十双鞋啊!合算!于是应口不迭。

阿孥转到对面骡马行前,相当老到地选中了一匹百里挑一的骏马。马街老板说,最少得卖八百大洋。阿孥说,如此神驹,怎么可以只卖八百大洋呢,糟蹋!一千吧,我买了。马街老板大喜,没口子称颂"女伯乐"慧眼慧心,深感让她先试遛一圈乃是天经地义。阿孥一招手,那擦鞋的官渡人便窜过来,身子在骏马前一弓,让姑娘当作马镫轻盈上马。

阿孥沿马市口、三市街、得胜桥、金马碧鸡坊一路飞驰，遛到东寺街，在一家呈贡人开的绸缎庄前收了缰，下马把缰绳交给守在门口的伙计，昂首入内见呈贡老板，说我是从五华山来的，急需上等绸缎若干，价值就五千大洋吧。呈贡老板见她的坐骑神骏异常，一丝疑虑顿消，忙催伙计们快快打点装车。事毕，阿孥伸手入怀，然后秀眉微蹙，说让老板派四个伙计押车，到五华山交割结算，愿一坐骑先作抵押。为她对那神驹片刻难以分舍之情所感，呈贡老板允诺。

绸缎车队沿东寺街、西寺巷，顺着盘龙江至交三桥，到万国银行门口，阿孥吩咐暂停，独自入内交涉。既知这批上等绸缎乃五华山之物，价值更是不菲，银行方面遂以实价五千大洋抵押收存。阿孥收执好四千大洋银票，取一千现大洋让那押车四人平分，令其作鸟兽散。

卖马的马街老板见日已西斜，"女伯乐"兀自不归，揪了那擦鞋的官渡人前胸，率人沿途探索。到东寺街那家绸缎庄前，见马，大喜，牵了便走，却被呈贡老板扭住。少了四个壮大伙计，呈贡老板吃打不敌，病卧三日之后，盛怒中把马街老板给状告了。由此又牵扯出了那擦鞋的官渡人和万国银行。万国银行势大，事情便惊动了五华山。

民国初年，凡事闹到五华山，细节可就多了。层出不穷的调查取证之后，官渡人十个大洋的"不义之财"充了公；马街老板的神骏宝马被牵进五华山不知所终；呈贡老板那五千大洋的绸缎也没了下落——他的医药费倒是有了说法：由马街老板支付；万国银行经与省府私通，一切无恙；美貌姑娘阿孥的头像贴满了全昆明的大街小巷，人们都说通缉令上的她娇美得紧，只可惜见她不着。

呈贡老板的医药费最终还得他自己掏，因为那个马街老板疯了，他终日只会念叨："我卖马！我自己卖自己的马……我自己他妈把自己的马给卖了啊！"

从那以后，"卖马"一词，经马市口传遍全城，成为昆明方言中寓意最为含蓄和古怪的词汇之一。

（注1：昆明方言中，卖马，有出卖、告密之意，但更丰富，不易准确注释。注2：五华山乃云南省府所在地；马市口、三市街、得胜桥、金马碧鸡坊、东寺街、西寺巷、盘龙江和交三桥均系昆明地名；官渡、呈贡与马街则是昆明郊区郊县。）

十七： 老残

老残当然不姓老，也不姓残。大半辈子了，老残只以几篇拨风弄月的作品落得个"老残"的绰号，也不知道是怎么混的。起初认识老残，就断定这是个一根筋的主。多年之后发现，果然。

就是说老残是热爱文学的。文学这东西也怪，爱它越久的人，就越拗越残——主要体现在人事上。比如老残，就一贯认死理，断定"人事"唯有一意：男女间的性欲之事。为此，他甚至翻出元朝杨文奎《儿女团圆》第二折的戏词来作证："如今长成十三岁，也晓的人事。"发现杨文奎说服力不够，又搜出《红楼梦》第七十四回中"或者年纪大些的，知道了人事"来作铁证。有人讥讽他：如果"人事"仅指男女性事，那么你们单位的人事部该作何解释？是专管男女性事的么？他振振有词：都一样隐秘而肮脏。性事固然需要隐秘，但他居然认为那是肮脏，未免太过分了。

老残的过分之词让好几个朋友对"人事"这个词产生了兴趣。我到网上搜索，发现此词的含义还真丰富，除了老残所说的男女之事，至少还有下面的十层意思：人力所能及的事（《孟子·告子上》："虽有不同，则地有肥硗，雨露之养、人事之不齐也。"）；人情事理（《史记·秦始皇本纪》："是以君子为国，观之上古，验之当世，参以人事。"）；人世间事（《乐府诗集·杂曲歌辞十三·焦仲卿妻》："自君别我后，人事不可量。"）；泛指人的意识的对象（如："他昏迷了，人事不知。"）；人为的动乱（《汉书·吴王刘濞传》："诸侯皆有背叛之意，人事极矣。"）；指仕途（《南史·臧焘传》："顷之去官，以父母老家贫，与弟熹俱弃人事，躬耕自业。"）；说情请托交际应酬（《南史·恩幸传·戴法兴》："而法兴、明宝大通人事，多纳货贿，凡所荐达，言无不行。"）；赠送的礼品（白居易《让绢状》："恩赐田布与臣人事绢五百匹。"）；官员的任免升降等事宜（纪晓岚《阅微草堂笔记·滦阳消夏录二》："以人事譬之，同一迁官，尚书迁一级则宰相，典史迁一级不过主簿耳。"）；指人与人的相互关系（如："人事纠纷，说不清楚。"）。

我如获至宝，把"人事"的这十层含义整理打印出来，拿去给老残学习，原指望让他从一根筋的困境中摆脱出来。没料他只扫了一眼，就非常不屑地说，你以为我不知道这些蹩脚的解释？哼哼，"人力所能及的事"，不就只剩男女之间的那点事了？"人情事理"是什么？你送我情人我用你老婆而已！还"自君别我后，人事不可量"、"昏迷了人事不知"呢，都分手了，昏迷了，还七想八想什么"人事"？能想得清楚？至于什么动乱、仕途、说情请托交际应酬、官员的任免升降、人与人的相互关系……哪一种解释不与情色甚至色情打连连？还不都是由男女之事派生出来的下作交易！至于白居易说"人事"是指赠送的礼品，蒙谁呢？还好意思说"恩赐田布与臣人事绢五百匹"，哼！田、布、绢倒是实物，"人事"呢？几回？历史上可都有记载，白居易根本就是个好色之徒。看过《儒林外史》吗？第四十二回里有这样的句子："还有几色菲人事，你权且收下。"可见当时官场上就有送嫖的了，和今天一模一样……说实话，对老残如此的曲解歪解，很长一段时间，我都理屈词穷。

2008年4月初的某一天，老残拿了张旧报纸找上门来，幸灾乐祸地对我说，看看，高层都觉得把"人事"挂在口上不雅，把"人事部"与"劳动和社会保障部"改成"人力资源和社会保障部"了。我说你胡焖什么呢，人家改名的意思根本不是你那意思。当时老残嘿嘿地笑，表情莫测高深。一年多以后，日前，在街上与老残偶遇，我说，现在看到了吧，我们，你们，所有的单位，人事部不都还好生生的？人家管你的男女性事了吗？老残说，隐秘的脏东西，你一下就能清除得掉？幼稚！老残的表情依旧莫测高深。

十八：王中

初识王中，是2004年昭通诗人樊忠慰来领"第七届王中文化奖"的那天傍晚。其时我为昆明的一家报纸主编副刊，之前浪迹深圳，我已远离云南文化圈将近十年，并不知"王中文化奖"是咋回事。随手翻开资料，赫然见于坚、刘自鸣、马曜、赵仲牧、杨修品等名字位于曾经获奖之列，不禁大吃一惊：一个律师，凭什么挨个儿把云南的文化大家们"一网打尽"？

印象中，律师都是些戴假头套的家伙，相当的装佯和言不由衷。但那天傍晚我所见到的王中，与我的"律师印象"反差却相当大，他的头发不长不短，有点乱，很真实，像一蓬蓬待发的暗器。也不西装革履，只一副随随便便的休闲。个头儿挺高大，也只透出敦厚而不是彪悍，说话还轻声细语，好像没啥胸腔共鸣，特别的是他的鼻翼间有一颗挺大的痣，人一笑它就左躲右闪，格外的天真逗趣。我想问他就这副样子还怎么能靠雄辩挣饭吃，但没敢问，因为大智若愚，不是谁都可以做得出来的，我不想自讨没趣。

后来熟识了,才惕然:幸好那天没问,否则就糗大了。在云南文化圈里,如果说于坚是大智若愚的标杆,那么王中也绝对不遑多让。人多的时候,王中或许会是话语最少的那一个,但要只有两三知己,他绝对是最滔滔不绝的,对他的满口锦绣和缜密逻辑,你不服还不行。

之所以把王中划入"云南文化圈",并不仅仅因为他设立了一个"王中文化奖"。记得去年仲秋的某个晚上,他邀约于坚夫妇、费嘉夫妇和我在"祥云会馆"小聚,饭后我与于坚夫妇随他到了他在柏联大厦的居所。甫一进屋,我的眼珠子就差点没弹出来:那么大一客厅,四壁全是书啊!油然而生的羡慕和嫉妒,据说当时把我折磨得活像一个傻瓜。幸好善于捕捉"辩方"神情的王中及时安慰:"咱俩应该同病相怜,都是钻石王老五啊!"仅以藏书而论,我想,你是钻石不假,可咱,成鹅卵石都还需要磨砺呐!毕竟心情舒畅了许多。

当晚于坚和他研讨书法,我才知道王中习练书法已久,颜柳欧苏都折腾过,搞出了一种"王中体",看倒是看得成,不过未得书法界认可,我让他为我新按揭的房子题一幅字,他很爽快就答应了,并保证别出心裁,弄得与书法大家杨修品他们写的都不一样。之后于坚夫妇有事先行告辞,我和他,两个王老五,就在成千上万本书的挤压下坦露了心扉:咱们四十岁的男人,是该找个女人成家了,可上哪儿找去啊?大惑。

后来我的爱情倏然而至。我结婚那天,王中把他的车开来,被鲜花搞得五彩缤纷喜气洋洋,他则上蹿下跳,像个孩子,显得比我还兴奋。当天的某些时刻,我甚至怀疑结婚的是他而不是我。

婚后重新布置客厅,才发现王中给我出了个难题:他的"墨宝"往哪里搁都不对味儿——"王中体"笔走龙蛇大大的"姚霏"两个字,即便有落款,还能把它挂在哪儿?你说!

好个别出心裁的王中。

十九: 秦阿姨

现今的孩子,谁的零花钱多谁就比较拽,我们的童年,比的却是谁的小人书更多。我记忆中的童年时代,最流行的小人书,是《杨家将》、《三国演义》、《四世同堂》、《隋唐演义》、《岳飞传》、《西游记》和《红楼梦》等成套的,当然,不成套的《铁道游击队》、《火烧新野》和《火烧博望坡》等等也很得追捧。虽然每一本都只卖几分钱一毛钱,但要买全一套,对我们而言,开销也是"天文数字",比如《三国演义》,一套四十八本,得花将近五块钱,那可是一个人一个月的生活费了。因此,小伙伴们,谁要是狠下心半年不吃早点,攒了钱买得一套小人书,那他就可以拽得不得了。

我就拽过,因为我有一套完整的《岳飞传》。小伙伴们来借或者来"蹭读",哪怕只借一顿饭的工夫甚至读几分钟,都要接受我居高临下的啰嗦,比如,我会翻开扉页上描得很粗很黑的"好借好还,再借不难"那八个字,给人家讲半天《三国演义》中刘备借荆州让鲁肃很头疼的故事,而人家只好赔笑诺诺。

比我更拽的是我们学校大门口的秦阿姨。

在我们小镇上,秦阿姨有一间小铺面,铺面里摆着两口大箱子,箱子里全是小人书。我们常常对着那两口大箱子发呆。一开始我和小伙伴们并不知道秦阿姨的箱子里究竟藏着多少小人书,只知道要是能够说出书名,她一定能掏出来租借给我们。毫不夸张地说,那时候秦阿姨在我们心中的偶像指数,比今天所有的女明星加起来还高,而她那两口大箱子,无疑就是传说中的百宝箱了。拥有百宝箱的秦阿姨，的确"拽得无边"，比如，她绝不允许谁把租借的小人书带回家看，这就使我们常常因入迷而忘了吃饭时间，导致爸妈来"一找一个准"，少不得受呵斥挨巴掌。

秦阿姨的那些小人书，多半是名著的"缩水版"，没啥改编，都挺忠于原著，因此很多字我们都不认识，只有囫囵吞枣着看，多看几遍之后，就慢慢认识那些字了。当时我妈妈是我们的小学老师，她发现我们读小人书识的字比她教的还多，就主动找到秦阿姨，请她做我们的课外辅导员。做了辅导员的秦阿姨主动打开了她的大箱子，把所有小人书都铺了出来，让我们自己挑着看。那时的很多小人书都是一套很多本，因此经常出现这样的情况，你"捉铁"了要看某套书的某一册，偏偏就被别人抢先拿去看了，脾气好的，就在旁边眼巴巴等着，等那个人一看完就冲上去抢，脾气不好的，就直接抢，然后打架——事实上，我在第一个年龄段未能加入红小兵，就跟这种打架有关——那种时候，秦阿姨就边拉开我们边叱骂说，"你们的书都读到狗肚子里去了"。我们的书怎么会读到狗肚子里去了呢？这是我童年时代最大的困惑之一。

秦阿姨的小人书全部铺出来之后，她还多了个"毛病"，你要是挑一本很快就读完了，她会非常生气，觉得你不认真。这的确让像我这样阅读比较"刁"的同学为难，但没办法，我们只好在每次挑书之前都认真筛选很久，选中了的万一很不好看，也要坚持多读一会儿……那样的日子持续了很多年，到我上高一的某一天，秦阿姨忽然把她所有的小人书和她那些年租书的积蓄都送给了我妈妈，让我妈妈在他们小学里办个阅览室。秦阿姨卷个小包裹就离开了我们小镇，后来我才知道，秦阿姨的爱人是个著名作家，因编写连环画坐了十多年牢，平反了，秦阿姨陪着他回省城去了。

……昨夜星空迷离，无聊上网，看见一条新闻，说 1957 年至

1961年出版的《三国演义》连环画全套，现在价格已经超过十万元。突然就想起了童年时代我读过的那些几分钱、一毛钱的小人书，想起了秦阿姨，心里头的感觉颇有点怪异，因此追忆，记之。

二十： 老万

老万五十有四，是个厚道人。

1977年恢复高考，老万以一分不多一分不少的总分，考取了上海某重点大学历史系。毕业分配到云南省社科院，却研究上了社会学。我们以为他是赶八十年代初期的时髦，可他说不是，主要是因为自己当年插过队。这话有点令人生疑，莫非凡插队当过知青的，都可以搞中国社会各阶级的分析？

老万研究社会学的最初成果，是把一个纺织女工变成了自己的老婆。当时，纺织女工这个称谓，那是非常好听，但老万说，作为女性，纺织女工们的苦，你们不深入，是完全不能体会的。我们诺诺。看着他深入，也纳罕着他的成果寥寥。

一晃十多年过去，老万深入纺织女工，发了不到二十篇论文，还都没啥影响。好在，凭着资历，他一步一个脚印，评上了副研究员。副研究员的成果当然大有起色：儿子小万出生啦！

也许是为了给下岗的母亲争口气，小万乖巧聪明得令我们这些朋友嫉妒。比如：小万才三岁，就能背一百多首唐诗；五岁，就敢把老万的手稿撕了折纸飞机；六岁，有收废纸者上门，小万便把老万精心保存之刊登着他几十年研究论文的报刊五分钱一斤全部卖掉，然后把钱拿去买了一本新华字典……老万着实痛心了一回，但事后他对我们说：小万买的可是字典，不是冰淇淋啊！老万断定小万将来有大出息。

小万果然有出息。从小学到初中再到高中，虽然考上的都不是重点，但不管上哪所学校，他的成绩都没落下过全班的前三名。老万大受鼓舞，研究成果也上了新台阶。今年，老万终于出版了平生第一本专著，虽然只印刷了两千册，其中一千五百册还得由他自己买了送人，但他毕竟把自己熬成了研究员。在这个城市，老万觉得自己也算是一号人物啦。

今年唯一不顺心的事，是小万参加高考，自估的考分离他想象中的北大清华的录取线差了一截，偏小万非清华北大不上。照老万的话说，"我急得指甲都分叉了"。小万喜欢的也是人文学科，为了让儿子去上别的重点大学，前些日子老万傻傻地上网，把1980年到2000年二十年间从全国高校涌现出来的人文学科的各类"公认名人"来了个大搜索，然后按人家毕业的院校排列，结果，以人数论，在前十名高校中，北大排名第六，清华排名倒数第二。于是老万语重心长地对小万说，不管上哪所大学，你都是有希望成为大学者的，但你看，这么多年来，北大学子干得最热闹的事，就是把周星驰的《大话西游》追捧成了"伟大经典"，而清华，除了那年六千学子上线期盼芙蓉姐姐露面，就再没弄出一件震惊全国的事情……他显然是把话给说重了，小万觉得老爸的偏激不可理喻，于是离家出走，留言说要去找一所补习学校复读，再不回家，准备明年再考北大或者清华。"都好多天了。"老万说，既郁闷又伤悲。

郁闷而且伤悲的老万日前拎着一瓶酒到我家来，独自闷着头喝。末了，说：这孩子从小就聪明懂事，咋就不明白今天的北大清华早就不是上世纪初的清华北大了呢？看着窗外飞扬的尘埃和城市上空不蓝的天空，我默然无语。

2007 年

（原载《边疆文学》2009 年第 10 期）

附录

姚霏，一个把小说当做玩具的作家
——首届高黎贡文学节年度奖获得者姚霏访谈

朱霄华

姚霏的小说才能是与生俱来的，一出手便即惊人。在早年的作品中，他敏感地捕捉到了处在不同文化场景中的人的心理感受的变化，并把这种感受的丰富性推到了极端。他小说中的人物哭孩和狗哨，是从心灵到人格都遭到严重扭曲的乡村少年的缩影，可以看成是作家本人在那一个时期的心灵自传。在姚霏的这一批小说中，人最基本的安全感与存在感被抽离，人生如梦幻泡影，生活不过是一场充满了戏剧性与紧张感的恶梦而已。

姚霏的小说从来都不是一本正经的。他是我们时代不可多得的一个文学顽童，悟性奇高，小说这一文体范式在他手里不过是一个顺手的装置，一忽儿先锋，一忽儿武侠，愉悦，已成为他书写的全部理由。在他早年的一篇小说中，鼠类击败了人类，并把人赶出了城市，市长办公室沦为公共厕所。今年的作品《旧村札记》、《滇北拳事》、《第八个是虚像》，叙述的语调趋于平淡，小说的场景回到了当下现场，叙事彻底摆脱了时间线性的单一结构，可以看成是对小说文体的一次戏弄。

朱霄华：首先祝贺你荣获首届高黎贡文学节大奖。听说这个奖的角逐很激烈。当你知道自己获奖后，心里涌出来的第一个念头是什么？

姚霏：谢谢！但确切地说那不是念头而是感觉。感觉很温暖。因此在接到消息的第一时间，我给于坚和评委会写了这样的话作为受奖词：我知道，当你们决定把这个奖颁发给我的时候，你们已经决定了坚守，坚守在越来越被边缘化的文学作坊里，固执地呵护人类精神星空的洁净！而我，也因此倍感温暖。在这个物欲横流、人欲高炽的时代，道德、情感等精神层面的人文价值体系，早已是花枝乱颤遍体鳞伤，在这种时候，坚守文化的良知，坚持文学的贞操，坚信文化、文学的道通源流不会就此断绝，那是多么的艰辛，又是多么的孤寂，"有时直上孤峰顶，月下披云啸一声"，在中国西南，这种啸声能够得到高黎贡的回应，或许并非个人之幸。很多年之后，当人们发现，版税的力量与文学的力量决然无关，汉语不再遭受蹂躏，而文学原本用不着在难以自处的精神困境中苦苦挣扎，到那时候，蓦然回首，我们将感觉无比自豪——在文化信仰即将崩盘的年代，边城昆明，始终有那么一群赤诚的精神家园的守望者！

朱霄华：早在1980年代，你就以一系列先锋小说独步于中国文坛，我至今还记得你当年发表在1987年《人民文学》第1—2期合刊上的小说《红宙二题》，当时，这个小说引起了巨大的轰动。你能不能说说当年你写这个小说的背景？是在云南写的吗？

姚霏：这得从《城疫》说起。《城疫》是我1985年的作品，那时我读大四，租房住在上海西郊的长风公园后面。我的住房外面，原本都是绿油油的稻田，但还不到两年，就被高楼大厦给强占了，并且那些高楼大厦向外蔓延的速度，像后来的禽流感肆虐一样惊人。当时我就想，大自然被这样侵吞怎么了得，将来我们的精神家园将在何处安身呢！因此我就写《城疫》表达了这种忧虑，其中有这样的句子："城市淹没了我们。在城市蔓延到这儿的头一天晚上,村里人全都乘船逃走了……一觉醒来,就见墙上的每一张世界地图都正在变成灰尘往下掉。"这篇小说在《福建文学》1986年第1期发表的时候,同时还配发了南帆、北村等六个人的评论。收到当期杂志时我已经被分配到云南师大,没法到福州参加他们为这篇小说召开的作品讨论会,但说实话,他们的解读大部分都弄得我无所适从,夸奖写得好的,赞佩我是"优秀的环保主义者",这是哪儿跟哪儿啊?批评我的呢,其中有个署名"昭见"的,甚至发表了这样的文字:"把城市发展,一古脑儿称作'城疫',那是混淆了城市发展与城市弊端的是非界限……想把城市当作疫病,加以遏制乃至消灭,可谓痴人说梦,无疑与那种把浴盆里的小孩与脏水一起泼掉的愚蠢做法,同样荒唐可笑,同样危险有害。《城疫》不仅思想灰暗,内容零碎杂乱,艺术上也十分粗糙低劣。它学习现代派的象征、暗示手法,却拾到不少晦涩荒诞的破烂。"我承认,那时候自己还很脆弱,看到这样的批评,就感觉快崩溃了,索性罢笔不写小说,改去读马恩全集。有天读到恩格斯的这样一段话,很喜欢,随手就记了下来——事实上,它后来成了小说《红宙二题》的开头:"历史是这样创造的:最终的结果总是从许多单个的意志的互相冲突中产生出来的,而其中每一个意志,又是由于许多特殊的生活条件,才成为它所成为的那样。这样就有无数互相交错的力量,有无数个力的平行四边形,而由此就产生出一个总的结果,即历史事变,这个结果又可以看作一个作为整体的,不自觉地和不自主地起着作用的力量的产物。因为任何一个人的愿意都会受到任何另一个人的妨碍,而最后出现的结果就是谁都没有希望过的事物。"当时胆子也真够大,有把革命导师的语录直接引入小说的么?哈哈!但我就那样干了,只是加了这样一段蛇尾——"这段话已有些斑驳,我想得起来讲这段话那人的胡须,却怎么也想不起来他是谁了,这就是我不愿撕破那层细网的原因。很多年后，当人们发现灯光越来越亮时，自然会想得起来这一切和那一切的。"小说写完时，正好是1986年的暑假，接到《中国》杂志的邀请，去北京集合，然后赴青岛参加笔会，我就把稿子带到北京交给了当时《人民文学》的主编刘心武，然后就发表在1987年的第1—2期合刊上了。所以，这篇小说是在云南写的，至于它后来引发的种种风波，倒与云南关系不大，因为它一出笼，正好赶上了反对资产阶级自由化运动，不去说它。

朱霄华：普遍认为，上个世纪八十年代是中国当代文学的黄金时代。你怎样看？

姚霏：这应该从两个方面看。首先，对于少数作家来说，那就是个黄金时代——上世纪八十年代，咱们国门洞开，各种西方思潮和文学流派次第袭来，惶然诧异乃至振奋之余，大部分年轻的"先锋作家"们开始摈弃几十年如一日"高大全式"的"传真现实主义"，从自己的感知里探寻新的表达方式和生命体验，力求作品回归人性和文学本身，虽然鉴于当时的年轻，他们对各种西方文学思潮其实是生吞活剥，无论技巧或思绪都足见紊乱，以至于他们的作品晦涩玄奥，粗砺而难以卒读，但我还是认为，作家如果对小说文本没有贡献，那就不能称之为伟大。同样，尽管像卡夫卡、乔伊斯、博尔赫斯、马尔克斯和昆德拉那样的文本样式的创造者，不可能在当时尚且稚嫩的中国作家之中出现，但我也认为，除了最重要的表现形式之外，没有哲学意味和生命意识的作家，最终也伟大不到哪里去，如果由此去观照当今那些极为罕见的、具有独特追求和别样表达方式的作家们的作品，就会发现，发端于上世纪八十年代的"先锋小说"，其实依旧暗流汹涌，一刻也没有消亡，所谓的"先锋小说作家群"，至少在文本样式的创造与生命哲学的深度挖掘这两个方面获益颇丰，至少成就了他们当今中国文坛的黄金地位，比如苏童、余华、格非等等。从第二个层面上看，上世纪八十年代对于文学本身，那就非但不是"黄金"，恐怕还是推动文学走火入魔的催化剂了。说火，那时的文学是真火，差不多就赶上了1958年代的"每县出一个郭沫若"，所有适合不适合文学作品表达的"思想"、"观念"、"意识"、"思考"等政治的、经济的、哲学的甚至宗教的命题，都一股脑儿地强加给了文学，其不堪承受之重，显然胜于此前图解"政策与策略"的"传真现实主义"，以至于文学最终被压折断裂，成就了后来许多人津津乐道的一句话："先锋文学昙花一现。"当初的许多"作家"，后来成了商人或者官员，也有的去和哲学家、经济学家、宗教家们抢地盘并获得了成功。总之，上世纪八十年代，没有留下"黄金作品"，但滋生了"黄金作家"。真正具有天生的文学才情的人，只要经历过那个年代，都能够比较容易地成为中国文学的"黄金大器"，因为他们只要意识到"该转型了"就可以了，而这种转型，有个更通俗的名字叫：回归。但上世纪八十年代对文学本身的损害也有目共睹：由于它强加给的文学的不堪承受之重，压迫文学思潮物极必反，致使今天中国文学的不堪承受之轻，犹若瘟疫那般肆虐。

朱霄华：每个作家的写作都有一个出发点。你在小说《被同情的人》里写了一个叫狗哨的人物，他从云南乡下去到上海，受到了很大的伤害。从小说的指向来看，我觉得你写这个小说好像是为了解决某种来自内心的冲突。

姚霏：连同另外一个叫《哭孩》的中篇小说，主人公都是从云南乡下去到上海，功成名就之后，心理上反而受到很大伤害，最终不得不自我毁灭。或许，当时外地人普遍受上海人歧视，是我写作这类作品的直接动因，但肯定不是全部原因。至少在我写作《被同情的人》的时候，已经看透了上海人的高傲其实相当的狭隘和偏执，他们把北京人都叫做"乡下人"呢！事实上，我是虚构了一个貌似特别真实的故事，解决一个现在看起来有点装佯的哲学命题：我们是谁？从哪儿来？到哪儿去？当时很时髦的。主人公狗哨最终也没能回答这个命题，所以小说凸显了一种令人窝心的幽默，所以这篇作品后来被收入了北京师范大学出版社选编的《褐色的鸟群·"黑色幽默"小说选萃》一书，此书是"八十年代中国先锋文学选萃"系列丛书中的一本。如果你觉得我写这类小说好像是为了解决某种来自内心的冲突，那也没错，只不过那种内心的冲突已经不是特别具象了。

朱霄华：写作在你的生活中充当着医生的角色。那时候你感到很压抑吗？

姚霏：不压抑。正像病人之于医生，基于对文学的信任与尊重，我写作时，基本上处于一种把自己完全"交出去"的状态，很放松，当然也满怀期待。

朱霄华：但是在另外的小说里，比如《学院六人图》，叙述的语调好像就要轻松得多，有一种建立在荒诞之上的幽默感。

姚霏：《学院六人图》写得很早，应该是我十六岁大二时的作品，最早是发表在我们华东师大文学社油印的社刊《散花》上，篇中写的六个人，都可以在我的同学中找到原型，只不过被我夸张和虚构了一点。记得那期《散花》在校园里发行后，还有个艺术系的哥们儿扬言要对我"慢慢收拾"，哈哈，我个子可小，怎么耐得住人家收拾呢，因此赶紧躲着写了个中篇小说叫《鲁迪哥哥》，主人公的姓名直接用了他的绰号，相当的威武仗义，多才而帅气。四万多字的篇幅，把他高兴得要死，请我喝了一顿酒呢。那时候真年轻啊，所以文字肯定是无比轻快的。至于你所说的荒诞感和幽默感，我认为是每一个作家都必须具备的天生素质。你看像曹雪芹那样的家伙，在《红楼梦》那样雅致的书中，还会搞一首薛蟠的女儿喜女儿悲女儿乐啥啥啥的呢，不荒诞不幽默吗？再说了，《学院六人图》是一种未经雕饰的叙述，只是不小心流露出了真性情而已，这篇东西在社刊上躲了四年，后来不知怎么的被《奔流》杂志的编辑看到了，拿了去公开发表，然后又被《小说月报》选登在了 1986 年的第 12 期上。哈哈，那时候我已经躲回云南来了，被我叙述的那些同学可收拾不了我啦！顺便说一句，《鲁迪哥哥》也发表在了 1986 年的《个旧文艺》上，不过小说发表时，那位艺术家哥们儿已经去了日本。

朱霄华：我印象最深的是你的小说的语言方式，跟其他的先锋作家如余华、格非、残雪的方式很不一样。颁奖词里有一句话，说你"固执地继承着近代中国经由沈从文、孙犁、汪曾祺这些大师开创的汉语文学的朴素传统"，跟其他的现代主义作家不大一样。

姚霏：真正的作家，没有谁和谁的语言方式会是一样的。我们通常所说某某作家的独特风格，说的就是人家的语言风格。就个人喜好而言，我喜欢简洁、干净的文字，比如海明威的"电报体"。把先锋前卫外化为晦涩艰深，是先锋作家们当年的一个误区，那意思好像是，我就不让你明白我要表达什么，你陪我绕弯吧。比如残雪的作品，每一篇都是一个语言迷宫，让读者去钻，去猜，甚至去悟，钻通了猜到了悟透了，你就获得快感了，那是她的风格，但我真的不怎么喜欢，我不喜欢那种"间接快感"。我喜欢直接，我觉得直接是一种力量。当然，我说的是语言"所指"而不是"能指"的直接，"能指"如果直接的话，那作品就成白开水了。事实上，从"能指"的角度，我倒觉得，《旧村札记》这个我今年最喜欢的短篇，其实比早年的所有"先锋小说"都还要"先锋"，它的故事的交叉式推进和重叠涂抹，只为了让读者被拖入迷宫却始终自信能够找到出路，从而愉快地被文字的乱麻缠绕——这种愉快，只能由简洁明快、朴素无华的语言传达，否则人家可以置之不理。朴素并不是浅薄，汉字背后的"能指"，弯弯绕多了去了，无穷无尽，用不着在表面上绕，这个道理，王维知道，柳宗元知道，近代的沈从文、孙犁知道，汪曾祺更知道，所以我愿意恪守朴素，其他现代主义作家愿意华丽、暗示、拟或隐意，那是他们的事。

朱霄华：你后来的写作，我觉得有一个很本质的东西在里面，就是中国文化里面自由而安静的那一部分，感觉比较冲淡、中和，但又不乏活力。你使用了一种纯正的汉语。

姚霏：从静若处子到动如脱兔，是中国文化不同形式的同一境界。你所说的安静、冲淡、中和，基本上属于静若处子，这是一种蓄势，是张力的内敛，我觉得文学作品最起码的品质就是内敛，它不可以像法院判决书那么斩钉截铁，也不可以像红头文件那样指向单一，所以写作时，我只可以选择那些"不露声色、安然静卧"的文字，这或许就是你所说的"纯正"，文学作为文化的一部分，或许只有这样，才能显示自己内蕴力量的吧？

朱霄华：你在《第八个是虚像》开头说过："写小说，越写越发现结构叙事都不过是技术而非艺术，'人'才最难琢磨。"这是否表明了你现在对小说的理解，或者说是一种态度？我觉得你是一个始终在存在的意义上从不放弃研究人的作家。

姚霏：我赞同"文学即人学"这个说法。文学可以以其特别的方式虚构或者描述宇宙间的万事万物，但宇宙间的万事万物，难道不是人给感知和幻想出来的么？我认为，人，对于文学来说，就是一切。

朱霄华：对"人"洞察与研究离不开具体的文化语境。就文学而言，我觉得古代作家的作品，哪怕只是体积很小的一首诗，你也能够感受得到那种浑然一体的整体感。好像天、地、人，是一体的，都装进去了。但现代作家的作品就感受不到这个，缺乏整体意蕴，有一种支离破碎的感觉。我觉得现代人作为人，从存在的层面上讲，首先就是不完整的。这几年的文学书写，无论是年轻作家还是年龄在四五十岁的作家，似乎都不约而同地想要重建这种整体感。你觉得我们还回得去吗？

姚霏：回不去了。正如你所说，现代人作为人，从存在的层面上讲已经不完整，他们与天地早就割裂，支离破碎了。不要太高估文学的力量，它不可能再使天地人浑然一体。你说现在作家们的文学书写是想重建那种整体感，我看不是，在这个花枝乱颤的时代，中国作家连意淫都不要了，人家直接自慰。现在唯一值得关注的是，社会转型什么时候能完！到时再谈重建吧。

朱霄华：采访雷平阳时，我说，"原本山川，极命草木"是当下作家都要面对的一个时代母题。他最近一两年来写下的许多诗歌，在话语言说的方向上是与此相呼应的。我觉得一个有担当的作家是不会远离这个母题的。你认为呢？

姚霏：那是。"原本山川，极命草木"，原本是生命意识的极限，不仅当下作家，事实上历朝历代的作家，都在面对这个命题。说白了，生命短暂与人之渺小，相对于时空无限与宇宙浩瀚，除了敬畏，我们不可怀想其他。但眼下，我们已经丧失了敬畏，面对自然没有恭谦，只不管不顾地在自以为牛逼的道路上一路狂奔。如此以往，后果堪虞，有担当的作家，自该挺身而出，唤醒人类的"草木意识"，哪怕类若呻吟。

朱霄华：经过1980年代以来三十年的小说技巧的训练，有人认为，今天的作家在"怎么写"这个问题上已经不再重要了，"写什么"才是最关键的。你认同吗？

姚霏：至少此前，在我近三十年的写作生涯中，历来认定"怎么写"才是最重要的。但经由近二十年"全民作家"的喧嚣，我认同了"写什么"才最关键。真正的作家,"怎么写"自然会成为他最妥帖的表达方式,不用选择,也不用学习,比如加西亚·马尔克斯,"魔幻"其实就是他的生命体验,用不着创造,他的"魔幻现实主义"就那么自然而然地流出来了。之所以说"写什么"才最关键,是因为我亲眼看到,当今的许多作家,为了"贴近现实",为了"与时俱进",在明了"时代"是一个异性的时候,不惜与其媾和,产下变态而短命的作品。

朱霄华:很喜欢《第八个是虚像》里的一段话:"于是在天气好的傍晚,我便常到盘龙江边发呆,死劲儿瞅自己的影子,却感觉眼前总蒙着一层永远也穿不透的什么灰尘,封闭了所有线索。而我则像个傻瓜,始终悟不出什么玄机。"你的这个小说从文体上讲显得非常自由,想怎么就怎么写,好像什么事情都可以写进小说一样。而且结构也被消解了,文体意识几乎为零。

姚霏:《第八个是虚像》通篇三万来字由二十个人物素描组成,除第八个是"我"之外,其他人物之间没有丝毫联系,另外那十九个人,其中十一个是真实存在的,还有八个是虚构。之所以这么写,是因为我发现我们自古以来的小说,都把人物和故事安置到一个或虚或实的物理空间里去展开。这当然没错,问题是,除了物理空间,我们还有一个人文空间。我要写我的生活,我的故事,甚至我的心路历程,为什么不可以把我的朋友亲人们当作"空间"?如果我认定他们是我心理上的故乡,是我的背景,是我的生活,那么他们就肯定是!写他们就是写我的现状甚至一切。我把作品想要表现的东西从物理空间移植到人文空间里去,只是为了更直接、没有枝蔓地写"人"。至于你所说的文体意识,在大结构的前提下,消解就消解了吧,只要让人读着舒服就行。

朱霄华:你对佛教一度有过深入的研究与接触,佛教里面的一些观念，如"无相"、"空"，对你看待世界的方式有无影响？你认为存在的本质何在？

姚霏：''相''是万物的具象，是可感可知的客观存在。"空"是万有，是无穷在。佛教的那种慈悲济世利乐有情的博大情怀和对社会家国的人伦大爱，究竟对我的生命有多少渗透，现在还很难说，但是，当年拍摄完十集电视专题片《走入佛门》之后，我在自己通讯录的扉页上，写下了这样一段话："出入名利而不为名利所累，沧桑荣辱而不羁于浮沉得失。身居万山之巅，俯瞰人生世事，情寄千秋逝水，任他河东河西。潮起潮落随它而去，云舒云卷一笑了之……是为真坦荡，真潇洒，真面目，真性情。"由此你应该可以看出，宁静致远，淡然无求，已经成为我认识世界和寄存于世界的心理依据，这就导致了我对"存在"的理解和宽容：不嗔不怒，不喜不怨。也就是说，我认为，存在的本质就是存在本身。

朱霄华：从你开始写第一篇小说到今天，你的小说观念、对写作的态度发生了不小的改变。你理想中的小说是怎样的？将来可能会写出什么样的作品？

姚霏：我的第一篇小说是个中篇，叫《烧炭老人》，发表在《清明》杂志上。我最近的小说也是一个中篇，那就是发表在《大家》杂志今年第5期上的《滇北拳事》。两相对比，你就会发现后者比前者的故事性更强，结构也更随意。这其实也表明了我现在的"小说态度"：给你一些朴素、直接而能产生快感的语言，给你一个愉悦亲切的故事，让你琢磨后面的意思去吧。我理想的小说，很简单，读时舒服抓狂，读后回味无穷——以我现在正在写的一个长篇为例，他的故事是从我们老家的县志上得来的，那个叫丁志平的"丁匪"，他1950年率众解放了永仁县城，然后在1951年被政府枪毙。又到了1980年，他成了在县志上排名第一的革命烈士……很好玩，很值得玩味吧？我希望我将来的作品，都好玩而且值得玩味。

附

高黎贡文学节年度奖颁奖词

早在上个世纪八十年代，姚霏就以其独树一帜的小说文本成为当时最重要的先锋小说作家之一，在当代中国文学的版图上留下了浓墨重彩的一笔。他的小说《城疫》、《红宙二题》、《学院六人图》等，都是开创一代写作风气的作品。九十年代初期的那几年，他摇身一变，化名为沧浪客，写出了数百万字的武侠小说，成为大陆新武侠小说的代表作家。进入2000年以后，这位文坛上的传奇人物似乎是消失了。2009年，我们再次看见了他依然充满创造性与活力的作品。

自八十年代以来，现代主义席卷中国，姚霏的写作堪称独步，以另类著称，显示出与其他作家完全不同的品质。姚霏固执地继承着近代中国经由沈从文、孙犁、汪曾祺这些大师开创的汉语文学的朴素传统，这使得他的作品独立于时代激流，具有一种石头般安静的品质。

我们决定将首届高黎贡文学奖颁给姚霏。

获奖感言

姚 霏

感谢高黎贡文学节，感谢文学节主席于坚先生，感谢评委会！我知道，当你们决定把这个奖颁发给我的时候，你们已经决定了坚守，坚守在越来越被边缘化的文学作坊里，固执地呵护人类精神星空的洁净！而我，也因此倍感温暖。在这个物欲横流、人欲高炽的时代，道德、情感等精神层面的人文价值体系，早已是花枝乱颤遍体鳞伤，在这种时候，坚守文化的良知，坚持文学的贞操，坚信文化、文学的道通源流不会就此断绝，那是多么的艰辛，又是多么的孤寂，"有时直上孤峰顶，月下披云啸一声"，在中国西南，这种啸声能够得到高黎贡的回应，或许并非个人之幸。

很多年之后，当人们发现，版税的力量与文学的力量决然无关，汉语不再遭受蹂躏，而文学原本用不着在难以自处的精神困境中苦苦挣扎，到那时候，蓦然回首，我们将感觉无比自豪——在文化信仰即将崩盘的年代，边城昆明，始终有那么一群赤诚的精神家园的守望者！为此，我必须再次感谢文学节主席于坚先生，感谢评委会，感谢老虎文化，感谢金马厨具公司，感谢所有在这个文学的严冬为高黎贡文学节增添温暖的人们。谢谢大家！

（原载《云南信息报》2009年12月27日）

朱彩梅

"作家"系列访谈之姚霏——"60年代出生的云南

野猪和家猪的话题或者碎片

朱彩梅：姚老师，您好！中学时看您的《一剑平江湖》就看得如痴如醉，那会儿可做梦都没想过能见大名鼎鼎的沧浪客，今天见到您特别高兴！早先对您了解不多，是上了大学才知道，在写武侠之前，您已发表了不少作品，请问您是从什么时候开始写作的？是什么事激发了你最初的写作冲动？

姚霏：说来有点话长。上世纪八十年代初期，文学热得像今天的炒股，尤以大学校园为甚。我1981年考入华东师大的时候，学校里有个挺出名的"夏雨诗社"，诗社骨干宋琳、张小波等人，已经是神气活现的校园诗人了，看他们一个个像骄傲的小公鸡那样在校园里接受女生们艳羡目光的粘贴，我们羡慕得不得了。新入学的第一个中秋节，诗社搞了个"诗歌之夜"欢迎新同学，意思是顺便拉些新生入伙，参与者那个多啊！现场以"雪白的墙"搞命题作诗竞赛，在二三百首参赛诗作中，没想到我那首不足二十行的处女作会获得头等甲名，第二天就发表在了校刊上。嘿嘿！班上的女生，倒是从此不敢小看咱是来自"蛮荒"边陲的了，可也是怪，那夜之后，我就再也写不出一行像样的诗来了。于是就不写，十五六岁的小破孩，整天踢球惹事，还喝酒，装出"很文学"同时也不屑于文学的样子。一个学期后，高年级的同学们要筹建散文社，整天啸聚在我隔壁的宿舍里像在策划阴谋，这本来不怎么关我的事，但他们也太过分了，把和我一起踢球的同学拉去了不少，比如刘勇（也即今天的作家格非）就是，害得我们经常凑不足一支完整的球队。某天傍晚，他们又啸聚，我就很生气地扛了箱啤酒去捣乱，没想到我们的学长赵丽宏先生也在，他那时是《萌芽》杂志的编辑，我大放黄腔，说你们这样一个个缩在屋里，完全就像是集体在胸上贴假毛，很滑稽，文学作品是能这么瞎凑合得出来的么？还不如喝酒踢球去。赵丽宏说你这小家伙口气倒不小，你写篇给我试试看。我说试就试，拎着一瓶啤酒到了阶梯教室，不到两个小时就写了篇两千来字的散文，题目叫《赤足的故事》，是写我童年时在云南乡下与小伙伴们捉鱼摸虾的故事。我把稿子拿给赵丽宏，他看了看，什么也不说就走了。没想到三天后，赵丽宏给我电话，说你的稿子篇幅正好，我们本期就刊出。人家说的是虽然是"篇幅正好"而不是"质量很好"，但我没管那么多，问有稿费没？他说有啊，二十来块吧。我的天，那时我们一个月的生活费才十九块五毛钱！一瓶啤酒四毛五，折合下来，二十块钱可以买四十多瓶呢！我立马问他还要不要，我再写。他说要啊，你多写点吧。哈哈，就那么一直写下来，最终欲罢不能了。我最初的写作动机，实在是一点儿也不崇高。顺便说一句，那篇处女作《赤足的故事》，后来还被老作家袁鹰收进了他主编的"万叶散文丛书"，由天津百花文艺出版社出版。

朱彩梅：上世纪八十年代您发表了《城疫》系列及《红宙二题》等作品，被列为中国文坛"十大先锋小说家"之一，请问您当时是如何理解先锋的？现在呢？

姚霏：很难考证是谁最先提出了"先锋小说"这个概念，也不知道提出这个概念时，其"先锋"的真正含义是什么。但在我看来，在文学表现形式上，只要是在某个时段里最新出现的富有创造性的样式，都应涵括其中。中国的"先锋小说"之所以兴起于上世纪八十年代，是因为那时国门洞开，各种西方思潮和文学流派次第袭来，惶然诧异乃至振奋之余，部分年轻的写作者们开始摈弃几十年如一日"高大全式"的"传真现实主义"，从自己的感知里探寻新的表达方式和生命体验，欲使作品回归人性和文学本身。可惜当时，鉴于先锋小说作家们对各种西方文学思潮的生吞活剥，无论技巧或思绪都是紊乱的，以至于他们的作品晦涩玄奥，粗砺而难以卒读。不过我还是认为，作家如果对小说文本没有贡献，那就不能称之为伟大。充其量，因为深刻，称思想家；基于渊博，算著作家；如果够理性，那就可与哲学家抢地盘了。诚然，由于对现实生活的洞悉入微且忠实描绘，我们或可把今天的很多作家都高度赞誉为"史诗般的照相机"。但照相机作为工具，不管多么高昂尊贵，显然都与真正的"作家"无关，像卡夫卡、乔伊斯、博尔赫斯、马尔克斯和昆德拉那样的文本样式的创造者，现如今在中国作家中是不可能出现了。但我同样认为，除了最重要的表现形式之外，所谓"先锋小说"，至少还要具备其内容的"前卫"，从这个角度去观照当今那些极为罕见的、具有独特追求和别样表达方式的作家们的作品，就会发现，发端于上世纪八十年代的"先锋小说"，其实依旧暗流汹涌，一刻也没有消亡。

朱彩梅：九十年代，您的《一剑平江湖》横空出世，之后又连续出了《剪断江湖怨》、《寒魂江湖泪》、《红泪箫琴》等四十多册武侠小说，评论界认为您不仅开创了大陆武侠新局面，而且带动武侠创作一度兴旺。武侠小说一直被视为成年人的童话，您在《红泪箫琴》后记里说："成人不需要童话，是人类迄今为止所犯下最严重的错误之一。"请问作为武侠作家，您当时的梦想、抱负是什么？

姚霏：每个人的一生，都会遇到许多人生的拐点，比如我从先锋作家变成武侠作家,那是由生活的惯性给摔过去的,一开始不可能有什么梦想和抱负。只不过后来写多了,就有了一点儿自己的想法,比如想绕过金庸的"博大"与古龙的"奇情",另辟出一种"禅意",以为"禅"最接近人类的童年情怀……可惜说实话,成为武侠作家本身就是一个意外,我对这门手艺至今都没有形成美丽的梦想和哪怕不远大的抱负。

朱彩梅:您笔下的独孤樵像一个婴儿,他稚气、可爱,给人一种亲近感,许多江湖中人见他粲然一笑,心头顿觉拂过一缕春风,看他的眼睛,脑海中便一片空明,一片祥和。今日见您,只觉您率性放任,天真未凿,三杯下肚,竟在众生喧哗中酣然入睡,活生生一个深具佛性的独孤樵在眼前,他有几分是您呢?

姚霏:这个比较难说。我笔下的武侠人物,"男一号"似乎是独孤樵,但江湖浪子童超和千杯不醉胡醉始终和独孤樵并行,只不过独孤樵的着墨稍多而已。独孤樵的性格其实是没性格,他自小与一无名老僧在山洞里长大,人世的一切对他而言都是白纸,他代表着人性的至善,信奉"人又不是兔子,万万不可杀的"。他懵懵懂懂踏入江湖,甚至都不知武功为何物,只要看到有人厮杀,他不问情由都要阻止。他没有任何武功招式,但只要一出手,任何招式也都会化为无,不管你是天下第一还是第二,也不管你内功如何超强,对他丝毫作用没有。他身上具有灵性和神性,任何人也伤害他不得。他甚至像个皮球,你用多大的力道打他,就会有多大的反作用力回击到你身上。独孤樵事实上表达了我对人性至善的美好愿望。江湖浪子童超则狂放不羁,他笑傲江湖的招牌是"哪管人鬼当道,我自浪荡江湖"。他不受世俗礼节约束,追求内心的安静和自由,狂傲而旷达,可能传达了我的现实理想。而千杯不醉胡醉作为名满天下的一代大侠,却一开始就身负奇冤,虽狂放却无奈,也透着我对现实感觉到的无奈。所以看过这本书的很多朋友都对我说过同样的话："你是把你自己一劈为三了吧?"我只能笑笑。说实话,江湖浪子童超和千杯不醉胡醉的性格,或许是我个人性格的某种外化方式,或者说是我所追求的某种生活态度和理想,但我的内在,更多的还是像独孤樵,懵懂而敏感,善良而文弱,凭直觉行事,相信"至善无敌"。我觉得独孤樵就是我内在性格的再现,不是几分,是全部。

朱彩梅:虽说雅俗之分更多在于观者,但从所谓的"雅"的先锋小说走向"俗"的武侠,这是一个极大的转向,请问是什么引发了您这一次创作转向的?

姚霏:我前面说过了,那就是由于生活的惯性,没得选择的。这么说吧,1989年底,我从云南师大猝然辞职,工资没了,住房退了,生活突然就没了着落,怎么办呢?靠写先锋小说,那稿费是养不活自己的。我找到云南人民出版社,要他们帮我想想办法,人家就说了,你这家伙除了写字什么也不会,眼下的字只有武侠言情才赚钱,你要想靠写字为生,那只能写武侠或者言情,你行吗?我说言情肯定不行,因为我历来都怕酸牙的东西,武侠应该行,我在大学里不是教古典文学的吗,从唐诗宋词里拈出一套武功来没准还行。他们狐疑地支了一笔钱给我,我就躲到一个招待所里,花了一个月时间,炮制了近四十万字的武侠处女作《一剑平江湖》。后来的事大家都知道,我把这部书的手稿交给出版社之后,就离开云南到上海去了。一年后该书出版,我回来领稿费,才知道书已卖疯,并被书商诱惑着再写,如此接二连三,就成了所谓"创作转向"。都是被逼的啊。

朱彩梅:精英文化、雅文化一向自筑高墙,隔开大多数人,塑造一个时代人类普遍心灵和心智的往往是武侠小说、流行歌曲等大众文化,您认为您的作品对塑造人的心灵有何意义?

姚霏:文学作品的确关乎心灵,但作家还是不要摆出一副可以塑造别人心灵的架势为好。无论"纯文学"小说还是武侠小说，我都只希望自己的作品能让人在阅读时产生愉悦就好，至于意义，让评论家去归纳吧。

朱彩梅：1995年，您获得了"首届中华武侠小说创作大奖"，这是一件大事，喜事，但获奖之后，却涌起"先锋小说家姚霏堕落成写武侠的沧浪客了"的言论，之后您就离开云南，前往深圳，并彻底走出武侠，时过境迁，请问您现在如何看待这件事？今后您还会继续武侠创作吗？

姚霏：我很不愿意再提1995年的那次"首届中华武侠小说创作大奖"。对我，甚至对整个大陆武侠小说而言，它都不是什么喜事，而是中国武侠界最后的狂欢，是武侠小说回光返照前最后的挣扎。在那之后，真正的传统意义上的武侠文学就寿终正寝了。的确，当时我领完奖回昆明，发现云南文坛已经认定了我是个自甘堕落的坏子，竟然去搞了"俗不可耐"的武侠小说，当"先锋小说家姚霏堕落成写武侠的沧浪客了"之类的言语不绝于耳的时候，我的确很郁闷，因此选择了离开云南，去了当时同样"俗不可耐"的深圳，没想这一去就是十年。在今天看来，当年云南文坛的前辈和朋友们，或许是对我的期望太高，恨铁不成钢，或许因为不了解我当时的生存状态，"饱汉不知饿汉饥"，恨我钻到钱眼里去了，骂几句讽刺几句，其实都很正常。至于你问我会不会再继续武侠创作，我可以肯定地说，不会。因为兴起于上世纪八十年代的武侠热，说白了就是中国传统的"俗文学热"。从《山海经》、《搜神记》的神怪、志怪，到唐传奇，到宋话本，到明清说话，再到民国的还珠楼主、平江不肖生、王度庐、白羽等等，一直到上世纪的金、梁、古，中国的俗文学，一直没有彻底断绝过它的道通源流，在人治大于法治的社会，这是民众必须的精神需求。但它是有周期的，一个时代突然提倡法治时，不管这种法治的实质如何，俗文学都会走向衰落，因此武侠小说从九十年代中期开始，衰落是必然的。当然，我决不敢低估传统的力量，就算五十年一个周期吧，我相信武侠小说还会出现高潮，这种高潮或许会以别样的表达方式出现，但肯定不会出现在我的有生之年。现在的中国根本就没有什么武侠创作，无论从自然法则、文化惯性，还是从人伦逻辑上看，都没有。既然再回去也凑不成热闹，都金盆洗手那么多年，那我还自讨没趣再写武侠干什么！

朱彩梅：可以谈谈深圳十年影视工作对您创作的影响吗？

姚霏：在深圳那十年，我一直是白天鹅影视制片公司的创作总监，我们公司以拍摄佛教题材的影视片而在业内独树一帜，虽然佛教的那种慈悲济世利乐有情的博大情怀和对社会家国的人伦大爱，究竟对我的生命有多少渗透，现在还很难说，只是在拍摄完十集电视专题片《走入佛门》之后，我在自己通讯录的扉页上，写下了这样一段话："出入名利而不为名利所累，沧桑荣辱而不羁于浮沉得失。身居万山之巅，俯瞰人生世事，情寄千秋逝水，任他河东河西。潮起潮落随它而去，云舒云卷一笑了之……是为真坦荡，真潇洒，真面目，真性情。"——虽然自知如此宁静致远的境界遥远难及，但自以为在广袤的心里播下了一颗淡然的种子，它事实上已经在我今天的生命体验中发芽。

朱彩梅：曾有云南评论家感言，"姚霏的气数已尽！"言下虽不无对天才的痛惜，却含有更多善意的激将，您怎样面对这样的评论呢？

姚霏："气数"是一种很奇怪的东西，应该有先天的也有后天的。我承认，后天的那一部分，被我自己用武侠和影视折腾得差不多了，以至于引发了评论家们的嗟叹。但我坚信先天的东西是泯灭不了的，就像于坚所说的那样，天才就是天才，就算沉睡，那也是天才的沉睡，一旦他醒来出手，那就是天才的出手，依然将使汗牛充栋的庸常无处隐身。我对评论家一般是敬而远之,太监怎么能够知道皇上是怎么生出皇子的呢?哈哈!不管什么评论,我都愿意把它当作"沧浪之水","沧浪之水清兮,可以濯吾缨;沧浪之水浊兮,可以濯吾足"嘛。

朱彩梅:2003年您从深圳回到昆明,这个回归之年对您的创作和人生有何意义?

姚霏:认识到一个道理,家猪如果不经历巨大的牺牲和磨难,一般不可能变成野猪。同样,野猪要变成家猪也注定充满艰辛,不过一旦变成了,那头家猪就不可能再恢复自己的野猪身份。

朱彩梅:云南作为一个地方,对您的写作意味着什么?您如何看待云南这个地方和世界?

姚霏:云南是我的故乡。对于作家来说,故乡并不仅仅是一个地理概念,它还是作家灵魂的底片。如果一个作家的创作始终关乎灵魂,那么他/她毕生的作品,必然都是由这张底片经生活阅历的暗房冲洗出来的。我的意思是说,童年的经验和记忆,总是以这样那样或明或暗的方式,贯穿着作家作品的始终,对此我当然也不可能例外。这里就存在一个问题了,一提云南,我们首先想到的往往是云南民族文化资源丰富——的确,云南有二十五个少数民族,民族文化丰富多彩,比如除歌舞外,我们的民族民间文学、民族语文、民族医药学等等,都不是一般的独特和丰厚,这是云南文化的一个优势。但也正因此,作家们往往会产生一种错觉,以为云南"民族文化"丰富就意味着云南"文化"发达,这种理解的偏差,其"丰富"难说就成了羁绊——一味强调边疆特色和民族特色,既缺乏对民族历史文化的深邃眼光,也缺少对现实的洞察力和穿透力,故而只会讲"风情故事"却不知创作为何物。事实上,我们云南作家,的确被"美丽神奇丰富"蒙蔽了很多年,一门心思指望着躺在这六个字上就能描绘出"最新最美的文字图画",把小说搞成了"花衣裳传奇",而散文都是"对面的山歌唱过来"——这挺可怕。所谓"越是民族的就越是世界的",这本来没错,但我们常把这里所说的"民族"理解为"民族的服饰和奇异风俗",上升不到精神的高度,致使描写云南的作品越多,云南在世界的目光里就越斑驳陆离云山雾罩。我想,云南的作家,云南的文化人,都该用"第三只眼"对自己的民族文化进行好好的观察、思考和反思,是时候了。

朱彩梅:今年连续在《大家》、《边疆文学》上看到您的《旧村札记》、《第八个是虚像》和《滇北拳事》等几个中短篇,感觉这些作品有很浓的《世说新语》的味道,都试图回到人,回到故乡,回到个人记忆,回到生活中平凡细小的事物,在《第八个是虚像》中您说:"长大后,写小说,越写越发现结构叙事都不过是技术而非艺术,'人'才最难琢磨……"相较您八十年代的先锋小说而言,这是一次后退的前进,这可否看作您创作生涯中的第二次大转向?如果可以,请问这次又是什么促使您转向的?

姚霏:其实也不是什么"后退的前进"。小说的表现手法,只有高下之分,没有前后之别。若要说有所"前进",那也只说明我此时的手法比写"先锋小说"时更娴熟了一点而已。如果抛开文字的晦涩与直白等因素不论,我倒觉得,《旧村札记》这个我今年最喜欢的短篇,其实比当初的所有"先锋小说"都还要"先锋",它的故事的交叉式推进和重叠涂抹,让读者愉快地被文字的乱麻缠绕,被拖入迷宫却始终自信能够找到出路,只是让我觉得自己对读者更体谅了,转向却真的说不上。不过,我在《第八个是虚像》里说:"长大后,写小说,越写越发现结构叙事都不过是技术而非艺术,'人'才最难琢磨。"这倒是实话。你也看到了,《第八个是虚像》通篇三万来字由二十个人物素描组成,除第八个是"我"之外,那些人物之间没有丝毫联系。我还可以告诉你,另外那十九个人,其中十一个是真实存在的,还有八个是虚构。决定这么写,是因为我发现我们自古以来的小说,都把人物和故事安置到一个或虚或实的物理空间里去展开。这当然没错,问题是,除了物理空间,我们还有一个人文空间。我要写我的生活,我的故事,甚至我的心路历程,为什么不可以把我的朋友亲人们当作"空间"?如果我认定他们是我心理上的故乡,是我的背景,是我的生活……那么他们就肯定是!写他们就是写我的现状甚至一切。我把作品想要表现的东西从物理空间移植到人文空间里去,只是为了更直接、没有枝蔓地写"人",怕不能算是转向。

朱彩梅:大概地看,从八十年代、九十年代到新世纪,您的创作转向和中国的文学走向非常一致,这种合拍意味着什么呢?

姚霏:意味着我很宽容,怎么样都能接受时代的变迁,呵呵!但近三十年还对文字念兹在兹,也说明我不是一个随便妥协和放弃的人。

朱彩梅:作为一个六十年代出生的作家,您成长的时代背景对您的写作有何影响?六十年代的作家是否有一些共同的特征?能否称之为一代人?

姚霏:六十年代出生的作家,当然是一代人。但我琢磨着,是不是应该划分为"65前"和"65后"?前者,他们对"文革"有不清晰却真切的体验;后者,比如我,懂事时,"文革"已经结束,我们的直接记忆是那场灾难的后果。虽然都被现实教育出了敏感而多疑的品质,但比如在面对社会转型生发思考时,"65后"或许会更客观理性一些。在这里以作品举例来说明是不妥当的,但谁都可以感受得到,在接受现代西方文学思潮时,"65前"更倾向于荒诞派戏剧,而"65后"比较喜欢黑色幽默小说——前者再现荒诞,后者对荒诞世界的态度则是调侃与解构,我发表在《人民文学》1987年第1—2期合刊上的《红宙二题》,第一题就叫

《十年》，就是借用"猩红热"的无限蔓延去调侃那场浩劫之"欲了难了"的——我是想说，六十年代出生的这一代作家，大多拥有一双冷眼，不大容易接受外部影响——比如他们绝不轻易改变自己对文学作品的价值判断。不过这个话题太大太深，要专题讨论才行。

朱彩梅：您跟同行是一种什么样的关系？您以什么样的心态去阅读同时代作家的作品？

姚霏：我现在的同行可都是报社的记者编辑。这是玩笑。我明白你的意思，也可以告诉你，就在我从事影视无暇顾及小说创作的那些年，一直都还订着《小说月报》、《小说选刊》、《人民文学》和《收获》等文学杂志，并且一期不落地看，对苏童、余华、格非、洪峰、残雪等等"先锋同行"，以及于坚、雷平阳等云南同侪发表的新作品，始终给予高度关注，每当读到他们精彩的新作，我都会发自内心地无比地高兴，觉得这个时代的灵魂不管遭受了金钱多么恐怖的腐蚀，中国文坛只要还有他们坚守，文学就不会死绝，等哪天自己折头回来，还是能够寻找到心灵的同道。但若读到他们原地踏步重复自己的平庸之作，我会紧锁眉头，暗骂：怎么可以这样！现在当然就更是这样了，因为我知道，这年头尚能坚贞地捍卫自己的文学操守者，是多么的涵容与尊贵。

朱彩梅：诗人于坚早在第一次见您的作品时就说，"就像一大堆鹅卵石里面埋着的翡翠，一眼就看出来功力了。"对一个作家来说，天分和功夫都是必不可少的，二者中您认为哪个更重要？

姚霏：当然是天分重要。不过，随着"作家"一词的变味，眼下的事实是各种"功夫"重要，比如炒作的功夫，乃是衡量当今作家大小的标尺。在文化没有真正回归之前，回答你这个问题，比较难以启齿。

朱彩梅：最近看了您博客上一篇《长假里的螃蟹宴》，文中尤老大说，文坛像一口锅，只要进去，稍微给点温度，那就肯定会莫名其妙的变红？"更要命的是，一旦真的红了，那就注定是死翘翘啦！""我"答："螃蟹红了，自然是要死的，但作家诗人们红了，怕不一定死吧？"然后"我"坦言，"我知道如此回答，透出了自己的底气严重不足。"被您的率性感染，问一个放任的问题，请问文中"我"的底气不足与您目前的心理状态有关吗？

  姚霏：你没有放任，只不过应该把那篇短文再看一遍，原文是：尤老大也不辩解，只说，你们看这口锅，像不像咱们文坛，只要进去，稍微给点温度，那就肯定会莫名其妙的变红？"更要命的是，"尤老大强调说，"一旦真的红了，那就注定是死翘翘啦！"联想如此怪异，所有人一时间都面面相觑。尤老大转向我："你从省城下来，见识大些，你说是不是这么个理？"我嗫嗫嚅嚅良久，唯有虚晃一枪："螃蟹红了，自然是要死的，但作家诗人们红了，怕不一定死吧？"我知道如此回答，透出了自己的底气严重不足，很没有面子的……这里的"的底气严重不足"，是表示我不敢公然揭示"红了的作家都是没生命的作家"这个事实。有点调侃有点坏，而已。

  朱彩梅：最后一个问题可能太大了，甚至还会流于空泛，但也许也是最根本的。那就是，您为什么要写作？写作在您生命的不同时段中占据一个什么位置？

  姚霏：不管先锋小说，武侠小说，影视剧本，还是现在的纯文本写作，我在创作的任何一个当下，它们都是我生命的一个组成部分。我这么说并没夸张，就像我不知道自己为什么要写作一样，这种创造性活动，已经成了我生命的需要，好比阳光和水，不可或缺。

  朱彩梅：姚霏老师，感谢您对这次访谈的支持！祝您心情愉快、佳作不断！

姚霏：也感谢你让我把这么些年积攒下来的乱糟糟的窝心碎片给清理了一遍。虽然如前所说，野猪与家猪的身份互换相当困难，但作为既不是野猪也不是家猪的作家，我还是要谢谢你！

2009 年 10 月 31 日

（来源：http：//blog.sina.com.cn/s/blog_4bdd7d900100fjpm.html，采访者：朱彩梅、安阿凤）

姚霏：不该被忽视的先锋作家

周明全

八十年代崛起的先锋文学作家群中，姚霏不是唯一的被忽视者，但肯定是最不该被忽视的作家之一。他从 1982 年起，就在《萌芽》、《人民文学》、《北京文学》、《福建文学》、《上海文学》等刊发表了《城疫》系列和《红宙二题》、《学院六人图》、《被同情的人》、《烧炭老人》等等百余万字的中短篇先锋小说，独步于中国文坛，是那个时代中国"先锋小说"最重要的代表作家之一。

早年姚霏在云南师范大学教书，喜欢在文字里天马行空的他总觉得太过压抑，于是开始反思"我偷空写出来的那些所谓'先锋小说'有何意义"。并使自己陷入迷茫中难以自拔。因此他于 1990 年放弃了当时让人羡慕的铁饭碗。以"沧浪客"为名转战武侠江湖。从此，被云南文坛认定为"一个自甘堕落的坯子"。在"先锋小说家姚霏堕落成写武侠的沧浪客了"的言论不绝于耳时，敏感的他选择离开云南去深圳，从事影视编辑工作，而且一去就是十年，直到 2002 年回到云南，才又捡起了那支"纯文学之笔"，"偶尔写点比先锋更先锋的小说"，飘忽不定。

2009 年姚霏获"首届高黎贡文学节年度大奖"，颁奖词这样写道："自八十年代以来，现代主义席卷中国，姚霏的写作堪称独步，以另类著称，显示出与其他作家完全不同的品质。姚霏固执地继承着近代中国经由沈从文、孙犁、汪曾祺这些大师开创的汉语文学的朴素传统,这使得他的作品独立于时代激流,具有一种石头般安静的品质。我们决定将首届高黎贡文学奖颁给姚霏。"

评论家朱霄华说,姚霏是我们这个时代不可多得的一个文学顽童。悟性奇高,小说这一文体范式在他手里不过是一个顺手的装置,一忽儿先锋,一忽儿武侠,愉悦,已成为他书写的全部理由。正因为姚霏的小说从来都不是一本正经的,故直到现在,无论作为先锋小说家的姚霏,还是武侠小说家的沧浪客,他对叙述、语言探索的贡献和真正的价值仍然未得到足够的认识。

的确,姚霏是片段式的,尤其是他对"沧浪客"的回避,这让读者、评论界更加全面地认识一个真实的姚霏带来了视障。

一、《城疫》及其他

1984年,姚霏在上海目睹了城市没完没了的扩张,忽有所思,假如某一天,如果整个地球都变成了一个城市,那么人类的精神家园将安身何处?这个念头让他后背发凉,于是铺开稿纸,写下了《城疫》这篇在当时颇受争议的小说。

《城疫》发在《福建文学》1986年第1期,还同时配发了南帆、北村等六人的评论,《福建文学》并专门为《城疫》召开了作品讨论会。评论家对《城疫》的解读,将姚霏搞得"无所适从",其中有个署名"昭见"的,毫不客气地把《城疫》批判了一把——"把城市发展,一古脑儿称作'城疫',那是混淆了城市发展与城市弊端的是非界限……想把城市当作疫病,加以遏制乃至消灭,可谓痴人说梦,无疑与那种把浴盆里的小孩与脏水一起泼掉的愚蠢做法,同样荒唐可笑,同样危险有害。《城疫》不仅思想灰暗,内容零碎杂乱,艺术上也十分粗糙低劣。它学习现代派的象征、暗示手法，却拾到不少晦涩荒诞的破烂。"（昭见，《福建文学》，1986年第1期）。

　　天才一般都很脆弱，姚霏也不例外。"感觉快崩溃"的姚霏"索性罢笔不写小说"，改读马恩全集，当读到："历史是这样创造的：最终的结果总是从许多单个的意志的互相冲突中产生出来的，而其中每一个意志，又是由于许多特殊的生活条件，才成为它所成为的那样。这样就有无数互相交错的力量，有无数个力的平行四边形，而由此就产生出一个总的结果，即历史事变，这个结果又可以看作一个作为整体的，不自觉地和不自主地起着作用的力量的产物。因为任何一个人的愿意都会受到任何另一个人的妨碍，而最后出现的结果就是谁都没有希望过的事物。"马恩的这段话让天才的姚霏灵感一下喷涌而出，写下了其在先锋文学史上及自己文学生涯中重要的小说——《红宙二题》，并将恩格斯的话直接植入到小说中。《红宙二题》发表在《人民文学》1987年的第1—2期合刊上。这一期的《人民文学》荟萃了不少前卫性的作品，被称为"中国先锋小说的摇篮"（王先霈主编，《新世纪以来文学创作若干情况的调查报告》，春风文艺出版社2006年版，第122页），有马原和莫言的小说、廖亦武的诗，还有一批在当时还是无名小卒的作品，例如，孙甘露的《我是少年酒坛子》，北村的《谐振》，叶曙明的《环食·空城》，乐陵的《扳网》，杨争光的《土声》等。这期的《人民文学》的合刊，预示着一次根本性的变化——先锋文学的高潮自此来临。

　　以一期合刊刊登如此众多的前卫作品，并非偶然，其有着深刻的历史根源——"文革"后的中国文化界引进了数量相当多的现代主义与后现代主义的文学作品，西方荒诞派、黑色幽默、意识流、魔幻现实主义、新小说派以及理论界的形式主义、叙述学、结构主义以及存在主义等各种西方思潮和文学流派次第袭来，诚如姚霏所言，惶然诧异乃至振奋之余，部分年轻的写作者们开始摈弃几十年如一日"高大全式"的"传真现实主义"，从自己的感知里探寻新的表达方式和生命体验，努力欲使作品回归人性和文学本身。但一下子"吃得太快太多"，而无法消化并吸收为自己的文学营养，致使年轻的写作者们无论技巧或思绪都相对紊乱，以至于他们的作品晦涩玄奥，粗砺而难以卒读。

然而，这种探索的意义是不能抹煞的，对中国文学的发展毫无疑问地发生了某种"刺激"作用。

二、 文体能发挥小说艺术的张力

小说文体实验的出现，是源于作家强化艺术个性、丰富艺术风格的自觉追求。那些艺术个性鲜明生动的作家总必须寻找合适的文体来作为载体表现他的生动、鲜明之处。……海明威为表现那些简洁而蕴藉深沉的"冰山风格"，便首创了极其凝练明快的"电报体"，使其艺术个性得到自由充分的伸张与发展。文体往往膨胀小说的内涵与具象，使之发挥艺术的张力。

在文本探索和实验上，姚霏发表于《清明》杂志的中篇小说《烧炭老人》，就做了文本上的积极探索和实验，《烧炭老人》回归了废名、沈从文、肖红以来一度失落的散文化小说的传统。

散文化小说，是指以小说体裁和散文体裁相互渗透而形成的散文化了的一种小说。介于散文和小说之间的一种文体，即用散文的形式创作的一种小说。散文化小说，尽管纪实的意味不那么明显，但在美学形态上则充分体现散文的特点，以散文的格局与方式去结构，因而体现出非常浓郁的散文味。……散文化小说是小说文体实验的最早形态，尽管当时作家们在进行这种实验时并不是自觉的，他们主要想用散文灵活自由的特性来冲决原先小说的那种固有程式所构筑的藩篱。散文化小说一般不重视故事冲突的完整再现，不可以铸造典型人物，以散文那种情绪化的结构方式去组织小说、统帅小说，取代那种以故事冲突来结构小说的单一模式，以情节的淡化与结构的情绪化为其主要特征，老作家汪曾祺率先提出"小说散文美"的主张，并以其卓越的创作实绩实践这一主张。他的《受戒》、《异秉》、《大淖记事》等优秀短篇以其行云流水之美征服了不同层次的读者，为小说散文化形态克服了读者阅读心理上的障碍。（王干著，《南方的文体》，云南人民出版社1994年版，第212—213页。）

在《烧炭老人》中，姚霏很少去写情节，也没有更多的细节描写，打破了小说的某些桎梏，自由地发挥自己的思想。看云几乎成了小说的主线，尤其在前几节，姚霏写老人看云，几乎抛开了小说文本的操作模式。姚霏坦言，在近三十年的写作生涯中，历来认定"怎样写"才是最重要的。但经由近二十年"全民作家"的喧嚣，他认同了"写什么"才最关键。他认为，真正的作家，"怎么写"自然会成为他最妥帖的表达方式，不用选择，也不用学习。之所以说"写什么"才最关键，是因为当今的许多作家，为了"贴近现实"，为了"与时俱进"，在明了"时代"是一个异性的时候，不惜与其媾和，产下变态而短命的作品。

"怎样写"不能说不重要，它体现了作家对方法、方式的选择，但这是天生的，近乎本能，所以说"怎样写"无论如何都不可能超越"写什么"而单独构成文学"自身"。虽然在文学作品中，"怎样写"始终贯穿着、存在着、体现着，但这种贯穿、存在、体现又始终是和"写什么"融为一体，作品的价值，最终还得通过"写什么"体现出来。（张德祥著，《文心独白》，陕西人民教育出版社1999年版，第66页。）当姚霏顿悟后，在经历了上世纪八十年代重形式的写作之后，在2009年写《第八个是虚像》

时，结构被消解了，文体意识几乎为零。整篇小说从文体上讲显得非常自如，想怎么写就怎么写，好像什么事都可以写进小说一样。

《第八个是虚像》通篇三万来字由二十个人物素描组成，除第八个是"我"之外，其他人物之间没有丝毫联系，另外那十九个人，其中十一个是真实存在的，还有八个是虚构。姚霏说，之所以这么写，是因为我发现我们自古以来的小说，都把人物和故事安置到一个或虚或实的物理空间里去展开。这当然没错，问题是，除了物理空间，我们还有一个人文空间。我要写我的生活，我的故事，甚至我的心路历程，为什么不可以把我的朋友亲人们当作"空间"？如果我认定他们是我心理上的故乡，是我的背景，是我的生活，那么他们就肯定是！写他们就是写我的现状甚至一切。我把作品想要表现的东西从物理空间移植到人文空间里去，只是为了更直接、没有枝蔓地写"人"。在大结构的前提下消解了文体意识，但读者读着却很舒服。

三、 直接是一种力量

除了对文本的追求外，作为第三代作家的姚霏对语言也有着近似痴迷的追求。其实，不单姚霏如此，整个第三代作家对文体和语言语感的癖好几乎到了病态的地步，他们对文体的把握也到了几乎自如的境地。因为第三代小说家反对在小说中实施某种思想观念，以故事来重构小说的本体性，所以必须在语言形式上进行革命性的实践和改革性的实验，他们必须视语言为内容为形式，甚至认为语言就是故事，就是小说。（王干著，《南方的文体》，云南人民出版社1994年版，第228页。）

文学首先是语言的艺术，文学也是文字的学问。"姚霏的作品,完全是画栋雕梁的作品。中国当代作家在现代主义影响下,往西方潮流靠拢,而从姚霏的作品中,我看到了五六十年代中国作家的影子,他继承了沈从文、孙犁等这些前辈的传统,让我有一种跨越时空的感觉。"(于坚语)真正的作家,没有谁和谁的语言方式会是一样的。我们通常所说某某作家的独特风格,说的就是人家的语言风格。姚霏的文字简洁、干净,就像他本人,简简单单,很纯粹。

在《学院六人图》中的"才子"一节中,姚霏对主人公陆超的介绍,看着就似是在填表格,毫无一个多余的字——"陆超,男,1.84米。很帅。"短短几个字,将"才子"素描得很贴切,简直比八大山人的写意还简洁有力。"他穿牛仔裤、西装。牛仔裤很白,西装从不系领带。会弹一手好吉他。不写诗,却会画画。是中文系的才子。"在素描稿上再添几笔,一个活生生的"才子"就跃出了纸张,变成一个鲜活的、有血肉的人。

当然,语言"所指"而不是"能指"的直接,"能指"如果直接的话,那作品就成白开水了。事实上,从"能指"的角度,姚霏2009年发表在《边疆文学》杂志上的《旧村札记》,其实比早年的所有"先锋小说"都还要"先锋",它的故事的交叉式推进和重叠涂抹,只为了让读者被拖入迷宫却始终自信能够找到出路,从而愉快地被文字的乱麻缠绕——这种愉快,只能由简洁明快、朴素无华的语言传达,否则人家可以置之不理。朴素并不是浅薄,汉字背后的"能指",弯弯绕多了去了,无穷无尽,用不着在表面上绕。

姚霏说,他觉得文学作品最起码的品质就是内敛,它不可以像法院判决书那么斩钉截铁,也不可以像红头文件那样指向单一,所以写作时,我只可以选择那些"不露声色、安然静卧"的文字。

从第一篇小说《烧炭老人》,到2009年发表在《大家》杂志第5期上的《滇北拳事》。两相对比,不难发现后者比前者的故事性更强,结构也更随意。"这其实也表明了我现在的'小说态度':给你一些朴素、直接而能产生快感的语言,给你一个愉悦亲切的故事,让你琢磨后面的意思去吧。我理想的小说,很简单,读时舒服抓狂,读后回味无穷。"

四、荒诞之上的幽默感

荒诞感和幽默感,是每一个作家都必须具备的天生素质。像曹雪芹那样的大作家,在《红楼梦》那样雅致的书中,还会搞一首薛蟠的女儿喜女儿悲女儿乐啥啥啥的呢,难道不荒诞不幽默?(姚霏语)

上世纪六十年代出生的作家,被著名评论家王干划分为第三代作家,这群人的生活经历带着苦难、艰辛,但也充满诗意。而姚霏将之划分为"65前"和"65后"。前者,他们对"文革"有不清晰却真切的体验;后者,懂事时,"文革"已经结束,"我们的直接记忆是那场灾难的后果。虽然都被现实教育出了敏感而多疑的品质,但比如在面对社会转型生发思考时,'65后'或许会更客观理性一些。在接受现代西方文学思潮时,'65前'更倾向于荒诞派戏剧,而'65后'比较喜欢黑色幽默小说——前者再现荒诞,后者对荒诞世界的态度则是调侃与解构。"

姚霏发表在《人民文学》1987年第1—2期合刊上的《红宙二题》,第一题"十年",就是借用"猩红热"的无限蔓延去调侃那场浩劫之"欲了难了"。六十年代出生的这一代作家,大多拥有一双冷眼,不大容易接受外部影响——比如他们绝不轻易改变自己对文学作品的价值判断。在早期的先锋小说《城疫》,姚霏这样写道:

瓦已经老苍苍的了。我想不起他的年纪。大概是在八百至七百之间吧。我想泥怎么竟能把我带到瓦这儿呢？而瓦怎么也住进了城里？"这儿就是我们的家呀，桥。"瓦语调平缓地说，"你看头顶上那颗星星不还是那个老样子吗？不是我住进了城里，是城市淹没了我们。在城市漫延到这儿的头一天晚上，村里人全都乘船逃走了，只有我一个人留下照看家畜，哪知第二天一觉醒来……"瓦泣不成声了。瓦一觉醒来，就见墙上的每一张世界地图都正在变成灰尘往下掉。

　　强制推行"城市化"，的确是一种人工制造而且相当可怕的病疫。像瑞士、新加坡等完全"城市化"了的国家，是因为地域、文化等诸多因素，在数百十年的发展进程中自然生成的，所以它们自然而美丽。而我国的城市化却隐含着太多人为因素，大楼盖得美了，街道也变得漂亮了，但却使生活在里面的人失去了精神家园。姚霏通过这样荒诞的描写，表达了自己对强力推行而不是自然生成的"城市化"，而使我们失去了越来越多的精神家园的困惑与无奈。

五、结语

　　原本试图还原一个真实的姚霏，但他太顽劣了，无论他早年对先锋文学语言、文体的探索，还是开创大陆武侠的一代大家风范，其实，都很难准确把握。或许，就像于坚所说的那样，天才就是天才，就算沉睡，那也是天才的沉睡，一旦他醒来出手，那就是天才的出手。

（原载《边疆文学·文艺评论》2012 年第 4 期）

后记

一

鲁迅先生在《中国小说的历史的变迁》一文中说:"但看中国进化的情形,却有两种特别的现象:一种是新的来了好久之后而旧的又回复过来,即是反复;一种是新的来了好久之后而旧的并不废去,即是杂糅。然而就并不进化了么?那也不然,只是比较的慢,使我们性急的人,有一日三秋之感罢了。文艺,文艺之一的小说,自然也如此。"先生微言大义,当可为中国"先锋小说"兴起与衰落之诠释。

"先锋小说",之所以兴盛于上世纪八十年代,是因为那时国门洞开,各种西方思潮和文学流派次第袭来,惶然诧异乃至振奋之余,部分年轻的写作者们开始摈弃几十年如一日"高大全式"的"传真现实主义",从自己的感知里探寻新的表达方式和生命体验,努力欲使作品回归人性和文学本身。遗憾的是,诚如鲁迅先生所言,"新的(先锋小说)来了好久之后而旧的(图解式小说)并不废去",事实上也"废去"不了,有几十年"宏大的非常文学"在那儿横亘着呢。先锋小说堪堪略成一丝气候,"旧的又回复过来"了。到九十年代中期，扛不住"旧"，更抵挡不了商品经济大潮的冲刷，中国小说纷纷"反复"，以至于文学评论家们大肆喧嚣：先锋小说"消亡"了！

很难考证是谁最先提出了"先锋小说"这个概念，也不知道提出这个概念时，其"先锋"的真正含义是什么。但在我看来，文学时光也如梭，无论形式抑或内容，只要在某个时段里最新出现，都应涵括其中。遗憾的是，当今的很多作家及其作品，在逐利原则的驱动下，大量炮制"影视同期书"，他们每写一个句子，都不仅要考虑是否与时俱进，还要思考能不能变成影视镜头"折现"，这种思考不仅连累作家集体脑残，还使小说艺术性遭受了无可救药的伤害——但，谁又能否认，此类摄录并复制生活的、摈弃人性善恶观照的具有"教育意义"的作品，它不是这个泛文化时代小说的"先锋"？

始终认为，再著名的作家，如果对小说文本没有贡献，都不能堪称伟大。充其量，因为深刻，称思想家；基于渊博，算著作家；如果够理性，那就可与哲学家抢地盘了。当然，由于对现实生活的洞悉入微且忠实描绘，我们或可把今天的很多作家高度赞誉为"史诗般的照相机"，但照相机作为工具，不管多么高昂显贵，显然都与真正的"作家"无关，像卡夫卡、乔伊斯、博尔赫斯、马尔克斯和昆德拉那样的文本样式的创造者，现如今在中国作家中是很难出现了，但正如鲁迅先生所言："然而就并不进化了么？"

当然不。所谓先锋，我认为除了最重要的表现形式之外，至少还要具备其内容的"前卫"，从这个角度去观照当今那些极为罕见的、具有独特追求和别样表达方式的作家们的作品，就会发现，发端于上世纪八十年代的"先锋小说"，其实依旧暗流汹涌，"衰"是有的，却一刻也没有亡。它们早年的粗粝，虽然表现不了当下精致的生活，但或可折射出一丁点儿文学的真相。

上述种种，只是一点点个人的碎片感觉。事实上，先锋文学是一个庞大的研究课题，甚至没有一个文学评论家能够作出完满的诠释，纠缠于它甚是无趣，倒不如说说我们的当年。

二

当年，1981年，我们高考，是分数公布后才填报志愿的。在云南，我的考分算是很高了，但限于家庭经济原因，父母要我选择去读无需伙食费的师范大学。那时我尚未年满十五岁，自然都听父母的，因此选择就只有两个了，要么北京师大，要么华东师大。尽管在此之前，北京上海都只在图片和书籍中见过，但我竟然毫不犹豫选择了上海，第一、二、三志愿填的都是华师大，中文系、教育系和历史系。可能这就是缘分吧！被教育系录取后，得知同级入校的那位中文系同学考分并不比我高，让我郁闷了很长一段时间。

格非写过一篇题名为《师大忆旧》的文章，其中有这样的文字："刚一进校，我们即被高年级的同学告知：成为一个好学生的首要前提就是不上课……我们当时少不更事，玩性未泯，不知学术为何物，自然喜出望外，奉为金科玉律……好在老师们大都宅心仁厚，从不与学生为难，我们即便不去听课，考前突击两周，考个七八十分并非难事。"诚哉斯言。当是之时，除了心理学和大学语文，教育系设置的课程，我十之八九都不喜欢，就时常翘课，跑图书馆看那些开禁不久的世界文学名著，去蹭听中文系的课，或者喝酒踢球，或者到文史楼通宵亮灯的103教室，写诗，写一篇篇也不知是小说还是散文的东西。可以肯定，整整四年，在教育系师生眼里，我都不是一个好同学。但令我感激终身的是，1985

年毕业，因为对教育系课程仅知一鳞半爪，分配时的报到证上，母校居然给我填写了"云南师大中文系"，以至于连云师大都以为华师大荒唐走板，搞错了！

　　说起来，我的不务正业是有由来的。记得是在我们入学未久，1981年中秋节的后几天，某个夜晚，李其纲、宋琳、徐芳、张小波等师兄师姐，为也是刚成立不久的夏雨诗社招兵买马，在一间明亮而简陋的空房间里，搞了个新同学赛诗会。你可以想象，当时文学热成那样，在高校里不加入文学社团，那是多么的丢份。因此在那个月亮很白的晚上，参加赛诗的人必然也是乌泱泱的。学长们像今天的明星偶像，让我们上观天象下视身周，十五分钟内自拟题目作诗一首，长短不限。新同学们的表情，瞬间各种有趣各种滑稽就不表了，反正我是紧皱眉头，在规定时间内作了一首叫《白墙》的诗歌处女作，很短，好像只有十来行，写了什么，今天早不记得了，但当晚，极其意外地被师兄师姐评为第一名，还登上了次日的校刊。我那刚刚进入十六岁的小心脏啊，蹦跶得不比今天买体彩中五百万大奖者稍缓。于是成为夏雨诗社社员，感觉自己注定要为文学而生。呵呵，少不更事啊！

　　遗憾的是，《白墙》之后，竟然再也写不出分行的文字。好在之后不久，查建渝、祝春亭、马竞等学长们，又成立了华东师大散文社，还创办了刻印的《散花》校园杂志。我送去了一大摞不知是小说还是散文的东西，第一期《散花》就刊登了那篇《赤足的童年》，还被已在《萌芽》杂志做了编辑的赵丽宏学长选在他们刊物公开发表——那可是我有生以来第一次变成铅字的处女作，其时的傲娇难以言传。于是一发而不可收拾，后来，我的散文《童年的秋天》，发表在《儿童文学》上，小说《学院六人图》，被《奔流》后又被《小说月报》转载……文史楼103教室，成了我们夜不归宿的福地——之所以说我们，是因为在我就读的四年间，宿舍关灯之后，陈丹燕、戴舫、祝春亭、宋琳、张小波、徐芳、格非、李洱等一大批人的身影，都曾在这个通宵亮灯的教室里出没过。所以后来，当出版社阮光页学兄九十年代末提出"华东师大作家群"这一概念时，我一点儿也没有感到惊讶。

话说，散文社传承到我们八一级时，王焰出任社长，我和格非做了《散花》杂志的正副主编。王焰和格非都是中文系天天向上的好同学，绝不耽误学业，所以编辑《散花》，就成了我这个杂牌军的主业。说来惭愧，这本集子里的不少小说，短者如《城疫》，稍长些的像《烧炭老人》，最初都是我当私货塞在《散花》里面世的。尽管《城疫》后来被北村发表在《福建文学》1986年第1期上，同期还配发了六篇比小说长得多的评论，陈村老师把《烧炭老人》推荐发表于《清明》1985年第4期，但论源头，都得追到华东师大散文社。我的愧疚是基于，《散花》原本是散文校园杂志，你把自己的小说强塞进去，纯属滥用职权！所以三十多年之后，我必须对王焰和格非他们假装没看见的宽宏大量，表达由衷的敬意。

格非在《师大忆旧》里说，"学校的演讲、报告会和各类研讨会的盛况，恐怕与别处也没有什么不同"，对此言我略有异议，李泽厚、李欧梵、王若望、刘宾雁等前辈大家，和近水楼台的施蛰存、许杰、戴厚英、裘小龙、李劼等师长学友，即便在上世纪火热的八十年代，恐怕也不是任何一所大学说请就能请到的。虽然他们的讲演，"往往早已人满为患，有时甚至连窗户外和走廊里都围了好几层"，你可能会挤不进去，但每一次，他们都会布下文化、文学的雾霭，经久缭绕、笼罩，以至于当时声名显赫者，诸如王安忆、陈村、马原、苏童、程永新、吴亮、孙甘露、北村等等文人，都愿意到华东师大小住、流连。记得1985年即将毕业离校时，王焰他们组织了一次我的个人作品讨论会，陈村等不少成名已久的前辈,都曾亲临捧场,令我至今仍觉温暖。

三十多年之后,每每忆及《散花》征稿时,和李洱、谭运长他们提着个浆糊桶,到河东河西贴海报;甫一打开投稿箱稿件就爆撒出来时的激动;编辑打印出来后与王焰、格非等一大拨散文社同仁探讨本期得失的争辩;在食堂门口推销杂志收得饭票的喜悦;骑着嘎嘎作响的自行车奔赴校内校外给师长名家赠送《散花》……要说个长篇也是够的,但这个跋已经太长,我必须得住嘴了。

最后特别需要说明的是,这本书得以出版,我必须感谢好友马原并阮光页两位先生和王焰女士。作为华东师大作家群丛书之一种,能忝列沙叶新、赵丽宏、王小鹰、孙颙、陈丹燕、徐芳、鲁光、戴厚英、格非、李洱、摩罗、毛尖、小饭等等学长学弟们的大著之末,幸甚!其实我想表达的是,作为母校,三十多年来,华东师大事实上已经被我视为了自己的精神故乡。

姚 霏
2018年春于昆明西坝坊

图书在版编目(CIP)数据

城红滇绿/姚霏著.—上海:华东师范大学出版社,2019
(华东师大作家群丛书)
ISBN 978-7-5675-8145-6

Ⅰ.①城… Ⅱ.①姚… Ⅲ.①中篇小说-小说集-中国-当代②短篇小说-小说集-中国-当代 Ⅳ.①I247.7

中国版本图书馆 CIP 数据核字(2019)第 045366 号

城红滇绿
—— 姚霏小说自选集

著　者　姚　霏
策划编辑　王　焰
责任编辑　阮光页
责任校对　王丽平
装帧设计　储　平

出版发行　华东师范大学出版社
社　　址　上海市中山北路3663号　邮编 200062
网　　址　www.ecnupress.com.cn
电　　话　021-60821666　行政传真 021-62572105
客服电话　021-62865537　门市(邮购)电话 021-62869887
地　　址　上海市中山北路3663号华东师范大学校内先锋路口
网　　店　http://hdsdcbs.tmall.com

印　刷　者　苏州工业园区美柯乐制版印务有限责任公司
开　　本　890×1240　32开
印　　张　12.75
字　　数　304千字
版　　次　2019年6月第1版
印　　次　2019年6月第1次
书　　号　ISBN 978-7-5675-8145-6/I·1931
定　　价　45.00元

出版人　王　焰

(如发现本版图书有印订质量问题,请寄回本社客服中心调换或电话021-62865537联系)